국역

매옹한록

下

國譯 梅翁閒錄

박양한 지음

김동욱 옮김

보고사

《매옹한록(梅翁閒錄)》에 대하여

　《매옹한록》은 조선조 영조 때 소론(少論) 명문가 출신의 한 사람인 박양한(朴亮漢, 1677~1746)이 저술한 야담집이다. 박양한은 자를 사룡(士龍), 호를 매옹(梅翁)이라고 하였으며, 본관이 고령(高靈)으로, 현종 때 이조판서를 역임한 구당(久堂) 박장원(朴長遠, 1612~1671)의 손자이자 학문과 덕행으로 저명하였던 박심(朴鐔, 1652~1707)의 아들이다. 어머니 윤씨 부인은 동산(東山) 윤지완(尹趾完, 1635~1718)의 따님이다.

　박양한의 외조부인 윤지완은 영의정을 역임한 양파(陽坡) 정태화(鄭太和, 1602~1673)의 생질로, 동평위(東平尉) 정재륜(鄭載崙)은 그의 외사촌 아우가 된다.

　박양한은 1696년(숙종22)에 사마양시에 합격하고, 영조 때 고산현감·평양서윤 등을 역임하였다.

　《매옹한록》의 이본은 현재 10종이 알려져 있다. 이들 이본은 대략 네 계열로 나누어 볼 수 있다.

1. 버클리대본 계열 : 천리대본, 버클리대본, 조선대본, 동양문고본
2. 장서각본 계열 : 장서각본, 규장각본
3. 한고관외사본 계열 : 한고관외사본, 패림본
4. 기타 계열 : 야승본, 고려대본

버클리대본 계열은 모두 2권 1책으로 200화가 넘는 많은 이야기를

수록하고 있으며, 권1에는 왕가와 사대부들의 일화가 대부분으로, 16
세기의 인물이 주류를 이루고 있다. 권2에는 지체가 낮은 양반, 사대
부의 부인이나 기녀, 시화 등이 수록되었으며, 17세기 인물이 주류를
이루고 있다. 천리대본이 262화로 가장 많은 이야기가 수록되어 있
고, 버클리대본에는 258화, 조선대본에는 247화, 동양문고본에는
243화가 수록되어 있다.

장서각본 계열은 모두 2권 2책으로, 장서각본은 164화, 규장각본은
161화를 수록하고 있다. 장서각본의 제141-164화에 해당하는 24편의
이야기는 여타 이본에는 없는 이야기들로 이루어져 있다.

《한고관외사(寒皐觀外史)》는 김려(金鑢, 1766~1821)가 편찬한 문헌이
다. 한고관외사 계열은 모두 단권으로, 96화를 수록하고 있다. 한고관외
사본에는 김려가 쓴 〈제매옹한록권후(題梅翁閒錄卷後)〉라는 글이 실려
있다.

그밖에 《야승(野乘)》제5권에 실려 있는 《매옹한록》은 단권으로 144
화를 수록하고 있으며, 고려대본은 《야승》본에서 초록한 것으로 보이
는 44화의 이야기가 수록되어 있다.

이 국역본의 저본인 천리대본 《매옹한록》은 현전본 가운데 가장 앞
서는 선본으로 알려져 있으며, 필사본 상하 2권 1책으로 일본 덴리(天
理)대학 이마니시(今西) 문고로 소장되어 있다. 상권에는 154화, 하권
에는 108화, 모두 262화가 수록되어 있다. 총 260면에 매면 11행, 매
행 24자의 단정한 해행체로 필사되어 있다. 이야기가 바뀌는 곳은 행
을 바꾸어 구분하였다.

《매옹한록》은 조선조 개국 이래 숙종 때까지 3백여 년 간의 기록으
로, 인조조부터 숙종조에 이르기까지 4대에 걸친 기사가 주류를 이루고
있다.

참고문헌

김민혁, 「박양한의『매옹한록』연구」, 한양대학교 대학원 석사논문, 2015.

김준형, 「기문총화계의 문헌학적 연구」, 고려대학교 대학원 석사논문, 1997.

문미애, 「매옹한록의 이본 연구」, 전북대학교 대학원 석사논문, 2014.

박천규, 「매옹한록」, 『국학자료』5, 1972. 9.

정순희, 「매옹한록에 대한 문헌학적 고찰 - 장서각본과 천리대본을 중심으로」,
    『한국언어문학』76, 한국언어문학회, 2011.

일러두기

1. 이 책의 국역 대본은 일본 천리대 소장본 《梅翁閒錄》이다.
2. 원문에는 별도의 제목이 없으나 국역문에 적절하게 붙였다.
3. 국역문은 가능한 한 평이하게 풀어썼다.
4. 대화는 " "로 묶고, 대화 속의 대화, 생각이나 강조 부분, 문서의 내용 등은 ' '로 묶었다.
5. 국역문 뒤에 여타 이본을 참조한 교감 원문을 싣고, 오자는 [ ]속에 탈자는 ( ) 속에 바로잡았다.
6. 교감 원문의 설명이 필요한 낱말이나 어구에는 주석을 달았다.
7. 각 이야기에 등장하는 인물에 대한 인명색인을 부록으로 붙였다.

차 례

제1화

천민 출신으로 학자가 된 서기

고청 서기는 재상을 지낸 심열 공 댁의 종이다. 심공의 모부인은 과부로 지냈는데, 일찍이 어떤 일 때문에 고청에게 곤장 치는 벌을 내리라고 명한 적이 있었다.

그 이튿날 높은 관원의 행차를 알리는 소리가 대문 앞에서 요란하므로 부인이 물었다.

"우리 집에는 바깥주인이 안 계시는데 어째서 수레를 탄 손님이 오신 게냐?"

몸종이 대답하기를,

"종인 서기를 보러 오신 손님이랍니다."

하였다. 부인이 고청을 불러 물으니 그가 대답하였다.

"예전에 일찍이 어느 양반 댁에 인사를 간 일이 있었는데, 소인이 죄를 지었다는 소식을 들으시고 누군가가 찾아온 듯합니다."

"그렇다면 네가 문자를 아는 것이냐?"

"약간 알 뿐입니다."

"그렇다면 네가 이제부터 우리 아이 글 읽는 것을 가르치거라."

이리하여 심공은 어린 시절 고청에게 글공부를 하게 되었다. 고청이 글을 가르칠 때는 고개를 숙이고 엎드린 채 가르쳤다.

그 뒤, 양민으로 신분을 바꾸어주려 하자 고청이 말하기를,

"주인과 종은 본디 정해진 본분이 있습니다. 만약에 양민으로 신분

을 바꾼다면 이는 곧 본분을 침범하는 것입니다."

하고는 사양하며 받지 않았다.

만년에 고청은 학문과 행실이 매우 높아져서 충청도 공주의 고청봉 아래에 거처하며, 중국의 연경에서 주자의 화상을 사다가 사당을 세우고 제사를 지내며 아침저녁으로 우러러 예를 올렸다. 지금의 공암 서원이 바로 그곳이다.

그 뒤로 공암서원에는 많은 현인들을 배향하였다. 고청이 타계한 뒤에는 그의 지체가 낮다는 이유로 배향을 허락하지 않고, 그 옆에 따로 사당을 세웠다. 대개 명분을 소중하게 여기는 생각에서 나온 것이다.

그러나 옛날의 성인들은 비록 오랑캐 출신이라도 훌륭한 인물이면 사당에 모셔 배향하였다. 진실로 어진 덕을 지녔던 분인데 어찌 다시 그 신분이 비천함을 논한단 말인가! 우리나라 사람들이 달관하지 못함이 이와 같다.

제2화
서출로 태어난 구봉 송익필

구봉 송익필은 송사련의 아들이다.

송사련의 어머니 감정은 재상을 지낸 안당 집안의 종이었다.

송사련이 흉한 무리들과 결탁하여 사화가 일어나도록 꾸몄던 까닭에 사화가 끝난 뒤 안당의 집안에서는 몹시 원통해 하며 송사련을 미워하는 한편, 구봉의 뒤를 쫓아가서 잡으려 하였으나 구봉은 달아나숨어서 화를 면하였다.

대개 구봉의 풍채가 빼어난데다가 닦은 학문이 높아, 당대의 여러 군자들이 구봉의 지체와 신분을 무시하고 그와 친구로 사귀었다. 심지어 율곡 이이는 구봉의 할머니 감정의 위패를 써줄 정도로 서로 허물없이 가깝게 사귀었다.

구봉은 의기 있게 지위나 신분이 낮고 천한 것으로 경계를 삼지 않고 사대부들을 만날 때마다 나이가 비슷한 친구처럼 사귀었다.

그가 재상이 된 이산해에게 보낸 편지에는 심지어 이공의 자를 써서,

'여수에게, 영의정의 비서가.'

라고 하였다.

일찍이 율곡에게 사돈을 맺자고 청하자, 율곡은 정색을 하며 말하였다.

"우리나라에서는 명분을 지엄한 것으로 여기는데, 자네는 어찌 그런 말을 하는 것인가?"

그러자 구봉은,

"이 점이 바로 숙헌이 아직 속됨을 면치 못한 것이지."

라고 하였다.

구봉은 이처럼 분수에 넘치고 오만하였다. 그가 출세한 모양새는 고청 서기와는 상반되었다. 당시 이 이야기를 들은 사람들은 누구나 분하게 여기며 구봉을 미워하였다.

연평부원군 이귀는 바로 율곡의 문인으로, 항시 분개하여 구봉을 꾸짖었다.

"우리 스승님께선 뭐 하러 송사련의 아들과 친하게 지내시는지? 내가 구봉을 만나면 반드시 모욕을 주리라."

그럴 때마다 율곡은 웃으며 말하였다.

"자네가 일부러 그를 만날 건 없네. 만약 만난다 해도 필시 그에게 모욕을 주진 못할 걸세."

그 뒤, 마침 이귀가 다른 집을 방문한 자리에서 구봉이 온다는 말을 듣고는 크게 노하여 노기를 품은 채 기다렸다.

구봉이 들어오자, 이귀는 자신도 모르는 사이에 벌떡 일어나 그와 이야기를 나누었다.

구봉은 신선 같은 모습이 깔끔하였고, 말하는 품이 고상하고도 시원시원하여 물이 흐르듯 끊임없이 이어졌다. 그와 이야기를 나누느라 해가 저문 것도 모를 지경이었다.

대개 구봉은 바탕과 행실이 비록 고청에게 미치지 못하였으나, 가슴 깊이 품은 회포나 풍류와 운치는 충분히 남의 마음을 움직일 만하였다.

제3화
김지남의 과거부정 사건

　김업남은 용계 김지남의 큰형으로, 글재주로 명성이 있었다. 과거 시험에 응시하였으나 불우하게도 급제하지 못하였다.

　일찍이 남쪽 지방의 역참을 관리하는 찰방을 맡게 되었는데, 예조 참의로 있던 허균이 안태사로 지나가게 되어 공적인 위치에서 기다리게 되었다. 허균이 도착하여 말하기를,

　"김 찰방이 과거 때 쓴 책문이 세상에 알려졌더군. 한번 볼 수 있겠는가?"

하였다. 김업남은 임금의 질문에 대답한 전책과 시험관의 질문에 대답한 집책 각 한 권을 꺼내 허균에게 보여 주었다.

　허균은 마주 앉아 손으로 책장을 넘기며 하나하나 그 쪽수를 헤아리고는 돌려주는 것이었다. 김업남은 마음속으로 화가 나서,

　'기왕에 보고 싶지도 않은 것을 처음부터 왜 보자고 한 게야?'

하고 생각하였다.

　그 뒤, 월사 이정구가 홍문관 대제학으로 과거를 주관하게 되었고, 허균은 시험관이 되었다. 시권 하나가 들어오자 허균이 즉시,

　"이는 어르신께서 지으신 것이로군."

하고 중얼거렸다. 월사는 허균이 사사로운 정을 두고 있는 것이 아닌가 의심하여 문득 그 시권을 덮어두었다. 그러자 허균은,

　"이 선비가 어르신인데 어째서 훼방을 놓으시나?"

하고 자꾸 중얼거리는 것이었다. 월사는 더욱 의심스러워 그 시권에 흠결이 있다며 낙방을 시켰다. 허균은 아깝다는 듯 혀를 차며 중얼거렸다.

"어르신 선비가 낙방하셨네."

밤이 되어 돌아가는 길에 그의 동료가 그 일에 대해 묻자, 허균이 말하였다.

"그 시권은 김업남이 지은 걸세. 내가 일부러 월사 집안의 어르신이라고 여러 차례 알려줬는데, 끝내 떨어뜨리는 속을 내 어찌 알겠는가?"

허균이 그렇게 말한 것은 김업남이 월사의 외삼촌이었던 까닭이다. 동료가 허균에게 물었다.

"자네가 그걸 어찌 아는가?"

"내가 안태사로 그가 찰방으로 있던 곳을 지나갈 때 그가 쓴 전책과 집책 각 한 권을 보았기 때문에 알게 되었지."

허균의 재주는 이처럼 남들보다 빼어났다.

그 뒤, 김업남이 또 전시를 보러 갔을 때 그의 아우인 용계 김지남이 지동관과 사동관으로 있었는데, 자기 형이 쓴 시권을 찾아내 촛불 아래 읽다가,

"우리 형님께서 이번에야 비로소 문과에 급제하셨네."

하고는 또 다시 읽어보다가 놀라 말하기를,

"조목조목 내려가다가 한 구절을 빠뜨리셨으니, 이를 장차 어쩌지?"

하였다. 그와 함께 지동관과 사동관으로 있던 사람은 그의 친한 벗이었다. 그도 말하였다.

"아깝다!"

마침내 김지남은 붉은 글씨로 시권 옆에다 여덟 글자를 써넣었다.

김업남이 과연 장원으로 뽑혔다.

그런데 김업남이 본디 썼던 시권을 펼치자 여덟 글자의 붉은 글씨가 드러나게 되었다.

대개 우리나라의 과거시험 방식은 시험관이 응시자의 필적을 알아보고 부정을 저지르지나 않을까 하여 과거 시험장에서 시권을 걷은 뒤 붉은 글씨로 다른 종이에 베껴 썼다. 또한 문신들 가운데 따로 지동관과 사동관을 정하여 번갈아 읽으면서 원본과 서로 대조하게 하여 원본에 기록하는 것을 '지동', 붉은 글씨의 사본에 기록하는 것을 '사동'이라고 하였다. 그런 뒤에 붉은 글씨의 사본을 시험관에게 올려 선발을 하는 것이다. 원본은 갈무리해 두었다가 급제자를 발표한 뒤에 꺼내서 대조해 보는 것이 상례다. 과거 시험장 안에서는 부정을 방지하기 위해 검은 먹 쓰는 것을 금하였기 때문에 붉은 글씨로 사본을 만들었던 것이다.

일이 발각된 뒤 조정에서는 이조에 명하여 사실을 밝히고, 김업남의 이름을 급제자 명단에서 삭제하였으며, 그의 아우인 김지남과 그 친구는 모두 유배를 보냈다. 김업남은 탄식하며 말하기를,

"내가 늙도록 과거에 응시하는 일을 그치지 않아 아우와 그 벗으로 하여금 죄를 짓게 하였는데 무슨 마음에 과거에 응시하겠는가?"

하고는 드디어 과거를 포기하였다.

과거시험은 곧 사람이 빈궁하게 사는가 출세하여 현달하는가의 관건이 되므로, 이처럼 운명과 관계되는 것이다.

김업남이 일찍이 모란을 두고 읊은 다음과 같은 시가 있다.

바다를 본 사람과는 강물을 논하기 어려운 법이라는,
맹자의 말씀이 과장이 아니라는 것을 비로소 알겠네.

맑은 창을 비추는 아침 햇살을 본 뒤로는
봄바람에 눈을 뜨고도 아직 모란꽃을 보지 못했네.
觀於海者難爲水 始信鄒賢語不誇 晴牕朝日看渠後 開眼東風未見花

  김업남의 시도 또한 읊조릴 만하여, 그가 한갓 과거시험에나 골몰
하는 선비가 아니었음을 충분히 알 수 있다.

제4화
선배들의 급제자 선발

효종 때 참판 벼슬을 한 남곡 이시해가 전시의 시관이 되었을 때, 판서로 있던 호주 채유후가 낙방한 시권 한 축을 가져다가 등불 아래서 열 폭 모두를 검열하다가 그 가운데 시권하나를 읽고 놀라 말하기를,

"이 글이 어째서 낙방을 한 것인가?"

하고 서너 차례를 읽어보며 연달아 무릎을 치는 것이었다.

호주가 잠시 후에 이르기를,

"'중년의 나이에 천명을 받았다'는 말 때문에 낙방하였군."

하였다.

대개 효종은 자라 성인이 된 뒤에 대통을 계승하였기 때문이었다. 전시의 대책문에 '문왕이 천명을 받은 것은 중년이 되어서였다.'라는 말을 끌어다 써서 낙방을 하였다는 것이었다. 대개 주나라 문왕은 50세 중년의 나이에 천명을 받았다. 효종이 즉위한 것은 중년의 나이가 되기 전이었으므로, 임금에 대한 말이 어긋나서는 안 되는 것이다.

이튿날 남곡이 호주 앞을 지나가자 호주가 말하였다.

"영공들께서 시관이 되어 선비를 선발함에 나라에서 맡긴 소임이 얼마나 중대한 일인데, 낙방한 시권에 훌륭한 글이 있는데도 거두지 않았단 말이오? 내가 다만 열 폭만 보았는데도 이러하니 그밖에야 알 만하구려. 그대들에게 시관의 임무를 맡긴 뜻이 도대체 어디에 있는 것이오?"

그러자 남곡은,

"어찌 그럴 리가요? 어디 한번 그 시권을 찾아내 보시지요."

하였다. 호주가 그 앞부분의 글을 줄줄 외우자, 남곡이 말하였다.

"그렇군요. 그 글이 과연 장원으로 뽑힐 만큼 훌륭하네요. 그런데 다만 '중년의 나이에 천명을 받았다.'라는 대목이 마음에 썩 내키지 않아 끝내 감히 뽑지 못했으니 매우 안타깝네요."

하고는 그 자신도 호주가 외운 대목의 뒤를 이어 10여 행을 외우고, 어떤 대목은 수십 행을 외우며 탄식해 마지않았다.

선배들은 이처럼 과거시험을 중요하게 여기고 정밀하게 급제자를 가려내었다. 기왕에 낙방한 시권을 능히 외우는 것은 얼마나 총명한 것이며, 얼마나 글을 사랑하는 정성이 있는 것인가!

요즘의 시관들은 돼지 시(豕)자와 돼지 해(亥)자를 구별하지 못할 만큼 실력들이 형편없다. 게다가 살펴보고 읽는 것을 싫어하며 오로지 시권을 거두어들이는 데에만 급급하고 급제자를 발표하는 데에만 마음을 쓴다. 답안의 글이 공교로운가 졸렬한가, 과거에 급제할 만한가 아닌가에 하나도 마음을 두지 않는다. 저마다 시끄럽게 떠들어대면서 소경이 지팡이로 길을 더듬듯 하니, 끝내 어째서 급제를 하였는지 어째서 낙방을 하였는지도 알지 못한다.

만약에 선배들로 하여금 오늘의 상황을 보시게 한다면 어떻게 생각을 하실까?

제5화
속임수로 장원급제한 허균

허균은 뛰어난 재능이 있었으나, 성품은 극도로 간교하고 사악하였다.

일찍이 문신들이 보는 정시에 참여하여 기필코 장원을 차지하려고 하였는데, 다른 강적은 없고 오직 웅건한 문장력을 가진 차천로가 표문을 짓는다면 당해 낼 수가 없었다.

허균이 과거 시험장에 들어가서 차천로를 찾아가 보니, 그는 벌써 시지의 첫머리에 글을 쓰기 시작하여 시지를 가득 채워 쓸 수 있을 것 같았다.

허균이 지나가는 말처럼 중얼거렸다.

"대궐에서 보이는 정시는 유생들이 보는 과거와는 다르지요. 표문의 글이 너무 복잡한 듯해서 어떨지 모르겠네요."

그러자 차천로는,

"정말 그렇겠네."

하고는 지워버리고 다시 짤막한 표문을 지었다.

허균은 마음속으로 처음부터 이미 긴 표문을 구상하고 있었다. 그는 한참 뒤에 다시 차천로를 찾아가서 물었다.

"아까는 제 생각이 그래서 그렇게 말씀을 드렸던 것입니다. 그런데 시험장 안을 두루 다녀 보니 긴 표문을 짓는 사람이 많더군요. 저는 앞서의 생각을 바꾸어서 다시 긴 표문을 지어 벌써 끝냈습니다. 차교리께서는 어떠신지 모르겠네요."

그러자 차천로가 말하였다.

"뭐가 걱정인가? 다시 긴 표문을 쓰면 되지."

마침내 허균은 장원급제하였다. 그의 교묘한 잔꾀와 속임수가 이와
같았다.

제6화
실현된 윤계의 꿈

남양부사를 지낸 윤계가 젊은 시절에 알성시를 보게 되었는데, 꿈에 세 구절에 비점이 찍힌 오래 묵은 원고를 보고 병과에 장원을 하였다.

과거시험장에 들어가니 과연 꿈에서 보았던 글제가 내걸려 있었다. 일찍이 지었던 것이라 남모르게 마음속으로 기뻐하며 자부하기를,

'이번 과거의 장원은 내가 아니면 누구겠는가?'

하였다. 그러고는 전에 지었던 글을 다듬고 또 다듬었다.

윤공은 또한 평소에 글씨를 잘 썼다. 손수 정성을 다해 쓰며 말하기를,

"오늘날 내 시권을 본 사람은 참으로 장원이라고 할 것이다."

하였다.

시권을 제출할 시각이 임박하자 여러 친구들이 좌우에서 재촉하였다. 윤공은 느긋하게 말하기를,

"장원이 여기 있는데, 시각이 어째서 다했다는 것인가?"

하고는 조금도 동요하지 않고 정성을 다해 한 글자, 한 글자 써내려갔다.

어느덧 시간이 지나서 응시하러 온 선비들을 쫓아내자, 윤공은 끝내 시권을 제출하지 못하고 나왔다.

그로부터 몇 년이 지난 뒤 성균관에서 순회하며 보이는 시험에 또 그 글제가 나왔다. 꿈에서와 같이 세 구절에 비점을 받고 병과에 장원으로 급제하였다. 지난번 과거에서도 시권을 제출하였으면 마땅히 급제하는 것이었는데, 사람이 할 일을 다 하지 못해서 급제할 수 없었는

지 알 수가 없다. 또한 과거의 급제 여부는 빈궁과 영달에 관계되는
것이어서 반드시 전생에 정해져 있다. 이것은 다만 신령이 있어서 희
롱하는 것인가?

제7화
기발한 것을 즐긴 명필 윤순거

동토 윤순거 공은 문정공 팔송 윤황 공의 아들이다. 성품이 충직하고 온순하며 인정이 두터웠고, 글을 지을 때에는 기발한 것을 찾아내려고 있는 힘을 다하여 어떤 때는 며칠씩 생각에 잠겨 있기도 하였다. 주고받는 인사말이나 서첩에도 범속한 말은 쓰지 않았다.

일찍이 팔송이 연산 현감에게 보낼 답장을 동토에게 베끼라고 하면서,
'감사의 글을 연산 현감께 올립니다.'
라고 쓰게 하였다.
동토는,
"이 글이 너무 범속해서 차마 쓸 수가 없습니다."
라고 하면서 한동안 생각에 잠겨 있다가 쓰기를,
'답장을 간상련 현감께 올립니다.'
라고 하였다.
팔괘 가운데 '간상련(艮上連)'이라고 하는 간괘(☶)를 겹치거나 아래위로 놓으면 64괘의 간괘가 되는데, 이는 '산이 잇닿은[연산(連山)] 모양이 되는 것이다. 결국 연산 현감에게 답장을 올린다는 뜻이 되는 것이다. 동토의 서법은 대부분 이런 식이었다.

또 초서를 잘 써서 마치 살아서 날아가는 것 같았다. 글씨를 쓸 때

붓을 움직이는 것이 예사롭지 않아, 그가 좌우로 바람에 나부끼듯 삐쳐 쓴 필체나 아래위로 날고뛰는 듯이 쓴 필세를 사람들은 모두들 놀라서 목을 빼고 바라보았다.

지금까지도 동토의 진적이 많은 사람들 집에 소장되어 있는데 명필이라고 전해진다.

동토가 글을 짓는 것도 매끄럽지 못하면서 어렵고 까다로워 과거를 보러 갈 때마다 백지를 내곤 하였다. 그의 장인이 매번 나무라기를,

"자네가 비록 주옥같은 글을 짓는다 한들 시권을 제출하지 못하면 어디다 쓰겠는가?"

라고 하였다.

그 뒤 어느 때 과거를 보러 가서 때마침 생각이 잘 떠올라 신속히 글을 지어 정성껏 쓰기를 마치고는 한동안 바라보며 즐기다가,

'이건 너무 아깝군. 차마 어지럽게 쌓여 있는 시권 두루마리들 속에 던져 넣을 수가 없어. 마땅히 가지고 나가서 장인어른께 자랑해야지.'

하고는 제출하지 않고 지닌 채 돌아갔다.

이 이야기를 들은 사람들이 비웃었다.

제8화

신통하게 꿈이 맞은 이성항

    사헌부의 장령 벼슬을 지낸 이성항 공은 작고하신 조부님에게 진외 당숙이 되신다. 평생토록 꿈이 기이하게 적중하는 일이 많았다.

    일찍이 이공께서 사간원의 정언 벼슬을 하고 계실 때 궁중의 대청으로 나아가시다가 문득 동료에게 말씀하시기를,

    "내 평생에 꿈이 맞지 않은 적이 없었소. 그런데 지난밤에 꾼 꿈은 필시 맞지 않을 것이오."

하셨다. 그러자 동료가 물었다.

    "무슨 말씀이오?"

    "어젯밤 꿈에 궁궐의 대청에 나아갔는데, 대사간 공께서 상감께 아뢸 계문의 초안을 손수 써 오시지 않았겠소. 필시 그럴 리가 없으니, 아마도 이번 꿈은 맞지 않을 것이오."

    대개 대청의 규칙에는 말단 관료가 계문을 쓰게 되어 있던 까닭이었다.

    잠시 후에 당시 대사간 벼슬을 하고 있던 문곡 김수항 공께서 들어오시더니 소매 속에서 계문의 초안을 꺼내 보여주며 말씀하시기를,

    "계문의 초안이 눈에 잘 보이지 않는데 긴긴 해가 벌써 저물어가기에 내가 손수 써 왔소이다."

하시는데, 그 자리에 있던 사람들이 모두 웃었다. 그러자 김공이 물었다.

    "어째서들 웃는 것이오?"

마침내 이공의 꿈 이야기를 하자, 김공도 웃고 말았다.

이공께서 청나라 군사들에게 포위된 남한산성에 계실 때 꿈에 임금
의 교지를 지었는데 그 한 구절에 이르기를,
'비록 포위당하는 수치를 겪고 있으나 상감께서 포로로 잡혀 가는
치욕은 겨우 면하였다.'
라고 썼다. 그 말에 힘입어 성 안에 있던 사람들이 안도하였다.
성이 함락되어 항복을 한 뒤 임금께서 내리신 반포문에도 이 구절
을 썼다고 한다.

제9화

빼어난 재주와 지혜로도 불우한 일생을 보낸 이대

호를 전천이라고 한 이대 공은 이성항 공의 아들이다. 재주와 지혜가 뛰어나고 얽매는 데가 없는 성품이었으며 문장에 능하였으나 불우한 환경에 빠져 과거에 급제하지 못하였다.

기사년(1689) 서인정권이 몰락한 기사환국이 일어나기 전에 고향에 내려가 살다가 갑술년(1694) 갑술옥사가 일어난 뒤에 복직이 되었으나 끝내 병든 자리에서 일어나지 못하고 말았다.

이공은 일찍이 준마를 기르고 있었는데, 역리가 사 가지고 갔다. 몇 년이 지난 뒤에 역리는 그 말을 다른 사람에게 팔려고 하였는데, 파리하게 야위어 팔지 못하였다.

이공의 아들 이양석은 그 말이 아직도 뛰어난 데가 있음을 알아보고 무명 15필을 주고 사왔다. 몇 달 동안 잘 먹이자 옛 모습이 복구되었다. 그러자 역리가 무명 50필을 싣고 와서 팔라고 청하였다. 이공은 아들인 이양석에게 말하기를,

"이 말이 비록 뛰어난 재주는 예전 같지만 처음 팔았을 때로부터 벌써 6년이나 지났으니 이미 늙은 나이다. 많은 값을 받을 수는 없으니 그저 사올 때의 값인 무명 15필을 받고 주는 것이 좋겠다."
라고 하였다.

잠시 후에 그 역리가 찾아와 누누이 사례를 하며 말하기를,

"아드님께서 말 값에서 무명 15필을 되돌려 주셨으니, 천하에 어찌

이토록 청렴하신 선비가 계시겠습니까!"

하는 것이었다. 이양석이 처음에 무명 50필을 받았다가 부친의 말씀 때문에 부득이 15필을 돌려주었던 것인데, 역리는 오히려 이처럼 감사를 표하는 것이었다.

이공은 역리의 말을 듣고 아들을 불러 따끔하게 꾸짖은 뒤 다만 15필만 받고 35필을 돌려주었다.

또 일찍이 이공의 아내가 친정에서 받아온 밭을 서출의 누이에게 주었다. 이공의 탁월하고 훌륭한 행실은 후세에 전해진 것이 매우 많아서 이루 다 기록할 수가 없다.

일찍이 을해년(1695)과 병자년(1696) 사이 국내에 극심한 흉년이 들어 쌀 한 말 값이 백 전이나 되었다.

이공의 이웃에 큰 부자가 살았는데, 벼 3백 섬을 실어다가 바닷길로 서울에 가서 팔 참이었다. 그는 평소 이공과 친하게 지내던 터라 출발에 앞서 작별을 하러 찾아왔다. 이공이 물었다.

"우리 집에 다른 지방에서 농사지은 곡식 30섬이 서울에 이르렀다네. 모름지기 자네는 내게 30섬을 남겨 주고 그만큼 서울 집에서 받아 가는 게 어떻겠나?"

이공의 신의는 마을에서 신용이 있었다. 그 사람은 의심 없이 즉시 30섬을 실어 보내고, 서울에 가서 곡식을 받도록 편지를 써달라고 하였다. 이공은,

"내 아들이 서울에 있으니, 자네가 친히 찾아가서 내 말을 그대로 전하고 받아 가면 될 걸세."

하였다. 그가 서울에 도착하여 이공의 아들에게 곡식을 청하자 아들이 말하기를,

"본디 서울에는 곡식이 없습니다."

하는 것이었다. 그가 돌아와 그 일에 대해 말하자 이공이 말하였다.

"자네와 내가 이웃하여 산 지 몇 년째인데, 우리 집에서 을해년에 거둔 벼 30섬이 없다는 것을 어찌 몰랐는가? 자네의 벼 30섬이 내게는 쓸 데가 없네. 자네 한번 생각해 보게. 올해 극심한 흉년이 들어 서울이나 시골이나 시체가 산처럼 쌓여 있고, 사방의 백성들이 줄줄이 굶어죽고 있네. 자네가 배에 싣고 간 3백 섬을 서울에다 팔고, 한 섬도 이웃을 구제하는 데 쓰지 않는다면 장차 세상 사람들 앞에 어떻게 얼굴을 들 수 있겠는가? 이 마을의 백성들이 장차 자네를 어떻게 대하겠는가? 내가 그 당시 사리를 따져 바른말을 했다면 자네가 들을 리가 없는 까닭에 임기응변으로 자네를 속였던 걸세. 그런데도 내게 올해 거둔 곡식 30섬이 없다는 걸 몰랐다니 어찌 그리도 세상물정을 모르는가?"

하고는 한 통의 문서를 건네주며 말을 이었다.

"이걸 보면 이번 일을 알 수 있을 걸세. 이는 자네를 위한 것이지 나를 위한 것이 아니라네. 자네의 생각으로 나누어 준 것일 뿐일세."

대개 그날 배가 출발한 뒤에 마을 사람들을 불러 모아, 사정이 급하고 급하지 않은 것을 헤아려 한 말씩 나누어주고 그것을 기록해 놓은 것이었다.

이를 통해 이공의 풍류, 뛰어난 재주와 지혜를 생각할 수 있고, 남을 아끼고 사랑하는 이공의 덕성도 또한 살펴볼 수 있다.

제10화

진솔하여 겉치레가 없었던 홍만선

사복시의 정 벼슬을 역임한 홍만선 공은 기개와 도량이 크고 온화한 기품으로 생각을 솔직하게 드러내는 참으로 금옥 같은 군자였다. 글재주도 올바르고 맑아서 어려서부터 명성이 있었다. 과거시험에는 여러 차례 낙방을 하여 마침내 하급 관리에 머물렀다. 성품도 편안하고 고요하여 적극적으로 나아가서 일을 이루는 데에는 담담하였다. 부모님께는 효성스럽고 형제간에는 우애가 있었으며, 매우 착한 성품이었다.

홍공 어머님의 연세가 80세를 넘었는데, 홍공은 유쾌하고 부드러운 얼굴빛으로 어머니를 섬겼다.

일찍이 사헌부 지평을 지낸 아우 홍만적의 초상이 났을 때 나는 홍공을 찾아뵈었었다. 홍공은 나를 마주 보면서도 오히려 눈물을 줄줄 흘렸었다. 당시 홍공의 나이는 거의 70세에 가까웠고 아우의 장례를 치른 지도 이미 몇 달이 지난 뒤였으니, 그의 지극한 행실을 알 수 있었다. 홍공은 진솔하여 겉치레가 없었고, 남들과 이야기를 할 때도 정성스러운 뜻이 넘쳐났다.

그럼에도 아들이 없어서 지평공의 맏아들 홍중구를 입양하여 후사로 삼았으니 하늘의 도리를 알 수가 없다. 홍중구는 내게 6촌 아우가 된다.

제11화
손이 귀한 정제두와 홍만선

하곡 정제두 공에게 정후일이라는 아들이 있었다. 정후일은 일찍이 30년 전에 그 외아들 정지흠을 잃었다. 10여 년이 지난 뒤 정후일은 새로 장가를 들어 정지윤을 낳았는데, 그 아들이 4세쯤 되자 할아버지에게 인사를 하러 갔다. 그러자 하곡은,

"근년에는 내가 손자 하나도 돌볼 수가 없구나."
라고 하였다.

홍만선 공이 내게 쓴 편지에서,
'어찌 정제두 같은 사람에게 후손이 없는가? 나는 지금 다행히도 손자가 있다네.'
라고 하였으므로, 내가 답장에 쓰기를,
'홍만선 같은 분에게 후손이 없다면 천도를 믿을 수 있겠습니까?'
라고 하였다. 정제두 공도 이를 탄식하였다.

제12화

너그럽고 넉넉한 성품의 이인혁

　사복시 정을 지낸 이인혁은 판서를 지낸 춘전 이경휘 공의 아들이다. 성품이 청순하고 인자하였으며 마음속에 품은 생각이 담백하게 탁 트였다.

　고을 수령이 될 때마다 그는 성심을 다해 남들을 대하였고, 오로지 은혜를 자애롭게 베푸는 데 힘썼으며, 형구를 사용하지 않아 아전과 백성들이 감화를 받았다.

　그가 충청도 예산 지역인 대흥에 있을 때였다. 어느 날 사당에서 참배를 하는데, 곁에 있던 사람이 그의 신발을 가리키며 말하였다.

　"신이 다 떨어졌는데 어째서 바꾸어 신지 않으셨소?"

　이공은,

　"그런 줄 몰랐습니다. 고쳐 신어야지요."

하고는 사당 밖으로 나가 아전에게 관아의 창고에서 가죽을 찾아다가 갖바치를 불러 주라고 명하였다. 그러고는 몇 달 동안이나 잊고 찾지 않았다.

　그 뒤에 다시 사당에 참배할 때 생각이 나서 갖바치를 불러 물으니 그가 말하기를,

　"처음부터 가죽을 받아 신발을 만들 일이 없었습니다."

하는 것이었다. 이공은,

　"필시 자네가 잊은 것일 게야. 자네 집에 가서 보면 틀림없이 가죽

이 있을 게야."
라고 하였다.

　조금 뒤에 갖바치는 가죽을 가지고 이공을 찾아와 말하였다.
　"소인이 과연 이 가죽을 받아 가지고 가서는 깜빡 잊는 바람에 여태 만들어 바치지 못했으니 죽을죄를 졌습니다."
　"사람이 깜빡하는 거야 뭐가 이상한가? 이제라도 꼭 만들어 주게."
　문을 나선 갖바치는 눈물을 흘리며 사람들에게 말하였다.
　"저렇게 어지신 사또를 차마 어찌 속이겠는가?"

　이공이 전라도 나주에 재직할 때는 흉년을 만났다. 사창에 저장해 두었던 곡식을 나누어주는데, 백성들은 기강과 질서가 없이 제멋대로 뛰어들어 빼앗아 갔다. 이공은 걱정이 되어 곡식을 다락에 올려다 놓고 나누어주었다.
　어느 날 밤에 안채에서 바깥채로 나오니 시중들던 아이가 이공이 잠잘 때 쓰는 두건을 쓰고 이부자리 속에 들어가 누워 코를 골며 자고 있었다. 이공이 발로 슬쩍 건드리자, 그 아이는 깜짝 놀라 일어나 창밖으로 나가 엎드렸다. 이공이 잠잘 때 쓰는 두건을 가져오라고 하자, 아이는 자신이 쓰고 있다는 것을 잊고 손으로 더듬더듬 찾는 것이었다. 이공이,
　"네 머리에 쓰고 있잖느냐?"
하자 아이는 그제야 두건을 벗어서 이공에게 바쳤다
　이공의 성품은 이처럼 너그럽고 넉넉하였다.
　벼슬살이를 할 때에는 지극히 청렴하여, 벼슬을 마치고 돌아올 때에는 가난하여 자력으로 생존할 수가 없었고, 자손들도 모두 굶주렸다. 그런데도 나주에서 벼슬할 때는 을해년(1695)과 병자년(1696)의 큰

흉년을 만나 매달 봉록으로 나오는 쌀의 많은 부분을 배편으로 서울에
보내 굶주려 죽게 된 친척들을 두루 구제하였다.

제13화
김득신과 박장원의 정신적 사귐

백곡 김득신 공은 성품이 성실하고 순박하며 꾸밈없이 수수하였다. 또한 김공이 무심한 까닭에 신통한 일이 많았다.

김공은 허적과 먼 친척이었다. 허적이 몰락하기 전 어느 날, 김공이 그의 집을 찾아간 일이 있었다. 허적의 아들 허견이 병에 걸려 이불을 덮고 그의 곁에 누워 있었다. 김공이 누워 있는 사람을 가리키며 누구냐고 묻자, 허적이 말하기를,

"첩에게서 난 아입니다."

하고는 이불을 들치고 보여주었다.

김공이 한 차례 보고는 크게 놀라 말하기를,

"이 아이는 역적일세. 자네 집안은 필시 이 아이 때문에 망할 걸세."

하고는 그 길로 일어나 가버렸다.

김공과 돌아가신 조부님 구당 박장원 공과는 타고난 기질과 성품이 분명히 달랐으나 젊은 시절부터 정신이 서로 통하는 사귐을 맺어, 세상 사람들이 모두들 정신적으로 사귄다고들 하였다.

일찍이 신해년(1671)에 조부님께서 송도에 머물고 계시다가 병환으로 돌아가셨다. 당시 김공은 충청도 괴산에 있었는데 미리 초상이 날 것을 알았다. 그 날이 마침 김공의 생신이라 가족들이 주찬을 차려 드렸는데 눈물을 흘리며 드시지 않았으니 신기한 일이다.

제14화
김득신의 속량 방식

　백곡 김득신 공의 외지에 있는 노복 가운데 거부가 있었는데, 그 노복의 한 아들이 열네 살이 되었다. 김공이 연로한 뒤에 김공의 자손들이 그 아이의 속량을 허락하였다.

　김공이 한가로이 앉아 있노라니, 어떤 이가 두어 필의 말에 무명과 삼베 등 피륙 수백 필을 싣고 이르렀다. 김공이 놀라 묻기를,

"어찌해서 왔나?"

하자, 집안사람들이 자초지종을 아뢰었다. 김공은 즉시 자신의 아들을 불러,

"노복 가운데 부유한 자가 있어 재물을 바치고 속량하라고 했으면, 내가 비록 늙었으나 아직 살아 있는데 너희들은 마땅히 내게 알리고 했어야지."

하고 그 노복을 불러 말하였다.

"네가 자식을 속량시키고 싶으면 내가 늙었어도 집안의 가장이니 반드시 내 수결을 받아야만 할 게야. 그리고 내가 늙고 집안은 가난하여 자손들을 먹여 살릴 방도가 없어. 기왕에 너는 우리 집 노복이고 재물이 넉넉하다니 의당 거절하지 말고 많이 내게나."

　그 노복이 머리를 조아리며 말하기를,

"소인은 가계가 풍족하여 부족한 게 없습니다. 다만 아들이 하나 있사온데, 마땅히 말씀대로 넉넉히 내겠습니다."

그러자 김공은 종이를 펼쳐놓고 붓을 잡으며 물었다.

"네 아들의 나이가 올해 몇인가?"

"열네 살이옵니다."

"그러면 나이 한 살에 피륙 한 필씩을 마련하게. 내 욕심이 이처럼 지나치다네. 내가 이렇게 요구해도 너는 감히 거절하지 못할 게야."

하고는 피륙 열네 필에 속량을 허락한다고 손수 써서 노복에게 주었다.

그 나머지 피륙은 모두 말에 실어 동구 밖으로 몰아냈다.

괴산의 선비인 유운서가 내게 이 이야기를 해주었다.

내가 일찍이 전라도 태인 현감으로 있을 때 시골 백성이 찾아와 아뢰기를,

"어느 양반이 10여 년 전에 노비의 속량을 허락했습니다. 그런데 이제 갑자기 찾아와서 그 노비를 찾았으나 재물을 침탈하지는 못했습니다."

하는 것이었다.

나는 본디 노비를 속량해주고 또다시 재물을 침탈하는 자들을 미워하였는지라 즉시 사람을 보내 붙잡아 와서 물어보니, 문벌이 좋은 집안의 자손으로 당시 전라감사의 먼 친척이라고 하는 것이었다.

10년 전에 그의 노비 세 사람을 속량해주었는데, 1인당 오백 냥씩 천오백 냥을 받았다. 그리고는 또다시 전라감사의 세력을 등에 업고 불법적으로 재물을 침탈하려고 하였던 것이었다. 마침내 중죄로 다스려 쫓아버렸다.

그 양반의 행사는 백곡과 어찌 그리도 다른가!

제15화
정언황 부부의 첫날밤

강원감사를 지낸 정언황은 혼례 자리에서 부인의 용모가 아름답지 못한 것을 보고 마음속으로 한스러워 하였다. 그는 신혼 방에 들어 부인의 말을 들어보고 그 사람 됨됨이를 시험해 보고자 하였다.

먼저 부인의 이름을 물으니, 그녀는 옷깃을 여미고 마주 보며 즉시 이름을 말하는 것이었다.

정언황은,

"처녀가 혼례 치르는 날 저녁에는 수줍고 부끄러워 감히 이름을 대지 못하는 것이 상례라오. 어떤 부녀자가 묻자마자 바로 이름을 댄단 말이오?"

라고 하자, 부인은 즉시 고개를 살짝 숙이고 손을 여민 뒤 조용히 말하였다.

"낯모르는 선비들께서 주막집에서 만나도 서로 통성명을 하신다고 들었는데, 하물며 부녀자가 새 낭군을 맞아 장차 평생을 의탁하려는 마당에 이미 물어보신 것에 대해 어찌 감히 대답하지 않겠습니까?"

조리가 있고 기품이 느껴지는 올바른 말이었다. 그녀의 행동거지도 화락하고 조용하였다.

이때부터 정언황 부부의 정의가 돈독해졌다고 한다.

제16화
심지원의 첫 부인 권씨

재상을 지낸 만사 심지원 공의 첫 부인 권씨는 학식이 높고 행실이 뛰어났다. 심공이 일찍이 암행어사가 되어 미처 복명을 하기도 전에 친상을 당하자, 어느 한 고을의 수령이 돈과 삼베로 부조를 하였다. 심공은 받아다가 부인에게 가져다주라고 명하였다. 그러자 부인 권씨가 계집종을 보내 전갈하기를,

"아무 고을은 바로 암행하시는 도내의 고을입니다. 아직 상감께 장계도 올리지 않으셨는데 그 고을 수령에게 부조를 받는 것은 공적인 일에 의혹을 살 듯합니다. 미처 살펴서 처리하지 않으신 듯해서 감히 알려드립니다."

라고 하였다. 심공은 깜짝 놀라 사례하기를,

"과연 치밀하게 살피지 못했소. 부인께서 깨우쳐주시지 않았으면 잘못 받을 뻔했소. 감사해 마지않아요."

라고 하였다.

심공이 일찍이 첩을 들이고자 하였으나 부인이 모르게 하려고 하였다. 첩과 기약한 날이 되어 심공이 다른 곳에 갈일이 있다고 둘러대며 도포를 찾자, 부인이 새로 지은 도포를 가져다주었다. 심공이 묻기를,

"갑자기 새 도포가 웬 일이오?"

하자, 부인이 웃으며 말하였다.

"새사람을 만나기로 해놓으시고 어찌 헌 도포를 입으시렵니까?"
심공이 물었다.
"어찌 아셨소?"
부인은,
"우연히 알게 되어 새 도포를 지어놓고 기다렸지요."
하는 것이었다. 심공은 마침내 첩을 보러 가지 못하였다.

심공의 집안이 가난하여 조석의 끼니를 잇지 못하자, 부인은 끼니 때마다 지은 밥을 가장에게 드리고 자신은 먹을 수가 없었다. 그녀는 항상 그릇에 흰 가루를 담아두고 때때로 먹곤 하였다. 그것이 무엇인지 몰라 자세히 살펴보니 쌀겨였다.

그 뒤, 심공이 출타하였을 때 시누이의 남편인 아무개가 찾아와 뵙자고 하는 것이었다. 부인이 그를 맞았는데, 그가 사람이 없는 틈을 타서 부인을 핍박하는 것이었다. 부인이 크게 놀라 급히 사람을 불러 위기를 모면하였다. 심공이 돌아오자 부인이 말하였다.

"부녀자가 이런 변을 만나 비록 몸을 더럽히지는 않았으나 흉인의 손이 옷에 가까이 닿았으니 어찌 살겠습니까? 저는 자결을 하려 합니다."

심공의 성품도 엄정하였던 까닭에 다만 이렇게 대답하였다.

"부인의 말씀은 일리가 있소."

마침내 부인은 자결을 하고 말았다.

부인 권씨의 아름다운 덕성이 이와 같아 집안이 가난해도 지게미와 쌀겨 같이 변변치 않은 음식도 마다하지 않았던 것이었다.

또, 대를 이을 아들이 없이 흉한 변을 당해 명대로 편안히 살다가 임종을 할 수도 없었다. 절의는 빼어났으나 운수는 불행하였으니, 아아! 그것이 슬프다.

제17화
정한주의 천하절색 아내 오씨

    참판을 지낸 정륜의 손자 정한주는 오정창의 사위였다. 신부 오씨는 세상에서 보기 드문 미색으로 이름이 났다.

    그녀가 혼례를 마치고 시집으로 가는 날, 시집 사람들은 모두들 놀라 웅성거렸다. 시부모에게 인사를 올릴 때, 정공은 손자며느리의 자색이 사람들의 마음을 놀라 움직이게 하고 주변에 환하게 빛이 나게 하는 것이 인간계의 사람이 아닌 듯한 것을 보고 크게 놀랐다. 정공은 절도 받지 않고 방에 들어가 문을 닫고 누워 말하기를,

    "우리 집안이 장차 망하겠구나. 부녀자는 본디 얼굴 모습을 귀하게 여기는 것이 아닌데, 하물며 세상에 보기 드문 미색을 어찌 지킬 수 있으랴? 손자며느리가 덕이 있는지 복이 있는지 모르겠으나, 우리 집안에 장차 무슨 일이 있으려고 이처럼 예사롭지 않은 사람이 들어왔단 말인가?"

하고는 근심과 탄식으로 오래도록 식사마저 하지 못하였다.

    그 뒤, 오정창의 옥사가 일어나자, 정공은 더욱 엄히 손자며느리를 물리쳐 내보내고, 손자인 정한주로 하여금 아내와 연락을 끊고 왕래하지 못하게 하였다.

    그녀는 외딴 섬으로 유배를 갔는데, 이때도 손자가 찾아가는 것을 허락하지 않았다. 그러나 정한주는 내외간의 애정이 남달라서 미칠

것 같은 병증을 스스로 견디지 못하였다. 마침내 정한주는 몰래 몸을 빼쳐 아내를 찾아가다가 도중에 그녀를 만났는데, 그녀는 적삼에 혈서를 쓰고는 자결하고 말았다.

뒤에 정한주는 과거에 급제하여 9품 한림 벼슬을 하다가 6품 벼슬까지 승진하고는 요절하였다.

제18화
신만의 기이한 행적

신만 공의 자는 만천으로, 인조 때 강화유수를 지낸 신감 공의 손자이자 상촌 신흠 공의 종손이다.

불우한 처지에 빠져서 기성관념이나 관습에 얽매이지 않았고, 의술에 밝아 신통한 경지에 이르렀다. 사람의 얼굴을 한 차례 보거나 목소리를 한 번 들으면 그가 살 것인지 죽을 것인지를 알았다.

좌의정을 지낸 조사석 공은 젊어서 병에 걸려 거의 죽게 되었었다. 신만 공은 조공의 외가 6촌 형이었으므로 와서 봐 달라고 간청하였다. 신공은 마루에 앉아 조공의 병세를 한 차례 살피고는 바로 허약한 체질에 걸린 급성 열병인 음중상한이라고 진단하고, 즉시 독삼탕을 달이라고 명하였다.

그러자 의원들이 떠들썩하게 떠들어대더니 말하기를,

"몸에 신열이 나는데 독삼탕을 복용하면 틀림없이 잘못되지."

라고 하였다. 신공은 눈을 부릅뜨고 의원들을 질타한 뒤 독삼탕이 달여지면 즉시 한꺼번에 마시게 하라고 하고는 뒤도 돌아보지 않고 그 자리를 떠났다.

조금 뒤에 병세가 위독해져서 이미 임종해야 할 지경에 이르렀다. 마침내 탕약을 마시게 하자, 이미 숨이 끊어진 듯하다가 다시 살아났다.

이때, 부고를 전해서 부조를 보낸 사람이 있기까지 하였다고 한다.

부제학을 지낸 이지항 공의 부인 신씨는 강화유수를 지낸 신감 공의 딸이었다. 어느 해 설날, 신만 공은 고모인 신씨에게 세배를 하러 갔었다. 마침 이씨 집안의 친척이 세배를 하러 왔다. 신씨는 방문을 향해 앉아 있었고, 세배하러 온 친척은 마루에 앉아 있었다.

신공은 방 안에 비스듬히 누워 그 친척과 고모가 주고받는 말을 듣고 있다가 방 안에서 큰 소리로 외쳤다.

"마루에 있는 손님이 누군지는 모르겠으나 4월이 되면 죽을 것이오."

신씨는 조카가 정초부터 불길한 말을 하는 것이 민망하여 바로 조카를 꾸짖었다.

"이 사람이 미쳤나?"

하고는 찾아온 친척을 위안하였다. 그 친척도 신만의 명성이 뜨르르하다는 것을 알고 있었으므로 그저 억지로 웃으며,

"이분이 신 생원이신가요?"

하고는 하직을 고하고 그 자리를 떠났다.

이지항 공의 손자인 이진수 공은 개성유수를 지냈는데, 바로 나의 고모부가 되신다. 그 당시 고모부의 나이는 겨우 10여 세였는데, 신공에게 물었다.

"아까 진외당숙께서 하신 말씀이 남다르시던데, 어째서 약을 써서 살리지 않으셨어요?"

신공이 웃으며 말하였다.

"이 아이가 기특하구먼! 사람을 살리고 싶으면 《의감》이라는 책을 가져오너라."

때마침 집에는 그 책이 없었다. 그 당시 고모부는 나이가 어리셔서 자기 생각대로 책을 빌려오지 못하였다. 어른들 가운데서도 고모부의 말을 듣고 거들어 줄 사람이 없었던 것이다. 마침내 내키지 않아 머뭇

거리다가 다시는 그 문제를 제기하지 않았다. 그 해 4월에 과연 그 사람은 죽고 말았다.

그 뒤 신공에게 물으니 대답하기를,

"그 사람은 생식기와 고환이 붓는 산증이라는 병을 앓고 있었는데, 이미 목소리에 그 증세가 나타나고 있었단다. 날짜를 짚어보니 4월쯤 죽을 것 같았어. 산증의 증세가 거꾸로 올라 머리에 이르면 틀림없이 죽기 때문에 그리 말했던 것이지."

라고 하였다. 언젠가 고모부께서 내게 해주신 이야기다. 그 사람은 때마침 신의를 만났는데도 살 수 있는 방도를 묻지 않았으니, 그의 죽음은 당연한 결과였다.

신만 공은 세상과 맞서 오만하게 세상을 업신여기면서도 꾸밈을 일삼지는 않았다. 일찍이 우암 송시열 공과 친하게 지냈는데, 우암은 그때마다 신공을 어릿광대 취급을 하였다.

어느 날, 신공이 갑자기 의관을 정제하고 행전을 찬 차림새로 명함을 가지고 가서 우암을 알현하였다. 우암은 놀랍고 괴이하게 여기면서 신을 거꾸로 신고 달려 나와 반갑게 신공을 맞았다. 신공은 부끄러워하는 태도로 지나치게 긍지를 뽐내며 방에 들어와 앉더니, 고개를 숙이고 가벼운 기침을 하며 손을 모아 잡고 사죄하였다.

"지금까지 성급하고 사나운 성깔을 자주 부렸습니다. 오래 된 습성에 이끌려서 반평생을 술에 취해 꾸는 꿈속에 보내 버렸습니다. 이제 생각해보니 마음속으로 절실히 억울하고 한스럽습니다. 이제야 환하게 깨닫게 되었습니다. 그 벌을 받아야지요. 천지간에 헛된 삶이 되지 않도록 선생께서 가엾게 여기시어 가르침을 주시기를 바랍니다."

우암이 몹시 기뻐서 큰 소리로,

"만천, 자네에게 틀림없이 오늘 같은 날이 있을 것이라고 내가 오래 전부터 짐작하고 있었지. 기특하네, 기특해!"
라고 칭찬해 마지않고, 서로 학문을 논하게 되었다. 무릇 정밀하고 심오한 의리에 대한 이야기를 대나무 쪼개듯이 거침없이 주고받았다.

우암은 한층 더 칭찬을 하며 숙연히 공경하는 태도로 신공을 대하였다.

신공은 한나절 동안 정좌를 하고 더욱 공손한 태도로 부드럽게 이야기를 나누었다. 말이나 얼굴빛이 화락하고 조용하였다. 그럴수록 우암은 더욱 신공을 믿고 의심하지 않았다.

날이 저물어 갈 무렵, 신공이 갑자기 큰 소리로 하품을 하더니 두 다리를 쭉 뻗고 비스듬히 누워서 웃으며 말하기를,

"이른바 성리학이란 것이 개다리와 같구려! 다리가 아파 할 수가 없어요."
하는 것이었다.

신공이 농담으로 세상을 깔보며 희롱하는 뜻이 아직도 상상이 된다. 그리고 한 세상을 뛰어넘는 높은 기개를 알 수 있다.

제19화

당색이 달랐던 박신규와 이민서

한 번 당론이 서로 다르게 갈라진 뒤로는 아득히 막혀서 서로 통하지 않고 날로 심하게 어긋나게 되었다. 양쪽의 인사들은 아예 왕래를 하지 않았다. 절친하던 사람끼리도 서로 소식이 전해질 수 없었고, 오로지 서로 질시하고 미워할 따름이었다.

판서를 지낸 서하 이민서 공은 서인의 주장을 주도하는 인물로 알려져, 남인들은 누구나 다 그를 증오하였다.

판서를 지낸 박신규 공이 일찍이 방에 누워 있노라니, 그의 아들들이 창밖에 모여 앉아 인물평을 하면서 있는 힘껏 서하를 비방하고 헐뜯는 소리가 들려왔다. 그들의 대화를 들은 박공은 아들들을 방으로 불러들여 앉혀 놓고 말하였다.

"너희들이 서하를 배척하는 말을 들었다. 그런 말을 하는 것이 어찌 너희들뿐이겠느냐? 나도 전에는 너희들과 같은 생각이었다. 그런데 사람은 반드시 몸소 겪어 본 뒤에라야 상세하게 알 수가 있더구나. 결코 망령되게 허황된 논의를 좇아 결론을 내려서는 안 될 게야. 나는 전부터 오래도록 서하와 같은 위치에 있으면서 조정의 반열에서 일을 처리해 왔고 대궐에서 당직도 함께 섰었지. 또한 그가 하는 말을 오래 들어왔고, 그가 하는 행동도 보아 왔어. 글 읽는 선비가 식견을 갖추고 성품이 자못 정직하며 옳지 않은 일을 하지 않았으니 정인군자라고 할 수 있겠지. 차후로 너희들은 진정으로 서하를 비방하고 배척하는 일을 하지 말거라."

그 뒤, 박공의 초상이 났을 때 아들들은 자신들의 부친과 함께 한 의리를 들어 서하에게 만사를 청하려고 하였다. 이공은 평소에 해학을 즐겨 박공의 부음을 듣고 사람들에게 말하기를,

"귀물 가운데도 사나운 것이 있어서 박봉경을 잡아갈 수 있었을 게야."

라고 하였다. 박공의 아들들은 그 말을 듣고 만사 청하는 일을 그만두고 말았다. '봉경'은 박공의 자였다.

박공은 성품이 강직하여 악한 짓을 하는 사람을 보면 참지 못하였다. 일찍이 경상도 관찰사로 있을 때 위엄과 신망이 널리 알려져 도내 백성들이 모두 두려워하며 굴복하였다. 백성들 가운데는 박공의 이름을 써서 학질을 꾸짖어 몰아내려는 사람이 있기까지 하였다. 이공이 '사나운 귀물'이라고 한 말은 이 때문에 나왔던 것이다.

박공이 경상도 관찰사로 있을 때 섣달그믐이 되기 전에 보내는 음식인 '세궤'를 약천 남구만 공에게 보냈다. 남공은 때마침 종이가 없어서 빈 책장의 여백에 답장을 써서 보냈다.

박공은 답장을 쓴 종이 끝이 찢긴 흔적을 보고 놀라 분개하며 말하기를,

"일찍이 대사헌을 지낸 양반이 편지지 한 장이 없어서 책 귀퉁이를 찢어 편지를 쓰다니, 세상 참 한심하구먼!"

하고는 품질이 좋은 종이 열 두루마리를 편지지로 만들어 보내주었다.

나의 외조부님이신 충정공 동산 윤지완 공께서도 일찍이 박공과 친밀하게 지내셨다. 일찍이 박공이 말하기를,

"나는 평생에 한 번도 주상이나 아버님 앞에서 헛소리를 해본 적이

없소."

라고 하자, 충정공께서는,

 "영공께서는 상소문을 올리실 때마다 반드시 백배를 하고 올리시는
듯하던데, 귀한 일입니다."

라고 하셨다. 그러자 박공은 벙실벙실 웃었다.

제20화
채유후의 해학

호주 채유후 공이 병조의 당상관으로 대궐에서 당직을 서는데, 하루 종일 한가하게 앉아 있었다. 그때, 병조의 하인 한 사람이 단지를 들고 마당을 지나가므로 채공이 물었다.

"그게 뭐냐?"

하인이 대답하기를,

"소인들이 마시려고 술을 사가지고 오는 길입니다."

하였다. 채공은 흐뭇한 미소를 지으며 술 단지를 가져오라고 한 뒤 한 잔을 따르게 하여 마시고는 병조의 아전에게 술값으로 베 한 필을 내주라고 명하였다.

채공이 이튿날도 한가하게 앉아 있는데, 술 단지를 끼고 마당을 지나가는 사람이 있었다. 채공이 웃으며,

"오늘도 어제로 여기는 것이냐? 난 오늘은 안 마시련다."

라고 하였다.

선배들의 풍류와 해학에서 태평성대의 기상을 엿볼 수 있다.

제21화
잔치 출연 금품을 할부로 갚은 박신규

판서를 지낸 박신규 공이 과거에 급제하기 전에 전라도 전주를 지나는데, 마침 전라도 관찰사가 큰 잔치를 베풀고 있었다. 박공은 지나가던 선비로서 말석에 참석하게 되었다. 도내의 수군절도사와 고을 수령들이 다 모였다.

잔치가 끝나자 기생들이 어지러이 흩어져서 잔치에 참석한 손님들에게 출연할 돈이나 물품을 적은 첩자를 받는 것이었다. 부유하거나 배포가 두둑한 수령들은 서로 경쟁이나 하듯이 쌀과 베를 내놓겠다고 적어 주었다.

어떤 기생 하나가 유독 수령들에게 첩자를 청하지 않고 박공 앞에 와서 무릎을 꿇는 것이었다. 박공이 웃으며,

"나는 벼슬도 없는 가난한 서생일세. 마침 이곳을 지나다가 성대한 잔치의 말석에 끼게 되었는데, 자네에게 줄 것이 뭐가 있겠는가?"

라고 하자, 그 기생이 말하였다.

"쇤네가 그걸 모르는 것은 아닙니다. 상공께서는 귀하신 분으로, 앞길에 전혀 막힘이 없으실 것이니 넉넉히 내시겠다고 예약을 해주셨으면 합니다."

박공은 웃으며 넉넉히 써주었다.

그 뒤, 박공이 전주의 판관이 되자, 그 기생이 당시 써주었던 첩자를 내미는 것이었다. 박공이 웃으며,

"낮은 벼슬이라 한꺼번에 다 낼 수는 없네."
하고 반만 주었다.

후일 박공은 전라도 관찰사가 되어 나머지를 모두 주며 물었다.
"너는 그 당시에 내가 이리 되리라는 것을 어찌 알았느냐?"

그러자 그 기생은,

"당시 높으신 양반들께서 자리에 가득하셨는데, 사또께서는 벼슬도
하시기 전에 함께 하셨지요. 그 행동거지와 도량이 헌걸차시고 당당
하셨습니다. 그 자리에 계시던 분들 가운데 빼어나시고 특출하셨어
요. 다른 기생들이 첩자를 청하니 여러 사또나리들께서 다투어 쓰시
는데, 사또께서는 초탈하신 듯 아무 것도 못 보신 듯하였습니다. 그래
서 높이 되시리라는 것을 알았지요."

라고 하였다고 한다.

제22화
일부 남인들의 방종

　남인의 한 무리들이 자칭 '성품이 너그럽고 대범하며 솔직하다'고 하면서 아무 데도 구속을 받지 않고 방종을 즐기며, 규범이나 법도의 속박을 꺼려하고 자신들을 예법의 테두리에서 풀어놓았다.

　형조판서를 지낸 윤이제는 평생 실없는 말로 농담을 하고 익살 부리는 일을 즐겨, 추잡하고 패륜적인 말이 입에서 떠나지 않았다. 그는 이러한 일에 능한 것으로 세상에 알려졌다.

　형조와 호조의 판서를 지낸 박신규는 윤이제와 절친한 사이였다. 서로 만나기만 하면 추악하고 패륜적인 말을 주고받았다.

　공조참판을 지낸 정륜은 박신규의 아버지뻘이 되는 어른이었다. 그러한 정륜을 박신규는 평소에 늘 마당에 내려서서 맞곤 하였다.

　어느 날 이른 새벽에 정륜이 박신규를 찾아갔다. 정공은 당시 병조참판으로, 수행하던 아랫사람들이,

　"병조참판 영감께서 오셨습니다."

라고 외쳤다. 당시 윤이제는 형조참판이었다. 박신규는 잠결에 병조참판이라는 말을 형조참판으로 잘못 듣고 자리에 누운 채 일어나지 않았다.

　정륜이 창밖에 이르러도 조용하기만 하고 아무런 기척이 없었다. 정공은 마음속으로 괴이하게 여겼다.

　잠시 후에 누워 있던 박신규는 큰 소리로 추잡한 이야기를 지껄여

댔다.

처음으로 이런 일을 당하자, 정공은 마음속으로 해괴하게 여기며 문 밖에서 그대로 돌아가고 말았다.

박신규는 윤이제가 온 것으로 알고 틀림없이 지저분한 대거리를 하리라 여겼는데, 적막하게 아무 소리도 들려오지 않는 것이었다. 또 다시 추잡한 욕지거리를 하였으나 역시 아무 반응이 없었다. 그러자 하인이 말하기를,

"이미 가셨습니다."

하는 것이었다. 박신규가 사태를 물어 알고 난 뒤에 크게 놀라 정공을 찾아가 사죄하였다. 정공은 차분한 태도로 정색을 하고 입을 열었다.

"나라에서는 자네들이 이렇듯 어리석고 못난 것을 알지 못하고, 자네들을 천거하여 재상의 반열에 두셨네. 벼슬의 품계가 높으니 얼마만한 지위이며, 많은 사람들의 추앙을 받으니 얼마만큼 존중을 받는 것인가? 그런데도 추잡하고 패륜적인 말을 서로 주고받으며 시시덕거리다니. 천한 일을 하는 하인들도 약간만이라도 사람의 도리에 대해 아는 자들은 차마 입에 담지 못할 말을 부끄러운 줄도 모르고 뱉어대고, 그런 욕을 남에게 듣고 예사롭게 여기더군. 의관을 갖춘 벼슬아치라는 것이 부끄러운 자네들을 어찌 해야 하겠는가? 내 어찌 자네의 추잡한 말이 내게다 한 것이 아니라는 것을 모르겠는가? 그러나 그런 말을 듣고 보니 놀라움을 이길 수가 없어, 자네를 만나려는 생각에 흥미를 잃어 돌아오고 말았네."

박신규는 그저 귀찮아 할 정도로 정공에게 사죄하였다. 그 뒤로는 그러한 버릇이 조금 나아졌다.

제23화
변함없는 의리와 도량의 크기

별좌를 지낸 황미는 평안도 개천군수를 지낸 황대진의 아들로, 나의 조부님 농장 가까운 이웃에서 살며 조부님께 예절을 익혔다. 조부님께서는 그가 마음이 곧고 굳은 것을 사랑하시어, 이조판서로 계실 때 그를 천거하여 첫 벼슬을 하도록 해주셨다.

조부님께서 돌아가신 뒤 20여 년이 지나서 그 산소를 이장하게 되었다. 당시 황미의 나이는 70세가 지났는데, 극도로 견디기 어려운 추위를 무릅쓰고 산 아래 머물면서 이장을 지휘하다가 병이 들어 죽었다. 그의 정결한 일편단심은 상황이 좋을 때나 좋지 않을 때나 이처럼 변함이 없었다.

황미도 재상을 지낸 완남군 이후원에게서 일찍이 감화를 받았었다. 언젠가 그가 말하기를,

"매번 인사를 갈 때마다 상공께서는, '자네 부채가 필요한가?' 하시고는 누워 계신 곳에서 손을 뻗어 벽장을 여시는데, 거기에는 많은 부채가 쌓여 있었지요. 손으로 더듬어서 개수도 세지 않으시고 좋고 나쁜 것을 가리지도 않으신 채 한 움큼을 채워서 던져 주셨어요. 네댓 자루가 될 때도 있고, 일고여덟 자루가 될 때도 있었답니다. 어떤 때는 좋은 부채가 많을 때도 있었고, 어떤 때는 좋지 않은 게 많을 때도 있었지요. 상공께서 돌아가신 뒤에는 그 맏아드님이 부채를 주는데, 그때마다 돌아앉아서 부채 하나를 펼쳐보고 그리고는 다시 접어 두

고, 또 하나를 펼쳐보고…. 이렇게 네댓 차례를 하고는 마침내 제일 못한 부채 하나를 주었지요. 그 부자간의 가늘고 큰 규모와 너그럽고 모진 차이가 이랬습니다."
라고 하였다.

제24화
윤지완과 박감의 인연

첨지중추부사를 지낸 박감은 관상감의 선생이었다. 천체를 관측하여 헤아리는 데 정통하였고, 또한 깊은 감식력도 있었다. 경기도 안산에 살았는데, 그곳은 곧 내 외가의 고향이었다. 그는 대대로 인근 마을에 살면서 이조판서를 지내신 내 외조부님을 찾아와 문안을 드리곤 하였다.

마음속으로 외조부님 형제분들이 큰 그릇임을 알아보고, 그 중에서도 외조부님과 한층 가까운 교분을 맺었다. 일찍이 외조부님께서 말씀하시기를,

"계축년(1673) 가을 안산의 농장에 있을 때였다. 어느 날 밤 누워서 듣자니 박군이 지팡이를 짚고 걸어오는 소리가 들리더구나. 조금 뒤에 들어와 앉아서는 한숨만 계속 내뱉다가,

'이를 장차 어찌하오, 이를 장차 어찌합니까?'

라고 하는 것이었어. 내가 벌떡 일어나 앉아 말하기를,

'자네 별자리를 보고 그러는 것이지?'

하고 물었으나, 박군은 긴 한숨만 쉴 뿐 말이 없더구나. 내가,

'내가 일찍이 들으니, 재앙과 전쟁의 조짐을 알려주는 천체의 현상은 가리기가 어렵다더군. 만약 이것이 전쟁이 날 조짐이라면 예로부터 전쟁을 당한 나라가 어찌 있었겠는가? 자네가 그런 조짐을 읽은 것인가?'

하고 물으니 박감은 머리를 가로저으며 말하기를,

'전쟁은 아닙니다.'

라고 하고는 서로 한숨만 쉬다가 돌아갔지.

이듬해 갑인년(1674) 봄에 인선대비께서 승하하셨다. 나는 곡을 하는 반열에 들게 되었는데, 전의 일을 생각하며 탄식과 함께,

'자네의 재주는 정통하구먼!'

하니, 박군은 머리를 가로저으며,

'아닙니다. 만약 오늘 일의 조짐이었다면 어찌 다행이 아니겠습니까? 대비마마의 국상은 여러 신하와 백성들에게 두루 아픔을 준다지만 사직에 관계되기까지야 하겠습니까?'

하는 것이었다. 그해 가을에 현종대왕께서 승하하셨지. 박군의 재주가 그처럼 신통하더구나."

라고 하셨다.

박감은 임종할 때 그 자손들을 외조부님께 부탁하였다. 그에게는 박춘부라는 아들이 있었는데, 외조부님께서는 항상 친척처럼 대하셨다.

기사년(1689)의 환국이 일어나기 전에 외조부님의 벼슬은 이미 높아져서 병조판서에 이르시고 그만두셨다.

외조부님께서는 감히 사사로운 정으로 관직에 나고 들게 하시지 않으셨다. 갑술년(1694)의 옥사로 정승 벼슬을 받으신 뒤로 사복시의 도제조, 낙하의 둔전감 등 평소 재산을 이루는 다양한 명칭의 벼슬을 하셨다.

박춘부를 차출하여 보내실 때 외조부님께서는,

"지난날 박군이 그의 자손을 내게 부탁한 것을 내 어찌 잊으랴? 그렇기는 하나 나는 끝내 감히 사사로운 은혜를 베풀지는 않았어. 다만

변방에 수령들을 파견할 때마다 춘부를 비장으로서 함께 가게 했을 따름이지. 예전에 내가 사복시의 제조가 되었을 때 내 뜻에 도제조가 아니면 함부로 벼슬을 줄 수가 없다고 생각했어. 사람을 파견하는데 일찍이 규율을 어긴 일이 없었지. 이제 내 손으로 관리를 파견하는데, 이 사람을 앞세우지 않는다면 누구를 앞세울 것인가?"

라고 하셨다.

외조부님께서는 지극히 공정하고 신중하셨고, 예전에 요청 받으신 일을 이처럼 잊지 않으셨다. 그 뒤, 박춘부는 주부와 찬의 벼슬을 얻었다고 한다.

제25화
명나라 유민 정선갑

　정선갑은 명나라 사람으로, 명나라가 망한 뒤 이리저리 떠돌아다니다가 우리나라에 와서 늙어 죽었다. 성품이 순박하고 조심성이 많아 처음 우리나라에 왔을 때에는 벙어리 같은 모습이었다. 몇 년 뒤에야 비로소 우리말을 하게 되었는데, 나이가 많아서 말을 배운 까닭에 늙을 때까지도 말이 어눌하여 듣기에 답답하였다.

　정선갑도 일찍부터 외조부님께 인사를 다녔다. 외조부님께서는 그와 이야기를 하실 때마다 자주 중국의 고사를 말씀하시곤 하셨다. 일찍이 외조부님께서는,
　"매번 강남의 즐거움에 대해서 들을 때마다 소주나 항주에 살지 못한 게 한스럽다."
라고 하셨다. 이에 정선갑이 대답하기를,
　"이른바 사대부라는 분들이 편안하게 살며 인생을 즐기는데 이 나라만한 데가 있겠습니까? 중원의 사대부나 평민들은 소주나 항주를 특이할 것이 없다고 여기지요. 비록 명승지라고는 하지만 괴로울 뿐 즐거움이 없답니다."
라고 하였다.

　일찍이 외조부님께서 종형 되시는 정재승 공과 함께 계실 때 정선

갑이 찾아와 뵙자, 외조부님께서 정공에게 말씀하시기를,

"이 사람이 명나라 유민인데, 우리나라에 와서 살다니 참으로 희귀한 일입니다. 그런데 가난해서 생계를 꾸려 나갈 방도가 없으니 위로하고 구제하는 것이 마땅하겠지요. 우리 형제가 함께 좋은 벼슬자리에 있으니 조그만 도움이라도 주었으면 하는데 어떠신지요?"

라고 하시자, 정공께서는 흔쾌히 허락하셨다.

마침내 각기 첩자에 도움을 줄 물품을 써서 그에게 주기로 하였다. 정공께서는 첩자에 무명 베 세 필을 쓰셨고, 외조부님께서는 흰 명주 다섯 필을 쓰셨다. 이때는 정공께서 호조판서로 계셨고, 외조부님은 어영대장으로 계실 때였다. 외조부님께서 웃으시며,

"형님께서는 나라의 살림살이를 주관하시는 호조판서로 계시면서 이 아우와 비교해 볼 때 어찌 그리 저보다 오히려 적게 쓰셨습니까?"

라고 하시자, 정공께서는 웃으시며 쌀 두 섬을 더 내기로 하셨다.

외조부님께서는 조정 안팎의 벼슬을 두루 역임하셨으나 청빈한 지조는 칼로 자른 듯이 분명하셔서 남들이 따라갈 수가 없었다. 그렇다고 청빈으로 심성을 갈고 닦으실 생각을 가지신 것도 아니었고, 다만 그것을 평생 마음에 새겨두시고 잊지 않으셨을 뿐이다.

조정이나 나라의 물건을 결단코 사사로이 쓸 수 없다는 생각을 가지고 계셨던 까닭에 어영대장으로 계셨던 2년 동안 처음부터 끝까지 힘써 사직의 뜻을 밝히셨으나 뜻을 이루실 수가 없었다.

마침내 상감께서 일곱 번이나 부르셨으나 나아가시지 않고 의금부에서 죄를 청하셨다. 숙종대왕께서 진노하시어 외조부님에게 특별히 경상도 관찰사를 제수하시고는 즉시 어영대장 직을 사직하라고 독촉하셨다.

외조부님께서는 며칠 안에 경상감영으로 부임하시느라고 미처 직무 인계에 필요한 문서를 작성하지 못하시고 즉시 재직하실 때의 금품 출납 장부를 어영청으로 보내셨다. 새로 임명된 어영대장이 직무 인계서를 작성하게 해보니, 재직 2년 동안에 장교와 군병들에게 규정에 따라 지불한 비용 이외에 단지 정선갑에게 흰 명주 다섯 필을 지급한 것이 전부였고, 그밖에는 사사로이 쓴 것이 조금도 없었다.

제26화
윤지완의 포용력과 기상

　　외조부님께서 경상도 관찰사로 계실 때, 관찰사를 보좌하는 관리인 도사가 어떤 일로 감영의 아전에게 곤장을 쳤다. 그러자 비장들이 무엄하다며 와서 고하였다. 외조부님께서는,

　　"도사는 나의 부하 관원이요, 감영의 아전은 나의 부하 이속이다. 나의 부하 관원이 나의 부하 이속을 다스리는 것은 사리에 당연한 일인데 그게 무슨 잘못인가?"

라고 하셨다. 외조부님의 크고 너르신 포용력과 모든 벼슬아치들에게 모범이 되시는 기상을 볼 수 있다.

　　지금의 모든 벼슬아치들은 아전이나 겸종들에 대한 편파적 비호를 일삼지 않는 이들이 없다. 참소로 이간하는 일이 자행되고, 도처에서 득실을 따지며, 동료와 상관과 부하가 이런 일로 서로 용납하지 못하는 경우가 많다. 그들이 외조부님 같은 선현의 언행을 본다면 뭐라고 할 것인가!

제27화

사람이 사람을 구하는 것은 당연한 도리

.

외조부님께서 경상도 인동도호부사로 부임하실 때 조령을 넘어 남쪽으로 큰 내를 건너시게 되었다. 이때, 장맛비로 냇물이 넘쳤는데, 외조부님께서는 먼저 내를 건너 언덕 위에 앉아서 쉬고 계셨고, 수행하던 사람들이 그 뒤를 이어 건넜다.

내를 건너던 어떤 사람 하나가 실수를 하여 물에 빠져 떠내려가는데, 곧 죽을 것 같았다. 외조부님께서는 수행원 가운데 건장하고 헤엄을 잘 치는 사람에게 급히 물에 들어가서 그를 건져내어 오라고 명하셨다.

그를 건져내오자, 곧 죽어가던 사람이 다시 살아났으나 자신을 건져준 사람에게 한 마디 사례의 말도 하지 않고 뒤도 돌아보지 않은 채 떠나버렸다.

사람들이 모두들 그가 막돼먹은 버릇없는 사람이라고 말하였다. 그러자 외조부님께서 웃으며 말씀하시기를,

"그가 예사롭지 않은 사람이 아님을 어찌 알겠느냐? 사람이 남을 구해주는 것은 당연한 도리라고 생각하는데, 무슨 사례를 하겠느냐?" 라고 하셨다.

제28화
사람 모습을 한 여우를 알아본 이원구

경기도 양주목사를 지낸 이원구 공은 바로 나의 고모부이신 이진수 공이 아버님이시다. 이공께서 경상도의 경산현감으로 계실 때 조령 남쪽 길을 가다가 큰 내를 건너게 되었다.

이공이 먼저 건너 냇가의 지대가 높은 곳에 앉아서 일행이 모두 건너기를 기다리고 있었다.

어떤 행인 한 사람이 내를 건너는데, 이공이 살펴보니 모습이 예사롭지 않아서 그를 가리키며 수행원에게 물었다.

"저것이 무엇인고?"

수행원이,

"내를 건너오는 사람입니다."

하자 이공은,

"사람이 아니다."

하면서 다른 수행원들에게 두루 물었으나 모두들 사람이라고 하는 것이었다.

이공은 사람을 보내 그를 붙잡아 오라고 하였다. 명을 받은 관리가 냇가에 서서 그가 건너오기를 기다렸다가 붙잡고는 멀리서 소리쳤다.

"사람이 맞습니다!"

이공은 그를 붙잡아 오게 하였다. 관리가 그를 붙잡아 미처 이공이 있는 곳에 이르기도 전에 드디어 그것이 몸을 빼어 달아나는데 바로 큰 여우였다.

그제야 여러 사람들이 보고 여우라는 것을 알았다.

그 여우가 많은 사람들의 눈을 가릴 수는 있었으나, 이공의 눈을
피할 수는 없었던 것이다. 이는 필시 이공의 정신이 다른 사람들과는
달라서 그랬던 것이리라.

이공이 말하기를,

"나도 처음에는 그것이 여우인 것을 몰랐었다. 다만 그 모습을 보니
수상하여 결코 사람의 모습이 아니었어."

라고 하였다.

제29화
관찰력이 뛰어났던 정태화

　양파 정태화 공이 일찍이 허적에게 말하기를,

　"장흥방 동구에서 가게를 내어놓고 물건을 팔던 계집이 지난 밤 지아비를 얻었다던데 알고 있었소?"

라고 묻자 허적이 웃으며,

　"공께서는 매번 이처럼 이상한 말씀을 하시는군요. 제가 그걸 어찌 알겠습니까?"

라고 하였다. 정공은 웃으며,

　"매번 지날 때마다 눈여겨 그 계집을 살펴보니, 과부가 쪽 찐 머리채를 꾸미고 치마저고리가 조촐하고 아름다운 것으로 보아 이미 음탕한 짓으로 유인하려는 생각이 있음을 알 수 있었소. 오늘 보니 풀어헤친 머리를 묶고 때 묻은 옷을 입고 앉아 있더군요. 얼굴에 부끄러워하는 빛이 있으니, 필시 이미 시집을 가서 부끄러운 마음이 생긴 것이지요. 이는 인심과 세태에 관계되는 것으로, 그대가 사정을 깊이 알 것 같아 혹시 알고 있는가 물어본 것이었소."

라고 하였다.

　정공의 앞에 있던 한성부의 아전은 그 계집과 같은 동네에 사는 자였다. 정공이 그를 불러서 물었다.

　"그 길가의 몇 번째 가게에서 몇 번째 자리를 잡고 장사하는 계집이 어젯밤 재가한 것을 너는 알고 있느냐?"

"그 계집은 과연 소인과 같은 동네에 사는 아무개의 처입니다. 아무개가 요절하자, 그의 부모는 며느리가 청상과부가 된 것을 불쌍히 여겨 과연 어제 재가를 시켰습니다."

정공은 자신의 이목이 미치는 곳에는 그대로 지나치는 일이 없었다. 정공은 이처럼 예리한 관찰력으로 사태를 꿰뚫어보고 민첩하게 알아차렸다.

제30화
정태화와 윤지완의 예견력

양파 정태화 공이 충청도 관찰사로 있을 때였다. 소싯적의 친한 벗으로 나이 들어서도 과거에 급제하지 못하고 역참의 찰방이 된 사람이 있었는데, 과거를 보기 위해 휴가를 청하였다. 정공은 휴가증에다 이렇게 써주었다.

'찰방의 이상야릇한 글로는 결코 급제할 수 있을 리가 없으니, 낙방한 뒤에는 즉시 맡은 일에 복귀하라.'

나의 외조부님께서 경상도 관찰사로 계실 때였다. 나중에 영의정을 지낸 서문중 공이 상주목사로 있으면서 과거를 보기 위해 휴가를 청하였다. 외조부님께서는 휴가중에,

'급제자 발표 뒤의 행사를 마치는 대로 즉시 맡은 일에 복귀하라.'
라고 써 주자, 휴가증을 받아 든 서공은 기쁜 빛을 감추지 못하였다.

그 과거에서 서공은 과연 장원을 하였다고 한다.

제31화
수청기생과 통정한 통인을 용서한 정태화

　양파 정태화 공이 충청도 관찰사로 있던 어느 날, 정공은 느지막이 일어나 뒷간에 갔다.

　그 사이 통인이 정공의 수청을 드는 기생과 더불어 공의 침소에서 음란한 짓을 하였다. 비장이 그 광경을 몰래 엿보고는 급히 뒷간으로 달려가서 주변에 들리지 않게 나지막한 말소리로 그 사실을 아뢰자, 정공이 듣고 큰 소리로 웃으며,

　"그것이 이렇게 달려와서 아뢸 일이냐? 실은 내가 통인이 가까이 하던 기생을 곁눈질한 것이지, 어찌 통인이 내가 좋아하는 기생과 음란한 짓을 한 것이냐?"

하고는 끝내 불문에 부쳤다. 정공의 기량을 볼 수 있다.

　요즘의 관찰사나 병마절도사, 수군절도사들은 청지기나 하인이 자신이 총애하는 계집을 훔쳤다고 곤장을 쳐서 심지어는 죽이기까지 하였다. 그들이 정공을 본다면 뭐라고 할 것인가!

제32화
목민관 선발의 중요성

　영월군수를 지낸 최노첨은 바로 좌의정을 지낸 수죽 정창연 공의 사위다. 양파 정태화 공에게는 고모부가 된다.

　양파의 고모가 가난하여 생계를 꾸릴 수가 없었는데, 당시 양파는 이미 정3품 당상관의 반열에 올라 있었다. 고모는 남편의 한 고을 수령 자리를 양파에게 부탁하였다.

　이때, 완성부원군 최명길이 문관의 인사를 주관하는 이조판서로 있었다. 양파는 최 판서보다 연배가 아래였으나, 최 판서가 자신을 알아주고 인정해주는 데 대해 고마움을 느끼고 있었다. 양파는 즉시 최 판서를 찾아가 말하기를,

　"오늘은 긴요하고 절실하게 청을 드릴 일이 있어 왔습니다."

하자, 최 판서가 물었다.

　"긴요하고 절실한 청이라니?"

　양파가 그 까닭을 자세하게 아뢰자, 최 판서는 연달아 몇 차례나 최노첨을 되뇌며 한동안 생각에 잠겨 있다가 말하였다.

　"변변치 못한 내가 나라의 두터운 은혜를 입어 이 자리에까지 이르렀소. 참으로 재주도 덕도 없어 물방울이나 티끌처럼 조그만 효험이나마 볼 수 있을는지…. 무엇보다 수령의 직책은 아무리 미미해도 맡은 임무가 지중하여, 백성들의 평안과 근심이 거기에 달려 있지요. 내 마음속으로 지금까지 일을 처리해온 한 단계가 있는데, 수령 후보

자를 추천할 때는 반드시 내 스스로 저울질을 해본다오. 스스로 마음 속에 저울질한 것이 비록 그 사람 됨됨이를 명확하게 헤아려 알 수 없을지라도 수령직을 맡기에 충분하다고 생각된 뒤에야 비로소 추천 을 했지요. 그리함으로써 나라의 은혜를 갚으려는 것이라오. 만일 최 군을 거듭해서 생각하고 헤아려서 그가 잘할 것이라는 것을 분명하게 알 수가 없다면, 영공께서 평생 청탁한 일이 없이 우연히 최군에 대해 한 말씀을 한 것이라도 나는 등용할 수가 없습니다. 몹시 서운하거나 불만족스럽거든 나를 위해 다른 사람을 추천해주면 다행이겠소."

아아, 성대하도다! 이것이 인조대왕 때부터 효종대왕 때까지 나라 가 잘 다스려져서 평안하고 민생이 안락하였던 이유다. 인재를 선발 하는 사람이 이러한 마음가짐을 하고 있으면 백성들이 무엇을 불안해 할 것이며, 나라가 어찌 잘 다스려지지 않을 수 있겠는가?

무릇 나라를 위하는 도리는 다른 것이 아니라, 다만 수령과 방백을 잘 가려 뽑는 것뿐이다.

예전에 소동파가 사마광의 신도비문을 지으면서 재상의 업무를 논 하여 서술한 까닭도 이에서 지나지 않는다. 그 비문에 이르기를,

'방백과 수령을 잘 가려 뽑아, 늠름하게 잘 다스려지는 정치를 지향 하였다.'

라고 하였다.

오늘날 인재를 선발하는 사람들은, 숙종대왕 때 이래로 사람을 가 려 뽑는 데 마음을 둔 벼슬아치는 하나도 없고, 분쟁을 일으키는 것으 로 풍조를 이루어 청탁을 공공연히 행하고 있다.

첫 벼슬에 임명되고 나면 벌써 오로지 형세의 경중을 살피고 청탁 의 필요 여부를 살펴 등용한다. 한 번 벼슬길에 나서면, 그 가운데서 도 특히 지방 수령을 추대하는 절차에 따라 마치 자기 소유인 양 선발

한다.

또한 순전히 사사로운 생각으로 국면이 거듭 바뀌어 나라의 정무를 맡는 것이 어려운 까닭에, 일단 맡았을 때에는 마치 미치지 못할까 염려하여 다른 일을 할 마음의 여유가 없게 된다. 이런 때가 되면 친척이나 개인적인 친분이 있는 사람들을 끌어들이는 데 힘쓰게 된다.

벼슬을 함에 있어서 사람은 많고 벼슬자리는 적어서, 한 번 벼슬자리를 얻기가 지극히 어려운 까닭에 마치 미치지 못할까 염려하여 또 다른 일은 할 마음의 여유가 없게 되는 것이다. 이런 때가 되면 백성들에게 걸태질하여 스스로 살찌우는 것을 일삼게 되고, 이러한 인습이 오래도록 쌓여 잠깐이 아닌 까닭에 어찌할 수 없는 지경에 이르게 된다.

그리고 근자에 전무후무한 큰 흉년이 들어 백성들이 모두 여기저기로 흩어지거나 죽었다. 살아남은 자들은 단지 양반들과 중인, 서리 등 강하고 꿋꿋한 부류들뿐이었다. 이른바 평민들은 거의 살아남은 자들이 없었다. 이런데도 끝내 어떤 지경에 이를지 모르고들 있다. 사람들로 하여금 눈물을 흘리며 통곡을 하게 해놓고도 그치게 할 줄을 모른다.

제33화
인재를 선발하는 관리의 자세

　병조판서를 지내신 나의 종조부님 윤지인 공께서 이조참판으로 계
실 때 남도에서 올라온 친구가 있었다. 자리에 좌정하자, 윤공께서는
문과 급제자들의 명부인 진신안을 펼쳐 놓으시고 한 사람 한 사람 가
리키며 물으셨다.
　"자네는 이번에 남녘땅에서 올라왔으니, 아무 고을과 아무 고을 수
령의 치적이 어떻던가?"
　친구 되는 분이 묻기를,
　"그건 왜 물어보는가?"
하자, 윤공이 말씀하시기를,
　"이들은 모두 내가 이조참판으로 이조판서 직을 대행할 때에 임명
한 수령들이네. 만약 이들이 선정을 베풀지 못했다면, 그건 곧 내가
잘못 천거를 해서 백성들에게 해를 끼친 것이지. 마음속에 항상 걸려
감히 잊을 수가 없어서 물어보는 것일세."
라고 하셨다. 아아! 오늘날 인재를 선발하는 관리들이 이런 마음을
지니고 있는지?

제34화
궁중 물품의 사사로운 반입을 막은 호조판서 홍수헌

홍수헌 공은 이조판서를 역임하고 그 뒤에 호조판서가 되었다. 궁중으로 들어오는 모든 물품 일체를 임금에게 글로 아뢰고 막아 버리자, 임금의 뜻에 거슬리는 일이 쌓이게 되었다.

임금은 한번 호조판서 직을 다른 사람으로 체직시키고 나서 다시는 홍공을 거두어 등용하지 않았다. 홍공이 궁중에서 사사롭게 쓰는 것을 막음으로써 나라의 재정은 넉넉하게 되었다.

홍공의 충성심은 어디에 있기에 그 충성심을 알아주지 않고, 도리어 이처럼 폐기되고 말았으니, 알랑거리고 아첨하는 자들이 어찌 승진하지 못할 수가 있겠는가?

홍공은 능히 자기 한 몸의 이롭고 해로움을 생각하지 않고 이처럼 견고하고 확실하며 굳세고 결단력이 있었다.

홍공이 타계한 뒤에는 가난한 집만이 쓸쓸하게 남아 사람들로 하여금 존경심이 일게 하였다.

제35화
토정 이지함의 기행

    토정 이지함 공은 선조 때의 은사다. 율곡 이이 공과 백사 이항복 공이 토정을 칭찬하여 말한 적이 많았고, 일대의 명현으로 인정하였으니, 그가 어떤 사람인지 알 만하다. 기개와 의지가 빼어났고 재기가 절륜하였으며, 재주와 솜씨가 뛰어났고, 풍수지리의 묘한 이치도 꿰뚫고 있었다.

    일찍이 토정과 그의 형 이지번이 묏자리를 찾다가 한 자리를 점찍었는데, 그 앞에 오래 묵은 무덤이 있었다. 토정은 마땅히 그 무덤을 옮기고 묏자리로 써야 한다고 생각하였다. 그의 형인 이지번은,

    "어찌 남의 묘를 헐어내고 부모님의 장사를 지낼 수가 있겠느냐?"

라고 하며 서로 논쟁을 벌였으나 결정을 하지 못하고 날이 저물어 발길을 돌렸다. 산 속이라 인가가 없어서 두 형제는 어디로 가야 할지 몰라 방황하고 있었다.

    밤이 깊어서야 멀리 마을의 불빛을 보고 찾아갔다. 대문에 이르자, 마을 사람이 마치 기다리고 있었던 것처럼 인사를 하며 맞는 것이었다. 토정이 묻기를,

    "그대는 우리들이 올 것을 어찌 알고 기다렸는가?"

하자, 그 사람은 문 앞의 산기슭을 가리키며 말하였다.

    "어젯밤 꿈에 어떤 사람이 푸른 철릭을 입고 이 산기슭 꼭대기에 서서 저를 부르더니,

'내가 이 근처에 오래도록 집을 짓고 살았는데, 다른 사람에게 빼앗기게 되어 다른 곳으로 옮겨 가려 하네. 그 사람들이 오늘 올 것이니, 그대가 잘 대해 주게.'

라고 하는 것이었습니다.

그래서 잠이 깬 뒤 그 사람들을 기다렸는데 온종일 아무도 오지 않아 마음속으로 이상하게 생각하고 있었지요. 꿈의 조짐이 틀림없어서 우연이 아님을 확신하고는 저녁까지 차려놓고 기다리고 있는데, 과연 공들께서 오셨습니다."

토정이 형을 돌아보고 웃으며,

"천지신명께서도 이미 허락하셨는데 무엇을 의심하십니까?"

하고는 드디어 제문을 지어 제사를 지낸 뒤 그 무덤을 옮기고 그 자리에 장사를 지냈다.

토정 부모님의 묘소는 충청도 보령의 바닷가에 있었는데, 조수가 드나들면서 묘소 자락을 깎아냈다. 토정은 맨손으로 행상을 하여 몸소 천금의 이득을 얻어서 묘소 주변에 제방을 쌓아서 조수를 막았다. 쌓아 놓은 제방이 허물어지자, 토정은 혀를 차며 또 천금을 마련하여 다시 쌓아서 완공하였다고 한다.

토정은 서울 경강의 흙으로 쌓은 정자에 살면서 강물의 흐름을 약간 옮기려고 나무로 인형을 만들었는데, 기관이 발동하면 사람의 모습과 매우 흡사하였다. 그 인형의 머리를 때리면 소리 없이 벙긋 웃는 것이었다.

그 인형을 강물 속에 세워 놓으니, 한강·용산강·서강 등 세 강의 아이들이 수천 수백 명씩 떼를 지어 돌을 모아다가 인형을 향해 던졌다.

돌이 인형의 머리에 적중할 때마다 인형은 입을 벌리고 벙긋 웃었다. 아이들이 떠들썩하게 돌을 던지는 것이 일상이 되었다. 인형이 있는 곳에 돌이 가득차서 뭍이 되었고, 마침내 강물의 흐름이 바뀌게 되었다. 예로부터 전해 오는 이야기가 이와 같다고 한다.

세상에 전하기를, 토정은 재주가 많아 천하의 모든 일에 통하지 않는 것도 없고, 해보지 않은 것도 없다고 한다. 한때는 간질병에 걸리려고 창문에 구멍을 내서 머리를 내놓고 잠을 잔 지 며칠 만에 간질에 걸렸는데, 스스로 지은 약을 먹고 나은 일이 있었다. 이러한 일이 많았다고 한다.

제36화
지관 이기옥의 보복

　판서를 지낸 지봉 이수광 공이 일찍이 지관인 이기옥과 더불어 산골짜기에서 묏자리를 찾고 있었다. 때마침 기축년(1589) 설날을 객지의 여관에서 맞게 되었다. 이기옥은 다른 방에 묵고 있었다. 이른 새벽에 하인이 와서 아뢰기를,

　"이 교수가 갑자기 발작을 일으켜 손으로 문지방을 치면서, '이놈, 이놈이 지금 또 그러려고?'라고 하면서 수도 없이 미친 듯이 부르짖으며 분한 듯 욕을 합니다. 왜 그러냐고 물어도 대답을 하지 않아요."

하는 것이었다. 이공이 말하기를,

　"그저 내가 부른다고 하고 불러오너라. 오면 그 까닭을 물어보마."

라고 하였다. 잠시 후에 이기옥이 와서 말하기를,

　"평생에 분하고 한스러운 일이 제 가슴에 맺혀 있습니다. 오늘 기축년을 맞아 아마도 그 원통함을 조금이나마 분풀이할 수 있을까 하여 저도 모르게 울부짖게 되었습니다."

라고 하였다.

　"무슨 일로 분한이 맺혔는가?"

　"15년 전, 이발이 이조정랑으로 있을 때 갑자기 저를 불렀습니다. 이때 저는 마침 묏자리를 봐달라는 사람이 있어서 먼 곳에 나가 있었는지라, 집사람이 가서 사실대로 아뢰었습니다. 그러자 이 정랑이 노하여 제 아내를 가두라고 명했습니다. 제 아내와 자식들이 전옥서에

갇힌 뒤, 이 정랑은 사람을 사서 급히 달려가 저를 찾으려고 했지요. 그 사람이 제게 와서 급히 돌아가자고 하더군요. 돌아가서 이 정랑에게 현신하니 그는 다만,

'이 근방 수십 리 안에서 급히 명당자리를 찾아보고 와서 고하여라.' 라는 말만 했습니다. 한 마디 말도 나누지 않고 타고 갈 말이나 데리고 갈 하인, 먹을 음식도 주지 않고 다그치는 바람에 부득이 그냥 갈 수밖에 없었지요. 다른 사람의 말을 빌려 타고, 이자를 붙여주기로 하고 양식을 꾸어서는 급히 길을 나섰습니다. 범속한 사람이나 저속한 지관의 눈에 완연히 합치되면서 그 가운데에는 지극히 흉하고 큰 재앙이 선 자리에서 닥치는 명당자리를 얻고자 하니, 졸지에 찾기가 어려웠습니다. 열흘에서 보름가량 두루 다니다가 비로소 묏자리 하나를 얻어 가지고 가서 아뢰자 이 정랑이 말하기를,

'마땅히 내 친구로 하여금 올라가 보게 한 뒤 결정하겠다.' 라고 했는데, 이른바 이 정랑의 '친구'라는 사람이 정여립이었습니다. 그 뒤, 정여립이 남쪽 지방에서 올라와 이 정랑과 함께 묏자리를 살펴보고는 장사를 지냈지요. 재앙이 닥칠 때를 헤아려보니, 아마도 기축 연간일 듯했습니다. 마음속에 분한을 쌓아둔 채 말없이 금년이 오기를 헤아리며 기다렸습니다. 마침 기축년의 첫날인 오늘을 맞아 저도 모르게 그렇듯 울부짖게 되었습니다. 이 정랑에게 재앙은 반드시 금년에 닥칠 것입니다."

기축년에 이발의 모자와 형제들이 모두 정여립의 옥사로 죽었다. 지관이 화가 나서 음험한 수단으로 남을 참화에 빠뜨리는 것은 자신도 모르게 당하는 재앙보다 두렵지 않은가? 그렇다고 하더라도 사대부가 귀한 신분만을 믿고 교만방자하게 구는 것도 또한 경계할 줄 알아야 하지 않겠는가!

제37화
방자하게 굴다가 혼이 난 지관 이유필

　지관인 이유필은 자신의 재주를 믿고 교만방자하여, 가서 만나보기를 청한 사대부들이 거의 감당할 수가 없었다.

　판서를 지낸 조계원 공이 부인을 잃고 이유필과 함께 묏자리를 보러 갔다. 무릇 먹고 마시는 것을 해다 바치는 것은 오로지 그가 해달라는 대로 따랐는데, 그 방자함이 더욱 심해졌다. 궁벽한 산의 깊은 골짜기 속으로 들어갔는데 하인이 와서 말하기를,

　"이 교수가 이르기를, '반드시 숭어회를 가져와야만 밥을 먹을 수 있겠어.'라고 합니다."

하는 것이었다. 조공은 참고 견딜 수가 없어서 대로하여 그를 잡아들이게 한 뒤 따져 묻기를,

　"자네가 만약 소의 양을 회로 먹고 싶다고 하면 해다 줄 수도 있지. 즉시 마을에 있는 소를 잡아서 회를 만들면 되니까. 이렇듯 첩첩이 깊은 산 속에 앉아 있는데, 숭어회를 무슨 수로 구한단 말인가? 내가 부모님의 묏자리를 찾는 것도 아니고, 내 아내의 초상이란 말이지. 그런데 어째서 네 놈의 비위를 맞춰줘야 하느냐?"

하고는 마침내 이유필의 양쪽 귀밑머리를 자른 뒤 산 속의 소나무에 단단히 묶어 놓고는 가버렸다.

　그 이야기를 들은 사람들이 모두 통쾌하게 여겼다. 교만한 지관들도 이를 경계로 삼아야 할 것이다.

제38화
묘를 잘 써서 명문가가 된 동래 정씨

풍수지리설은 중국에서 송나라 때 이후로 크게 유행하였다. 회암 주희와 서산 채원정이 풍수지리설을 독실하게 믿었다.

우리나라에서도 신라와 고려 때부터 이를 신봉하는 사람들이 적지 않아, 예로부터 전해 오는 이야기가 아주 많다.

정사 공은 곧 문익공 정광필 공의 조부이고, 양파 정태화 공에게는 7대조가 되며, 나의 외조부님이신 충정공 윤지완 공에게는 외가로 8대조가 된다.

정사 공은 직제학으로 계시다가 진주목사로 나가셔서 재직 중 관아에서 돌아가셨다. 정공의 대를 이은 아들인 동래군 정난종 공께서 영구를 모시고 서울로 가시다가 미처 고개를 넘기 전이었다.

목사공께서는 진주에 계실 때 그 고을 사람의 아들 하나를 동각에 두고 기르면서 여러 아들들과 함께 공부를 하게 하였다. 그가 상여를 따라 경상도 용궁 땅에 이르러 동래군에게 말하기를,

"저는 돌아가신 영감의 두터운 은혜를 입었으나 갚을 길이 없습니다. 제가 마침 풍수지리에 관해 배웠는데, 만약 제 말대로 하신다면 제가 정성을 다해 고른 묏자리 한 군데를 추천하겠습니다."

하는 것이었다. 동래군이 모부인께 아뢰니 모부인은,

"창졸간에 초상이 나서 장지를 아직 정하지 못했는데, 아무개가 문객으로 은혜를 입었다니 필시 정성스러운 뜻이 있겠구나. 또 마침 풍

수지리에 대해 안다니 어찌 다행이 아니겠느냐? 그 사람 말대로 하는 게 좋겠다."

라고 하였다. 그가 말하기를,

"이 근처 땅이라도 쓰실 수 있겠습니까?"

하므로 동래군이 다시 모부인께 아뢰니 모부인은,

"비록 도성에서 멀기는 하다만 선산의 묏자리는 이미 다 썼으니, 좋은 자리만 얻는다면 멀다 한들 뭐가 걱정이냐?"

라고 하였다.

이에 그는 동래군과 함께 어느 한 산기슭에 올라 한 자리를 가리키며,

"이곳은 당대에 재상을 배출하는 자리로, 금정틀을 설치해야 합니다."

라고 하자, 동래군이 물었다.

"이미 다른 사람이 장사지내려고 하는 듯한데, 금정틀을 설치하여 구덩이를 파면 어찌하는가?"

그러자 그는,

"틀림없이 이곳에는 쓰지 않을 겁니다. 만약 이곳을 쓸 것이라면 어찌 흙을 파내고는 지키는 사람이 없겠습니까? 반드시 곧 철거할 겁니다."

라고 하였는데, 조금 뒤에 과연 철거하였다.

마침내 그곳에 시신을 묻고 봉분을 만드는 산역을 시작하였다. 그 근처의 사람들이 다수 모여서 산역을 구경하였다. 그들이 모두 말하기를,

"이곳은 예로부터 전해져 오는 길지지요. 다만 맏이로 태어나면 사람을 그르치게 되므로 감히 쓰지 못했지요."

하자, 그가 말하였다.

"장자의 후손이 혹 미약해지더라도 용궁의 좌수 정도는 될 것입니

다. 그밖에는 대대로 이름난 재상이 될 텐데 어찌 쓰지 않을 수 있겠습니까?"

드디어 장사를 지내기로 결정하였다.

그 뒤로는 하나같이 그의 말처럼 되었다. 문익공 정광필 공 이후로 7대에 걸쳐 여덟 분의 재상이 배출되었고, 재상 이하의 벼슬도 이루 헤아릴 수 없을 만큼 많았다. 비록 중국 후한 때 재상을 배출한 명문가인 원씨나 양씨 가문에는 미치지 못하였지만…. 그리고 장자의 후손은 미약해져서 바야흐로 용궁의 품관이 되었다고 한다.

제39화
청송 심씨 집안의 명당

의정부 사인 벼슬을 지낸 심순문 공은 바로 청양군 심의겸 공의 증조부로, 나에게는 증외가의 8대조가 되신다. 연산군 때 일어난 갑자년(1504)의 사화에 돌아가셨다. 당시 심공은 조정에 들어가셨다가 조복을 입으신 채 참형을 당하셨다.

충혜공 심연원 공 이하 아들들이 선친의 영구를 모시기에는 모두 나이가 어리고 약하였다. 상여를 모시고 가다가 경기도 통진의 옹정리에 이르러 작은 산기슭을 넘어가다가 상여에 가로 댄 나무가 갑자기 부러졌다. 창졸간의 일이라 어찌 할 줄을 모르고 상여를 길에 멈추어 놓은 채 아들들이 울부짖었다.

때마침 한 노승이 사미승을 데리고 길가에서 잠시 쉬고 있었다. 사미승이 노승에게 말하기를,

"저 상제들이 가엾어요."

하고는 턱짓으로 가리키며,

"저 산쯤이 좋겠네요."

라고 하는 것이었다. 그러자 노승이 눈을 부릅뜨며 꾸짖었다.

"쓸데없는 소리 하지 마라!"

일행 중에 있던 나이 어린 계집종이 수풀 속에서 소변을 보다가 그 말을 엿듣고는 급히 충혜공에게 고하였다.

이때, 충혜공은 아직 장성하기 전이었는데 급히 나가 미처 안장도

설치하지 않은 말을 타고 노승 일행을 뒤쫓았다. 고개 하나를 넘자 노승 일행이 가고 있었다. 빠르게 달려 노승 가까이 이르자, 충혜공은 말에서 내려 길옆에 엎드린 채 울면서 묏자리를 일러달라고 간청하였다.

노승이 처음에는 깜짝 놀란 듯하다가 대답하기를,

"지나가는 중이 뭘 알겠소?"

하는 것이었다. 충혜공은 자신이 처한 형편을 자세하게 말하고 거듭거듭 간청하였다.

한참이나 충혜공을 뚫어져라 바라보던 노승은 충혜공과 함께 길가에 있는 한 산기슭에 올라 말하기를,

"우선 이곳에 장사를 지내면 되겠소."

라고 하여 마침내 그곳에 장사를 지냈다.

그 뒤로 충혜공의 집안이 크게 번창하여 대대로 재상들이 배출되었고, 지금까지도 그 묘소가 명당으로 일컬어지고 있다.

심씨 집안에 예로부터 전해져 오는 이야기는 이와 같다. 하곡 정제 두 공이 응교 벼슬을 지낸 그의 이종사촌 형인 심유 공에게 듣고 내게 말해주었다. 또 이르기를,

"그 사미승이 턱짓으로 가리킨 묏자리는 지금도 어딘지 알 수가 없네."

라고 하였다.

제40화
광주 이씨 집안을 번창시킨 명당자리

둔촌 이집의 선조는 경기도 광주의 향리였다. 경상도 사람으로 광주목사가 된 사람이 있었는데, 풍수지리에 밝았다.

목사가 일찍이 사냥을 하러 남한산성에 올라 어느 한 묏자리에 앉아 찬탄해 마지않기를,

"내가 만약 한양 도성 사람이라면 어찌 이곳에 무덤을 쓰지 않겠는가? 좋은 터긴 한데 초년에는 응당 환난이 있겠어. 만약 나라면 환난을 면할 수 있겠지만 다른 사람이면 면하기 어려울 것이야."

라고 하는 것이었다.

이때 둔촌의 선조는 향교의 교생으로 따라갔다가 그 말을 듣고 말뜻을 알아차렸다.

그 뒤, 교생은 부친상을 당하자 그 땅에 장사를 지냈다. 그런지 1년이 채 되지 않아서 홀연 지나가던 거지가 아무 까닭도 없이 야유를 하며 소란을 피웠다.

교생이 손으로 그 거지를 건드리자, 거지는 갑자기 쓰러져 죽고 말았다. 그러고는 장정 세 사람이 나타나 그 거지의 아들이라며, 세 아들이 함께 살인죄로 고발하여 재판이 벌어졌다.

살인 혐의로 체포된 뒤 감옥에 갇혀 죽게 되자, 교생은 옥중에서 자신의 아들에게 이르기를,

"전에 내가 모시던 아무개 사또께서 영남에 계시는데 돌아가신 할

아버지의 묘소에 대해 알고 계신다. 당시 사또께서,

'초년에 화가 있겠으나 내가 면하게 할 수 있다.'

라고 하셨지. 지금도 살아 계실 듯하니 네가 한번 가서 어찌하면 좋을지 여쭤보아라."

라고 하였다.

교생의 아들이 말을 달려 영남으로 찾아가 보니, 당시의 사또가 늙기는 하였으나 살아 있었다. 교생의 아들은 경기도 광주에 있는 아무개 아전의 아들이라고 자신을 소개하고는 찾아온 까닭을 자세히 말하였다. 사또가 그 말을 듣고 말하기를,

"내가 늙어서 자세히 기억이 나지는 않으나 어느 곳으로 묏자리를 살펴보러 갔던 것 같아. 아마도 여우에게 홀려서 생긴 환난일 것이야. 당시에 내가 했던 말이 있지. 너는 사납고 실팍한 사냥개를 구해서, 재판을 건 사람들과 만날 때 재판정으로 끌고 들어가거라."

라고 하였다.

교생의 아들은 그 말대로 실팍한 개 세 마리와 함께 재판정으로 들어갔다. 그러자 각각 한 마리의 개가 재판을 걸어 온 장정 한 사람씩을 맡아 물어뜯는데, 알고 보니 장정들은 모두가 늙은 여우였다. 재판은 교생의 무죄로 끝이 났다.

지금도 광주 이씨 집안에서는 대대로 재상을 배출하고 있다. 그런데 교생의 부친을 장사 지낸 묘소는 실전되어 찾을 수가 없다고 한다.

제41화
양녕대군의 염문

양녕대군은 세종의 형이다. 일찍이 평안도에 가서 재미있게 놀다가 오겠다는 뜻을 세종에게 아뢰었다.

헤어질 때 세종은 여색을 경계하라고 신신당부하였고, 대군은 임금의 은혜로운 허락에 대해 감사하며 물러났다.

세종은 평안도의 수령들에게 명하기를,

"만약 대군이 가까이 하는 기생이 있으면 역마에 태워 도성으로 올려 보내라."

라고 하였다.

대군은 임금의 명을 받들어, 수청 드는 기생을 들이지 말라고 자신이 지나가는 여러 고을에 미리 단단히 타일러서 경계하였다.

평안도 관찰사나 평안도 각 고을의 수령들은 이미 어명을 받든 까닭에 미인을 모집, 선발하여 그녀로 하여금 온갖 방법으로 대군을 우롱하게 하였다.

대군이 평안도 정주 고을에 이르자, 어떤 기생 하나가 소복을 입은 채 대성통곡하고 있는 모습이 멀리 보였다. 그 모습을 본 대군은 기쁜 듯 입가에 미소가 스쳐갔다.

밤이 되었을 때 대군은 사람을 시켜 몰래 다리를 놓게 하여 그녀를 불렀다. 대군은 귀신도 알 수 없으리라고 생각하면서 밤에 그녀와 더불어 동침하였다. 그리고는 율시 한 편을 써서 그녀에게 주었는데 그

한 대목은 다음과 같다.

밝은 달은 미인의 침석을 엿보려 하지 않는데,
밤바람은 무슨 일로 비단 휘장을 걷어 올리는가?
明月不須窺繡枕 夜風何事捲羅帷

대개 대군의 은밀하며 그윽하고 깊은 뜻을 말한 것이다.

마침내 그녀를 역마에 태워 대궐로 올려 보냈고, 세종은 그녀에게
밤낮으로 그 시를 노래로 불러 익히라고 명하였다.

대군이 돌아오자, 세종은 대군을 위로하여 맞으며 이르기를,

"헤어질 때 여색을 경계하시라는 말씀을 기억하고 계셨는지요?"
하자, 대군이 대답하였다.

"신이 삼가 어명을 받들었는데 어찌 감히 잊었겠습니까? 감히 여색
을 가까이 한 일이 없습니다."

"우리 형님께서 많은 미색들이 있는 가운데서도 깊이 경계하고 오
셨다니 참으로 기쁜 일입니다. 젊고 아리따운 여인 한 사람을 찾아서
모시도록 하겠습니다."
하고는 대궐에 잔치를 베풀고, 그 기생으로 하여금 대군이 써준 시를
노래하며 술잔을 권하게 하였다.

대군은 이미 밤이 된 뒤에 그녀와 더불어 동침을 하였는지라 처음
에는 그 얼굴을 알아보지 못하다가 자신이 써준 시를 듣고서야 섬돌에
내려 엎드려 처벌을 기다렸다.

세종은 자신도 섬돌을 내려와 대군의 손을 잡으며 웃었다.

드디어 그 기생을 대군에게 시집보내 아들을 낳았으나 그 어미의

관향을 알지 못해 '상고하여 바르게 정한다'는 뜻으로 '고정정'이라고 명하였는데, 지금의 이하가 그 후손이다.

고정정 집안은 미친 종실로, 어류나 육류를 샀다가 좋지 않으면 삶아 익혔더라도 도로 물렸던 까닭에, 억지로 사고파는 것을 세속에서는 보통 '고정정 교역'이라고 일컬었다.

참의를 지낸 이하가 일찍이 그의 부인과 바둑을 두다가 도로 물리자고 강청하였다. 그의 부인이 말하기를,

"영감은 고정정 나리가 아니신데 어째서 매번 도로 물리자고 하십니까?"

라고 하자, 이하는 노하여 말하였다.

"어째서 바둑을 두다 말고 남의 조상을 욕보일 수가 있단 말이오?"

그 뒤, 이하가 과거에 급제하여 면신례를 행할 때 '늙은 아내가 바둑판을 밀어내다'로 장난삼아 짓는 글의 제목을 삼았다고 한다.

제42화
면신례 때 장난삼아 짓는 글

　무릇 장난삼아 글을 짓는 규칙은 새로 과거에 급제하여 승문원, 성균관, 교서관 등에 배치된 뒤 선배 관원들에게 성의를 표시하는 면신례 때에 행하는 것이 상례다.

　밤에는 귀신의 복장을 착용하고 밤새도록 선배들의 집을 두루 찾아다닌다. 낮에는 승문원에 모여 온종일 실없는 말로 농지거리를 하였다. 그러다 보니 각각의 동료들이 평소에 하던 농담이나 잡담 가운데서 장난삼아 짓는 글의 제목을 출제하여 서로 재미있는 글을 지었다.

　사간을 지낸 양응정에게 주어진 글의 제목은 '양응정이 그의 부친보다 어진 것에 대한 논의'였다. 양응정이 스스로 짓기를,
　'요 임금의 아들은 불초했고, 순 임금의 아들도 불초했다. 이제 양응정이 그의 부친보다 어질다면, 그의 부친은 요 임금이나 순 임금보다 훨씬 어질다.'
라고 하였다.

　백강 이경여 공과 판서를 지낸 한인급 공이 함께 한림이 되었는데, 백강의 순서가 뒤였다. 각기 장난삼아 짓는 글의 제목을 출제하는데, 백강이 한공을 속일 심산으로 말하였다.
　"우리가 서로 친한데 어찌 지저분한 말로 서로 욕을 할 수가 있겠는

가? 각기 잘 지어 보기로 하세."

이에 한공이 그러자고 하며, 먼저 백강이 지을 글의 제목을 지저분한 말이 없이 출제하였다. 한공은 노씨를 부인으로 맞은 까닭에, 출제한 제목이 '한노변'이었다. 백강은 다음과 같이 지었다.

'한씨도 대(大)성이요, 노씨도 대(大)성이라. 대성과 대성이 합쳤는데 분별할 게 뭐가 있으랴?'

시험관에게 평가를 청하니 글자마다 비점을 찍어 주어 마침내, '한씨도 개[견(犬)]의 성이요, 노씨도 개[견(犬)]의 성이라. 개의 성과 개의 성이 합쳤는데 분별할 게 뭐가 있으랴?'라고 되고 말았다.

그리하여 한때 이 이야기가 웃음거리로 전해졌다.

제43화
호주 채유후의 응수

호주 채유후의 자는 백창이었는데, 부제학을 지낸 정백창이 호주를 만나 희롱하기를,

"백창을 이름으로 한 사람은 군자요, 백창을 자로 한 사람은 소인일세."

라고 하였다. 그러자 호주가 즉시 응수하기를,

"왕안석과 자를 안석이라고 한 사안 중에 누가 군자입니까?"

하자, 정백창은 대답을 하지 못하고 말았다.

제44화

정효성 정백창 부자

부제학을 지낸 정백창 공 부친의 함자는 정효성 공, 나의 고조부님의 존함은 박효성 공으로, 두 분의 함자가 같다.

정효성 공이 일찍이 청주목사로 계실 때 지나가던 승려가 와서 하소연하기를,

"종이를 팔아서 살아가는데, 오늘 종이 수백 두루마리를 지고 오다가 잃고 말았습니다. 부디 찾아 주십시오."

라고 하는 것이었다. 정공은,

"네가 길에서 종이를 잃어버리고 도리어 내게서 찾다니, 어떻게 찾아내란 말이냐?"

하고 꾸짖은 뒤 물러가라고 하였다.

얼마쯤 있다가 정공은 수레를 대령하라고 하여 들판에 갔다가 돌아오는 길에 길가의 고목을 가리키며,

"저것이 무엇이기에 감히 내 앞에서 거드름을 피우고 있는 것이냐?"

하고는 잡아 가두라고 명하였다. 그러자 하인이 말하기를,

"나문데 어떻게 가두겠습니까?"

라고 하였다. 정공은,

"그래? 그렇다면 꼼짝 못하게 붙잡아 두어라. 그리고 달아날지도 모르니 고을 백성들을 다 동원해서 지키도록 해라."

라고 명하였다.

밤에 사람을 보내 살펴보니 지키는 자가 하나도 없었다. 모두가 해야 할 일을 하지 않았다며 집집마다 종이 한 두루마리씩을 바치라고 명하였다.

그러자 잠깐 사이에 수백 두루마리의 종이가 쌓였다. 종이를 받을 때 내는 사람 모두 자신의 이름을 적게 하였다.

그리고는 그 승려를 불러 그 가운데 그가 잃어버린 종이를 가려내게 하였다. 그 종이에 적은 이름을 확인하여, 그가 그 종이를 산 곳을 찾아 도둑질한 사람을 잡았다. 정공은 그 승려의 종이를 찾아주고, 나머지 종이는 백성들에게 돌려주었다.

정공은 이처럼 정사를 편 일이 많았는데, 그 때문에 백성들을 잘 다스렸다고 세상에 이름이 났다.

광해군 때 이른바 '동동곡'이란 놀이가 있었다. 당시 명사들이 모여 노래도 하고 큰소리로 곡도 하며 여러 가지 잡다한 놀이를 하였는데, 이 모든 것이 무당이 죽은 사람의 영혼을 불러오는 넋두리와 같은 일이었다.

백강 이경여가 충청도 관찰사가 되었을 때, 정백창은 그 관할 고을의 수령이어서 관찰사를 찾아가 인사를 드렸다.

이경여와 정백창은 친구 사이였으나, 이경여는 매번 정백창을 어르신이라고 불렀다.

어느 날 이경여가 정백창에게 묻기를,

"어르신께서 소싯적에 하시던 동동곡 놀이를 제게 한번 보여주시겠습니까?"

하였다.

대개 민간의 풍속에서 무녀가 죽은 사람의 넋을 불러오는 일을 넋두리라고 하였다. 정백창이 동동곡 놀이를 할 때 넋두리를 잘하였던 까닭에 백강이 그 놀이를 보자고 청한 것이었다.

그러자 정백창은 정색을 하면서,

"사또께서는 어찌 그런 말씀을 하십니까? 지금 아랫사람들이 많이 모여 있는데, 수많은 사람들이 보는 곳에서 관원으로서 어찌 그런 놀이를 할 수가 있겠습니까?"

라고 하였다. 백강은,

"그건 어렵지 않은 일이지요."

하고는 주변 사람들을 다 물리쳤다. 정백창은 또 머리를 가로저으며 말하기를,

"어찌 이 청사에 앉아 광대놀음을 하겠습니까?"

라고 하였다.

마침내 백강은 방으로 들어갔다. 정백창은 방문과 창문을 꼭꼭 닫아걸었다.

그러자 마침내 정백창은 마치 무당에게 신이 내리는 모습처럼 온몸을 떨며 빙글빙글 돌다가 큰 소리로 부르짖으며 백강의 선친인 이수록 공이 하던 말과 동작을 그대로 하는 것이었다. 손뼉을 쳐가며 담소하는 모습이 완연히 생시와 같았다. 심지어는 백강의 선친이 부부 사이에 가까이하며 주고받던 이야기까지 이르지 않는 곳이 없었다.

듣다 못한 백강이 밖으로 나가고자 하였으나 문이라는 문은 모두 굳게 잠겨 있었다. 또 정백창이 손으로 붙잡아 꼼짝 못하게 하는 바람에 백강은 한바탕 큰 곤욕을 치렀다고 한다.

그 뒤 어느 날, 정백창이 감영에 들어와 백강을 뵙고 말하기를,

"기밀 사항을 말씀드리려 하니 주변 사람들을 물리쳐 주십시오."

라고 하였다.

백강이 주변 사람들을 물리치자, 정백창은 즉시 감사의 귀에 대고 말하기를,

"자넨 내 아들이네."

라고 하고는 일어나 나가버렸다.

그 뒤에 백강은 연로한 수령들과 정백창과 친한 몇몇 사람들을 초청한 자리에서 한담을 주고받다가 그 사이에 물었다.

"정 사또께선 요즘 병이 드셨나요?"

여러 사람들이 말하기를,

"그럴 리가요?"

하자 백강은,

"여러분께서 모르시는군요. 틀림없이 병이 드셨을 거요."

라고 하였다. 여러 사람들이,

"그걸 어찌 아십니까?"

하자, 백강이 말하였다.

"지난번에 찾아오더니 남몰래 할 말이 있다며 주위 사람들을 물리쳐 달라고 해서 그 말씀대로 해드렸지요. 그러자 정 사또께서 갑자기 나를 보고는 '아버님!'하고 부르는 게 아닙니까? 아무리 상관에게 아첨을 하고 싶어도 아버님이라고 부르는 건 좀 이상하지 않소?"

그 자리에 있던 사람들이 모두 크게 웃었다. 아버님이라고 한 말을 들먹이며 상관을 아버님이라고 불렀다고 놀리니, 정백창은 그게 아니라 자기가 감사에게 '자넨 내 아들이네.'라고 말했다고 변명했지만, 아무도 그 말을 믿지 않았다. 그래서 정백창도 한바탕 곤경에 처하고 말았다고 한다.

제45화
태평시절의 풍류

　동명 정두경은 젊은 시절에 벼슬도 없이 중국 사신을 접대하는 종
사관이 되었다. 현지로 떠나기에 앞서 원평부원군 원두표를 찾아갔으
나 만나지 못하였다.
　그는 원두표의 집 창고에 쪽빛 비단 한 필이 있는 것을 보고는, 그것
을 가지고 돌아가서 도포를 지어 입고 도성 문을 달려 나갔다.
　그는 그 도포를 벗어 하인에게 주며 그것을 맡기고 술을 받아 오라
고 하고는 다음과 같은 시를 지었다.

　장안의 젊은 협객이 평안도로 나가는데,
　푸른 버드나무에서 꾀꼬리가 우는구나.
　기꺼이 비단 도포를 벗어 주루에 맡겼으니,
　영공들께선 흠뻑 취하실 수 있을 것이요.
　長安俠少出關西　楊柳青青黃鳥啼
　笑脫錦袍留酒肆　能令公等醉如泥

　태평성대의 멋들어진 풍류를 생각해 볼 수 있다.

제46화
필화를 입은 권필

광해군 때 석주 권필은 소암 임숙영이 과거장의 책문에서 쓴 말이 당시에 용납되지 않는 것이어서 급제자 명단에서 삭제되고 귀양을 갔다는 말을 듣고 다음과 같은 시를 지었다.

궁궐의 버들은 푸르디푸르러 꾀꼬리가 어지러이 날아들고,
온 성 안의 귀인들이 환한 봄빛을 아름답다 하네.
여러 공경들이 다함께 태평성대의 즐거움을 누리는데,
누가 기픔이 있고 준엄한 말을 하여 선비를 떨려나게 했는가.
宮柳靑靑鸎亂飛 滿城冠盖媚春輝
諸公共享昇平樂 誰遣危言出布衣

석주는 이 시로 인하여 필화를 입어 볼기를 맞고 유배를 가게 되었다. 동대문 밖에서 자는데, 기력이 다하여 술 한 잔을 주었으나 마시지도 못하고 여관에서 숨이 끊어졌다.
그 여관의 대문짝에는 예전에 아이들이 당나라 시 구절을 써놓았는데 다음과 같이 글자를 잘못 썼다.

권군이 다시 한 잔 술을 올렸으나,
유령의 무덤 봉토에는 이르지 못하였네.
權君更進一杯酒 酒不到劉伶墳上土

일이 마치 우연하게도 부합되어 전생에 정해진 듯하지 않은가!

아니면 어떤 이인이 석주가 이 여관에서 죽을 것을 미리 알고 써놓았던 것인가! 알 수 없는 일이다.

제47화
권필의 형 권겹

주부 벼슬을 한 권겹은 석주 권필의 형으로, 그도 또한 시를 잘
지었다.

어떤 사람이 권겹 자신의 시와 석주의 시를 견주어 보면 어떠하냐
고 물었다. 권겹은,

"내가 권필과 중흥사의 계곡에서 노닐면서 지은 시에,

놀러 다니는 사람은 시냇가 돌만 사랑하고,
산새는 숲속의 승려를 보고도 놀라지 않네.
遊人偏愛澗邊石 山鳥不驚林下僧

라고 하자 누워 있던 권필이 벌떡 일어나며 말하기를,

'이런 구절은 당나라의 두보가 아니면 지을 수가 없습니다.'
라고 하였소."

문인들이 자신을 낮추어 상대를 높이지 않음이 비록 형제 사이라도
이와 같다.

어느 날 권겹이 길을 가다가 한강에 이르니 대북파에 속하는 조정
의 신하들이 뱃놀이를 하고 있었는데, 그들이 굳이 청하여 함께 배를
타게 되었다.

권겹이 데리고 온 어린 종과 함께 배에 올라서는 소반에 차려놓은 맛난 음식을 손으로 움켜 어린 종에게 주며 말하기를,

　"이처럼 어리석은 종놈도 오히려 제 어미를 사랑할 줄 알거늘…."

　이라고 하자, 배에 함께 타고 있던 사람들이 그 말을 듣고는 놀라고 분하게 여겨 죄를 씌워 죽이려고 하였다.

　그 가운데 한 사람이 제지하며 말하기를,

　"권필이 죽자마자 많은 인심이 분노하고 있는데 어찌 또 그 형까지 죽일 수 있겠소?"

라고 하여 마침내 그만두었다. 만약 그 사람의 말이 아니었다면 죽음을 면하기가 어려웠다.

　이런 말은 절개나 지조로 논할 수가 없다. 화를 당한 집안에서 슬프고 분한 마음에 격동되어 이처럼 삼가고 조심할 수가 없었던 것이다. 결코 말을 공손하게 하라는 뜻은 아니다.

제48화

차천로 차운로 형제가 지은 글

참판을 지낸 정만화 공은 양파 정태화 공의 막냇동생이다. 소싯적에 차운로에게서 글을 배웠는데, 그가 일찍이 묻기를,

"선생께서 지으신 글이 얼마나 됩니까?"

하자, 차운로가 대답하였다.

"내 글은 아마도 멥쌀 2백 섬 가량은 될 걸세."

정공이 묻기를,

"오산 선생의 글은 얼마나 됩니까?"

하자, 차운로가 대답하였다.

"우리 형님의 글은 탈곡을 하지 않은 잡곡으로 모두 합하면 8만여 섬은 될 걸세."

비록 자신의 글이 정교하기는 하지만 8만 섬에 견주어 2백 섬에 지나지 않으니 그 얼마나 되는 것이랴! 라는 뜻이다.

제49화
명사들이 어려서 지은 시의 기상

율곡 이이 선생은 여덟 살 때 〈화석정〉시를 다음과 같이 지었다.

숲속 정자에 가을이 이미 깊으니,
시인의 뜻이 무궁하구나.
먼 강줄기는 하늘에 닿아 푸르고,
서리 맞은 단풍은 햇빛 받아 붉구나.
산은 외로운 보름달을 토해 내고,
강은 만 리의 바람을 머금었네.
변방의 기러기는 어디로 가는가,
처량한 울음소리 저물어 가는 구름 속에 끊어지네.
林亭秋已晚 騷客意無窮 遠樹連天碧 霜楓向日紅
山吐孤輪月 江含萬里風 塞鴻何處去 聲斷暮雲中

음의 높낮이를 말하는 성조나 시의 골격은 이미 완성되어, 선생이
만년에 지은 시가 도리어 이 시에 미치지 못하니 천재라 이를 만하다.
이 시의 경련 이상, 곧 제5~6구까지는 기상이 원대하나 낙구, 곧 제
7~8구는 음성이 짧고 급한데, 이는 선생이 장수를 누리지 못할 징조
가 아니겠는가?

백사 이항복 공이 어려서 지은 시는 다음과 같다.

칼에는 장부의 기상이 서려있고,
거문고에는 천고의 소리가 담겨있네.
劒有丈夫氣 琴藏千古音

시어가 기발하고 의미가 심장하며, 압운 또한 조화롭고 심오하다.
마치 큰 쇠북으로 12율 가운데 둘째인 음려를 쳐서 웅장하고 전아한
북소리가 여운을 남기는 듯한 좋은 시다.

한음 이덕형 공이 어려서 지은 시는 다음과 같다.

들판이 넓어서 저녁 빛은 엷고,
물이 맑아서 산 그림자 많네.
野闊暮騖光薄 水明山影多

깨끗하고 선명하며 매우 빼어난 기운을 엿볼 수 있으나, 다만 심후
하고 장중한 맛은 적다. 백사와 한음 두 분의 기상을 이 두 편의 시로
써 상상해 볼 수 있다.

양파 정태화 공은 어린 시절에 정신없이 뛰어다니며 놀았다. 참판
을 지낸 숙부 정광경 공이 불러서 말하기를,
"너는 미친 아이라고 할 만하구나. '미친 아이'를 제목으로 시를 지
어 보거라."
하였다. 양파는 그 자리에서 다음과 같이 지었다.

한 집에 미친 아이가 있는데,
나이는 열한 살이라네.
그래도 팔자만은 좋아,
사람들마다 재상감이라고 하네.
一家有狂童 年將十一歲 然獨八字好 人皆曰爲相

비록 이 시를 시의 격식이나 품격으로 논할 수는 없으나, 그가 역시 큰 그릇을 이루고 두터운 복을 누리리라는 것을 알 수 있다.

외조부님 충정공 윤지완 공께서는 어린 시절에 고모부인 호주 채유후 공에게 글공부를 하셨다. 채공이 시를 지어보라고 하자 그 자리에서 다음과 같은 시를 지으셨다.

눈 내려 온 산이 하얀데,
높은 하늘엔 달빛만 환하구나.
雪落千山白 天高一月明

이 시를 본 채공은,
"만약 '텅 빈 하늘에 달빛만 쓸쓸하네.[天空一月孤]'라고 고치면, 시의 격식이나 품격으로 보아 절창이라고 할 수 있겠구나."
라고 하였다.
어린아이들의 시는 그 기상을 보는 것이 마땅하다. 이 시 구절에서는 고상하고 현명하며 맑고 심오한 기상을 볼 수 있다. 채공이 고친 시는 원래의 시에 미치지 못할 듯하다.

제50화
명사들이 어려서 지은 시

사람이 어린 시절에는 마음이 맑고 기상이 온전하다. 시도 또한 글 가운데 정치한 것이므로, 옛 사람들이 어려서 지은 시는 더러 그의 기상을 나타내기도 하고, 그의 앞길에 있을 좋은 일과 나쁜 일의 증좌가 되기도 한다.

고려 공민왕 때의 고산 이존오는 어려서,

너른 들판이 온통 물에 잠겼는데,
높은 산만이 홀로 굽히지 않네.
大野皆爲沒 高山獨不降

라는 시를 지었는데, 마침내 큰 절개를 이룩할 수 있었다.

연산군 시절 예문관 응교를 지낸 김천령이 어렸을 때, 집안의 어른이 무릎에 앉혀놓고, '구름 걷힌 하늘가에 떠오른 외로운 보름달[雲收天際孤輪月]'이라는 시 구절을 불러주고 대구를 짓도록 하자 그 자리에서 짓기를, '바람 그친 강 복판에 뜬 일엽편주[風定江心一葉舟]'라고 하였다. 비록 그 재주가 맑고 고상하기는 하나 짧고 급한 기상을 볼 수 있다.

조선조 선조 때 이제신이 저술한 《청강시화》에 어린아이가 지었다
는, '푸른 나무 그늘 속에서 다시 머뭇거리고[綠樹陰中更躊躇]'라는 시
가 있는데, 이 시를 본 사람들은 그 아이가 요절할 것임을 알았다.
이런 시들은 따로 안목을 갖추지 않더라도 알 수 있는 것이다.

그러나 근세에 재상을 지낸 약천 남구만 공이 어린 시절에 울며 지
나가는 고양이가 있었는데 어른들이 시를 지어보라고 하였다. 남공이
짓기를,

검은 고양이가 크게 울며 달려가니,
이 댁에 재앙이 생기려나.
黑猫大哭走 此家殃禍生

라고 하였다.

재상을 지낸 노봉 민정중 공이 어려서 지은 시에,

높은 나무에서 우는 매미를 가팔 형이 잡았네.
蟬鳴高樹加八執

라고 하였는데, '가팔'은 민공의 형인 민시중 공의 어렸을 적 이름이다.
남구만 공과 민정중 공은 근세에 명망 있는 분들로서, 두 분이 각기
지은 시가 이처럼 상반되었다.

나의 8촌 아우인 박봉한이 8~9세 무렵에 〈견디기 어려운 더위[苦

熱]〉라는 시를 짓기를,

  푸른 산만 홀로 탈이 없어,
  빼어난 경치는 높이 하늘로 들어갔네.
  靑山獨無恙 秀色高入天

라고 하였다. 기상은 이와 같았으나 50세가 다 되도록 과거에 급제하
지 못하였다. 네댓 살 때 말을 배웠을 뿐인데 능히 시를 지었다.

  어떤 이는 이르기를,

  수탉 우는 소리에 동창이 밝아오고,
  窓白鷄聲中

라는 시구를, 어떤 이는 이르기를,

  비에 젖은 꽃가지가 무거워,
  雨濕花枝重

라는 시구를 만든 말이 참신한 경구여서 노련한 시인이라도 따를 수가
없다고 한다. 그러나 그는 자라서 그저 과거를 보기 위한 글에만 뛰어
나고 재주가 그다지 기발하지 못하게 된다. 그들은 이와 같이 되리라
는 것을 알 수가 없는 것이다.

  강원도 안변부사를 지낸 이진수가 어려서 지은 시에,

청산에 백마가 울며,
머뭇머뭇 천리 밖을 그리워하네.
어떡하면 이 말을 타고 가서,
한 번에 흉노족을 평정할까.
青山白馬嘶 躑躅思千里 安得騎此馬 一去平匈奴

라고 하였는데, 앞길이 원대하다고 할 수 있겠다.

제51화
시에 나타난 장래의 조짐

재상을 지낸 문곡 김수항 공은 갑인년(1674)의 예송 뒤에 유배를 가던 도중에 다음과 같은 시를 지었다.

그래도 다행히 천 길 높이 치솟은 북한산의 빛과
맑은 달빛은 예전과 다름없이 도성 밖에 가득하네.
尙幸華山千丈色 淸光依舊滿郊圻

나의 외조부이신 충정공께서 이 시를 보시고는,
"틀림없이 바뀌게 될 것이다."
하셨다. 그 뒤, 김공은 과연 영의정이 되어 나라의 정무를 맡았다.

재상을 지낸 약천 남구만 공은 무진년(1688) 가을에 유배를 가게 되었는데, 남은 사람들을 작별하는 시에 이르기를,

그대에게 묻노니, 어느 때 동쪽으로 나를 찾아오려나,
영주산에서 고래 회 먹을 기약을 정하고 싶네.
問子何時東訪我 瀛洲欲定鱠鯨期

하였다. 남은 사람들도 남공이 다시 돌아오리라는 것을 알았다.

서파 오도일 공이 유배 중에 지은 시에 이르기를,

온종일 사립문 닫아건 채 턱을 괴고 앉아 생각하노니,
이 세상 어느 누가 외로운 이 내 몸 가련해 할까.
천 가닥 센 머리로 기생에게 업신여김을 당하고,
맑은 시 한 구절로 스님에게 평안을 부탁하네.
강적을 미워함은 다른 유배객에게 맡겨두고,
준엄한 탄핵에 겁먹은 어진 수령들 우스워라.
시간의 흐름에 지독한 객지의 회포가 쉽게 다하여,
수풀에서 어지럽게 우는 매미는 이미 가을임을 알리네.
支頤終日掩柴關 天末誰憐隻影寒
白髮千莖從妓侮 淸詩一字賴僧安
任他謫客猜强敵 堪笑賢侯怵峻彈
時序易遒羈抱劇 亂蟬秋意已林端

운곡 이광좌 형이 이 시를 보고 틀림없이 바뀌게 될 것이라고 여겼
는데, 서파는 유배 중에 죽고 말았다.

대제학을 지낸 이덕수 공이 경술년(1730) 가을에 찾아와 말하였다.
"근년에 조숙장이 연경에 갔을 때 유리병 속에 있는 오색 빛 물고기
를 두고 지은 시에 이르기를,

호리병 속의 별천지가 물 한 잔의 깊이인데,
그래도 조용히 떴다 가라앉았다 하누나.
구경하는 사람들 궁한 물고기로 보지 말았으면,

큰 강과 못의 마음 품어 배가 가득 찼다네.
壺裏乾坤一勺深 從容猶得任浮沈
傍人莫遽窮鱗視 滿腹三湘七澤心

라고 하였는데 나는,

'이 시를 보면 앞날이 순탄하긴 하겠어. 다만 조숙장의 마음이 큰 강과 못에 멈추어서 바다에 이르지 못했으니, 필시 정승이 되기는 어렵지 않을까?'

라고 생각했다네."

나는,

"틀리셨습니다. 너끈히 정승이 될 겁니다."

라고 하였다.

'숙장'은 지금 우의정으로 있는 조문명의 자다.* 이때 조공이 새로 정승에 임명을 받았기 때문에 그렇게 말하였던 것이다.

제52화
홍주원의 시구를 빌린 이은상

효종대왕께서 갑자일에 승하하시자 영안위 홍주원 공이 다음과 같은 만시를 지었다.

승하하신 날이 돌아 다시 갑자일이 되었는데,
묘호의 존엄함이 남송의 효종황제와 가지런하네.
憑几日回周甲子 易名尊竝宋淳熙

나중에 판서가 된 이은상이 와서 보고 이르기를,
"이 구절은 내게 빌려준 것인데…"
하자, 영안위의 아우인 참의 홍주국이 곁에 있다가 말하였다.
"형님께서는 요즘 시로 명성을 얻고 계신데 무엇 하러 그 시구를 빌리셨어요?"
이은상은 홍주국에게 외사촌형이었고, 홍주국은 이은상에게 고종 사촌 아우였기 때문이다.
마침내 이은상은 그 시구를 썼다.

제53화
벼슬을 버린 홍우정의 시

　　처사인 홍우정은 병자호란을 겪은 뒤에 과거 응시를 포기하고 벼슬을 하지 않았다. 그는 항상 검은 옷에 전립을 쓰고 천한 사람들이 하는 일을 하였다. 조정에서 봉림대군의 사부로 거두어 쓰려 하였으나 나가지 않았다.
　　일찍이 제천에 있는 한벽루에 올라 시를 지어 기둥 사이에 쓰기를,

　　드넓은 천하의 한 사내대장부가
　　청풍 한벽루에 올랐네.
　　난간에 기대 길게 휘파람을 부니,
　　가을 달 강을 비추는 새벽이로다.
　　宇宙一男子 淸風寒碧樓 憑欄發長嘯 江月五更秋

라고 하였다.

　　길 가는 도중에 쓴 시에서는,

　　서리 내린 강 마을에 길손의 마음 서글픈데,
　　서풍이 불어 보낸 기러기 들쭉날쭉 나네.
　　다리 저는 나귀 풀 뜯을 때마다 돌이 구르고,

노래 부르는 어린 종놈은 더러 다른 길로 들어서네.
해 저무는 들 물엔 오리 떼가 모여들고,
산 속 농막의 작은 방아는 한 사람이면 마땅하네.
해마다 이 달이면 늘 이곳을 지나가므로,
먼 데 나무, 성긴 숲을 낱낱이 알고 있네.
霜落江鄉客意悲 西風吹送鴈差池
寒驢齕草時顚石 童僕行歌或誤歧
野水夕陽羣鴨得 山庄小碓一人宜
每年是月常經過 遠樹疎林箇箇知

라고 하였다.

　30년 전에 내가 어떤 사람에게서 이와 같이 전해 들었다. 홍공에게
자손이 있어 시의 초고를 전할 수 있었는지는 알 수 없다.

제54화
절실한 깨우침을 주는 시

경상도 합천의 함벽루에는 다음과 같은 이첨의 시가 있다.

신선이 차고 온 옥 소리 쟁그랑쟁그랑,
높은 다락에 올라 푸른 창문에 걸어놓고,
밤들어 다시 유수곡을 타노라니,
보름날 밝은 달이 가을 강에 내리누나.
仙人腰珮玉摐摐 來上高樓掛碧窓
入夜更彈流水曲 一輪明月下秋江

충청도 충주의 연못 가까이 있는 누각에는 다음과 같은 망헌 이주
의 시가 있다.

연못은 잠잠하여 물 기운 어두운데,
밤이 깊어오니 물고기 뛰는 소리 베갯머리에 들리네.
내일 저녁 노 저으며 여강 달을 구경하고,
대재는 하늘 찌를 듯 높아 그대 보지 못하리라.
池面沉沉水氣昏 夜深魚擲枕邊聞
明宵叩枻驪江月 竹嶺參天不見君

경기도 여주의 청심루에는 다음과 같은 포은 정몽주의 시가 있다.

안개와 비 자옥하게 온 강에 찼는데,
다락 안에 자는 길손 한밤중에 창을 여네.
내일 아침 말에 올라 진흙 밟고 갈 적에,
돌아보면 물결 위로 흰 물새 쌍쌍이리.
烟雨空濛滿一江 樓中宿客夜開窓
明朝跋馬衝泥去 回首烟波白鳥雙

말 타고 동서로 오가며 무슨 일을 이루었나.
가을바람에 허둥지둥 또 남쪽으로 떠나네.
여강에서 하룻밤 다락에 누워 자노라니,
어부들 노랫소리 길고 짧게 들려오네.
騎馬東西底事成 秋風汲汲又南行
驪江一夜樓中宿 臥聽漁歌長短聲

경상도 영주의 객사에 다음과 같은 포은의 시가 있다.

가족 이끌고 바삐 영주 고을을 지나는데,
숙소에는 아무도 이름 아는 사람이 없네.
신세가 험난하여 귀밑머리가 셌는데,
내일 아침 또다시 고갯마루를 넘어야 하리.
携家草草過龜城 逆旅無人識姓名
身世險巇双鬢改 明朝又試嶺頭行

모두가 절실한 경계의 말들이다.

제55화
시재가 빼어난 김창문 김창석 형제

안동의 선비인 김창문은 젊어서 빼어난 재주가 있었는데, 다음과 같은 시를 지었다.

요순임금의 사업은 날로 쓸쓸해지고,
천지에 비바람이 치니 꿈조차 적막하네.
봄이 온 푸른 산에 꽃 피고 새 우는 걸 보니,
태평성대의 남긴 모습이 다 사라지진 않았네.
唐虞事業日蕭條 風雨乾坤夢寂寥
春到碧山花鳥語 太平遺像未全銷

이 시가 경상도에서 널리 회자되었는데, 미처 영달하지 못하고 요절하였다.

그의 아우 김창석 또한 시와 그림과 글씨가 모두 빼어난 삼절로 이름이 났다. 과거에 급제하여 벼슬이 겨우 사간원 정언에 이르러 죽었다고 한다.

제56화

무명씨의 시

일찍이 외조부님께서 말씀하시기를,

"경기도 양주에 사는 김 아무개는 돌아가신 내 조모님 집안사람으로 다음과 같은 〈왕소군〉시를 지었다.

그림으로 화공을 원망하지 말지니,
모연수의 계책이 아주 어리석지는 않은 것을.
당시 만약 왕소군을 황제 곁에 두었다면,
한실의 존망은 알 수 없었으리라.
莫以丹靑怨畵師 毛生爲計不全癡
當時若在昭君側 漢室存亡未可知

옛 사람들이 지은 〈왕소군〉시 가운데 이런 뜻으로 지은 시는 없었지. 앞 사람들이 말하지 못했던 것을 말했다고 할 수 있을 것이야."
라고 하셨다.

그 뒤,《파한집》을 보니 고려 때 사람이 쓴 시가 있는데, 그 시도 이런 뜻으로 지었으나 시의 격조가 전혀 미치지 못하였다. 이 시는 어렸을 때 다른 사람으로부터 들었다.

부여를 회고한 시는 다음과 같다.

백제 도성 주변의 초목이 황폐하매,
천년의 지난 자취 어부에게 물었으나,
흥망에 관해 대답 없이 뱃머리를 돌려,
앞 강으로 내려가며 지는 해를 낚누나.
百濟城邊草樹荒 千年往跡問漁郞
回舟不答興亡事 流下前江釣夕陽

이 시는 허씨 성의 사람이 지은 것이다.

산행에 대해 지은 시는 다음과 같다.

산길은 돌이 삐죽삐죽하고 좁은 비탈길인데,
시내 건너편 울타리는 누구의 집인가?
적적한 돌배나무 가엾고 불쌍한데,
사람이 없다고 꽃 피우길 그만두진 않았으리.
山石槎牙細路斜 隔溪籬落是誰家
可憐寂寂山梨樹 不爲無人廢着花

이 시는 누가 지었는지 알 수가 없다. 비록 이름은 밝혀져 있지 않으
나 더러 이런 가작들이 있다.

제57화
화공 김시를 알아보지 못한 선비

사포 벼슬을 지낸 김시는 우리 왕조의 이름난 화공이다. 그가 일찍이 금강산에 노닐면서 내금강과 외금강을 마음껏 구경하고 그림을 그리고 싶은 생각이 마음속에 흘러 넘쳤으나 그림을 그릴 종이가 없어서 그릴 수가 없었다.

돌아가는 길에 숙소에 도착하여 한 선비를 만났는데, 그의 행장 속에 좋은 종이가 잔뜩 담겨 있었다. 김시가 말하기를,

"내가 전부터 그림에 대해 약간 아는데, 오늘 내금강과 외금강을 보니 붓을 휘두르고 싶은 욕구가 마구 생기는구려. 그런데 그림 그릴 종이가 있어야지. 댁이 종이 몇 장만 좀 빌려준다면 앉아 있는 동안 그려서 드리지요. 댁의 생각은 어떠시오?"

라고 하자, 그 선비가 말하였다.

"나는 지금 옥산 선생을 찾아가서 그분의 글씨를 받고자 종이를 가지고 왔으므로 그럴 수가 없소."

옥산은 바로 율곡 선생의 아우인 이우인데, 당시 그곳에 살고 있었고 글씨를 잘 쓰기로 이름이 나 있었기 때문이었다. 김시는 몹시 서운하고 섭섭한 마음으로 그곳을 떠났다.

그 선비가 옥산을 찾아가 그 일에 대하여 말하기를,

"공의 글씨를 받을 요량으로 행장에 많은 종이를 챙겨 왔는데, 길에서 만난 산에 놀러 온 사람이 스스로 그림을 잘 그린다며 종이를 달라

니 가소롭지 뭡니까."

라고 하였다. 옥산이 그 말을 듣고 안타까워 탄식해 마지않으며 말하기를,

　"이제 막 김시 공이 금강산에 놀러왔다는 말을 들었어요. 내 생각에는 그림을 그리고 싶은 생각이 그분의 가슴속에 가득 차서 그런 말씀을 하신 듯해요. 그분이야말로 견줄 데가 없을 만큼 훌륭한 화공이시지요. 이름 있는 화공을 만나기도 어렵고, 그분이 산을 보고 그림을 그리고 싶을 때를 만나기는 더욱 어려운데, 그대가 이런 분을 만나고도 서로 어긋나서 지나치다니 매우 아까운 일이오. 그대가 김공의 그림을 받지 못하고서 내 글씨를 받아서 무엇 하겠소?"

라고 하며 끝내 써주지 않자, 그제야 선비는 막심한 후회를 하였다.

제58화
기억력이 빼어났던 송시열

우재 송시열 공은 총명함이 남들보다 빼어났다. 소싯적에 어느 산사를 지나갔는데, 그 절의 승려가 천 명이 넘었는데도 그들의 이름을 한 번 들으면 잊지 않았다.

70세가 지난 어느 날, 송공이 어느 절에 놀러 갔는데 함께 간 사람이 청하기를,

"소싯적 공께서는 승려들의 이름을 한 번 들으시면 틀리지 않으셨다고 하니, 지금 한 번 시험해 보시겠습니까?"

라고 하자 송공이 말하였다.

"나는 늙어서 총명함이 전만 못하지요. 어찌 젊은 시절 같겠소?"

그 사람이 끝내 그 절의 승려들을 다 모아 보니 거의 수백 명이 넘었다. 그들로 하여금 한 사람씩 순서대로 들어와서 인사를 하며 법명과 나이를 말하라고 하였다.

그 숫자대로 다 끝낸 뒤 승려들로 하여금 순서 없이 들어와 송공을 뵙게 하였다.

송공은 승려들의 이름과 나이를 하나하나 다 말하였는데, 한 사람도 틀리지 않았다.

제59화
재주도 가지가지

임진왜란이 끝난 뒤 우리나라는 명나라에서 사신으로 왔던 정응태의 모함에 빠졌다.

이때, 정응태는 여전히 평안도에 머물면서 자신의 일을 매우 비밀스럽게 하고, 본국에 보낼 문서를 직접 작성하였다. 우리나라 사람이 그의 방에 들어가기라도 하면 작성하던 문서를 감추어 우리나라에서는 그가 어떤 보고서를 작성하고 있는지 볼 수 없었다.

평안도 관찰사는 빼어나게 총명한 아이를 통인으로 뽑아, 그가 정응태의 방에 식사를 차려 들고 들어가게 하였다. 정응태는 보고서 초본을 펼쳐놓고 있다가 통인이 들어오는 것을 보고는 즉시 문서를 거두어 감추었다.

통인은 눈 깜짝할 사이에 그 문서를 보고 나왔는데, 글자가 끊어져서 알 수가 없었다. 단지 아주 짧은 사이 번뜻 눈에 나타난 모습을 온 정신을 집중하여 그 글자의 네 귀퉁이를 차분히 생각하면서 썼다. 그 글자의 점획을 빠짐없이 그 종이에 그렸더니 모두 글자 모양을 이루었다. 살펴보니, 마침내 완연히 한 통의 보고서 초본이었다.

사람들이 타고난 재주는 비슷한 것이 많으나 서로 같지는 않아, 이렇듯 귀신처럼 민첩한 사람이 있다.

나의 외조부님이신 충정공께서 일찍이 선배에게서 들으셨다며 내게 말씀해 주셨다.

제60화
읽지 않고도 암송을 잘한 변황

승지를 지낸 변황이 어린 시절에 그의 부친인 변시망이 부임하는 고을로 따라갔다.

그의 부친은 날마다 《통감강목》에서 7~8장씩을 주면서 다 익히고 난 뒤 밖으로 나가게 하였다. 그러나 변황은 책장을 한 번도 펼치지 않았다. 이튿날 아침에 책을 펼쳐놓고 다만 손가락으로 짚어나갈 뿐이었다. 책장의 네 귀퉁이를 살펴보아도 역시 한 차례도 읽지 않은 것 같은데, 물이 샘솟듯 막힘없이 줄줄 외우는 것이었다.

그의 작은 할아버지가 그의 부친에게 말하기를,

"이 아이가 책을 한 번 펼쳐보지도 않고 능히 그것을 외우니 마땅히 부지런히 읽도록 잘못을 꾸짖어야 하겠네."

하였다.

마침내 그의 부친은 읽을 장수를 배로 늘려 열대여섯 장을 주었다. 그리고 자신의 서숙부에게 살펴보게 하였다.

그러나 전과 마찬가지로 책을 읽지도 않고 잘만 외우는 것이었다. 그의 부친이 크게 기특하게 여기며 물었다.

"너는 한꺼번에 몇 줄씩이나 외울 수 있느냐?"

"한 장 안에 있는 것은 한꺼번에 눈앞에 다 나타납니다."

"나는 겨우 한꺼번에 두어 줄을 외울 수 있는데, 너는 나에 비해서 훨씬 낫구나."

하고는 더 이상 공부에 힘쓰라고 하지 않았다.

그 뒤, 변황은 경전 풀이로 시험을 보는 명경과에 급제하였고, 또한 글을 짓는 데에도 능하였다. 고시관으로 과거시험을 주관하여, 경전의 뜻을 풀이하거나 정치적인 문제에 대한 해결책을 제시하는 선비들의 책문이 그의 손을 거쳐 다수 나왔다고 한다.

제61화
총기가 빼어났던 윤계선

　학사 윤계선은 어린 시절에 자형을 따라 산 속의 암자에 올라가서 글공부를 하였다. 그의 부친은 사위에게 엄하게 글공부를 시키라고 부탁하였다.

　암자에 간 뒤로 윤계선이 한 번도 책장을 열어보지 않자, 그의 자형이 여러 차례 독려를 하였으나 끝내 듣지 않았다.

　미처 두어 달이 되지 않아 윤계선이 집으로 돌아오자, 그의 부친이 사위에게 물었다.

　"저 아이가 책을 얼마나 읽었는가?"

　사위는 천장만 쳐다보다가 입을 열었다.

　"한 줄도 읽지 않는 걸 어찌합니까?"

　그의 부친은 노한 나머지 윤계선을 잡아들이라고 하여 매를 때리려고 하였다. 그러자 윤계선이 말하기를,

　"《상서》한 질을 다 읽고 왔습니다. 외워보고 막히는 데가 있을 때 매를 맞아도 늦지 않을 것입니다."

하는 것이었다.

　그의 부친은 《상서》가운데 임의로 한 권을 뽑아주며 외워보라고 하였다. 윤계선은 막힘이 없이 한 질을 줄줄 다 외웠다. 그의 자형이 깜짝 놀라며,

　"자네가 언제 한 글자라도 읽었는가? 어떻게 이럴 수가 있지?"

라고 하자, 윤계선이 대답하였다.

　"자형께서 매번 글을 읽으실 때마다 때때로 제가 그 곁에 누워서 듣지 않았습니까?"

　그 뒤, 윤계선은 과거에 장원으로 급제하였으나 미처 영달하지 못하고 요절하였다.

제62화

한 번 본 것을 다 외워버린 조덕여

조덕여는 청주의 선비다. 일찍이 진사 박태등을 종유하며 그의 승지를 지낸 숙부인 박세준이 저술한 〈정문경의〉 7수를 찾아보고 빌려서 베낄 생각이었다.

박태등은 그 자료를 아껴서 잘 보여주지 않으려 하여, 조덕여는 한 차례 훑어본 뒤 돌아왔다. 그는 한 차례 본 것을 외우면서 7편을 모두 써서 박태등에게 보여주며 말하였다.

"이 글은 세상에 전해진 지 오래 되었더군요. 제가 다른 사람의 것을 보고 베꼈는데, 살펴보니 한 글자도 틀리지 않았어요."

제63화
심문 내용을 꼼꼼히 따져 사형수를 살려준 서몽량

　황해도의 문화현령을 지낸 서몽량이 신사년(1701)에 의금부 도사로 당직을 서고 있었는데, 때마침 인현왕후의 초상이 났다. 당직을 서고 있는 관원은 정해진 차례를 벗어나지 못하므로 관아에서 성복을 하였다.

　당시 옥중에 있던 죄수들도 다 함께 뜰에서 곡을 하였다. 곡을 그친 뒤에 어느 한 죄수가 홀로 곡을 하며 오래도록 그치지 않았다. 서몽량이 묻기를,

"너는 누구냐?"

라고 하니, 그 죄수가 대답하였다.

"전라도 장흥의 무변으로 함경도의 변장으로 있었는데, 인삼을 채취한 일로 26명이 함께 갇혀서 곧 죽게 되었습니다."

　그는 바로 전에 옥중에서 모친상을 당하였으나 달려가서 곡을 할 수가 없었고, 곧 모친의 장사를 치르게 된 까닭에 그 사사로운 정 때문에 오래도록 곡을 하였던 것 같았다.

　이를 가엾게 여긴 서몽량은 그에 관한 문서를 가져오게 하여 살펴보았다. 26명이 모두 살아날 방도가 있었다. 그러나 의금부의 규정에 따라 당상관이 자주 교체되어, 당하관들이 비록 많다 하여도 죄인을 돕는 말 한 마디를 감히 하지 못하였다. 그런 까닭에 관례에 따라 죄인을 심문한 문서를 살피지도 않고 낡은 인습대로 법을 헤아려 적용하다 보니 중죄가 되어 오래도록 갇혀 있게 되었던 것이다. 이에 서몽량이

물었다.

"이처럼 한 해가 지나도록 오래 갇혀 있는 죄수가 또 있는가?"

아전은 일본어 역관 일곱 사람이 왜관을 수리하는 비용으로 은화를 남용하여 곧 죽게 된 일이 있다고 대답하였다. 그 문서도 가져오라고 하여 살펴보니 용서할 만한 사유가 있었다. 마침내 서몽량은 개연히 탄식하며 말하였다.

"옛 사람이 이르기를,

'생명을 구하려다가 구하지 못해도 죽은 자와 나는 모두 한이 없다.' 라고 했는데, 하물며 살릴 방도가 있는데도 형벌을 심리하는 관리가 낡은 인습대로 법 조항에만 매달려 죽이게 된다면 중죄인을 가두는 감옥에 관원을 배치한 뜻이 어디에 있겠는가! 나는 미미한 관직에 있으므로 감히 이 일에 관여하고 참여하여 결정을 내릴 수는 없으나 마땅히 한 차례의 상소문을 써서 맡은 바의 일로 간하고 대궐 앞에서 외치며 정성을 바칠 것이야."

드디어 수천 마디의 상소문을 기초하여 그 곡절을 하나하나 속속들이 살펴 밝히고, 살리는 쪽으로 논죄하자는 의견을 붙여 올리려고 하였다.

그러자 그의 동서인 김우항이 말하기를,

"자네에게는 분수를 벗어난 외람된 행동을 했다는 혐의가 있고, 또한 의금부의 전임과 후임 당상관에게 헤살을 놓은 것일세. 어찌하여 판의금부사에게 먼저 말하여 그로 하여금 선택하게 하지 않았는가?" 라고 하는 바람에 상소문 올리는 것을 그만두고 말았다.

나중에 영의정을 지낸 이유 공이 그 당시 판의금부사였는데, 서몽량의 상소문 초안을 보자고 청하였다. 서몽량의 집이 충청도 천안에 있었으므로 그 사이 때마침 천안 집에 다녀올 때 두고 왔다. 마침내 기억을 더듬어 베껴 써서 보냈다.

그리하여 인삼을 채취한 변방의 장수들과 은을 훔쳤던 역관들이 모두 살아날 수 있게 되었다.

그 뒤에 바로 두 손자가 태어났는데, 사람들은 그가 쌓았던 선행의 보답이라고 생각하였다.

서몽량의 사촌 아우인 선비 조용이 그 이야기를 해주었다. 그는 또 이르기를,

"임오년(1702)에 마침 서형을 보러 갔더니 내게 붓을 쥐어 주며 전에 썼던 상소문 초안을 외우면서 베껴 쓰게 했는데 하나도 틀리지 않았어요. 한 해가 지난 후인데도 수천 마디의 말을 잊지 않고 잘 기억하고 있더군요. 기억력 하나는 절륜했지요."

라고 하였다.

제64화
기억력이 비상한 서몽량

조용이 또 이르기를,

"서몽량 형이 충청도 청양현감으로 계실 때 마침 제가 그곳을 지나다가 하룻밤 신세를 지게 됐습니다. 경기도 부평부사를 지낸 정치 공이 서형의 매부로 그곳을 지나다닌 지 오래 되었다더군요.

고을 수령이 정사에 관해서 아랫사람의 보고를 듣는 데에는 친한 손님들이 방해가 되므로, 마땅히 곁에서 수령이 요구하는 것에만 응해야 문서가 적체되지 않지요.

서 현감께서 백성들이 올린 서류를 받아 보고, 이방과 호장이 교대로 아뢰면 거의 5~60장이 넘어갔습니다. 서 현감은 찾아온 손님과 이야기를 나누면서 마치 당사자가 아닌 듯이 아전들이 아뢰는 말을 들었고, 아전들은 판결을 내리지 않고 쌓아 놓은 문서를 아뢰었습니다.

아전들은 한 문건을 다 아뢰고 나면 또 다른 문건을 아뢰어서 모든 문건을 다 아뢴 다음 문서 뭉치를 뒤집어 놓습니다. 그러면 서 현감이 차례로 문서를 제출한 자의 이름을 불러가며 판결을 내렸습니다.

그러자 정공이 웃으며 이르기를,

'자네가 스스로의 재능을 드러내서 자랑하는가본데 틀림없이 잘못된 판결이 있을 걸세.'

라고 했습니다. 그 문건들을 가져다가 살펴보니 한 치의 착오도 없었지요. 정공은 깜짝 놀라며 감탄했습니다."

라고 하였다.

제65화
교만의 결과

재상을 지낸 월당 강석기 공의 서출인 친척이 시골에 살고 있었는데, 그는 숙종의 장인인 여양부원군 민유중 공과도 친척 관계였다.

그가 일찍이 강공 댁을 지나는 길에 들렀다가 민공을 찾아뵙고 말하기를,

"강 정승 댁은 망했습니다."

라고 하는 것이었다. 민공이 묻기를,

"어째서 하는 말인가?"

라고 하자, 그가 대답하였다.

"제가 시골에 살면서 남을 찾아다닌 적은 없습니다. 강 상공과는 친척인지라 마침 도성에 들어왔다가 상공 댁을 찾아가 뵙지 않을 수가 없었지요. 참으로 흔연히 환대를 해주셨답니다. 물러가겠다고 두루 하직 인사를 드리는데, 상공의 맏아드님이 방안에 앉아 있다가 욕하며 꾸짖기를,

'내가 꼭 그를 봐야 하나요?'

라고 하는 소리가 밖에까지 들리는 것이었습니다. 주인이 보기 싫어하는데 감히 오래 앉아 있을 수가 없어서 잠깐 인사만 드리고 왔습니다. 상공 댁의 자제가 이처럼 교만한데 어찌 망하지 않을 수가 있겠습니까?"

민공은 누워 있다가 그 말을 듣고 벌떡 일어나며,

"자네 말이 옳네."
라고 하였다.

그로부터 얼마 지나지 않아 강공의 따님인 민회빈 강씨가 화를 입었다고 한다.

이 이야기는 여양부원군의 자제로 재상을 지낸 민진원 공이 말씀해 주셨다.

제66화
통달한 선비

재상을 지낸 민진원 공이 일찍이 말하기를,

"일찍이 이상 공을 찾아뵙고 담소를 나누는 사이에 말씀하시기를,

'박화숙은 세상사에 통달하고 실행력이 있는 선비가 아니더군.'

이라고 하시기에 내가,

'무슨 말씀이신지?'

하고 여쭈니 대답하시기를,

'화숙은 가업이 대대로 자못 풍요로운데도 그것을 완전히 포기하고 괜스레 생업에 대해 알지 못하는 체하며, 가난해서 스스로 생존할 수 없다고 하니, 어찌 족히 통달한 선비라고 하겠는가?'

라고 하셨네. 나는,

'존장께서는 지나치게 통달하신 선비시라 걱정입니다.'

라는 대답을 하고 싶어 입이 근질근질했는데 감히 입 밖에 내지는 못했다네."

라고 하셨다.

'화숙'은 아호가 현석인 박세채 공의 자다.

제67화
동갑내기 이정구와 민형남

  월사 이정구 공과 판중추부사를 지낸 민형남 공은 갑자년(1564)생 동갑이다. 또한 어려서부터 함께 글공부를 하며 친밀한 사이였다.

  월사 이공은 일찍이 정2품의 높은 벼슬에 올랐으나, 민공은 그때까지도 벼슬을 하지 못하고 있었다.

  민공은 여러 친구들과 길가에서 글 짓는 모임을 가지곤 하였다. 간혹 그 길로 월사 이공이 지나가게 되면 그때마다 민공의 친구들이 이공이 탄 수레를 가리키며 장난으로,

  "자네 동갑이 지나가네."

하고 놀렸다.

  월사 이공도 수레나 말을 민공이 있는 곳으로 돌려서 글 짓는 모임을 자주 방해하였다. 민공은 그 괴로움을 견딜 수가 없어서 친구들과 여염집에서 모임을 가졌다.

  어느 날 이공이 또 그들이 모여 있는 곳을 찾아갔는데, 때마침 맹인 점쟁이가 점을 보라고 외치며 대문 밖을 지나므로 사람을 시켜 불러오게 하였다. 이공이 속여서 말하기를,

  "여기는 과거 볼 선비들의 모임이네. 자네는 우선 내 점부터 봐주게."

하고는 자신의 생년 생월 생일 생시 등 사주를 말해주며 물었다.

  "이번 과거에 급제하겠는가?"

맹인 점쟁이는 한참만에 점괘를 뽑고는 벌떡 일어나 절을 올리며 말하기를,

"어째서 앞 못 보는 저를 속이셨습니까? 이분은 이미 오래 전에 귀해지신 분입니다. 아마도 정2품의 반열을 넘어서셨을 듯합니다."
라고 하였다.

이공이 또 민공의 사주를 말하자,

"이분의 점괘는 아직 과거에 급제하시지는 못했으나 이번 과거에 급제하시겠습니다. 그렇지만 1품 벼슬에는 상공보다 먼저 오르실 겁니다. 연세도 7~80세를 넘어 상공보다 장수하시겠습니다. 또한 한 가지 이상한 일이 있는데, 이분의 점괘로는 틀림없이 1품 벼슬에 두 번 오르실 겁니다."
라고 하는 것이었다.

여러 사람들이 시끄럽게 마구 떠들다가 말하기를,

"지금 과거에도 급제하지 못한 사람이 먼저 1품 벼슬에 오르다니 그럴 리가 없지. 게다가 다시 1품 벼슬에 오르다니, 그건 더욱 말도 안 돼지."
라고 하며 한바탕 웃고 모임을 끝냈다.

민공은 그 해에 급제하여 광해군 때에 여러 차례 거짓 공훈을 받아 벼락치기로 1품 벼슬에 올랐다.

민공이 원접사로 평안도 용만에 이르렀을 때 이공은 북경에 사신으로 갔다가 돌아오는 길이어서, 두 사람은 통군정에서 만났다. 하인들이 미리 자리를 마련해놓고 기다렸는데, 실수로 두 사람의 자리를 모두 주벽 쪽에 설치해놓았다. 민공 댁의 하인이 이공의 자리를 발로 걷어차서 물리치며 말하기를,

"우리 대감의 품계가 높으신데 정사 상공이 어찌 나란히 앉을 수

있어?"

하는 바람에 결국 이공의 자리를 동벽 쪽에 설치하였다.

잠시 후에 이공이 이르자, 이공과 민공이 마주 보고 웃으며 말하였다.

"오늘에야 그 맹인 점쟁이의 점괘가 정통함을 알겠네그려."

그 뒤, 민공은 승진하여 부원군이 되었다. 인조반정이 일어나 광해군 때의 거짓 공훈을 모조리 삭탈할 때 민공은 품계가 종2품으로 강등되었다. 나이 90세가 넘으며 점차 품계가 올라 다시 80세 이상의 관리에게 주던 수직으로 종1품 판중추부사 벼슬을 받고 생을 마쳤다. 하나같이 그 맹인 점쟁이의 말대로 된 것이다.

제68화
박서와 이기남의 어린 시절 약속

백사 이항복 공이 비 오는 날 한가하게 앉아 있는데, 맹인 점쟁이인 함순명이 뵈러 왔다. 이공이 묻기를,

"무슨 일이기에 비가 오는 걸 무릅쓰고 왔는가?"

하자, 함순명이 대답하였다.

"긴한 일 때문이 아니라면 어찌 앞도 못 보는 사람이 비를 맞으며 왔겠습니까?"

"자네가 청하려는 것은 잠시 접어두고 내 청을 먼저 들어주면 안 되겠는가?"

나중에 판서를 지낸 박서는 어릴 때 백사 이공에게 글공부를 하였는데, 당시 그 자리에 있었다. 이공이 박서를 가리키며 물었다.

"이 아이의 사주가 어떠한가?"

함순명이 세밀하게 점괘를 뽑고는 말하였다.

"이 낭군께서는 병조판서 벼슬에 이르시겠습니다."

그러자 이공이 탄식하며 말하기를,

"자네의 점술이 정통하구면. 이 아이는 원래 그 자리에 이를 만하지."

하였다. 함순명이 박서에게 아뢰었다.

"갑오년 무렵에 낭군께서는 병조판서가 되실 듯합니다.

이때 이공의 서자인 이기남이 박서와 함께 글공부를 하고 있었다. 이기남이 말하기를,

"만약 자네가 병판이 된다면 나를 병마절도사로 임명해주게."

하자, 박서는 웃으며 대답하였다.

"그럼세."

갑오년이 되자 과연 박서는 병조판서가 되었다. 이기남이 박서를 찾아갔으나, 박서는 그 일에 관해 다시 한 마디도 하지 않았다.

작별을 하고 나올 때 보니 박서의 첩에게서 태어난 어린아이가 앞에 있었다. 이기남은 그 아이의 손을 잡아끌어다가 담장 밖으로 후려 쳤다.

박서가 깜짝 놀라 묻자 그가 대답하였다.

"나는 오성 대감의 서자로, 병판과 어릴 적에 맺은 묵은 약속이 있는데 그마저도 생각해주지 않네그려. 하물며 그것이 관례에 따르는 것이라면 병판의 서자가 살아 있다 한들 무엇을 하겠나? 죽여도 아까울 게 없지."

박서가 웃으며 말하였다.

"내 비록 어린 시절에 그대의 청을 들어주마고 했으나 나라에서 벼슬아치를 임명하고 파면하는 법식이 분명하거늘 어찌 감히 서얼 출신을 병마절도사로 삼겠는가?"

그러자 이기남이 말하였다.

"그렇다면 그대는 마땅히 상소문을 올려 스스로 어린 시절의 약속을 진술하고 병조판서의 임명에 응하지 않는 것이 옳을 걸세."

박서가 웃으며 말하기를,

"내 그대의 뜻을 알겠네. 근래에 백령첨사 자리를 만들었는데, 그대의 뜻이 필시 여기에 있을 것이네."

라고 하였다. 이기남이 허탈한 듯 말하였다.

"병마절도사로 약속을 해놓고 겨우 백령첨사를 얻다니 참으로 마음에 내키지 않네만 또 다시 어찌하겠는가?"

마침내 박서는 이기남을 백령첨사에 임명하였다.

제69화
정치화의 사주

　　좌의정을 지낸 정치화 공은 양파 정태화 공의 아우로, 나의 외조부
님인 충정공 윤지완 공의 작은 외삼촌이 되신다.

　　정공께서 강원감사로 계실 때, 감영에 소속된 선비의 집에 낙질이
된《명경수》라는 점복에 관한 책이 있었다. 《명경수》는 누가 지은 것
인지 알지 못하였으나 예로부터 태어난 해와 달과 날과 시간을 한데
모아 각기 일생 동안 겪은 것을 기록한 것이었고, 장수할 것인지 요절
할 것인지 귀하게 될 것인지 천하게 될 것인지를 일일이 이미 증험한
것을 바탕으로 기록한 책이었다. 이 책은 바로 명나라에서 지정한 금
서였다.

　　정공은 그 낙질본 가운데 약간 권을 빌려서 보았는데, 사주에 관한
기록이 매우 많았다. 어려서 요절한 사람들이 무수하였는데, 몇 살
때 역병으로 죽었다고 기록되어 있었다.

　　사람이 태어나서 어른이 되는 것은 지극히 어려웠다. 장수하며 부
귀를 누린 사람은 천만 명 가운데 하나 정도였다.

　　때마침 정공과 같은 사주가 있었는데 그 아래 기록하기를,

　　'송나라의 승상인 정의부의 운명이다. 무진년 가을의 과거에서 책
문으로 급제한다.'

라고 되어 있었다. 정공의 경우와 딱 들어맞았다.

　　'의부'는 중국 북송 때의 정치가인 정해의 자였다. 그에게는 두 명의

아들이 있었으나 수명은 51세로 길지 않았다. 이에 비해 정공은 적통의 후사가 없이 서자가 둘이 있었다.

정해가 사망한 나이인 51세가 되었을 때, 정공은 몹시 편치 않았으나 끝내 아무 탈이 없었고, 60세가 넘도록 살았다.

이는 중국과 같은 큰 나라의 벼슬자리에 권한이나 책임이 크고 무거워서, 그것을 풍성하게 누리고 쓰는 것은 작은 나라와 매우 다르지만, 육체적이나 정신적으로 괴롭힘을 당해서 그런 것이 아니겠는가!

제70화

조석윤이 낙방하는 꿈을 여러 차례 꾼 사나이

　낙정 조석윤 공이 장원급제하자 그와 함께 급제한 사람들이 전례에 따라 급제자 발표가 나기 전에 조공을 만나러 찾아왔다. 그 가운데 한 사람은 수염과 머리털이 물결치듯 더부룩하였다. 자리를 잡고 앉자 그가 눈을 들어 조공을 자세히 보다가 웃으며 말하였다.

　"기이하군, 기이해! 장원을 길러서 급제를 했으니 어찌 아니 늙을 수가 있겠는가?"

　조공이 물었다.

　"무슨 말씀이신지?"

　"나는 호남 사람으로 과거를 보러 다니다가 이렇게 늙었다오. 어려서부터 서울에 올라가 과거에 응시해서 몇 년 간이나 과거를 보러 서울에 올라갔는지도 모르겠소. 과거를 보러 서울에 가다가 한 번은 경기도 진위의 갈원에 이르러 자게 되었는데, 한 아이가 과거에 낙방하고 돌아가는 꿈을 꾸었다오. 처음에는 우연이겠거니 생각했었는데, 그 뒤로 과거를 보러 가다가 갈원에 이르러 자면 그때마다 그 아이가 낙방하는 꿈을 꾸었지 뭐요. 그때부터 그 아이는 점점 자랐고, 매번 꿈을 꾸다 보니 어느새 그 얼굴이 눈에 익어 서로 장난을 치며 즐겁게 웃곤 했지요. 꿈에서 깨어나면 그 아이가 필시 낙방하리라는 것을 알았기에 마음이 개운치 않아 잠자리를 옮겼지요. 갈원에서 자지 않고 갈원에서 수십 리나 떨어진 곳에서 자도 그때마다 그 아이의 꿈을 꾸는 것이었어요. 그래서 상경하는 길을 바꾸어 안성을 거쳐 서울로 갔답니다. 그런데도 매번 갈원에 해당하는 곳 어름을 지나갈 때마다 같은 꿈을 꾸어서 끝내 어찌할 수가 없는지라 도로 큰 길을 거쳐서 상경했지요. 이제 그 아이는 장성해서 관례를 치른 듯 갓을 쓴 모습을 이미 여러 차례 보아 서로 낯이 익고 친하게 되었답니다. 이번 길에도 꿈을 꾸고 그가 틀림없이 낙방하리라고 짐작했는데 홀연 급제를 했으니 그 까닭을 도무지 모르겠네요. 오늘 장원하신 분을 와서 뵈니 완연히 꿈에서 보던 얼굴이군요. 참으로 기이한 일입니다."

과거에 급제하고 낙방하는 것이야 하늘이 정해 주는 것이 아니겠는가!

제71화

정성스럽고 순박한 성품으로 좌의정이 된 허욱

재상을 지낸 허욱 공이 젊은 시절에 허공의 장인은 안동부사로 있었다. 허공은 장인의 근무지인 안동에 내려가 있었다.

어느 날 부사의 안식구가 사자 한 마리가 사위의 방에서 나와 용이 되어 날아가는 꿈을 꾸었다. 허공의 어릴 적 이름이 '사자'였다.

마침 이때 과거를 실시하라는 명이 내렸다. 장인은 허공더러 서울에 올라가 과거에 응시하라고 하였다.

허공은 나이가 어리고 글을 지을 줄 몰라서 서울로 가고 싶지 않았으나, 장인이 힘써 권하며 서울로 보냈다.

허공은 경기도에 이르러 주막집에서 말을 먹였다. 주막집의 화로 위에 사륙문을 모아놓은 책 한 권이 있으므로 주인에게 물었더니 그가 대답하기를,

"아침에 어떤 선비 한 분이 두고 가기에 몇 리나 쫓아갔으나 돌려주지 못하고 돌아왔어요."

라고 하는 것이었다. 하공은 그 책을 소매 속에 넣고 과거 시험장에 들어갔다.

허공은 처음부터 스스로 답안을 지어서 쓸 수가 없어서 다만 그 책을 들춰보았다. 과연 그곳에는 과거시험의 제목에 부합하는 글이 한 편 있었으므로, 그것을 베껴 내고 과거에 급제하였다.

허공은 성품이 꾸밈이 없고 진실하여 매번 자신이 글재주가 없음에

도 급제한 까닭을 스스로 분명하게 말하였다. 많은 사람들이 허공의
정성스럽고 순박함을 인정하여 벼슬이 좌의정에 이르렀다.

제72화
글도 모르면서 과거에 급제한 곽천거

　곽천거는 충청도 괴산의 교생이었다. 밤에 그의 아내와 함께 자는데, 그의 아내가 잠결에 갑자기 울부짖으므로 그 까닭을 물으니 그녀가 말하기를,

　"꿈에 용이 하늘에서 내려와 당신을 물고는 지붕을 뚫고 올라가지 않겠어요. 그래서 울었답니다."

라고 하였다. 곽천거가 말하였다.

　"내가 들으니 용꿈을 꾸면 과거에 급제할 수 있다던데, 내가 글을 모르니 어쩌지?"

　그가 아침 일찍 일어나 봇도랑에 물을 대려고 길가에 있는 밭 사이로 나갔다.

　저고리의 고름도 여미지 않은 채 급히 달려가는 사람이 있어 그 까닭을 물으니, 그가 대답하기를,

　"조정에서 이번에 새로 특별 과거를 보이기로 정했는데, 지금 영남 아무 고을 사또 자제분께 급히 알리러 가는 길이오."

하는 것이었다.

　곽천거가 집에 돌아와 아내에게 말하였다.

　"지난밤에 자네가 이상한 꿈을 꾸더니만, 오늘 갑자기 과거 소식을 들었네. 하지만 글도 모르는 내가 말해 무엇 하겠나?"

　그의 아내가 서울로 올라가라고 권하자, 곽천거는 재삼 힘써 사양하

는 것이었다. 그의 아내는 힘써 권하며 노잣돈까지 마련하여 주었다.

곽천거가 서울에 이르러 미처 도성 안에 발을 들여놓기 전이었는데 딱히 갈 곳이 없었다. 그가 숭례문으로 들어가 가장 첫 번째 골목 어귀에 이르렀는데, 그곳이 곧 창골이었다. 그는 그 골짜기의 끝에 멈추어서 어느 집 대문 밖에 봇짐을 내려놓고 쉬었다.

그 집의 사람이 두세 차례나 나와서 그를 살펴보고 가더니, 그 집 주인인 성균관 유생이 그를 맞이한다는 것이었다.

곽천거는 그를 따라 들어가서 주인을 만나 과거를 보러 처음 서울에 왔는데 발을 들여놓을 곳이 없다는 뜻을 자세히 말하였다. 마침내 주인은 그를 그 집에 머물게 하고 함께 방으로 들어갔다.

무릇 성균관 유생인 주인 이 상사는 과거 시험장을 드나들며 늙어버린 선비로, 조선의 선비들이 지은 과거의 답안지를 모아 만든 두루마리를 갖추고 있었다.

이 상사는 과거 시험장에 들어갈 때 곽천거로 하여금 그 두루마리를 지고 들어가게 하여 그 가운데 과거의 시험문제와 같은 글을 두루 살펴보라고 시켰다.

곽천거는 교생 출신으로 간신히 시험문제의 글자들을 알아보았으므로 살펴본 끝에 마침내 시험문제와 같은 글을 알아냈다.

이 상사가 답안지를 작성하여 제출한 뒤에야 그는 비로소 시험문제와 같은 글 두어 편을 찾아냈는데, 서로 비슷한 글도 많았다.

드디어 그 글들을 여기저기서 잘라 모은 뒤 글 한 편을 써서 제출하여 이 상사와 함께 급제자 명단에 들게 되었다. 그는 몹시 기뻐하며 말하기를,

"내가 이제 집에 돌아가면 군역은 너끈히 면하게 되었으니 급제한 것이나 뭐가 달라?"

라고 하며 집으로 돌아가려고 하였다.

　이 상사는 그런 그를 만류하여 함께 회시에 응시하여 전의 방법을 또 썼는데, 이 상사는 낙방을 하고 곽천거는 급제하게 되었다.

　그는 성품이 질박하여 그 사실을 숨기지 못하고 매번 그 자초지종을 스스로 말하곤 하였다. 그 때문에 남들이 추천하여 벼슬이 정3품 봉상시 정에 이르렀다.

제73화
윤지완 형제의 동년 급제 조짐

외조부님이신 충정공 윤지완 공과 좌의정을 지내신 외종조부님 윤지선 공께서는 임인년(1662)의 과거에서 함께 급제하셨다.

그 전에 종실인 능계수 이급 공이 찾아와 말하기를,

"이번 과거에 공의 형제분께서 틀림없이 함께 급제하실 것이오."

라고 하자 충정공께서 물으셨다.

"그걸 어떻게 아십니까?"

"벌써 그런 조짐이 있기에 내 스스로 안 것이오."

그 뒤 과연 두 형제분이 함께 급제하셨다. 그러자 능계수 이공이 찾아와 축하하기를,

"내 말이 과연 적중했구려."

라고 하였다. 충정공께서 어찌 아셨느냐고 묻자 이공이 대답하였다.

"우리 며느리가 일찍이 꿈에 의금부 문 밖을 지나는데 두 가닥의 솟대가 문 앞에 서 있었다더군요. 그런데 그 두 가닥 솟대 위에는 모두 용머리가 새겨져 있었다지요. 며느리가 꿈속에서,

'이것이 어느 댁의 솟대입니까?'

라고 물으니 어떤 사람이 대답하기를,

'이 솟대는 이조판서 댁 솟대랍니다.'

라고 했답니다. 며느리가,

'그렇다면 어째서 이곳 의금부 문 밖에 세워 놓은 것이지요?'

라고 물으니,

'이조판서 대감께서 지금 판의금부사를 겸직하고 계신 까닭에 여기 세워 둔 것입니다.'
라고 대답하더랍니다. 이에 며느리가 고개를 들어 올려다보니 두 가닥 솟대에 새긴 용머리가 모두 진짜 용으로 변하여 하늘을 꿰뚫고 가더랍니다."

이때, 외증조부님이신 무곡 윤강 공께서는 이조판서와 판의금부사를 겸직하고 계셨다. 꿈의 기이한 조짐이 바로 앞날을 예견하는 조짐이었던 것이다.

제74화

태평성대의 과거보는 풍속

옛날에 과거시험을 통해 인재를 선발하는 규칙은 오로지 문장이 공교로운가의 여부에 달렸었다.

선비 친구들이 그들의 친척과 지인들을 따라 모여서 글 짓는 모임을 만들고, 이를 '동접'이라고 하였다.

과거시험장에 들어가면 하나의 동접을 몇 개의 무리로 나누어 함께 앉는다. 혹 시각이 촉급하여 어느 한 사람이 주어진 시간 안에 답안을 완성하지 못하면 그 자리에 있던 동접들이 다 같이 힘을 모은다. 여러 사람들이 교대로 마치 연구를 짓듯이 답안의 일부씩을 작성하여 그 자리에서 즉시 답안을 완성한다.

그렇게 하여 한 사람마다 하나의 답안지를 제출하여 급제함으로써 정시나 알성시, 황감제 등과 같은 과거에서 한 동접에 속한 사람들이 차례대로 급제하여 거의 낙방하는 사람이 없게 된다.

이는 대개 태평성대의 순박하고 인정이 두터운 풍속이다.

제75화
예전과 다른 과거 풍속

나중에 우의정을 지낸 한흥일이 젊은 시절, 제주도에서 진상한 감귤을 하사하고 치르는 황감제에 응시하러 가려고 하자, 그의 아내가 말하였다.

"일할 사람이라곤 당신뿐인데 나무 하러나 가시지요. 과거 시험장에 가셔서 어쩌시게요?"

그러자 한공은,

"여러 친구들이 과거보러 가자고 청하는데 어찌 아니 갈 수가 있겠소?"

라고 하며 집을 나섰다.

과거시험장에 들어간 뒤 친구들이 말하기를,

"오늘은 마땅히 한진보를 먼저 급제시키세."

하고는 각기 쓴 답안을 모아 한 편의 답안을 작성하여 급제를 시켰는데, 그 뒤 한공은 재상이 되기에 이르렀다.

이를 통해 아직도 태평성대의 아름다운 풍류를 상상해 볼 수 있다.

오늘날은 악착같이 수단과 방법을 가리지 않고 벼슬을 얻으려고 하며 오로지 이익만을 추구한다. 아비와 아들 형제 등이 네댓 명, 대여섯 명이 되어도 모두 각기 제 이름으로 답안지를 제출하니, 어찌 이런 풍류를 볼 수 있겠는가?

다만 이른바 시관이라는 사람들이 안목이 없으니 소경이 더듬더듬 지팡이를 짚어 길을 찾듯이 하여 그 답안지가 누가 쓴 어떤 답안지인가를 알지 못한 채 그저 타고난 재수가 있는 사람을 뽑을 뿐이다.

　산호를 채취하는 그물을 치듯이, 인재를 발굴하는 조치로 삼은 것 때문에 어지러운 다툼은 날로 자라고, 선비들의 풍습은 날로 허물어지니, 이 모든 것이 하늘의 뜻이리라.

제76화
기생이 보낸 편지 덕에 급제한 여성제

숙종 때 영의정을 지낸 여성제 공이 경전을 암송하고 강독하는 것으로 과거를 보는 명경과에 응시하였을 때였다.

여공이 강석에 들어가자마자 휘장 안에서 강경할 문제를 쓴 종이가 나왔다. 그 종이를 보니 사서삼경 가운데서 출제되었는데, 모두가 익히거나 외우지 못한 대목들이어서 어쩔 수가 없었다. 여공은 일어나서 뒷간에 다녀오겠다고 청하였다.

과거 시험장의 규칙에 의하면, 강석에 들어온 선비가 먹을 것을 청하면 주고, 뒷간에 가겠다고 하면 허락하는 것이 관례였다. 마침내 시험관은 군졸로 하여금 여공을 데려가게 하였다.

여공은 오래도록 뒷간에 앉아 그 군졸과 한담을 주고받았다. 군졸이 사는 곳을 물어보니 바로 자신의 부친이 벼슬을 하고 계신 고을이었다. 그 고을의 일에 대하여 이야기를 나누다가 그 군졸이 말하였다.

"제가 여기 올 때 그 고을 기생 아무개가 편지를 써주며 여 진사를 찾아 전해 달라고 했는데, 그분이 어디 계신지 모르겠네요."

여공은,

"내가 여 진사라네."

라고 하며 마침내 그 편지를 받아서 보니, 바로 그가 부친을 따라 갔을 때 눈이 맞은 기생이 보낸 편지였다.

이럴 즈음에 시각이 점점 지체되자, 시험관이 사람을 시켜 살펴보

게 하였다. 그가 돌아와 말하기를,

"그 선비가 손에 종이 한 장을 가지고 있었습니다."

하는 것이었다.

시험관은 의심이 들어 마침내 시험문제를 다른 대목에서 고쳐 출제하였다.

여공이 돌아와서 보니 고쳐 출제한 문제들은 모두가 익혀 두었던 대목들이어서 드디어 급제하였다.

제77화
외모가 남달리 왜소한 최석항

경종 때 좌의정을 지낸 최석항 공은 키가 몹시 작고 체질이 허약하였으며 생김새가 어른 같지 않아서, 사람들이 보고 놀라곤 하였다.

최공이 한림으로 있을 때 한림원의 규칙에 따르면, 당직을 설 때 상급자가 하급자를 괴롭혀 그 고통이 심하였고, 하급자는 남모르게 상급자를 조롱하고 업신여겼다.

한림 이현조 공이 최공을 조롱하는 시를 다음과 같이 지었다.

무슨 놈의 기괴한 것이 한림원에 지나가는데,
바라보며 터지려는 웃음을 참고 한숨 또한 참는다네.
두 눈을 쳐들고 오는 모습은 놀란 토끼 같고,
층계에 뛰어오르는 모양은 팔짝 뛰는 개구리와 흡사하네.
손에 든 밥숟갈은 솥을 든 것 같고,
입에 문 담뱃대는 나팔을 부는 듯하네.
이처럼 기괴한 사람 꼴을 내 처음 보거니,
이제야 올 한 해 액이 많다는 말 믿겨지네.
何物奇形院裡過 望之堪笑亦堪嗟
撞來雙眼疑驚兔 跳上層階似躍蛙
手把飯匙如擧鼎 口橫烟竹若吹鑼
人間至怪吾初見 始信今年厄會多

그 뒤 최공은 경상도 관찰사가 되었는데, 갓에 옥으로 만든 해오라기 장식을 하고 여러 가지 보석을 꿰어 만든 갓끈에 무관의 복장인 철릭을 입었다. 감영에 도임하던 첫날, 어떤 기생이 그 모습을 보고 웃음을 참을 수가 없어서 고개를 돌렸다. 군관이 죄로 다스릴 것을 청하자 최공이 웃으며,

"내 생김새에 무관복을 갖추어 입었으니 웃음이 나올 법도 하지. 하나도 괴이할 게 없는데 하필 죄로 다스려야 한단 말인가?"

하고는 불문에 부치자, 사람들이 최공의 아량을 칭송하였다.

그 뒤 청나라 사신이 왔는데, 최공을 본 중국인이 말하기를,

"이 사람의 한 눈은 하늘을 보고 한 눈은 땅을 보고 있으니 크게 귀한 상이오."

라고 하였는데, 나중에 과연 높은 벼슬인 좌의정에 올랐다.

제78화

친구의 앞일을 예견한 이세구

    나의 고모부이신 양와 이세구 공께서 젊은 시절에 한 선비와 같은 곳에서 공부를 하였는데, 나이도 같고 빼어난 재주가 서로 어울려 명성이 세상에 자자하였다.

    그 뒤, 이공은 올바른 길로 들어서서 일찍이 자신의 인격 수양을 목적으로 하는 학문에 입문하여 세상에 자취를 끊고, 화려한 문장으로 이름이 알려지는 것을 부끄럽게 여겼다.

    고모부의 친구 분은 이름 있는 집안의 재주가 뛰어난 젊은이로 20세를 전후하여 벼슬길에 올랐다. 비록 성급하게 승진하려고 하지는 않았으나 마치 지푸라기를 줍듯이 손쉽게 공경의 지위를 얻었다.

    그러나 그는 훈신들의 명부에 잘못 이름을 올려 일체의 대장이나 장수의 임무를 가짐으로써 공명을 취하고 승진을 탐하기를 싫어하지 않아 선비들에게 버림을 받게 되었다.

    그는 매번 양와 이공에게는 옛정을 나누었던 친구로 변함없이 진심을 다해 대하였다. 때마다 진귀한 음식과 물건을 끊이지 않고 푸짐하게 보내 안부를 묻곤 하였다. 이공은 그 가운데 하나도 쓰거나 누구에게 선물로 주지도 않고 받아서 비어 있는 누각에 간수하고 잠가 놓았다.

    그 뒤 그 친구가 권력 다툼에 패하여 죽게 되자, 그의 처자들이 가난해져 굶주리게 되었다. 이공은 그 친구가 보내주었던 물건들을 모두 금전으로 바꾸어 그 집으로 돌려보냈다.

대개 마음으로는 그 친구와의 왕래를 끊었으나 자취는 차마 끊지 못하였던 것이다. 남을 잘 돕고 덕행이 높은 인인군자의 마음 씀씀이의 정성스러움이 이와 같았다.

나의 고종사촌 형님인 이광좌 공이 일찍이 이 일에 관해 이야기해 주고는 말하기를,

"어렸을 때 그 좋은 음식이 풍성한 것을 보고는 먹고 싶었으나 끝내 먹지 못하게 하시더군. 그 뒤, 그 맛나 보이던 음식들은 모두 썩어서 버리고 말았지."

라고 하였다.

옛날 중국 북송 때의 왕보가 재상이 되어 부귀와 공훈이 혁혁해지자, 집안사람들이 먹다 남은 밥을 시궁창에 버려 날마다 흰 쌀밥이 흘러나갔다.

이웃에 있는 절의 어떤 승려가 그 밥을 건져다가 깨끗이 씻어 말렸는데, 그 양이 매우 많았다. 그 뒤, 왕보가 세력다툼에 패하여 옥에 갇히고 가족들은 뿔뿔이 흩어지게 되었는데, 왕보에게 음식을 가져다 주는 사람이 없어 굶주림에 허덕이다가 곧 죽게 되었다.

마침내 그 승려가 말려두었던 밥을 다시 끓여 아침저녁으로 거르지 않고 먹여주었다. 왕보가 감격하여 묻기를,

"내 전부터 평소에 스님을 알지 못했는데, 무슨 일로 환난 중에 있는 나를 이처럼 정성스레 구해주시는 것이오?"

라고 하자, 그 승려가 웃으며 말하였다.

"이것은 빈도가 드리는 밥이 아니라 바로 상공 댁에서 나온 밥이랍니다. 인간의 화와 복은 서로 인과관계에 있지요. 그 당시 빈도는 상공 댁에서 하늘이 내려주신 쌀을 그처럼 업신여기시는 것을 보고, 오

늘이 있으리라는 것을 이미 짐작하고 밥알을 씻어서 간수해 두었다가 이렇게 가져다가 드렸을 뿐입니다."

그 말을 들은 왕보는 한숨만 쉴 뿐이었다.

이공 친구의 일은 이 일과 비슷하니, 부귀한 사람들은 경계할 바를 알아야 한다.

제79화

아량을 보인 김몽신

숙종 때 김몽신 공이 황해도 관찰사로 있을 때였다. 고향에 사는 먼 친척이 딸을 시집보내는 데 도와달라는 요청을 하러 찾아왔다. 김 공이 이르기를,

"자네가 몹시 가난하다니 참으로 걱정일세. 내가 어찌하면 많은 도움을 주겠나? 다만 혼인에 필요한 물품들을 주욱 써가지고 오게."

라고 하였다. 그 친척이 혼례에 필요한 물목을 적어 바치자, 김공이 훑어본 뒤에 웃으며 말하기를,

"자네가 바라는 게 보잘것없구먼. 이 정도라면야 충분히 내가 마련해 줌세."

하고는 문서에 수결을 하여 주었다.

그 사람은 애초에 많은 목록을 작성하지 못한 것을 후회하였다. 물목 가운데 호미를 처음에는 다섯 자루라고 썼었는데, 그가 '오(五)'자 뒤에 '십(十)'자를 첨기하였다.

이튿날 군관이 김공을 찾아뵙고 말하기를,

"물목에 있는 대로 다 지급을 했습니다만, 호미 50자루는 갑자기 마련하기가 어려우니 대장장이를 불러다가 두들겨 만들어야겠습니다."

라고 하는 것이었다. 김공이 물목을 가져오라고 하여 보니 과연 호미가 50자루라고 적혀 있었다.

나중에 홍천군수를 지낸 김공의 사위 최상복이 어린 나이로 김공을

모시고 앉아 있다가 미소를 띠며 말하였다.

"그 열 십(十)자는 어제는 없던 것입니다."

김공은 물목의 오(五)자 아래의 십(十)자를 위로 올려 써서 주며 말하기를,

"갑자기 마련하는 것이 어렵다면, 호미 15개를 주면 되겠구먼."

이라고 하였다.

군관이 나가자, 김공은 사위를 책망하였다.

"자네는 젊은 나이에 원대한 꿈을 지녀야 할 사람이 어째서 남의 허물을 들추어내는가?"

유봉휘 공이 전라도 관찰사로 있을 때 예하의 어느 한 수령이 찾아와 아뢰기를,

"감영에서 결재해서 보내주신 문서에 환곡을 친구 분께 주라고 하셨는데, 지우고 고쳐 쓰고는 도장도 찍지 않았습니다. 의심스러워서 찾아와 아뢰는 것입니다."

라고 하였다. 그 말을 들은 유공은,

"그 문서가 어디에 있는가?"

하고 물었다. 그 수령이 소매 속에서 문서를 꺼내 바쳤다. 유공이 그 문서를 자세히 살펴본 뒤 말하였다.

"이 일이 어찌 이렇게 떠벌릴 만한 일인가? 그대로 지급하게."

김공과 유공은 아량이 있었고, 두 분의 일도 또한 비슷하다.

제80화
당론의 폐해

한번 당론이 일어난 뒤로 한쪽 사람들이 다른 당의 사람들을 질시하게 되었는데, 마치 바람소리와 학의 울음소리를 듣고도 반대파가 공격하는 것이 아닌가 하고 놀라듯이 어느새 고질적인 폐단이 되어 무슨 일이든 다 그렇게 되고 말았다.

반대파 사람이면 비록 그가 대신이라고 할지라도 마치 종을 대하듯 성을 떼버리고 이름을 함부로 부르곤 하는 것이 예사로운 일처럼 되고 말았다.

외조부님께서 항상 말씀하시기를,

"경신년(1680) 이후로 조지겸을 만났는데, 말끝마다 '권대운'이라고 하기에 내가 정색을 하고 꾸짖기를,

'그 사람이 착하고 악한 것을 떠나서, 최근에 재상직을 역임한 것은 말할 것도 없고 조정을 존중하는 도리 상으로도 어찌 이처럼 거만하고 거칠게 말할 수 있는가?'

라고 하였지. 그러자 조지겸은 흔쾌히 옳은 말씀이라고 하더군. 그런데 그 말이 미처 끝나기도 전에 자신도 모르는 새 '권대운'이라고 하는 것이야. 말을 함부로 하다 보면 어느새 이렇게 입에 붙게 되지."

라고 하셨다.

오늘날의 당론은 그 당시에 비해서 10배 이상으로 강경한데, 그 당시도 이와 같았으니 오늘날의 일이야 하나도 괴이할 것이 없다.

제81화
효자 김천서

전라도 금구의 선비 김천서는 지극한 효자로 이름이 났다. 암행어사나 관찰사가 조정에 그의 효성을 보고하여 참봉 벼슬을 내렸으나 나아가지 않았다.

병신년(1716)에 내가 전라도 고산의 수령으로 부임할 때 금구를 지나게 되었는데, 고을에서 김 선비의 기이한 행적에 대해 말하는 사람들이 많았다.

김 선비는 상중에 있을 때 잠시도 무덤 옆의 여막을 떠나지 않고 아침저녁으로 평상시처럼 음식을 차려 올렸다.

까마귀와 솔개가 오이와 개자의 씨앗을 물고 날아가다가 떨어뜨렸는데, 그것을 심었더니 매우 무성하게 자랐다. 한 해를 마칠 무렵에는 그것을 따다가 제수로 올렸다.

한번은 제사를 지내려고 하는데, 개가 새끼를 낳으려고 하는 것이었다. 김 효자가 말로 누누이 그 개에게 타이르기를,

"만약 네가 새끼를 낳게 되면 제사를 지낼 때 불결하게 된다. 그러니 너는 모름지기 나를 위해 멀리 산소 밖으로 나가서 새끼를 낳아라."

라고 하였다. 그리고 나서는 며칠 동안 그 개가 간 곳을 알 수 없었다. 제사를 지낸 뒤에야 낳은 새끼들을 물고 왔다고 한다.

김 선비는 그의 부모를 전라도 전주 땅 앵곡역에 장사지냈는데, 가난하여 묘소 지키는 종을 둘 수가 없었다. 나무하는 아이들이나 소

먹이는 총각들이 모두들 말하기를,

"김 효자의 묘소를 누가 감히 침범하겠어?"

라고 하며 멀리 떨어져서 접근하지 않았다고 한다.

마침내 내가 말을 타고 고을 동쪽으로 5리 되는 곳으로 김 선비를 찾아가보니, 늘 얼굴 가득 근심 어린 빛을 띠고 있었다. 이야기를 하다가 부모님 이야기만 나오면 슬픔에 젖은 말이 간절하였다. 그가 또 이르기를,

"올해 정초 꿈에 부모님을 뵙고 지은 시에 '올해 죽을 것'이라는 시 구절이 있었는데, 아마도 지하에 가서 부모님을 모실 수 있을 듯합니다."

라고 하였는데, 그 말이 몹시 비통하였다.

김 선비가 술과 안주 몇 가지를 차려 대접해 주어서 돌아온 뒤에 사례의 편지를 써 보냈다. 과연 그 해 겨울에 김 선비가 죽었으니 기이한 일이다. 나는 부의를 전하였다. 김 선비의 아들 한 사람이 전주에 살고 있어서 때때로 찾아오곤 하였다.

제82화

윤지완을 감동시킨 천민 득량

득량은 기사년(1680) 이전에 호조에 딸린 천민이었다. 처음에는 그의 형과 따로 살고 있었는데, 어느 날 그의 아내에게 말하였다.

"우리들은 천민이라 입에 풀칠할 방도가 없어서 형제가 각기 관아에서 품팔이 일을 하여 살아가고 있소. 이 때문에 날이 밝으면 관아에 나갔다가 날이 저물면 집으로 돌아오곤 하며 날마다 이렇게 지내왔잖소. 형제가 반드시 한 집에서 함께 살아야만 밤에는 서로 모이고 낮에는 일을 하러 갈 것이오. 그리해야 인정과 사람 사는 도리가 병행되어 어긋나지 않을 수 있을 것이오. 지금 우리 형제는 각기 떨어져 살다 보니 서로 얼굴 보기도 가뭄에 콩 나듯 한데 어찌 한 가족이라고 하겠소?"

라고 하고는 마침내 가산을 정리하여 처자를 거느리고 형의 집으로 가서 함께 살았다.

이들은 비록 하천배라 하더라도 우애가 이와 같았다.

외조부님께서 호조판서로 계실 때, 득량은 외조부님을 모시고 다니는 청지기로 날마다 와서 외조부님을 모셨다. 외조부님께서 말씀하시기를,

"나는 형제가 따로 살고 있어서 한 집에 사는 즐거움을 지킬 수가 없으니 득량에게 몹시 부끄럽구나."

라고 하셨다.

제83화

태인의 두 효자

오늘날의 전라북도 정읍 지역인 태인에 노신달과 정의성이라는 두 효자가 있었는데, 두 사람 모두 무식한 평민이었다.

노신달은 성품이 정성스럽고 순박하며 꾸밈이 없고 진실하였다. 그의 부모가 별세한 뒤 바라다 보일 만큼 가까운 거리에 장사를 지냈다.

그는 날마다 한 차례씩 산소에 가서 절을 올렸는데, 비가 오나 바람이 불거나 추위나 더위에도 아랑곳하지 않았다. 비록 다른 곳에 외출할 일이 있어도 산소에 문안을 드리는 일 때문에 멀리 외출할 수 없었다고 한다.

정의성은 성품이 자못 영리하였다. 날마다 꼬박꼬박 한밤중에 일어나 의관을 반듯하게 갖추고 먼저 하늘에 배례를 하고 다음으로는 임금께 배례를 한 뒤 부모님께 절을 올렸다. 아무리 날씨가 춥고 덥거나 비가 많이 쏟아져도 평생을 하루처럼 거르지 않았다.

효종대왕의 국상과 효종대왕비 인선왕후의 국상이 났다는 말을 듣자마자 기필코 양식을 꾸려가지고 대궐로 달려가서 곡을 하고 돌아왔다. 국장을 치를 때도 능으로 달려갔다.

어떤 사람들은 정의성이 이름이 나는 것을 좋아한다고 여겨, 노신달을 두둔하고 정의성은 비난하였다고 한다.

제84화
효자 이익삼

이익삼은 오늘날의 전라북도 군산 지역인 임피의 향리였다. 어머니를 효성스럽게 섬기면서 항상 그 아내에게 훈계하기를 의복과 음식을 봉양함에 정성을 다해 어긋남이 없도록 하라고 하였다.

관아에서 퇴근하여 밥을 먹다가 더러 맛난 음식이 상에 올라 있으면 어머니에게 묻기를,

"이 음식을 먼저 맛보셨습니까?"

라고 하여 어머니가,

"벌써 먹었다."

라고 하면 기뻐하였다.

어머니가,

"먹어보지 못했다."

라고 하면 아내를 호되게 꾸짖었다.

"맛난 음식이 있으면 어찌 감히 어머님께 올리지 않고 내게 차려준단 말이오?"

겨울과 여름으로 계절이 바뀔 때 아내가 새 옷을 내오면 반드시 그 어머니를 살펴보아 아직 헌옷을 입고 있으면 아내를 꾸짖어 조금도 용납하지 않았다. 심지어는 몇 달 동안 아내를 쳐다보지 않을 때도 있었다.

그 때문에 비록 그의 몸이 오랫동안 관아에 매여 집에 있을 때가

드물더라도, 아내가 어머니를 봉양하는 데에 조심스럽게 정성을 다하여 감히 게을리하거나 소홀히 하지 못하였다.

무릇 옛 사람들에 관한 책을 읽는 선비 가운데 더러 그 아내에게 잡혀서 어머니를 잘 섬길 수 없는 사람이 이익삼의 사례를 본다면 부끄러움이 없을 수 있겠는가?

이익삼의 아버지도 효행이 있어서 효로써 정문이 세워졌으니, 대개 집안에서 대를 물려 전하는 효행인 듯하다.

이웃 마을에서도 이익삼을 효자라고 칭송하지 않는 사람이 없었다.

나의 친한 벗이 내게 이 이야기를 해주었다.

제85화
바른생활 사나이 이후종

충청도 청주의 수군인 이후종은 마을 사람들에게 신의가 있는 사람으로 알려졌다.

그의 이웃에 사는 양반은 그가 천한 일을 하고 있는 것이 안쓰러워 수군절도사에게 선을 대어 군역을 면하게 해주려고 하였다.

이후종이 그 소문을 듣고, 어느 날 이웃집 양반을 뵈러 와서 말하였다.

"공께서 저의 군역을 면하게 해주시려고 수사께 간청하시려 한다던데, 과연 그렇습니까?"

"그렇다네."

"그러지 마십시오. 제가 그 때문에 그러지 마시라고 하려고 뵈러 왔습니다. 제발 공께서 그러지 마세요. 나라에서 군대를 설치하는데 저처럼 젊고 힘이 좋은 사람들이 그것을 면하고자 한다면 군사의 수를 어떻게 충당하겠습니까? 게다가 저는 신분이 낮은 백성이니 군역을 하지 않을 수가 없습니다."

그는 이렇게 힘써 이웃 양반을 만류하여 군역을 면하지 않게 되었다. 그는 지금 60세의 나이임에도 군역에 응하는 데 게을리하지 않았다.

거사로 지내는 그의 숙부가 있는데, 처자도 없이 늙고 병들었다. 이후종은 그 집안일을 맡아 조금도 게을리하지 않으며 숙부를 잘 봉양하였다.

그의 숙부는 오래도록 병을 앓다 보니 대소변을 가리지 못하였다.

이후종은 매번 손수 변기통을 가지고 다니면서 용변을 받아 시냇가에서 씻곤 하였다. 마을 사람들이 지나가다가 그것을 보고 말하였다.

"어째서 마누라한테 씻으라고 하지 않고 손수 씻는가?"

"제 처야 피도 안 섞인 남으로 부부의 의를 맺었으니 아무래도 골육의 정이야 있겠어요? 만약 혹시라도 마음속으로 더럽게 여기면서 마지못해 한다면 정성을 다해 봉양하는 뜻이라고 할 수 없겠지요. 그래서 제가 하고 있답니다."

일찍이 그의 아버지가 다른 사람에게 보리 열 말을 꾸어주었는데, 가을이 되어 그 값을 헤아려 보았다. 그 해는 보리가 귀하여 비싸고 벼가 잘되어 값이 떨어져서, 보리 열 말의 값으로 벼 스물다섯 말을 치게 되었다.

보리를 꾸어 갔던 사람이 가난하여 스물다섯 말을 다 마련할 수가 없어서 우선 벼로 스무 말을 갚으러 왔다. 이후종이 밖에서 들어오다가 그 말을 듣고 놀라 말하기를,

"보리는 맛이 없고 벼는 맛이 좋으니, 이번에 벼 열 말을 받아도 많이 받는 것이지요. 그런데 보리 열 말을 꾸어주고 벼를 스물다섯 말을 받다니, 이게 무슨 말입니까?"

라고 하고는 그의 아버지에게 간청하여 벼 열 말만 받게 하였다.

보리를 꾸어 갔던 사람이 말끝을 흐렸다.

"만약 모자라는 벼 다섯 말만 빼주셔도 저로서는…."

그러나 이후종이 뜻을 굽히지 않고 힘써 말하는 바람에 그의 아버지는 그의 말을 따라 벼 열 말만 받았다.

이후종이 젊은 시절에는 갓 만드는 일을 하였는데, 그가 만들어 놓

으면 그의 아버지가 시장에 내다 팔았다.

그러던 어느 날, 그는 갑자기 폐업을 하고 갓을 만들지 않았다. 걱정이 된 그의 아버지가 이웃에 사는 양반에게 하소연하였다.

"저의 아들이 갓을 만들다가 아무 이유도 없이 손을 놓았으니, 뭐라고 한 말씀 해주시기를 청합니다."

이웃 양반이 이후종을 불러서 묻자, 이후종이 대답하기를,

"소인이 갓을 만들면 소인의 아비가 시장에 내다 팔았지요. 물건을 사고팔 때는 그에 합당한 값을 받으려는 것이 인지상정 아니겠습니까? 더러 값을 흥정할 때 억세고 사나운 사람을 만나 저의 아비가 욕을 먹게 되면, 이는 제 손으로 아비를 욕 먹이는 일이 되고 말지요. 그렇다고 부모를 봉양할 수 있는 다른 일이 있는 것도 아닌데, 어찌 감히 그만두겠습니까? 지금은 부지런히 농사를 지어서 봉양하려고 그만두었을 뿐입니다."

라고 하였다.

한번은 가뭄을 만나 겨우 봇도랑을 막아 물을 대고 모내기를 하였다. 그 날 밤에 마을 사람이 그 물꼬를 터다가 자신의 논에 물을 대려 하자, 그의 아버지가 화가 나서 욕을 하였다. 그러자 이후종이 힘써 간하기를,

"제 논에 물을 대려는 것은 인지상정입니다. 그 사람 논이 우리 밭 위에 있는데 물을 대려 한들 되겠습니까? 하물며 지금은 이미 물꼬를 터놓은 뒤인데다 물이 거슬러 올라갈 수도 없는데 남을 욕해서 무엇하겠어요?"

라고 하였다.

이후종의 이웃에 사는 친한 벗이 나에게 이 이야기를 해주었다.

제86화

아내를 저버린 이만지의 동료

충청도 서천군수를 지낸 이만지가 오위도총부의 도사로 있을 때였다.

이름이 잊힌 한 동료 도사가 있었는데, 그는 병자호란에 그의 아내와 함께 청나라 사람에게 포로로 붙잡혔다. 그의 아내는 청나라 사람의 아내가 되고, 그는 그 집의 종이 되었다.

청나라 사람은 그의 아내에게 반하여, 자기 집안의 일을 모두 그녀에게 맡겼다. 그녀는 날마다 살림 비용에서 은전 1전씩을 덜어 남편에게 주면서 말하기를,

"이 은전을 잘 모아 두었다가 당신의 몸값만큼 되면 몸값으로 지불하고 고국으로 돌아가셔요. 고국에 가서 나의 친정에 사정 얘기를 하면, 친정 형제들이 반드시 옛집의 재산을 저에게 나누어 줄 것입니다. 당신은 꼭 그 재산을 받아다가 제가 몸값을 치르고 고국으로 돌아갈 수 있도록 주선해 주셔요. 저는 이미 절개를 잃었으니 집으로 돌아가 봐야 가문에 욕이나 끼칠 것이므로 압록강을 건너 고국에 닿으면 스스로 목숨을 끊으렵니다. 고국에 뼈라도 묻을 수 있다면 저는 족하답니다. 이미 당신과는 부부의 의리가 끊어졌으니 더 이상 무엇을 바라겠어요? 다만 당신이 몸값을 치르고 고국으로 돌아가게 되면 그로써 당신의 은혜를 갚고 제가 절개를 잃은 것도 속죄할 수 있을 듯합니다."
라고 하였다.

그 뒤로 날마다 은전을 모아 2, 30금이 되자, 그는 이웃집 노파에게 부탁해 자기 몸값을 치르고는 고국으로 돌아갔다.

그의 아내의 말을 처가 형제들에게 전하니, 그들은 슬퍼하면서 재산을 나누어 그에게 주었다. 그는 그 재산으로 새장가를 들고 집을 사서 잘 살았으나, 끝내 옛 아내의 몸값을 치러 돌아오게 하지 않았다. 참으로 옛 아내의 진심을 저버린 사람이라고들 말하였다.

이만지의 조카인 이사익이 내게 이 이야기를 해주었다.

제87화
남편을 살려 보낸 송도 상인의 아내

병자호란 때였다. 경기도 송도 상인의 아내가 포로로 붙잡혔다. 그 상인은 아내를 잃고 실성한 듯이 울부짖다가 은을 모아 청나라의 심양으로 갔다.

그의 아내는 청나라의 장군인 마부대의 첩이 되어 있었다. 그 상인은 은쟁반을 가지고 마 장군의 이웃에서 포로로 살고 있는 조선인에게 물으니, 그가 대답하기를,

"당신의 아내는 마부대가 끔찍이 아끼니 속전을 받고 돌려보낼 리가 만무하오. 당신만 헛되이 죽을 따름이오. 급히 돌아가시오."

라고 하는 것이었다. 그럴수록 그는 더욱 더 아내를 잊을 수가 없었다. 아내의 얼굴이라도 보았으면 하자, 그 이웃사람이 말하였다.

"깊이 감추어 두고 내보내지도 않으니, 이 일은 지극히 어렵겠네요. 다만, 마 장군이 날마다 자정에 솟는 샘물을 마시는데, 그 첩을 믿는지라 한밤중에 틀림없이 그녀더러 물을 길어 오라고 할 겁니다. 당신이 몰래 그 집 후원에 숨어 있다 보면 혹시 얼굴이나마 한 번 볼 수 있을는지…. 하지만 이는 위태로운 방도지요."

그는 아내에 대한 정을 떨칠 수가 없어서 밤에 그 집 후원에 들어가 숨어 있었다. 한밤중이 되자 과연 그의 아내가 그곳으로 왔다. 그는 성큼 다가가 그 아내의 손을 덥석 잡았다. 그러자 그의 아내는 아무런 말도 없이 즉시 물을 길어 들어가 버리는 것이었다.

잠시 시간이 흐른 뒤 다시 나온 그의 아내는 작은 보따리 하나를 그에게 주며 말하였다.

"제가 비록 못나서 되놈에게 몸을 버렸으나 그래도 한 가닥 속마음이 있답니다. 남이 나를 연모하여 이 지경에 이르렀는데 마음속에 어찌 근심이 없겠습니까? 제가 이 위험에서 벗어날 길은 전혀 없는데, 만약 돌아가려 한다면 틀림없이 화가 당신에게까지 미칠 것입니다. 이 보따리를 가지고 귀국하셔서 첩을 사신다면 저보다 나은 첩을 셋은 얻으실 수 있을 겁니다. 부디 보중하시고 지체 없이 귀국하세요. 다만 걱정되는 것은 기마대가 당신을 추격하지 않을까 하는 것입니다. 빨리 마을에 가셔서 사흘 동안 드실 수 있는 밥을 지어 가지고 가십시오."
라고 하면서 손으로 건너편 산꼭대기를 가리키며,

"저 산마루에 석굴이 있으니, 그곳에 몰래 숨어 계시다가 사흘이 지난 뒤에 나가세요. 그러시면 추적을 따돌릴 수 있을 겁니다."
라고 하였다.

상인은 아내의 말대로 급히 밥을 지어 석굴 속으로 숨었다.

이튿날 아침에 상인의 아내는 남편과 헤어졌던 후원에서 스스로 목숨을 끊고 말았다.

마부대가 깜짝 놀라 조선 사람이 온 것이라고 생각하고 군사들을 풀어 수색하게 하였는데 사흘이 지나자 그만두었다.

그 상인은 그제야 그곳을 탈출하였다고 한다.

제88화
포로로 잡혔다가 양반가 아내를 얻은 성남

경기도 광주의 주교에 사는 성남은 완력을 타고났다.

병자호란 때 주교 마을 사람들이 모두 배를 타고 바다 가운데 섬으로 피난하였다. 섬에는 먹을 것이 없어서, 마을 사람들은 때때로 살던 마을을 오가며 양식을 가져왔다.

어느 날, 마을 사람들이 마을에 이르렀을 때 마침 근처에 청나라 군사들이 보이지 않자 욕심이 생겨 곧바로 섬으로 돌아가지 않고 밥을 지으면서 연기를 피웠다.

청나라의 기마대가 멀리서 연기가 나는 것을 보고 들이닥치자, 마을 사람들은 놀랍고 두려워 배가 있는 곳으로 달려갔다. 그 사이에 썰물이 져서 배가 한 길 가량 떠밀려 가 있었다.

마을 사람들이 물가에 이르러 멀어진 배를 바라보고 있는데, 청나라의 기마대가 활을 당기며 쫓아왔다. 배에 오를 길이 없는 마을 사람들은 발을 동동 구르며 울부짖었다.

성남도 그 가운데 있다가 손으로 어른 아이 할 것 없이 전신을 꺾어 배 갑판 위로 던졌다. 마을 사람들을 모두 배에 올린 뒤 그 자신도 몸을 솟구쳐 배에 올라서는 혼자 노를 저어서 갔다.

잠시 후에 물가에 이른 청나라 군사들은 멀어진 배를 화살로 가리키며 웃다가 쏘지 않고 돌아갔다.

그 뒤, 성남이 다시 마을로 들어갔다가 청나라 군사들에게 잡혀서 광주의 사근내에 이르렀다.

청나라 군사들은 성남의 두 팔을 뒤로 젖혀 결박하고, 쇠가죽으로 그의 두 엄지손가락을 묶은 뒤 손가락 끝에 쇠못 하나씩을 매달아 밤이 되면 그 쇠못을 땅에 꽂아 두었다.

사대부 집안의 한 처녀도 포로로 붙잡혀 와서 성남과 같은 곳에 결박된 채 쓰러져 있었다.

밤이 깊어 청나라 군사들이 깊이 잠들자 그녀가 성남에게 말하였다.

"그대는 곧 죽을 것이오."

성남이 물었다.

"그걸 어찌 아시오?"

"저번에 되놈들의 말을 듣자니, '힘깨나 쓰는 사내를 붙잡으면 하늘에 제사를 지내야지.'라고 하였다오. 필시 죽여서 제사를 지내지 않겠소?"

그 말을 들은 성남은 몸을 솟구쳐 쇠못을 뽑아 버렸다. 그리고는 그녀에게 손가락을 묶은 쇠가죽을 이빨로 씹어 달라고 하였다. 쇠가죽이 침에 젖어 불리자 손가락이 빠져 나왔다.

마침내 성남은 그녀의 결박을 풀어 등에 업고는 달아나서 수풀 속에 몸을 숨겨 살아나게 되었다. 그녀가 생각하기를,

'내가 비록 사대부 집안의 사람이지만 이미 네가 구해줘서 살아났고, 또한 내 몸을 네 등에 맡기고 달아나 살갗이 서로 닿았으니 의리상 다른 데로 시집을 갈 수도 없구나.'

하고는 드디어 성남의 아내가 되어 평생을 해로하였다. 그녀는 자신의 성씨와 집안, 살던 곳에 대해서는 일절 말하지 않았다고 한다.

경기도 안산에서 이웃에 살던 이사익이라는 선비가 내게 다음과 같

이 말해주었다.

"저의 숙모님이신 이상원 부인은 바로 주교 출신의 수군절도사 최극태라는 분의 누이랍니다. 숙모님께서 그녀를 친히 만나보고 그녀가 성남과 살게 된 내력을 물으니 다만,

'처음에는 죽을 수가 없어서 천한 사람에게 몸을 욕되게 하고 제 신분을 드러냈는데, 단지 조상님들께 욕을 끼쳤을 뿐이지요. 말해 무엇 하겠습니까?'

라고 하며 끝내 대답을 하지 않았다고 하셨습니다."

제89화
노비 40명의 목숨으로 생질의 외딸을 살린 윤승훈

도사 벼슬을 지낸 이방영은 바로 영의정을 지낸 윤승훈 공의 생질로, 딸 하나를 남겨두고 죽었는데, 그 딸마저 병세가 위독하였다.

어느 날, 이 도사의 아내가 꿈을 꾸었는데 밖에서 전갈하기를,

"윤 정승께서 오셨습니다."

하는 것이었다. 잠시 후에 윤공이 들어와 앉았다. 어떤 젊은 선비 한 사람이 윤공과 마주 앉았다. 윤공이 그 선비에게 말하기를,

"내 생질은 딸아이 하나만을 남겨두고 세상을 떠났는데, 그 아이마저 지금 병들어 죽게 되었으니 대가 끊기게 되었네. 나를 위해 특별히 그 아이의 명을 늘여주기 바라네."

라고 하자, 선비가 말하였다.

"저도 명에 따를 뿐이라 감히 제 마음대로 할 수가 없습니다."

"그렇다면 한 가지 방법이 있네. 우리 집의 종들이 황해도에 많이 있네. 연안과 배천의 노비 40명으로 이 아이의 한 목숨을 대속하면 어떨까?"

"만약 그렇게 대속하시겠다면 삼가 말씀대로 하겠습니다."

윤공은 손수 노비 40명의 이름을 써서 선비에게 주었다. 따로 한 벌을 써서 이 도사의 아내에게 주고는 일어나 갔다.

이때부터 딸아이의 병이 차차 낫자, 그 집안사람들이 기이하게 여겼다. 급히 황해도로 사람을 보내 알아보니, 나이 어린 노비 40명이

열흘에서 달포 사이에 전염병으로 죽었다는 것이었다.

이 일은 적잖이 황당무계하나, 그 후손이 내게 말해주었다.

제90화
후손의 꿈에 나타나 아들의 묘소를 알려준 이색

감사를 지낸 이태연 공은 바로 목은 이색 공의 작은아들인 제학 이종학 공의 후예다.

이공이 젊은 시절에 꿈을 꾸었는데, 한 노인이 스스로 말하기를,

"내가 바로 너의 선조인 목은이다. 나는 전부터 작은아들인 종학을 아껴왔는데, 지금 자손들이 종학의 묘를 잃어버려 나무꾼과 목동들이 마구 지나다니니 내 마음이 몹시 아프구나. 너는 종학의 후손이니 모름지기 그 묘를 찾는 것이 옳을 것이다."

라고 하였다. 꿈속에서 이공은 자신도 모르게 두 손을 맞잡고 공손히 절을 하며 말하기를,

"아무리 찾고자 해도 그곳을 무슨 수로 찾습니까?"

라고 하자 노인이 말하였다.

"네가 나의 글을 찾으면 알 수 있을 것이다."

그 순간 놀라 꿈에서 깨어났으나 무슨 말인지 알 수가 없었다. 목은의 여러 문집을 살펴보았으나 어디서도 그 장소를 찾을 수가 없었다.

이공은 영남 사람들을 만날 때마다 세상에 알려지지 않은 목은의 글이 있는 곳을 묻곤 하였다. 어떤 선비 한 사람이 말하기를,

"영남의 어느 마을에 있는 아무개 집에 목은 선생께서 남겨놓으신 글이 약간 편 있답디다."

라고 하는 것이었다. 그러나 그 글을 가져다 보려 해도 그 집과 아무런

연고가 없었다.

그러던 차에 마침 공산현감이 되어 나가게 되어 사람을 보내 그 글을 구해 와서 상세히 살펴보았다. 그 가운데 제학공의 묘표가 있었는데 그 글에 이르기를,

'묘소는 경기도 장단군의 토산 땅 어느 마을에 있다.'

라고 기록되어 있었다. 그제야 그 꿈이 허황된 것이 아님을 믿게 되었다.

이공은 공산현감 벼슬을 마치고 조정으로 돌아간 뒤 홍문관의 벼슬을 하면서 나랏일로 상소를 올렸던 일 때문에 파직되었다.

한가한 틈을 타서 곧장 토산에 내려간 이공은 토산 경내의 촌락을 이리저리 찾아다녀 보았으나 아득히 끝이 없었다.

날이 저물어 한 마을에서 자면서 집주인에게 캐어묻기를,

"이 근방에 혹시 옛날 벼슬아치의 것이라고 전해지는 오래 된 묘가 있소?"

라고 하자, 주인이 말하였다.

"저희 집 뒷산 기슭에도 전부터 오래 된 묘가 있습니다."

그 집에서 하룻밤을 묵은 이공이 시골 백성들에게 캐물으니 대답하기를,

"그 묘에 처음에는 비석이 있었지요. 비석 뒷면에 그 묘의 제사 비용 마련을 위한 밭이 있는 곳에 대한 기록이 많아서 마을 사람들이 그 비석을 뽑아 땅에 묻어버리고 그 묘전을 훔쳤답니다."

라고 하는 것이었다.

마침내 비석을 묻었다는 곳을 찾아가 묘 앞의 논을 한 길 가량 파서 비석을 꺼내 보니 글자의 획이 또렷하여 내용을 알아볼 수 있었다.

드디어 그곳에 종을 두어 묘소를 지키게 하고, 제사를 지냈다.

목은 선생은 지금으로부터 삼백여 년 전의 인물임에도 이처럼 정령이 흐리지 않았다. 예전의 명현들은 하늘과 땅의 정기를 받은 분들로, 몸소 이 세상에서 지켜야 할 도리와 의기의 장렬한 기운을 마치 살아 있는 사람처럼 위엄이 있고 당당하게 실천하신다. 이것이 천년 백년이 지나도 정기가 흩어지지 않는 까닭이 아니겠는가!

이공의 외손자인 이경원이 내게 이 이야기를 해주었다.

제91화
외가 선조인 반 수사의 묘전을 찾아준 이만직

강원감사를 지낸 이만직 공이 전라도 임피의 현령으로 있을 때였다.
어느 날, 낮잠을 자다가 꿈을 꾸었는데 아전이 와서 말하기를,
"좌수사께서 고을에 들어오셨습니다."
라고 하는 것이었다. 이공은 마음속으로 생각하기를,
'이 고을은 좌수사에게 딸린 곳이 아닌데 무슨 일로 들어오셨나?'
잠시 후에 좌수사의 깃발을 든 기병의 인도로 떠들썩하게 좌수사가
들어왔다. 좌수사가 들어와 앉자마자 꿈에서 깨어났다.

며칠 뒤 어떤 사람 하나가 자신을 반 수사의 외손자라고 하며, 반
수사의 묘소가 전라도 함열 땅에 있고 그 묘전이 임피에 있는데, 백성
들에게 잃게 되어 전라감영에 탄원서를 제출하였다는 것이었다.

이공은 그가 꾼 꿈이 생각나서 기이하게 여기며 그 묘전을 찾아주었
다. 그런 뒤에 자세히 캐어물으니, 반 수사는 바로 외가의 조상이었다.

드디어 그 묘소를 찾아가 인사를 드렸는데, 묘소에는 잡초가 우거
져 덮여 있었다. 묘역을 보수한 뒤에 무덤 속의 기록을 얻어서 보니,
과연 전라좌수영의 수군절도사를 지내신 분이었다. 그 자손들도 조상
이 좌수사였던 것을 처음에는 알지 못하였다가 비로소 알게 되었다고
한다.

이경원은 이공의 생질이 된다. 그가 외숙에게 직접 들은 이야기를
내게 해주었다.

제92화
조상의 현몽으로 목숨을 건진 이서

완풍부원군 이서의 선산은 증조부 이하 삼대의 묘소로, 모두 경기도 양주의 송산에 있었다.

젊은 시절 이공이 성묘를 가서 묘막에 앉아 있다가 깜빡 잠이 들었다. 홀연 꿈에 한 노인이 와서 말하기를,

"나는 너의 증조부니라. 너는 모름지기 급히 돌아가거라. 그러지 않으면 큰 화를 당할 것이다."

라고 하는 것이었다. 조금 뒤에 또 한 노인이 와서 말하였다.

"나는 바로 네 할아비다. 너는 급히 떠나는 게 좋겠다. 그러지 않으면 큰 화를 당할 것이다."

이공은 피곤하여 정신이 가물가물하던 판이라 그 말의 뜻을 즉시 깨닫지 못하였다.

조금 뒤에 홀연 이공의 선친이 이르러 똑같은 말을 또 하는 것이었다.

대개 이공은 그의 증조부와 조부를 살아계실 때 뵌 적이 없었으므로, 꿈속에서 그분들의 얼굴을 알아볼 수 없었던 것이다.

그의 선친이 와서 말하는 것을 보고서야 문득 놀라 깨닫고는 마침 무인이 타고 있던 말을 빌려 탈 수 있었다. 마침내 벌떡 일어난 이공은 말에 올라 동네 어귀로 급히 달려 나갔다.

홀연 등 뒤에서 천둥이 치듯 요란한 소리가 들려와서 산이 흔들리는 듯하므로 고개를 돌려 바라보니, 귀신이 따라오는데 흉악하고 사

나운 모습에 키가 하늘에 닿을 듯하였다. 큰 소리로 천지를 뒤흔들며 오고 있었다.

거의 따라왔을 때, 이공이 말을 박차 질풍 같이 달려서 관왕묘에 이르자 보이지 않았다고 한다.

이경원이 이공의 후손인 이세형에게 들은 이야기를 내게 해주었다.

귀신은 능히 앞일을 알 수 있고, 또한 기백 있는 사람을 시험해 볼 수 있다.

제93화
열병으로 죽을 뻔한 홍명하

    정승을 지낸 기천 홍명하 공은 벼슬을 하기 전 경기도 여주에 살았는데, 전염성 열병에 걸려 열이 올라 죽게 되었다.

    정신이 가물가물한 가운데 창밖에서 어떤 사람이 큰 소리로 외치는 소리가 들려왔다.

    "빨리 잡아내라!"

    그러자 귀졸 두어 명이 방문을 빠끔히 열고 들여다보는 것이었다. 그러다가 갑자기 성난 소리로 외쳤다.

    "저 홍 정승을 내가 어찌 잡아낼 수 있겠소?"

하고는 문을 도로 닫았다.

    홍공은 그 소리를 듣고 한기로 떨다가 열이 내렸다.

제94화
귀신을 만난 이행원과 남구만

　우의정을 지낸 이행원 공이 젊은 시절 친구 집에서 술을 마시고 돌아가다가 취기로 길가에 정신을 잃고 쓰러져 누워 있었다.
　귀신 두엇이 이공의 사지를 들어 머리에 이고 외치기를,
　"연로하신 이 정승께서 가신다."
라고 하였다.
　그러더니 마침내 저잣거리로 들어가 그곳에 놓아두었다.

　함경도 함흥의 관사에는 평소 귀신이나 도깨비가 많았다.
　영의정을 지낸 약천 남구만 공이 함경도 관찰사로 있을 때 간혹 입고 있던 속옷이 나무 위에 걸려 있곤 하였다.
　어느 날, 남공이 대문을 나서는데 홀연 귀신이 나타나 손으로 남공의 빰을 철썩 소리가 나도록 때렸다.
　남공이 뒤로 물러서며 정색을 하고 말하였다.
　"나는 상감의 명을 받고 한 도의 관찰사가 되었거늘, 귀신 따위가 어찌 감히 범하는가?"
라고 하자, 마침내 조용해졌다.

제95화
박소립의 혼령을 만나 부탁을 받은 선비

돈의문 밖에 어떤 선비가 있었는데, 마침 부모님의 병 때문에 의원을 만나러 새벽에 나섰다.

경기감영 다리 근처에 이르니, 한 재상이 초헌을 타고 호위병을 거느리고 지나가는데 잡인을 금하는 소리가 요란하였다. 선비가 작은 골목길로 피하니 재상이 사람을 시켜서 전하기를,

"할 말이 있으니 저 선비는 말을 돌려 나오시게."

라고 하며 선비를 부르는 것이었다.

선비가 그 말대로 나와서 말을 멈추니 재상이 말하기를,

"내가 그대에게 할 말이 있어서 잠시 오시라고 했소. 나는 돈의문 안에 살며 찬성 벼슬을 지낸 박소립이오. 내가 죽은 지 거의 일 년이 되어 오늘이 곧 내가 죽은 날이오. 소상이라 아이들이 술과 음식을 차려 놓았기에 와서 먹고 돌아가는 길인데, 집안 식구들에게 전할 것이 있으니, 원컨대 우리 집에 이것을 전해주기 바라오."

하고는 기름 먹인 종이에 싼 것 하나를 주면서 말하기를,

"행여 우리 식구들에게 말을 전할 수 있다면, 둘째 며느리에게 전해주시오."

라고 하였다. 선비는 그제야 박 재상이 귀신임을 알고 멍하니,

"네, 네."

라고 대답하며 그 물건 받았다.

선비는 의원에게 갈 길이 비록 바빴으나 부득이 그 집에 가서 상제 보기를 청하였다. 문지기는,

"주인께서 막 소상을 지내시고 비로소 합문을 하신 뒤 가슴을 치며 통곡을 하고 계신지라 손님을 맞을 겨를이 없으니 감히 말씀을 전할 수가 없습니다."

라고 하였다. 선비가,

"급한 일이 있으니 어서 빨리 아뢰게."

하고 재촉하자, 상제는 부득이 나와 보았다. 선비가 상제에게 말하기를,

"오늘 제가 겪은 일은 몹시 기이합니다. 미처 제사를 마치지 못하신 것을 알면서도 워낙 급하여 뵙기를 청했습니다. 저는 평소 돌아가신 댁의 어르신께 일찍이 인사를 드린 적도 없고, 또한 오늘이 댁의 소상 이라는 사실도 몰랐습니다. 조금 전에 길가에서 몹시 기이한 일을 겪 어서, 비록 어버이의 병환으로 아주 급하게 의원을 만나러 가는 길이 었으나 부득불 와서 알리는 것입니다."

하고는 그가 겪은 일의 자초지종을 말하였다.

선비는 처음에 기름종이에 싼 것을 받고 마음속으로 놀랍고 두려워 그 집에 이르도록 열어 볼 생각도 하지 않다가 곧장 상제에게 전해 주었다. 그리고 그것이 작은 며느리에게 전하는 것이라는 말도 하자, 상제가 놀라며 울부짖었다.

기름종이에 싼 것을 풀어보니 약과 한 개와 전복 한 개가 있었다. 또 찢어진 기름종이 조각에 구슬이 하나 따로 있었다.

제사상을 아직 거두지 않았으므로, 상제가 즉시 들어가서 제사상을 살펴보니 약과와 전복이 하나씩 빠져나갔고, 찢어낸 흔적이 있는 기 름종이는 제사상에 깔아놓은 기름종이에서 찢어낸 것이었다.

대개 구슬은, 박소립이 사망하여 입에 구슬을 물릴 때에 마침 구슬

하나가 모자라 집안에서 찾던 중에 작은 며느리가 가지고 있던 것을 썼는데, 그녀에게 물어보니 과연 그 구슬이었다. 작은 며느리는 처음에 곤란해 하다가 그 구슬을 내놓았다고 하였다.

이 이야기는 영산 윤천복이 그 선비의 자손들에게 들은 것을 참봉 벼슬을 하던 김이행에게 전해 주었다고 한다.

제96화

꿈속에 주고받은 시

사헌부 지평을 지낸 이언저가 죽은 뒤, 세자익위사의 시직을 지낸 그의 외사촌 아우인 김성익의 꿈에 이언저가 많은 수행원들을 데리고 마치 사신으로 먼 길을 떠나려는 듯하였다.

김성익이 몹시 서운해 하자, 이언저는 애써 그를 달랬다. 그러다가 다음과 같은 절구 한 수를 읊조렸다.

늦봄 망주석엔 떠났던 학이 돌아오고,
맑은 물 흐르는 석담에는 홰나무 고목이 부러졌네.
제 자리를 맴도는 꿈에서 내 먼저 깨어나,
선경에서 잘 놀고 있으니 그대는 슬퍼 말게.
華表春殘別鶴回 石潭流玉古槐摧
輪環一夢吾先覺 紫府淸遊爾莫哀

김성익도 다음과 같은 시로 화답을 하였다.

펄럭이는 일산 위로 학의 그림자 맴돌고,
비바람이 치는 듯 내 마음이 꺾어지네.
극락에 노닌다고 형은 말하지 마오.
머리 센 노인이 살고 계신 이 세상이 슬프다오.
華盖翩翩鶴影廻 如風如雨我心摧

西天世界君休說 白首人間是可哀

이 시에서 말한 '머리 센 노인'은 이언저의 연로하신 부모님을 가리킨다.

김성익의 사촌 형으로 승지를 지낸 김성적이 승정원의 주서를 지낸 윤명좌에게 이 이야기를 해주었는데, 그가 30년 전 내게 들려주었다.

제97화

죽어서도 형체를 드러내고 말을 한 윤안국

　감사를 지낸 윤안국이 사신이 되어 바닷길로 중국에 가다가 물에
빠져 돌아오지 못하였다.

　어느 날, 그의 집안사람이 보니 윤안국이 많은 수행원들을 데리고
의관을 정제한 모습으로 밖으로부터 말을 달려 집안으로 들어왔다.
집안사람들이 모두들 기뻐하며 달려 나가 맞이하였다.

　윤안국은 곧장 말에서 내려 사당으로 들어가는 것이었다. 집안사람
들은 사당에 참배하는 것으로 여겼다. 그가 사당에 들어간 뒤로는 아
무 것도 보이는 것이 없이 고요하였다. 좀 전에 그가 대문에 들어설
때 따르던 사람들이 아무도 눈에 띄지 않았다.

　그 뒤로 방에 들어가더니 시렁 위에서 평소처럼 목소리는 들리는데
보이지는 않았다. 그가 스스로 말하기를,

"배가 뒤집혀 물에 빠져 죽었네."

라고 하였다.

　그런 뒤로는 방안의 시렁 위에 있는 것처럼 때때로 평소와 같이 말
을 하는 것이었다.

　간혹 앞날의 길흉이나 비복들이 부리는 간악한 꾀에 대해 말하였는
데, 신기하게도 모두 맞혔다. 심지어는 평상시처럼 그의 아들에게 말
로 책을 가르쳐주기도 하였다고 한다.

윤안국은 서계 박세당 공의 외조부다. 호조와 병조의 참판을 지낸 이정신은 서계 공의 문하생으로, 이 이야기를 듣고 전하였다.

대개 윤안국의 정기가 남달라서, 갑자기 물에 빠져 죽었으나 즉시 소멸하지 않고 이런 기이한 일화를 남긴 것이다. 이 또한 이치상 결코 있을 수 없는 일은 아니나, 다만 신도라는 것은 항상 고요하게 사람에게 뒤섞이는 것인데, 형체가 보이고 목소리가 들린다는 것은 그 상도를 잃은 듯하다.

그 뒤로 윤안국의 자손들은 세력이 약해졌으니, 이 또한 그 응보인가? 이치를 잘 아는 사람들이 마땅히 상세히 밝힐 일이다.

제98화
지옥에 가야 할 화원 한시각

　한시각은 숙종 때의 화원이다. 어떤 절의 승려가 불교에서 말하는
욕계·색계·무색계 등 삼계를 그린 그의 탱화를 후한 값으로 구매하
였다. 그림의 아래쪽에는 욕계의 하나인 이른바 지옥을 그렸는데, 칼
로 된 산과 칼로 된 나무숲에 들어가 있는 사람들과 저며지고 찢어지
고 찢어지고 갈려지는 곳에 들어 가 있는 사람들을 모두 승려로 그려
놓았다. 다 그린 뒤 그 승려에게 보냈는데, 그 승려가 그림을 보고는
깜짝 놀라 말하였다.
　"지옥에 떨어진 사람들이 모조리 스님들이니, 이것이 어찌 된 일
이오?"
　그러자 한시각은,
　"기왕에 절에 걸어 둘 탱화니 당연히 부처님이나 스님들을 그려야
한다고 생각해서 그리 된 것일 뿐이오."
라고 하였다. 그 승려가,
　"이 그림을 걸 수는 없으니 장차 어찌 했으면 좋겠소?"
라고 하자, 한시각이 말하였다.
　"일이 이미 이렇게 되었으니 참으로 어쩔 수가 없구려. 스님께서
모름지기 그림 값의 반을 다시 마련해 오시면 나머지 반값은 내가 마
련해서 새로 비단을 사다가 그려 드리지요."
　그 승려는 어찌 할 수가 없어 다시 반값을 그에게 지급하였다.

그러자 마침내 한시각은 그림 속 승려들의 머리에 먹칠을 하고는 다시 그린 것이라며 그 승려에게 주었다.

　　이 이야기를 들은 사람들은,

　　"이른바 지옥이라는 데가 정말 있다면, 이 환쟁이 놈이 마땅히 들어가야 할 것이야."

라고 말하였다고 한다.

제99화
박미가 키운 명마

　선조의 사위가 되어 금양도위에 봉해진 분서 박미 공은 말에 관한
전문가였다.
　어느 날, 때마침 말을 타고 길을 나섰다가 거름더미를 지고 가는
말 한 마리를 만났다. 하인들에게 집으로 끌고 가자고 하여 살펴보니
등이 산처럼 굽었고 비쩍 마른데다가 뼈마디가 울퉁불퉁하게 드러난
것이 그야말로 지치고 병들어 느리고 둔한 말이었다.
　박공이 말 주인에게 묻기를,
　"너는 이 말을 내게 팔겠느냐?"
라고 하자, 말 주인이 대답하였다.
　"저는 남의 집 종으로 이 말을 몰고 다닐 뿐입니다. 감히 매매에
대해서는 알지 못합니다."
　박공은 집채만 한 달마를 주라고 하고 또 튼튼한 말 한 필을 고르라
고 하여 주었다.
　그러자 그가 깜짝 놀라 말하기를,
　"이 달마 한 필만으로도 족히 제 말 값의 갑절은 될 것입니다. 그런
데 튼튼한 말 한 필을 더 주시다니요?"
라고 하였다.
　박공이 웃으며 말하였다.
　"비록 이 두 마리 말을 주어도 저 말의 반값에도 미치지 못한다는

것을 네가 어찌 알겠느냐? 꼭 두 마리를 다 가지고 가거라."

조금 뒤에 궁궐 친위대인 금군 한 사람이 박공의 집으로 찾아와 말하기를,

"시골마을에 사는 천한 사람입니다. 공께서 예사롭지 않은 말을 하사하셨다던데, 어리석기 짝이 없는 종놈이 덥석 받아왔더군요. 그 말들을 감히 제 집에 머물러 둘 수가 없어서 찾아뵙고 돌려드리려고 왔습니다."

라고 하는 것이었다.

박공이 그를 불러보고 자세히 설명을 해주었다.

"자네 집에 있던 그 말은 세상에서 보기 드물게 빠른 말인데, 자네가 몰라서 그런 말을 하는 거라네. 만약 자네가 그 사실을 알았다면 지금 내가 준 두 마리 말로는 부족하고, 그 값의 천백분의 일밖에 안될 것이네."

"장차 재주가 드러날 것이라고 하시지만 뒷일이야 감히 알지 못하겠습니다. 처음에 샀던 말 값으로 치면 이 튼튼한 말 한 마리로도 충분합니다. 처음 살 때의 말 값에 몇 곱절이 되니, 이 달마는 죽어도 감히 받을 수가 없습니다."

그러자 박공이 엄히 타일렀다.

"그 값이 많고 적고는 따지지 말고, 귀인이 자네에게 하사하는데 어찌 감히 사양하는 겐가?"

하고는 다그쳐 가져가게 하였다. 박공은 마구간지기에게 그 말을 잘 기르라고 명하였다.

두어 달이 지나자 그 말은 비대해졌고, 쇠처럼 단단한 발굽과 방울 같은 눈매 등 예사롭지 않은 모습이 사람들의 마음을 움직였다.

박공은 매일 아침마다 수레를 버리고 말을 타고 나갔는데, 길에 온

통 광채가 가득하였다. 금양위 댁의 등 굽은 말은 한 세상을 시끌시끌 하게 만들었다.

광해군 시절에 박공은 영광으로 유배를 가고, 그 말은 몰수되어 궁궐로 들어갔다.

광해군이 그 말을 몹시 아껴 매번 궁궐 안에서 그 말을 타고 치달리는 것을 좋아하였다.

어느 날, 광해군은 말 모는 사람들을 모두 물리치고 혼자 말을 탄채 후원을 치달렸다. 말이 갑자기 가로로 몸을 틀어 달아나자, 광해군은 땅에 떨어져 중상을 입고 말았다. 말이 이리저리 뛰어 달아나는데, 그 빠르기가 번개가 치는 듯하여 사람들이 감히 가까이 갈 수가 없었다. 궁궐 안의 문이란 문은 모조리 거쳐서 한바탕 울고 날쌘 기세로 눈 깜짝 할 사이에 화살처럼 달려가 이미 간 곳을 알 수가 없었다.

뒤쫓는 사람들이 열 명씩, 백 명씩 무리를 지어 한강에 이르렀을 때, 말은 이미 먼저 강을 헤엄쳐 건너 어디로 갔는지 알 수가 없었다.

박공이 유배지에 있던 어느 날이었다. 황혼 무렵 한가히 앉아 있는데 집 뒤의 대숲에서 홀연 말 우는 소리가 들리는 것이었다. 사람을 시켜서 가보게 하니 바로 등 굽은 말이 이르러 있었다. 등에는 임금의 안장이 놓여 있었으나, 안장 옆으로 늘어뜨리는 장식이나 등자 등은 모두 없어지고 다만 언치만이 있을 뿐이었다.

박공이 깜짝 놀라 말하였다.

"이 말이 궁궐에 들어갔는데 지금 갑자기 달아나 왔으니 아득히 먼 이곳에서 끌어다 드릴 길이 없구나. 만약 도중에 다시 달아나기라도 한다면 그 종적을 찾기가 어려울 게야. 이곳에 왔다는 소문이 한 번

퍼지면 또 한 가지 죄가 늘어나겠군."

마침내 박공은 하인 한 사람을 시켜 땅을 파서 그곳에 말을 숨기게 하였다. 그리고는 친히 말에게 타일렀다.

"네가 능히 하루에 천리를 달려서 옛 주인을 찾아온 것을 보니, 기르는 짐승 가운데 신령스러운 것이로구나. 내가 타이르면 네 어찌 듣지 않겠느냐? 네가 이미 날쌔게 달아난 것이 벌써 죄인데다가, 또 내가 있는 집으로 돌아왔으니 내 죄목이 더 늘어나겠구나. 이제 다른 계책이 없으니 네 종적을 없애고 네 목숨이 다할 때까지 너를 숨기기를 것이다. 만약 네가 내 말을 알아듣는다면 소리를 내거나 울지 말아야 한다. 그래서 바깥사람들이 알지 못하게 해야 하지."
라고 하고는 그 일을 아는 한 사람에게만 기르게 하였다.

말은 마침내 고요히 아무 소리도 내지 않고 1년 남짓을 지냈다.

어느 날, 그 말이 문득 머리를 쳐들고 길게 우니, 그 소리가 산을 진동하고 몇 리 밖까지 퍼져 나갔다. 박공이 깜짝 놀라 말하였다.

"이 말이 울지 않은 지 오래다. 그런데 갑자기 이렇듯 큰 소리로 우는 것을 보니 틀림없이 일이 생겼나 보다."

며칠 뒤에 인조반정이 일어났다는 소식이 이르렀는데, 반정이 일어난 날은 바로 말이 울던 날이었다.

마침내 박공은 유배에서 풀려나 조정으로 돌아가서는 예전처럼 그말을 타고 다녔다.

그 뒤, 어느 사신 한 사람이 심양으로 갔다. 떠난 지가 오래 되어 압록강을 건널 날짜를 하루 남겨 두게 되었다.

그런데 조정에서는 그제야 중국에 보내는 외교문서 가운데 고쳐야

할 곳이 있음을 발견하게 되었다. 모든 사람들의 의견이, 박공의 말이 아니면 사신이 압록강을 건너기 전에 따라잡을 수가 없다고들 하였다.

사태가 매우 긴박하고 엄중한지라 인조가 박공을 불러 묻자, 박공이 아뢰었다.

"나라의 중대한 일에 신하된 자가 감히 신명을 아끼겠습니까? 말이야 더 말할 나위가 없습니다."

하고는 그 말을 타고 갈 사람에게 일렀다.

"이 말이 의주의 용만에 이르거든 부디 먹이를 주지 말고, 물이나 풀도 주어서는 아니 되오. 다만 며칠 밤낮 동안 매두어, 사지가 휴식을 취하고 기력이 안정된 뒤에 먹이를 주면 살아날 것이오. 그렇게 하지 않으면 말은 죽고 말 것이오."

그는 말을 끌고 갔다.

이튿날 그는 날이 저물기 전에 의주 관아에 도착하여 곧장 들어가 공문서를 넘겨주었다. 그는 마침내 정신을 잃고 쓰러졌는데, 숨이 막혀 말을 할 수 없었다. 급히 약을 먹여 살려 낼 즈음에, 그가 타고 온 말을 본 사람들이 모두 말하기를,

"금양궁의 등 굽은 말이 왔네 그려."

라고 하며 드디어 평상시처럼 꼴과 콩을 먹이자, 말은 즉사하고 말았다고 한다.

제100화
양반만 태우는 말

황해도의 역참에 어떤 말이 있었는데, 오로지 사신이나 사대부가의 양반들만 태웠다. 만약 중인이나 서얼, 아전이나 하인이 타려고 하면 처음에는 태우지 않았다. 억지로 타게 되면 반드시 높이 뛰어올라 떨어뜨리고 말았다.

일찍이 청나라의 사신들이 조선의 국경에 들어올 때, 그 말을 반역자인 정명수가 탈 말로 대령시켰다.

정명수를 태운 그 말은 마침내 넓은 들판으로 달아나 이리저리 내달리다가 정명수를 구렁에 처박아 거의 죽게 만들었다. 이 일로 청나라 사신 일행에 큰 변고가 생겼다.

그 뒤로 역참의 관리가 두려운 나머지 그 말을 헐값에 팔아 버렸다. 해주목사로 있던 나성두 공이 탄식하며 말하기를,

"비록 이 말이 가축이지만 사람보다 훨씬 낫구나."

라고 하고는 마침내 그 말을 사서 집안에 두었다.

그러나 하인이나 노복들은 감히 그 말을 탈 생각을 하지 않았다. 무엇보다 의원이나 지관을 태워가지고 올 수 없는 것이 매번 고충이었다.

그 뒤 나공의 초상을 치른 뒤, 그 말은 길게 울면서 이레나 먹이를 먹지 않고는 죽었다.

나공의 아들인 명촌 나양좌가 그 말을 후하게 묻어 주라고 명하였다.

명촌의 아들인 나제가 이 이야기를 들려주었다.

제101화

아랫사람을 태우지 않는 말

호주 채유후 댁에도 한 마리 말이 있었는데, 아랫사람이 타는 것을 용납하지 않아 매번 빈말을 돌려보낼 때에도 노복은 감히 타지 않았다.

어느 날, 채공이 당직을 서려고 말을 타고 갔는데, 고삐를 잡고 갔던 노복이 돌아오는 길에 그 말을 탔다.

길가의 어느 담장 아래 이르자 말은 타고 있던 사람을 떨어뜨려 담장에 부딪치게 하여, 노복은 미처 내리기도 전에 거의 죽을 뻔하였다.

대개 가축의 본성은 굳세고 부드러운 것과 선하고 악한 것을 스스로 분별한다. 비록 입으로 말을 하지는 못하지만, 마음속으로는 그러한 것을 뚜렷하고 분명하게 아는 가축들이 많다.

제102화
신통한 준마

영변부사를 지낸 이 아무개 씨가 충주에서 새장가를 들었다.

그의 처가에는 백마 한 필이 있었는데 망아지를 낳았다. 그 망아지도 두 귀가 희고 말갈기에 쇠고리 모양의 털이 나서, 한 쌍의 쇠고리 모양 털이 대칭을 이루었다.

그 망아지는 매번 이 씨가 거처하고 있는 창밖에 와서 눕곤 하였다. 이 씨는 항상 어미 말을 빌려 타곤 하였는데, 그 망아지는 반드시 제 어미의 앞장을 서서 갔다. 가다가 갈림길을 만나면 문득 걸음을 멈추고 그 어미를 기다렸다.

역참에서 일하는 어떤 사람이 지나가다가 이씨를 만나 인사하고는 고삐를 잡겠다고 하여 함께 가면서 그 망아지를 팔라고 청하였다. 이 씨는,

"이 망아지는 내 것이 아닌데 어떻게 팔 수 있겠는가?"

라고 하였다. 10여 리를 가다가 역인이 말하였다.

"이 망아지를 사러 왔는데 살 수가 없네요. 하지만 제가 많은 말의 관상을 봤는데 이런 망아지는 없었습니다. 천하의 명마가 되리라고 장담합니다."

이 씨는 장인에게 그 망아지를 달라고 간청하여 길렀다. 그 망아지

가 세 살이 되자 튼튼하게 자라서 탈 만하였다.

일찍이 이 씨가 그 말을 타고 한양 도성에 들어갔다가 돌아올 때 미음만을 지닌 채 혼자 말을 타고 달려왔다. 길에 있던 아이들 가운데 몇몇이 그 말을 가리키며 말하였다.

"이 말은 발로 땅을 밟지 않고 공중으로 가는 것 같아. 참 기이하네!"

도성에서 늦게야 출발하여 3백여 리를 달려 집에 이르렀는데 날이 아직도 저물지 않았다.

그 뒤, 이 씨가 그 말을 타고 밭둑으로 나갔는데, 말이 갑자기 제멋대로 넓은 들판으로 치달리다가 은혜를 잊고 주인을 해쳐서 거의 죽게 되었다. 농사짓던 사람들이 모여들어 구해주는 바람에 겨우 죽음을 면하였다.

그 후로는 묶어만 두고 감히 탈 생각을 하지 않았고, 말이 끊임없이 울부짖는 바람에 사람들은 감히 그 이웃에 살려고 하지 않았다.

울진현감을 지낸 이 아무개의 서자 이옥이 무과에 급제하였다. 무과에 새로 급제한 사람은 변방의 수자리에 가는 것이 관례였다. 이옥은 이 씨를 찾아가서 그 말을 자신에게 팔라고 청하였다. 이 씨는,

"내가 이 말에게 물려서 벌써 병신이 되었고, 이제는 탈 수도 없는데, 파는 거야 뭐가 어렵겠나? 다만 이 말이 몹시 모질어서 자네의 힘이나 재주로 제압할 수 있으면 가져가게나. 비록 그렇다지만 이 말은 세상에 보기 드문 명마인지라 값을 너무 적게 받을 수는 없으니, 상목 750필을 가져오게."

라고 하였다.

이옥은 이 씨가 말한 값을 치르고 그 말을 샀다.

이옥의 하인 가운데 말을 잘 다루는 사람이 있어서 그와 함께 말을 끌어냈다. 그 하인은 감히 말 가까이 가지 않고 멀찍이 서서 먹이를 주었다. 파리하여 드러난 뼈가 산처럼 솟아 있는데도 오히려 사납게 울부짖어 겨우 재갈을 물릴 수 있었다.

이옥은 직접 그 말에 올라 넓은 들판을 몹시 빠르게 달렸는데, 온종일 달리자 비로소 그 말의 기세가 약간 꺾였다.

이옥이 변방의 수자리 임무를 마치고 돌아왔을 때 병자호란이 일어났다. 그는 식구들을 산골짜기로 피신하게 하고, 그 자신은 군사들을 따라 싸움터로 나가고자 하였다.

충청도 병마절도사와 충청감사가 모두 경기도를 향해 진군하였다. 이옥은 충청감사를 따라가 뵙고 참전하겠다는 뜻을 낱낱이 아뢰었다. 당시 충청감사로 있던 정세규 공이 기특하게 여기며 자신의 휘하에 거두었다. 이옥은,

"저희 집이 병마절도사 진영 아래 있습니다. 그 진영에 속한 무부이니 마땅히 가서 병마절도사를 따르겠습니다."
라고 하였다.

감사는 공문을 병마절도사에게 보내고 이옥을 그대로 머물게 하였다.

감사의 군사들이 싸움에서 패하자, 이옥은 청나라 오랑캐의 화살을 여러 차례 맞고 쌓여 있는 시신 속으로 떨어졌다.

이옥은 화살에 적중하자마자 바로 떨어진 까닭에 죽지 않고 눈을 뜨고는 자신의 말을 부를 수 있었다. 말이 다가오자 이옥이 말하였다.

"나는 중상을 입어 장차 죽게 생겼다. 몸을 일으킬 수 없는데 너를 어떻게 타겠느냐?"

그러자 말이 이옥의 몸 가까이 무릎을 꿇어주어 마침내 기운을 내서 말이 올랐다.

이옥을 태우고 일어선 말은 천천히 가다가 한참 뒤에야 점차 빨리 달렸다.

몇 리를 갔는지 알 수 없는 가운데 문득 개 짖는 소리가 들려오자, 말은 몸을 움츠리고 귀를 기울여 듣더니 마침내 짖는 소리가 나는 곳을 찾아가서 어느 시골집 앞에 멈추어 섰다. 이옥은 말 잔등에 엎드린 채 소리쳤다.

"사람 살려요!"

머리에 털모자를 쓴 사람 하나가 마당가를 거닐다가 멀리서 물었다.

"깊은 밤에 누가 여기에 오셨소?"

"저는 탄천에서 패전한 장졸이오. 오랑캐의 화살을 맞고 여기까지 왔으니 살려주기 바라오."

"탄천 싸움은 마땅히 패할 것을 패한 것이오? 그대들은 죽어도 싸지." 하고는 머뭇거리다가 집으로 들어가며 갑자기 물었다.

"어디 사시오?"

"청주에 삽니다."

"청주에 산다니 송곡까지는 얼마나 가야 하오?"

"제가 바로 송곡 사람입니다."

"그렇다면 울진현감을 지내신 이 아무개 씨를 아시오?"

"바로 저의 아버님이십니다."

"그분의 아드님이 무슨 일로 군병이 되어 참전하였단 말이오? 그대가 정말 울진현감을 지내신 이 씨의 아드님이라면 그분의 생년월일을 알고 있겠네요. 그분의 몸에 무슨 표적이라도 있소?"

"저의 아버님께서는 아무 해 아무 달 아무 날 아무 시에 태어나셨고, 왼쪽 젖가슴 아래 붉은 점이 있지요. 제 아버지가 아닌 분을 제 아버지라고 말할 사람이 어디 있겠소?"

그러자 마침내 그 사람은 대문을 열고 손수 이옥을 감싸듯이 부축하여 안방에 눕혔다. 그리고는 자신의 아내와 아이들로 하여금 며칠 동안 정성을 다해 치료하도록 하였다.

이옥은 마음속으로 괴이한 생각이 들어 물었다.

"좋은 연분이 있는 것도 아닌데 위급한 사람을 이처럼 정성을 다해 구해주시는 까닭이 무엇입니까?"

"내가 마땅히 구해 드려야 할 일이 있어서 구하는 것이오. 그런 것을 뭐 하러 묻소?"

이옥이 굳이 묻자, 그가 대답하였다.

"이 일이 몹시 기이하오. 내 목을 좀 보시오."

하고는 옷깃을 펼쳐 보여주는데 목에 칼자국이 어지럽게 나 있었다. 그가 말을 이었다.

"정묘호란 때 나는 오랑캐의 칼을 맞고 길에 쓰러졌소. 댁의 아버님께서 지나가시다가 보시고 가여운 생각이 드셨는지 자세히 살펴보시더군요. 실낱같은 숨이 아직 남아 있자, 허리띠를 풀어 내 상투에 묶더니 타고 계시던 말의 배에 묶어 싣고는 말을 몰고 걸어서 댁에 이르러 정성을 다해 살려주셨지요. 그래서 지금까지 이렇게 살아 있답니다. 그대도 환난을 만났는데, 내가 기약도 없이 여기에 이르렀지요. 이는 아마도 그대 아버님의 밝은 혼령이 그대를 내게 보내주신 것일 게요. 그러니 내 어찌 정성을 다하지 않을 수 있겠소?"

그 뒤, 이옥은 나중에 효종이 된 봉림대군을 수행하여 심양에 들어갔다. 청나라 황제가 그 말을 보고는 기이하게 여기며 머물러 두게 하였다.

봉림대군이 환국할 때 압록강을 건너 통군정에 앉아서 멀리 청나라의 땅을 바라보며 말하였다.

"저기 오는 것이 이옥의 말이 아니냐?"

여러 사람들이 바라보았으나 아무 것도 보이지 않았다. 대군이 또 말하기를,

"크기가 쥐만 하구나."

하고는 조금 뒤에,

"고양이 같다."

하고는 다시 잠시 후에,

"이제는 개만 한데, 그대들은 어째서 보이지 않는다는 것인가?"

하였다. 그 자리에 있던 사람들은 끝내 아무 것도 보이지 않았다. 잠시 후에 대군은 또 말하기를,

"이제 거의 볼 수 있구나."

하자 그제야 발견한 사람들이 말하기를,

"개미 같습니다."

하였다.

그제야 임금이 되실 분은 시력이 범인과 다르다는 것을 알게 되었다. 공자께서 태산에 올라 멀리 오나라 성문 밖에 매어 있는 백마를 보았다는 이야기가 헛된 말이 아니었다.

잠시 후에 과연 이옥의 말이 압록강을 건너왔다. 이옥은 말이 사납게 덤빌까봐 사전에 은신할 것을 청하였다. 대군은 이옥더러 방으로 들어오라고 명하고, 문을 열어 말을 들여보내라고 명하자, 말은 나는 듯이 공중으로 떠올랐다. 이옥이 자신의 옷을 벗어 던지자, 말은 옷을 물고 좋아서 뛰어올랐다. 이옥은 말을 붙잡아 매지 말라고 청하고 말이 스스로 진정하기를 기다려 마침내 데리고 돌아갔다.

효종의 등극한 뒤에 이옥은 그 말을 궁궐의 말을 관리하는 관아인 내사복시에 바쳤는데, 그곳에 있던 말들이 모두 먹이를 먹지 않고 머리를 숙인 채 조심하였다. 역시 말을 관리하는 관아인 태복시에 보내 기르게 하였는데, 태복시의 말들도 먹이를 먹지 않고 조심하는지라 어쩔 수 없어 이옥에게 돌려주었다. 그 뒤, 다시 궁궐에 바쳤는데 또 그런 일이 벌어졌다. 무릇 세 차례나 궁궐로 보냈는데, 그때마다 그런 일이 벌어졌다.

그 뒤, 집안에 변고가 생겨서 이옥은 청주의 옥에 갇힌 채 속절없이 죽게 되었다. 이옥의 첩이 말에게 말하기를,
"우리 바깥양반이 지극히 억울한 일로 장차 돌아가시게 되었는데, 네가 구할 수 있겠느냐?"
하고는 마침내 그 말을 타고 한양 도성에 들어가서 억울함을 호소하였다.
청주에서 도성까지는 삼백여 리의 거리인데 이틀 동안에 왕복할 수 있었다. 돌아오는 길에는 성문이 닫힌 뒤였는데, 그 말이 성벽을 뛰어 넘어 범죄 기록을 번복하는 문서를 전하여, 드디어 이옥이 살 수 있게 되었다. 신통한 준마라는 것은 능히 이런 일을 할 수 있는 말이다.
이옥의 손자와 그의 가까이 살던 사람들이 지금까지도 이 이야기를 전하고 있다.

제103화
인조의 고모부이자 스승이었던 유충걸

정산 유충걸은 인조에게 고모부가 된다. 인조가 등극하기 전 어린 시절에 유충걸에게 가르침을 받았는데, 유충걸은 성격이 엄하고 급하였다. 인조는 어릴 적에 유충걸에게 종아리를 여러 차례 맞았었다.

인조가 등극한 뒤로 유충걸은 여러 차례 벼슬자리에 추천되었으나, 인조는 끝내 낙점을 하는 데 인색하였다. 만년에 인조는 연석에서 말하기를,

"유충걸이 연로하여 젊은 시절의 굳세고 강한 기질이 이제는 조금 꺾였는가?"

라고 하고는 비로소 유충걸을 벼슬자리에 낙점하였다.

대개 젊은 시절 그의 성격이 엄격하고 급하며 음흉하여 백성들을 다스리는 관직에 거리낌을 익히 알아서, 그가 나이 들어 쇠약해지고 기가 꺾이기를 기다려 등용한 것이었다.

성군께서 사사로운 은혜로 공적인 일을 해치지 않고, 백성들을 걱정하여 벼슬아치를 선발하시려는 마땅한 뜻을 볼 수 있지 않은가!

제104화
수원부사인 조카를 꾸짖은 유충걸

　유혁연이 경기도 수원부사로 있을 때, 그의 숙부인 유충걸이 수원 경내를 지나갔다.

　수원은 한양 도성에서 가까운 곳이라 백성들의 풍습이 사납고 악하여 본래 못된 고을로 이름이 나 있었다. 나그네가 오는 것을 보면 대문을 닫고 빗장을 지르지 않는 집이 없었다.

　유충걸이 어느 집 대문 앞으로 다가가 소리쳐 불렀으나, 사람들이 모두 굳게 거절하고 들이지 않았다. 온 마을을 두루 돌아다녀 보았으나 끝내 들어갈 수가 없었다.

　이때는 눈이 쌓이고 추운 겨울인데다 날마저 이미 저물어 어두웠다. 말 한 필에 나이 어린 종 하나를 데리고 길거리를 이리저리 방황하다가 마침내 산언덕에 자리를 잡고 앉아 노하여 꾸짖었다.

　"부사가 잘 다스렸다면 백성들의 풍습이 어찌 이 지경에 이르겠는가?"

라고 하고는 나이 어린 종을 불러 말하였다.

　"너는 급히 수원부사를 잡아 오너라."

　그 말을 들은 백성들이 모두 미친 사람이라고 여기며 웃었다.

　그 마을은 관아에서 10리가량 떨어져 있었다.

　잠시 후에 유혁연이 급히 말을 달려 이르렀다. 유충걸이 고함을 질러 꾸짖으며 조카를 잡아들여 죄를 따져 물었다.

유혁연이 엎드린 채 숙부의 명을 듣다가 관아로 들어가자고 간청하니, 유충걸이 말하였다.

"내 어찌 감히 어진 태수가 잘 다스린 고을에 들어가겠느냐?"
라고 하고는 벌컥 성을 내며 뒤도 돌아보지 않고 한밤중에 말을 타고 가버렸다.

유혁연은 어찌할 수가 없었다. 그는 밤부터 다음날 낮까지 그 고을 백성들 모두에게 벌을 주고 돌아갔다.

그 뒤로 그 고을 백성들은 적잖이 징계를 받고 나쁜 풍습이 조금 고쳐졌다고 한다.

제105화

노랫소리를 듣고 아들의 죽음을 예감한 유충걸

정산 유충걸이 일찍이 그의 아들인 연산 유환연과 남의 집 잔치 자리에 갔었는데, 그곳에서 아들이 노래하는 소리를 듣던 유충걸은 가만히 눈물을 흘리는 것이었다.

그 자리에 있던 손님이 괴이하게 여겨 묻자, 유충걸이 대답하기를,

"아이의 노랫소리를 들으니 오래지 않아 죽을 것 같소. 그래서 우는 것이오."

라고 하였다.

그러고 나서 열흘가량 지난 뒤에 유환연이 과연 병들어 죽었다고 한다.

기력이 다해 가면 소리가 급박해지고 끊어졌다 이어졌다 하는 차이가 있는지는 모르겠다. 사람이 그런 것을 알 수 있는 것인가? 아니면 지극한 정이 있는 곳에 저절로 감통하는 이치가 있어서인가? 알 수가 없다.

제106화
정혁선의 관상술

경기도 파주목사를 지낸 정혁선은 평소 스스로 말하기를,

"내게 관상을 보는 재주가 있는데, 더러는 맞고 더러는 맞지 않더군."

이라고 하였다.

기유년(1729)에 그의 아들로 참판을 지낸 정석삼이 청나라에 사신으로 가면서 자신의 아우인 정석백을 자제군관에 임명하여 함께 갔다.

나의 외사촌 아우로 황해도 문화현령을 지낸 윤상형이 정혁선을 주막에서 만나 물었다.

"정 참판은 나이가 젊은데, 글공부하는 선비인 셋째 아드님을 뭐하러 추위를 무릅쓰고 멀리 이역 땅에 보내셨습니까?"

그러자 정혁선은,

"참판으로 있는 석삼이는 수명이 다해 머지않아 죽을 텐데, 혹시나 이국땅에서 죽을까 해서 동생을 함께 보내 초상이라도 치르려는 거라네."

라고 하였다는 것이다. 내가 그 말을 듣고 말하기를,

"그분이 진정으로 관상술을 아는 분이라면 자신이 관상술의 폐단을 믿고 계실 텐데 어째서 앞서 상서롭지 못한 말을 하셨을까?"

라고 하였다.

얼마 지나지 않아 두 아들이 무사히 돌아왔다.

돌아온 지 두어 달이 못 되어 정 참판이 국장을 치르는 데 갔다가

갑자기 급한 병으로 하룻밤 사이에 창릉의 주막집에서 죽었으니 기이
한 일이었다.

제107화
신증왈짜 관상쟁이 이함

판서를 지낸 이명의 손자인 이함은 젊어서 글공부를 하지 않고 술과 계집들 틈에서 불우하게 지냈다.

일찍이 명함에 자신을 일컬어, '신증왈짜'라고 써가지고 다녔다.

이함이 정선흥을 만나러 갔는데, 정선흥은 부제학을 지낸 정백창의 아들이었다.

정선흥은 젊은 시절에 탕자로 마을을 거리낌 없이 돌아다니며 왈짜들의 괴수 노릇을 하였기에 사람들이 '정 도령'이라고 일컬었다.

나라의 풍속에 거리낌 없이 호탕하게 구는 사람을 지목하여 '왈짜'라고 하였기 때문에 이렇게 말한 것이다.

정선흥은 이함의 명함을 보고 화가 나서 붙잡아 뜰에 끌어다 놓고 말하였다.

"내가 젊은 시절에 하던 버릇이 후회막급이다. 너는 사대부 집안의 어린 자제로 '신증왈짜'라니, 그게 뭐를 말하는 것이냐?"
하고는 마침내 볼기를 때렸다.

이함의 방랑이 비록 이와 같았으나 관상을 보는 재주에는 정통하였다.

일찍이 많은 사람들 가운데 앉아 있는 나의 외조부님이신 충정공 동산 윤지완 공을 멀리서 바라보고 사람들에게 말하였다.

"저분은 참으로 명재상이신데, 다만 슬하의 자제들이 앞서 죽게 될 테니, 그 슬픔을 어찌 차마 감당할까?"

그 뒤, 모두 그의 말대로 건장한 자녀 다섯이 그의 슬하에서 연달아 죽었다.

이함이 일찍이 구문치라는 벼슬아치를 만나러 갔는데, 그는 마침 낮잠을 자고 있었다.

이함이 마루에 올라가서 그가 자는 모습을 자세히 들여다보다가 가서는 사람들에게 말하였다.

"구문치는 곧 죽겠어. 그가 낮잠 자는 모습이 꼿꼿이 누워 있는 것이 꼭 얼어 죽은 송장 같더구먼."

오래지 않아 과연 구문치가 죽었다고 한다.

제108화

바둑 국수 덕원부령

　종실인 덕원부령 이덕손은 바둑을 잘 두어 국수로 이름을 날렸다.
　어느 날, 웬 사람이 마당에 말을 매더니 절을 하는 것이었다. 누구
냐고 물으니 그가 대답하기를,
　"저는 지방 군영의 장수로 번 들러 올라왔는데, 평생에 바둑 두기를
좋아하여 어르신께서 국수라는 말을 듣고 한 번 대국해 주시기를 바랍
니다."
라고 하는 것이었다. 덕원부령은 흔쾌히 그러자고 하였다.
　그는 마주 앉자마자,
　"대국에는 내기를 하지 않을 수가 없습니다. 어르신께서 지시면 제
가 번 드는 동안 먹을 식량을 대주시고, 소인은 평생 말을 좋아하는
버릇이 있어 마당에 묶어 놓은 것이 좋은 말이니, 소인이 지면 그 말을
드릴까 합니다."
라고 하였다. 덕원부령은 흔쾌히 받아들였다.
　첫 번째 대국에서는 그가 한 집을 졌고, 또 다시 대국을 하여 그가
다시 한 집을 졌다. 마침내 그가 타고 온 말을 바치자 덕원부령이 웃으
며 말하였다.
　"나는 재미로 했을 뿐일세. 내 어찌 자네 말을 받겠는가?"
　그는,
　"어르신께서는 소인을 식언하는 사람으로 만드시렵니까?"

하고는 말을 남겨둔 채 하직을 하고 떠났다.

덕원부령은 어쩔 수 없이 말을 집에 두고 길렀다.

두 달이 지난 뒤, 그가 다시 와서 말하기를,

"번 드는 일을 마치고 이제 내려가는 길인데, 한 번만 더 대국해 주시기를 빕니다."

라고 하고는 말을 돌려주는 것을 내기로 걸자고 하므로, 덕원부령은 그러자고 하였다.

연달아 몇 판을 두었는데 도저히 따라갈 수가 없으므로 덕원부령은 놀라서,

"자네는 내 적수가 아닐세."

라고 하고는 말을 돌려주며 물었다.

"첫 판에는 어째서 내게 졌는가?"

그가 웃으며 말하기를,

"소인은 천성이 말을 좋아합니다. 서울에서 번을 들게 되면, 말은 틀림없이 수척해질 텐데 달리 맡길 데도 없고 해서 감히 하찮은 재주로 공을 속였습니다."

라고 하는 것이었다. 덕원부령은 그에게 속은 것이 한스러웠으나 어찌할 수가 없었다.

덕원부령이 일찍이 강가에 살면서 온종일 한가하게 앉아 있었다. 문득 어떤 승려 한 사람이 마당으로 들어와 인사를 하며 말하였다.

"어르신께서 바둑을 잘 두신다는 소문을 들었는데, 빈도도 바둑에 대해 약간 아는 바가 있으니 대국해 주시기를 바랍니다."

덕원부령은 흔쾌히 그러자고 하였다. 마주 앉아 대국을 하는데, 바

둑돌을 놓는 동작이 마치 우박이 흩어지는 듯 경쾌하였다.

문득 그 승려가 한 점을 두었는데, 덕원부령은 그 수를 알아낼 수가 없었다. 한동안 깊은 생각에 잠겨 응수할 수를 찾고 있는데, 그 승려가 손을 거두고 하직을 청하며 말하였다.

"길 떠날 차비가 몹시 바빠 오래 머물 수가 없습니다."

덕원부령이 깊은 생각에 잠겨 말없이 묘수를 찾느라 멍한 듯 취한 듯 오래도록 대답을 하지 못하자, 승려는 하직 인사를 하고는 가버렸다.

덕원부령은 한참만에야 환하게 깨닫고 무릎을 치며 말하였다.

"어느 절의 스님이기에 이렇듯 서른여덟 수를 내다보실 수 있단 말이오?"

손으로 바둑판을 치며 고개를 들어 바라보니, 그 승려는 이미 가고 없었다. 곁에 있는 사람에게 묻기를,

"스님은 어디 계신가?"

라고 하니 대답하기를,

"아까 그 스님이 몇 번이나 작별을 고하는데도 어르신께서 대답을 하지 않으시자 가버린 지 벌써 한참 되었습니다. 그 스님이 갈 때 붓으로 문지방에 글을 써 놓고 갔습니다."

라고 하는 것이었다. 문지방에 가서 보니,

'이런 바둑도 바둑이라고 말하겠습니까?'

라고 쓰여 있었다고 한다.

덕원부령의 아들은 청나라 오랑캐에게 볼모로 잡혀 있었다. 인조의 아우인 능원대군이 사신으로 연경에 갈 때 서교에서 전별식을 하는데, 덕원부령이 그 자리에 있었다. 대군이 역관인 유찬홍에게 대국할 것을 명하면서 말하기를,

"유찬홍은 매번 덕원부령이 자기와 대국을 해주지 않는 것을 탄식하고 원망했었네. 오늘 만약 유찬홍이 지게 되면 재물을 내어 덕원부령의 아들을 속환시켜 주고, 덕원부령이 지게 되면 급수를 내려 맞바둑을 두는 것이 좋겠네."
라고 하자, 유찬홍도 흔쾌히 그리하자고 하였다.

대개 덕원부령은 여러 왕대에 걸쳐 국수로 지내면서 나이가 이미 5, 60대에 접어들었고, 유찬홍은 젊은 나이에 바둑을 잘 두어 스스로 덕원부령과 충분히 대적할 수 있다고 여겼으나, 덕원부령은 끝내 자신의 급수 낮추는 것을 허락하지 않았다.

매번 대국할 때마다 수치스럽게도 패하자, 유찬홍은 그때마다 분하게 여기며 승복하지 않았다.

또한 유찬홍은 역관으로 재산이 넉넉하였던 까닭에, 대군이 지게 되면 볼모로 있는 덕원부령의 아들을 속환해주라고 하였던 것이고, 유찬홍도 본디 스스로 원하였던 바였다.

드디어 덕원부령은 세숫대야 물로 눈을 씻고 소매를 걷어붙인 채 정좌하였다. 평소에는 다만 한 급수만 낮추어 주었으나, 이날은 덕원부령이 넉 점을 물려주었고, 유찬홍도 그에 따랐다.

여러 번 대국하여 거듭 세 판을 덕원부령이 이기자, 마침내 유찬홍은 덕원부령의 아들을 속환시켜주었다.

그 뒤로 덕원부령은 눈이 멀게 되어 바둑을 그만두었다고 한다.

梅翁閒錄 卷下

天理大本 校勘 原文

001 徐孤靑起[1] 沈相悅[2]之奴. 沈相母夫人寡居 嘗以事命杖之. 翌日
喝道之聲 頻頻到門 夫人問曰, "吾家外無主人 何爲有車馬之客耶?"
侍婢曰, "客爲見徐奴來矣." 夫人招問之 起對曰, "昔嘗納拜於士大夫
聞小人之受罪 或賜臨訪矣." 夫人曰, "然則汝識字乎?" 對曰, "略解文
字耳." 夫人曰, "然則汝自今敎兒讀書." 沈相兒時 孤靑敎之 輒俯伏敎
之. 其後 欲許從良 孤靑曰, "奴主旣有定分. 若從良則 便是犯分." 辭而
不受. 晚年 學行甚高 居公州孤靑峯下 買朱子畫像於燕京 立祠祀之 朝
夕瞻拜. 卽今孔岩書院[3]是也. 其後 多以其地諸賢配享. 而孤靑歿後
以地卑不許配享 別立祠宇於其傍. 蓋出於重名分之意. 而古之聖人 雖
在夷狄 善則進之. 苟有賢德 又何論其卑賤哉! 東人之不能達觀如此.

002 宋龜峯翼弼[4] 祀連[5]之子也. 其母甘丁[6] 安相瑭[7]之婢也. 祀連附麗[8]

---

1) 서기(徐起, 1523~1591) : 조선조 선조 때의 학자. 자는 대가(待可), 호는 고청(孤靑),
   본관은 이천(利川), 귀령(龜齡)의 아들. 시호는 문목(文穆).
2) 심열(沈悅, 1569~1646) : 조선조 인조 때의 문신. 자는 학이(學而), 호는 남파(南坡),
   본관은 청송(靑松), 심충겸(沈忠謙)의 아들. 시호는 충정(忠靖).
3) 공암서원(孔巖書院) : 충청남도 공주시 반포면 공암리에 있는 충현서원(忠賢書院)의 별
   칭. 충현서원은 조선 중기 충청도에 최초로 세워진 사액 서원임.
4) 송익필(宋翼弼, 1534~1599) : 조선조 선조 때의 학자. 자는 운장(雲長), 호는 구봉(龜
   峯), 본관은 여산(礪山), 할아버지는 송인(宋璘), 송사련(宋祀連)의 아들. 시호는 문경
   (文敬).
5) 송사련(宋祀連, 1496~1575) : 1521년(중종16) 신사무옥(辛巳誣獄)의 밀고자. 안돈후(安
   敦厚)의 서녀인 감정(甘丁)의 아들.
6) 감정(甘丁) : 안돈후(安敦厚)의 서녀(庶女)로, 안당(安瑭)과는 이복 남매간임. 송익필의

凶黨 搆成士禍故 事定後 安相家痛嫉祀連 追捕龜峯. 龜峯逃匿自免.
槩其風儀秀 而講學[9]明 一時諸賢 無不捨其地分[10] 而與之友. 栗谷至
寫其母甘丁神主 友道無間. 龜峯抗然[11] 不以卑微爲畛域[12] 每於士大
夫 皆作平交. 其抵李相山海[13]書 至稱 '汝受拜狀[14] 領相記室[15]'. 嘗請
與栗谷爲婚姻 栗谷正色曰, "我國名分至嚴 君何爲發此言耶?" 則曰,
"此是叔獻未能免俗處." 其越分自傲如此. 其立身規模 正與徐孤靑相
反. 當時聞者 無不忿嫉. 延平李貴[16] 卽栗谷門人 常憤罵曰, "吾師何
爲 與宋祀連之子交好? 我見必辱之." 栗谷每笑曰, "君特不見. 若見則
必不如此." 其後 適於他家座上 聞龜峯之來 大怒盛氣而待之. 及其入
不覺蹷然 起與之語. 神貌洒落 言論高爽[17] 聲聲[亹亹][18]不已. 不知日
之改砌[19]. 槩其質行[20] 雖不及孤靑 襟期[21]風韻[22] 有足以動人者歟!

할머니.

7) 안당(安瑭, 1460~1521) : 조선조 중종 때의 문신. 자는 언보(彦寶), 호는 영모당(永慕堂), 본관은 순흥(順興), 안돈후(安敦厚)의 아들. 시호는 정민(貞愍).

8) 부려(附麗) : 딱 붙어서 떨어지지 않음.

9) 강학(講學) : 학문을 닦고 연구함.

10) 지분(地分) : 지체와 신분.

11) 항연(抗然) : 의기(意氣)가 드높은 모양.

12) 진역(畛域) : 경계(境界). * 밭두렁.

13) 이산해(李山海, 1539~1609) : 조선조 선조 때의 문신. 자는 여수(汝受), 호는 아계(鵝溪), 본관은 한산(韓山), 이지번(李之蕃)의 아들. 동인(東人)·북인(北人)·육북(肉北)의 영수(領袖). 시호는 문충(文忠).

14) 배장(拜狀) : 예전의 편지글에서 '○○ 받아보시오.'라는 뜻으로 쓰던 말.

15) 기실(記室) : 중국 후한(後漢)과 고려 때의 벼슬인 기실참군(記室參軍). 비서(秘書)나 서기(書記)의 일을 맡아 하였음. 여기서는 송익필이 자신을 영의정인 이산해의 비서로 자처한 것임.

16) 이귀(李貴, 1557~1633) : 조선조 인조 때의 문신. 자는 옥여(玉汝), 호는 묵재(默齋), 본관은 연안, 이정화(李廷華)의 아들. 인조반정을 일으켜 정사공신 1등으로 연평부원군(延平府院君)에 봉해짐. 시호는 충정(忠定).

17) 고상(高爽) : 고상(高尙)하고 시원시원함.

18) 미미(亹亹) : 물이 흐르듯 끊임없이 이어지는 모양.

003 金業男²³⁾ 龍溪止男²⁴⁾之長兄 以能文有聲. 場屋而落拓不第. 嘗爲
南路²⁵⁾督郵²⁶⁾ 許筠以禮曹參議²⁷⁾ 爲安胎使²⁸⁾過去 金以公體²⁹⁾候之. 筠
曰, "察訪³⁰⁾策問³¹⁾名世 願一見之." 金以殿執策³²⁾各一卷示之. 筠對坐
手翻其冊 一一計其葉數而還之. 金心怒, '旣不欲見 則初何以求之?'
其後 月沙³³⁾以太學士³⁴⁾主試 筠爲考官. 一試券入 筠卽曰, "此長者之
作也." 月沙疑其有私 輒疵之. 筠每曰, "此儒長者 儒何毁之?" 月沙尤
疑之 摘其瑕纇³⁵⁾而落之. 筠但嗟惜曰, "長者儒落矣." 夜歸 其次同僚
問之 筠曰, "此是金業男之作. 吾故以渠家長者累告之 終落之 吾何

---

19) 개체(改砌) : 햇살이 섬돌에 걸렸다는 뜻으로 해가 저문 것을 말함.

20) 질행(質行) : 바탕과 행실(行實).

21) 금기(襟期) : 금회(襟懷). 마음속에 깊이 품은 회포.

22) 풍운(風韻) : 풍류(風流)와 운치(韻致).

23) 김업남(金業男) : 조선조 인조 때의 문신. 본관은 광산(光山), 김표(金彪)의 아들, 김지
남(金止男)의 형.

24) 김지남(金止男, 1559~1631) : 조선조 인조 때의 문신. 자는 자정(子定), 호는 용계(龍
溪), 본관은 광산(光山). 김표(金彪)의 아들, 김양(金讓)에게 입양됨.

25) 남로(南路) : 조선시대 경기도 이남의 충청도, 전라도, 경상도를 통틀어 이르던 말.

26) 독우(督郵) : 우리(郵吏). 찰방(察訪).

27) 예조참의(禮曹參議) : 조선시대 예조의 정3품 당상관 벼슬.

28) 안태사(安胎使) : 조선시대 임금이나 왕자의 태(胎)를 태봉(胎峰)에 묻는 일을 맡았던
관원.

29) 공체(公體) : 공적인 지위나 신분. 공인(公人)의 자격.

30) 찰방(察訪) : 조선시대 각 도의 역참(驛站)을 관리하는 일을 맡아보던 종6품의 외직
문관 벼슬.

31) 책문(策問) : 조선시대 문과 시험과목의 하나로, 정치에 관한 계책을 묻고 그에 대한
답을 적게 하는 시험을 이르던 말.

32) 전집책(殿執策) : 전책(殿策 : 임금이 친히 묻는 책문)과 집책(執策 : 집사(執事-考官)이
묻는 책문).

33) 월사(月沙) : 조선조 인조 때의 문신인 이정구(李廷龜, 1564~1635)의 호. 이정구의 자
는 성징(聖徵), 본관은 연안(延安), 이석형(李石亨)의 현손. 조선 중기 한문사대가(漢文
四大家)의 한 사람. 시호는 문충(文忠).

34) 태학사(太學士) : 조선시대 홍문관(弘文館) 대제학(大提學)을 달리 이르던 말.

35) 하뢰(瑕纇) : 옥의 티와 헝클어진 실. 사물의 흠을 이르는 말.

知?" 盖金卽月沙之表叔[36]故也. 僚曰, "何以知之?" 筠曰, "吾以安胎使
行過時 見其殿執策各一卷故知之." 筠才藝絶人如此. 後金又赴殿試[37]
其弟龍溪爲枝査同官[38] 搜得其兄作 燭下讀之曰, "吾兄今始大闡[39]
矣." 又讀之 驚曰, "逐條一句落將奈何?" 其同爲枝査者 亦親友亦曰,
"可惜!" 遂以朱筆傍書八字. 金果以壯元見擢. 及發其本草 朱書八字遂
露. 盖我國科擧之規 恐考官之 以筆跡行私. 試闈[40]收券之後 以朱筆
易書他紙. 又以文臣 別定枝同查同官 交讀而互準 書於本草曰枝同 朱
草曰查同. 而上其朱草於考官而考之. 藏其本草 坼榜[41]後 出而準之例
也. 鎖院[42]中 禁墨以防奸故 寫以朱筆也. 事覺後 朝廷下吏査之 金拔
傍 其弟與友俱竄. 金歎曰, "吾老而不休 使弟與友獲罪 何心應擧?" 遂
止. 科第卽人窮達[43]之機括[44]故 係關命數如此. 金嘗詠牧冊[牡丹]有
詩曰, '觀於海者難爲水[45] 始信鄒賢[46]語不誇 晴牕朝日看渠後 開眼東

---

36) 표숙(表叔) : 외숙(外叔). 어머니의 남자 형제.
37) 전시(殿試) : 조선시대 문무과의 초시(初試)와 복시(覆試)에 급제한 자가 임금 앞에서
　　최종적으로 보던 과거.
38) 지사동관(枝査同官) : 지동관(枝同官 : 조선시대 과거에서 등록관(謄錄官)이 옮겨 베낀
　　답안이 잘못된 것이 없는지 살피기 위해, 사동관(査同官)이 읽는 본디 답안의 내용을
　　들으며 대조하는 일을 맡은 관원)과 사동관(査同官 : 조선시대 과거에서 등록관이 옮겨
　　베낀 답안에 착오가 있는지 없는지를 대조하기 위하여 답안의 원본을 읽던 관원).
39) 대천(大闡) : 문과에 급제한 것을 이르던 말.
40) 시위(試闈) : 과장(科場). 과거시험장.
41) 탁방(坼榜) : 과거에 급제한 사람의 성명을 게시하던 일.
42) 쇄원(鎖院) : 조선시대 과거시험을 볼 때 출입문을 차단하여 외부와 격리시키던 제도.
43) 궁달(窮達) : 궁통(窮通). 빈궁(貧窮)과 부귀영달(富貴榮達).
44) 기괄(機括) : 기괄(機栝). 쇠뇌의 시위를 걸어 화살을 쏘는 장치인 노아(弩牙)와 전괄(箭
　　栝). 원래 기(機)는 활 양 끝의 활시위를 거는 곳이고, 괄(栝)은 화살 끝으로 활시위를
　　받는 곳을 말함. 사물의 중요한 작동 혹은 민첩하게 기선을 잡는 것을 의미하는 것으로
　　사용됨. * 관건(關鍵). 계책(計策).
45) 관어해자난위수(觀於海者難爲水) : 《맹자》 「진심 상(盡心上)」에 "바다를 구경한 사람
　　과는 강물을 가지고 이야기하기 어렵다.[觀於海者難爲水]"라는 말이 있다.
46) 추현(鄒賢) : '추나라의 현인'이라는 뜻으로, 맹자를 가리킴.

風未見花' 詩亦可誦 足以知其非徒場屋之士也.

004 孝宗[47]朝 南谷李參判時楷[楷][48] 爲殿試考官 湖洲蔡判書裕後[49] 借
落券一軸 燈下盡閱十幅 得一券讀之而驚曰, "此文何爲見落?" 三四讀
擊節不已. 俄而曰, "以'中身[50]受命'落矣." 盖孝廟長成之後 入承大統
故 殿策中借用'文王[51]受命惟中身'之語 以此見落云者 盖以文王五十
爲中身. 孝廟卽祚[52] 不及是年故 語上躬[53]處 不可牴牾[54]也. 翌日 南谷
過湖洲 湖洲曰, "令公輩 掌試取士 國家倚任 何等重事 而落券有名作
而不收? 吾只見十幅上如此 則其他可知. 安在其委寄之意也." 南谷
曰, "寧有是理? 請出其券." 湖洲口誦其頭辭. 南谷曰, "然此果佳作宜
嵬擢[55] 而只以'中身受命'四字爲未安 終不敢取 甚可惜也." 因自誦其
逐節十餘行 或數十行 爲之嗟歎不已. 前輩之重選擧 精考試如此. 能
口誦旣落之券 何等聰明 何等愛文之誠? 今世之考官 旣不辨豕亥[56].
又厭看讀 惟以汲汲收殺[57] 坼榜爲心. 文之工拙 科之立落 一不經意[58].

---

47) 효종(孝宗) : 조선조 제17대 임금. 재위 1649~1659년. 이름은 호(淏, 1619~1659), 자는
정연(靜淵), 호는 죽오(竹梧), 인조의 둘째 아들. 어머니는 인렬왕후(仁烈王后) 한씨(韓
氏), 비는 장유(張維)의 딸 인선왕후(仁宣王后). 시호는 선문장무신성현인대왕(宣文章
武神聖顯仁大王). 능호는 영릉(寧陵)으로 경기도 여주시 능서면 영릉로에 있음.

48) 이시해(李時楷, 1600~1657) : 조선조 효종 때의 문신. 자는 자범(子範), 호는 남곡(南
谷)·송애(松崖), 본관은 전주(全州), 이춘영(李春英)의 아들.

49) 채유후(蔡裕後, 1599~1660) : 조선조 효종 때의 문신. 자는 백창(伯昌), 호는 호주(湖
洲), 본관은 평강(平康), 채충연(蔡忠衍)의 아들. 시호는 문혜(文惠).

50) 중신(中身) : 중년(中年). 중세(中歲). 40~50세의 나이.

51) 문왕(文王) : 중국 고대 주(周)나라의 임금. 이름은 희창(姬昌, BC 1152~BC 1056년).

52) 즉조(卽祚) : 즉위(卽位)함.

53) 상궁(上躬) : 임금 또는 임금의 옥체.

54) 저오(牴牾) : 서로 어긋나 거슬리거나 용납되지 아니함.

55) 외탁(嵬擢) : 과거에서 장원(壯元)으로 급제(及第)함.

56) 불변시해(不辨豕亥) : 시(豕)자와 해(亥)자를 구분하지 못한다는 뜻으로, 실력 없는 사
람을 가리키는 말.

紛紜⁵⁹⁾墒[摘]埴⁶⁰⁾ 畢竟不知 何如而得參 何如而見屈. 若使前輩 得見 今日 當以爲如何哉!

005 許筠才華⁶¹⁾逸 而性極奸回⁶²⁾. 嘗入文臣庭試 必欲取壯頭⁶³⁾ 無他强 敵 惟車天輅⁶⁴⁾ 長杠巨筆⁶⁵⁾ 作引表⁶⁶⁾則不可當. 入場往見車 紙頭⁶⁷⁾已 寫原夫⁶⁸⁾ 寫得滿紙. 筠游辭⁶⁹⁾爲言曰, "此與儒生科試有異. 引表似太 多事 未知如何?" 車曰, "誠然." 遂抹去 更做單表. 筠則心中初已構思 引表. 良久更往車所 問曰, "嚮者⁷⁰⁾吾意如此故云. 然周行場中 做引表 者多矣. 我則欲改前見 更做引表而旣止. 車校理未知如何?" 車曰, "何 傷⁷¹⁾? 更做引表可矣." 遂擢壯元. 其機巧⁷²⁾詐譎⁷³⁾如此.

---

57) 수쇄(收殺) : 모두 거두어들임.

58) 일불경의(一不經意) : 하나도 마음에 두지 않음.

59) 분운(紛紜) : 여러 사람의 의논이 일치하지 아니하고 이러니저러니 하여 시끄럽고 떠들 썩함.

60) 적식(摘埴) : 적식색도(摘埴索塗). 소경이 지팡이로 더듬어 길을 찾음. 암중모색(暗中摸 索)함.

61) 재화(才華) : 빛나는 재주. 뛰어난 재능.

62) 간회(奸回) : 간교(奸巧)하고 사악(邪惡)함.

63) 장두(壯頭) : 장원(壯元). 과거에서 갑과(甲科)의 첫째로 급제함.

64) 차천로(車天輅, 1556~1615) : 조선조 광해군 때의 문신. 자는 복원(復元), 호는 오산(五 山)・귤옥(橘屋)・난우(蘭嵎)・청묘거사(淸妙居士)・청호거사(淸好居士), 본관은 연안 (延安), 식(軾)의 아들.

65) 장강거필(長杠巨筆) : 장대같이 큰 붓. 웅건(雄建)한 문장력을 비유적으로 이르는 말. 구양수(歐陽脩)가 〈여산고(廬山高)〉라는 시에서 여산에 은거한 유환(劉渙)의 고상한 절조를 찬미하며 "장부의 절개 그대만한 이 적으니, 아, 내가 표현하고 싶은데 장대같 이 큰 붓을 어디에서 얻으랴. [丈夫壯節似君少 嗟我欲說 安得巨筆如長杠]"라고 한 데 서 유래함.

66) 인표(引表) : 문체의 하나. 신하가 임금에게 올리는 글.

67) 지두(紙頭) : 책장의 윗부분.

68) 원부(原夫) : 문장의 첫머리에 쓰이는 말로 특별한 의미는 없음.

69) 유사(游辭) : 진실성이 없는 말.

70) 향자(嚮者) : 향자(向者). 지난번. 접때.

006 尹南陽棨⁷⁴⁾ 少時當謁聖科⁷⁵⁾ 夢遇宿稿⁷⁶⁾ 批點⁷⁷⁾三句書等 三上⁷⁸⁾爲
壯元. 入場果出夢中所遇之題 曾所著者 心獨喜自負. '此科壯頭 非吾
而誰?' 遂點竄⁷⁹⁾舊作 鍊之又鍊. 且尹公素善書 手自精寫⁸⁰⁾曰, "當今
見吾券者 稱爲眞壯元也." 時刻漸至 諸友左右催之. 尹公徐曰, "壯元
在此 時刻豈盡?" 精寫字畫 略不搖動. 俺焉⁸¹⁾時過 驅出士子⁸²⁾ 終不及
呈券而出. 其後累年 成均館巡題⁸³⁾ 又出其題. 批三句 得三上居首⁸⁴⁾
一如夢中 未知其科 呈券則當捷 而人事未盡 不能得耶? 抑科事窮達所
係 必有前定. 此特神有以戲之耶?

007 童土尹公舜擧⁸⁵⁾ 八松文正公煌⁸⁶⁾之子也. 性忠厚 爲文章 極力尙

---

71) 하상(何傷) : 무슨 상관이랴? 무엇을 상심할 것인가?
72) 기교(機巧) : 매우 교묘한 잔꾀와 솜씨.
73) 사휼(詐譎) : 속임수. 사기(詐欺).
74) 윤계(尹棨, 1583~1636) : 조선조 인조 때의 문신. 자는 신백(信伯), 호는 신곡(薪谷)
· 임호(林湖), 본관은 남원(南原), 윤형갑(尹衡甲)의 아들, 윤집(尹集)의 형. 병자호란
때 남양 부사(南陽府使)로 있다가 포로가 되어 참살 당함. 시호는 충간(忠簡).
75) 알성과(謁聖科) : 알성시(謁聖試). 조선시대 임금이 문묘에 참배한 뒤 실시하던 비정규
적인 과거시험.
76) 숙고(宿稿) : 오래 묵은 원고(原稿).
77) 비점(批點) : 시가나 문장 따위를 비평하여 아주 잘된 곳에 찍는 둥근 점.
78) 삼상(三上) : 과거시험에서 병과(丙科)의 으뜸 성적을 받음.
79) 점찬(點竄) : 시문의 글자나 어구를 고쳐 다듬음.
80) 정사(精寫) : 정성을 다해 글씨를 씀.
81) 숙언(俺焉) : 시간이 빨리 지나가는 모양.
82) 사자(士子) : 사인(士人). 벼슬하지 않은 선비.
83) 순제(巡題) : 성균관이나 관찰사가 지역을 순회하며 보이는 시험.
84) 삼상거수(三上居首) : 과거시험에서 병과(丙科)의 장원을 함.
85) 윤순거(尹舜擧, 1596~1668) : 조선조 현종 때의 문신. 자는 노직(魯直), 호는 동토(童
土), 본관은 파평(坡平), 윤황(尹煌)의 아들, 윤문거(尹文擧) · 윤선거(尹宣擧)의 형, 숙
부 윤수(尹燧)에게 입양.
86) 윤황(尹煌, 1572~1639) : 조선조 인조 때의 문신. 자는 덕요(德耀), 호는 팔송(八松)
· 노곡(魯谷), 본관은 파평, 윤창세(尹昌世)의 아들. 시호는 문정(文正).

奇⁸⁷⁾ 或沉思累日. 雖寒溫⁸⁸⁾ 書帖⁸⁹⁾不用凡俗文字. 八松嘗令 倩寫⁹⁰⁾答
連山太守書 令寫'謝狀⁹¹⁾上連山衙下'. 尹公曰, "此甚凡俗 不忍寫也."
沈吟良久 書曰, '復狀⁹²⁾上艮⁹³⁾衙下' 復艮卦對 及上下對 而艮取連山之
象也. 筆札⁹⁴⁾多類此. 又善草書 飛動如生. 寫時運筆異常 其左右飄撇⁹⁵⁾
上下騰拏之勢⁹⁶⁾ 人皆聳觀⁹⁷⁾. 至今眞蹟多藏人家 傳爲名筆. 以其綴文
苦澁⁹⁸⁾ 每赴擧輒曳白⁹⁹⁾. 其婦翁¹⁰⁰⁾每誚之曰, "君雖作珠玉 不得呈券
何用哉?"其後 嘗一入科場 適意通 速成精寫畢 愛玩良久曰, "此甚可
惜 不忍投呈於亂軸中 當出而誇於婦翁."持歸而不呈 聞者齒冷¹⁰¹⁾.

008 李掌令性恒¹⁰²⁾ 於先王考¹⁰³⁾從叔¹⁰⁴⁾也. 平生夢多奇中. 嘗以正言¹⁰⁵⁾

---

87) 상기(尙奇) : 기발(奇拔)한 것을 숭상함.
88) 한온(寒溫) : 주인과 손님이 만나서 인사를 하고 서로 주고받는 말. * 날씨의 춥고
따뜻함.
89) 서첩(書帖) : 이름난 사람의 글씨나 매우 잘 쓴 글씨를 모아 만든 책.
90) 천사(倩寫) : 글씨를 써 달라고 부탁함.
91) 사장(謝狀) : 고맙다고 사례(謝禮)하는 편지. * 사과(謝過)하는 편지.
92) 복장(復狀) : 답장(答狀).
93) 간(艮) : 간괘(艮卦). 팔괘(八卦) 가운데 일곱 번째 괘로, 간상련(艮上連) 또는 칠간산
(七艮山)이라고 하며 산을 상징함. 64괘의 간괘는 '간상련(☶)'이 상하로 두 개가 겹친
모양[연산(連山)]을 하고 있음.
94) 필찰(筆札) : 글씨의 모양이나 솜씨라는 뜻으로, 서법(書法)을 이르는 말. * 필지(筆
紙). 붓과 종이.
95) 표별(飄撇) : 표별(飄丿). 바람에 나부끼듯 오른쪽 위에서 왼쪽 아래로 삐쳐 쓴 필체.
96) 등나지세(騰拏之勢) : 날고뛰는 듯한 필세(筆勢).
97) 용관(聳觀) : 놀라서 발돋움하고 바라봄.
98) 고삽(苦澁) : 난삽(難澁). 글이나 말이 매끄럽지 못하면서 어렵고 까다로움.
99) 예백(曳白) : 종이와 붓을 손에 들고서도 시문을 짓지 못함. 중국 당나라의 장석(張奭)
이 하루 종일 글을 짓지 못하고 임금 앞에 백지를 내놓은 고사에서 유래함.
100) 부옹(婦翁) : 장인(丈人). 장인이 사위를 상대하여 자기를 문어적으로 가리키는 1인칭
대명사.
101) 치랭(齒冷) : 냉소(冷笑)함.
102) 이성항(李性恒, 1603~1660) : 조선조 효종 때의 문신. 자는 성구(聖久), 본관은 전주

詣臺[106] 忽謂同僚曰, "吾平生有夢無不中. 今日之夢 必不中也." 同僚
曰, "何謂也?" 李公曰, "夜夢詣臺 長官[107]自書啓草 必無此理. 似不中
也." 大抵臺規 末僚寫啓故也. 俄而 文谷金公壽恒[108] 以大諫[109]入來
出示袖草 因曰, "草暗[110]而長日已向晚 我當自寫." 坐中皆笑 金公曰,
"何笑也?" 遂說李公之夢 金公亦笑. 其在南漢圍城[111]中 夢製教文[112]
一句曰, '雖抱白登之羞[113] 董[僅]免青城之辱[114].' 城中以此 賴以爲安.
下城[115]後 頒教文[116]用此句云.

009 李仁川岱[117] 掌令之子也. 性豪俊不羈[118] 能文章 落拓[119]不第. 已

(全州), 양녕대군 (讓寧大君)의 후손, 이광후(李光後)의 아들. 성혼(成渾)의 문인.

103) 선왕고(先王考) : 돌아가신 할아버지. 여기서는 《매옹한록》을 저술한 박양한(朴亮漢)
   의 조부인 박장원(朴長遠)을 가리킴.

104) 종숙(從叔) : 당숙(堂叔). 이성항은 박장원의 할머니의 친정조카이므로, 박장원에게는
   5촌이 됨.

105) 정언(正言) : 조선시대 사간원(司諫院)의 정6품 벼슬.

106) 예대(詣臺) : 조선시대 사헌부(司憲府)나 사간원의 관원이 임금에게 아뢸 일이 있을
   때 궁중의 대청(臺廳)에 나아가는 일.

107) 장관(長官) : 예전에 한 관아(官衙)의 으뜸벼슬을 이르던 말.

108) 김수항(金壽恒, 1629~1689) : 조선조 숙종 때의 문신. 자는 구지(久之), 호는 문곡(文谷),
   본관은 안동(安東), 김상헌(金尙憲)의 손자, 김광찬(金光燦)의 아들. 시호는 문충(文忠).

109) 대간(大諫) : 조선시대 사간원(司諫院)의 정3품 으뜸벼슬인 대사간(大司諫)을 가리킴.

110) 초암(草暗) : 계초(啓草)가 눈에 잘 보이지 않음.

111) 남한위성(南漢圍城) : 포위(包圍)된 남한산성(南漢山城).

112) 교문(敎文) : 교지(敎旨). 왕지(王旨). 임금의 명령.

113) 백등지수(白登之羞) : 백등산(白登山)의 수치. '백등산'은 한 고조(漢高祖)가 흉노의
   묵돌(冒頓)에게 7일 동안 포위당했던 산 이름.

114) 청성지욕(靑城之辱) : 임금이 포로로 잡혀가는 치욕. '청성'은 중국 하남성(河南省) 개
   봉현(開封縣)에 있는 지명으로, 중국의 북송(北宋) 때에는 이곳에 하늘을 제사하는
   재궁(齋宮)이 있었는데, 휘종(徽宗)과 흠종(欽宗)은 모두 이곳에서 금(金)의 점몰갈
   (黏沒喝)에게 포로가 되어 잡혀가는 치욕을 당하였음.

115) 하성(下城) : 성이 함락되어 성에서 나와 항복하는 일.

116) 반교문(頒敎文) : 임금이 백성들에게 널리 반포(頒布)하여 알리는 글.

117) 이대(李岱) : 조선조 숙종 때의 문신. 자는 숙고(叔固), 호는 방수와(傍隨窩), 본관은

巳¹²⁰⁾前 退居鄉里 甲戌¹²¹⁾後牽復¹²²⁾ 而終不起. 嘗有駿馬 驛人買去. 累
年後 轉賣於他人 瘦疲¹²³⁾不可售. 李公之子讓錫¹²⁴⁾ 知其尙駿也. 以綿
布十五疋易之. 數月善喂便復舊. 驛人載綿布五十疋 請買之. 公謂其
子曰, "此馬雖駿才如舊 自初賣時 已過六年 其年已老 不可取多價 只
受買來之價十五疋而給之可也." 俄而驛人請謝 縷縷¹²⁵⁾稱謝不已曰,
"郎君還其價十五疋 天下寧有如許廉士夫乎¹²⁶⁾!" 盖其子初受五十疋
以父教不得已 還其十五疋 驛人猶感謝如此也. 公聞之 召其子大責 只
受十五疋 而還其三十五疋. 又嘗以其婦家¹²⁷⁾ 分來之田 給庶妹. 其卓
犖¹²⁸⁾奇偉¹²⁹⁾之行 可傳於後者甚多 不能盡記. 嘗於乙亥丙子年間¹³⁰⁾
邦內大侵¹³¹⁾ 米斗百錢. 鄰有巨富 載稻三百斛 從海路賣於京者. 公嘗
與其人友善 臨行來別. 公問曰, "吾家外方庄穀三十石 有至京者. 君須

전주(全州), 이성항(李性恒)의 아들.

118) 호준불기(豪俊不羈) : 재주와 지혜가 뛰어나고 얽매는 데가 없음.

119) 낙척(落拓) : 불우(不遇)한 환경에 빠짐.

120) 기사(己巳) : 1689(숙종15)년 남인정권에 의해 서인정권이 몰락한 기사환국(己巳換局)
이 일어난 해.

121) 갑술(甲戌) : 1694(숙종20)년 남인정권이 폐비가 된 인현왕후의 복위를 꾀하던 소론
(少論) 일파를 제거하려다가 도리어 몰락한 갑술옥사(甲戌獄事)가 일어난 해.

122) 견복(牽復) : 견발(甄拔). 견서(甄敍). 퇴임한 관리 중에 적합한 사람을 골라 관직에
복귀하게 하는 것.

123) 수피(瘦疲) : 파리하게 야윔.

124) 이양석(李讓錫) : 생몰연대 및 자세한 행적 미상. 본관은 전주(全州), 이대(李岱)의
아들.

125) 누누(縷縷) : 말을 아주 소상히 함. * 실 따위가 길고 가늘게 이어지고 끊이지 않음.

126) 부호(夫乎) : 감탄을 나타내는 어조사.

127) 부가(婦家) : 처가(妻家). 아내의 친정(親庭).

128) 탁락(卓犖) : 탁월(卓越)함. 남보다 두드러지게 뛰어남.

129) 기위(奇偉) : 뛰어나게 훌륭함.

130) 을해병자년간(乙亥丙子年間) : 1695(숙종21)년~1696(숙종22)년 사이. 흉년이 들어
기근(饑饉)이 심하였음.

131) 대침(大侵) : 대기(大饑)를 예스럽게 이르는 말. 매우 심한 흉년(凶年)을 말함.

留與我三十石 準其數推於京第." 公信義孚¹³²⁾於鄕. 其人不疑 卽載送
三十石 請受答書推於京. 公曰, "吾子在京 君亦親往 直以吾言推之可
也." 其人至京 問其子 其子曰, "元無在京之穀矣." 其人歸言其故 李公
曰, "君與我鄰居幾年 豈不知我家無乙亥年稻三十石乎? 君稻三十石
我則無用處. 君試思之. 今年大無¹³³⁾ 中外¹³⁴⁾積屍如山 四隣之民 飢死
相繼. 君載舡三百斛 賣於京 不以一石 救隣人則將何以立於世乎? 一
村之民 將何以處君乎? 吾於其時 據理直言 則君無聽理故 以權辭¹³⁵⁾
瞞之 而不知我無今年之穀三十石 何其蒙哉?" 因手擲一通文簿曰, "覽
此可知此事. 乃爲君非爲吾也. 以君意給之耳." 蓋於其日發舡之後 招
集村民 量其緩急 斗斗分給而錄之也. 其風流之俊邁¹³⁶⁾可想 而愛人以
德之意 亦可見矣.

010 寺正¹³⁷⁾洪公萬選¹³⁸⁾ 氣度¹³⁹⁾溫雅¹⁴⁰⁾ 心事¹⁴¹⁾坦白¹⁴²⁾ 眞金玉君子¹⁴³⁾
也. 文亦爾雅¹⁴⁴⁾ 自少有聲. 場屋間屢屈公車¹⁴⁵⁾. 遂沉于下僚. 性又恬

---

132) 부(孚) : 신용(信用)이 있음.

133) 대무(大無) : 대무지년(大無之年). 몹시 심한 흉년이 든 해.

134) 중외(中外) : 경향(京鄕). 서울과 시골. * 나라 안팎. 조정과 민간.

135) 권사(權辭) : 임기응변(臨機應變)으로 하는 말.

136) 준매(俊邁) : 재주와 지혜가 매우 뛰어남. 또는 그런 사람.

137) 시정(寺正) : 조선시대 궁중의 일을 맡아보던 관아의 정3품 벼슬. 홍만선은 궁중에서
쓰는 여마(輿馬)와 구목(廐牧)에 관한 일을 맡아보던 사복시(司僕寺)의 정(正)을 역임
하였음.

138) 홍만선(洪萬選, 1643~1715) : 조선조 숙종 때의 문신이자 실학자. 자는 사중(士中), 호
는 유암(流巖), 본관은 풍산(豊山), 홍주국(洪柱國)의 아들.《산림경제(山林經濟)》를
저술하였음.

139) 기도(氣度) : 기개(氣槪)와 도량(度量)을 아울러 이르는 말.

140) 온아(溫雅) : 성격, 태도 따위가 온화하고 기품이 있음.

141) 심사(心事) : 마음속으로 생각하는 일. 또는 그 생각.

142) 탄백(坦白) : 숨김없이 있는 그대로 말함.

143) 금옥군자(金玉君子) : 몸가짐이 단정하고 점잖으며 지조가 굳은 사람을 이르는 말.

靜¹⁴⁶⁾ 淡於進取¹⁴⁷⁾. 有孝友至性¹⁴⁸⁾. 其母夫人 年過八十 事之以愉色婉容¹⁴⁹⁾. 其弟洪持平¹⁵⁰⁾萬迪¹⁵¹⁾之喪 余嘗往拜¹⁵²⁾. 公相對猶泣涕汍瀾¹⁵³⁾. 是時 公已年迫七十 過葬已屢月 其至行可見. 公眞率無表襮¹⁵⁴⁾ 與人言 誠意藹然¹⁵⁵⁾. 雖然無子 以持平公伯子重耉¹⁵⁶⁾爲後 天道不可知也. 重耉余中表弟¹⁵⁷⁾也.

011 霞谷¹⁵⁸⁾鄭公 有一子曰厚一¹⁵⁹⁾. 厚一曾於三十年前 喪其獨子¹⁶⁰⁾. 其後十餘年 再娶生子¹⁶¹⁾ 纔四歲項[頃]拜霞谷 霞谷曰, "頃年¹⁶²⁾ 吾不能

---

144) 이아(爾雅) : 올바르고 맑음. * 중국에서 가장 오래된 자서(字書).

145) 공거(公車) : 공거문자(公車文字). 과거시험에서 작성하는 글. 곧 과거시험을 가리킴.

146) 염정(恬靜) : 편안하고 고요함.

147) 진취(進取) : 적극적으로 나아가서 일을 이룩함.

148) 지성(至性) : 매우 착한 성질.

149) 유색완용(愉色婉容) : 유쾌하고 부드러운 얼굴빛.

150) 지평(持平) : 조선시대 사헌부의 종5품 벼슬.

151) 홍만적(洪萬迪, 1660~1708) : 조선조 숙종 때의 문신. 자는 사길(士吉), 호는 임호(臨湖), 본관은 풍산(豊山), 홍주국(洪柱國)의 아들.

152) 왕배(往拜) : 윗사람을 찾아가서 만나 뵘.

153) 환란(汍瀾) : 눈물을 줄줄 흘림.

154) 표박(表襮) : 겉치레.

155) 애연(藹然) : 왕성한 모양. 기름기 있고 윤택함.

156) 홍중구(洪重耉, 1686~?) : 조선조 영조 때의 문신. 자는 덕로(德老), 본관은 풍산(豊山), 홍만적(洪萬迪)의 아들. 홍만선(洪萬選)에게 입양됨.

157) 중표제(中表弟) : 중표(中表)는 고모나 대고모의 자녀와 조모나 어머니 형제의 자녀를 이르는 말임. 박양한의 이모할머니 윤씨의 딸과 홍만적 사이에서 태어난 것이 홍중구이므로, 홍중구는 박양한의 6촌 아우가 됨.

158) 하곡(霞谷) : 조선조 영조 때의 학자인 정제두(鄭濟斗, 1649~1736)의 호. 정제두의 자는 사앙(士仰), 본관은 영일(迎日), 정상징(鄭尙徵)의 아들. 박세채(朴世采)의 문인. 시호는 문강(文康).

159) 정후일(鄭厚一, 1671~1741) : 조선조 영조 때의 문신이자 학자. 본관은 영일(迎日), 정제두(鄭濟斗)의 아들.

160) 독자(獨子) : 이단상(李端相)의 딸인 부인 이씨와의 사이에서 낳은 정지흠(鄭志欽, ?~1709)을 가리킴.

保一孫." 洪士中與人書曰,'豈有人如士仰而無後者? 吾今幸有孫矣.'
余答曰,'人如士中而無後 天道其可信耶?'霞谷亦爲之嗟惋[163]. 士中
寺正洪公字 士仰霞谷鄭公字.

012 李正寅爀[164] 春田[165]李尙書之子也. 性淸純仁慈 襟懷[166]沖曠[167].
每作郡 推誠待物[168] 專務慈惠 不用刑杖 而吏民化之. 其在大興[169] 嘗
參禮家廟時 傍人指其靴曰,"靴太弊 何不改之?"公曰,"初不覺悟 當
改造."出而令吏 覓皮於官庫 招給匠者. 數月忘而不推. 又於拜廟 覺
而招匠問之 匠曰,"初無受皮造靴之事."公曰,"汝必忘之. 歸見爾家
皮必在矣."其匠俄持一皮來謁曰,"小人果受此而去 頓然忘之 尙不造
納 死罪死罪."公曰,"人之忘之也 何怪? 今須造納."其人出門垂涕語
人曰,"如許賢使君 何忍欺哉?"其在羅州 値饑歲 分糶[170]時 民無紀律
攔入攫取[171]. 公悶之 置米樓上而分之. 嘗夜自內出外舍 侍童着公寢
冠[172] 入臥衾褥中鼾睡[173]. 公以足微抵之. 其人驚起 出伏窓外. 公命進

---

161) 자(子): 유춘양(柳春陽)의 딸인 부인 유씨와의 사이에서 낳은 정지윤(鄭志尹, 1731~
?)을 가리킴.
162) 경년(頃年): 근년(近年). 요 몇 해 사이.
163) 차완(嗟惋): 차탄(嗟歎). 탄식(歎息)함.
164) 이인혁(李寅爀, 1634~1710): 조선조 숙종 때의 문신. 자는 중장(仲章), 호는 매산(梅
山), 본관은 경주(慶州), 이시발(李時發)의 손자, 이경휘(李慶徽)의 아들.
165) 춘전(春田): 조선조 현종 때의 문신인 이경휘(李慶徽, 1617~1669)의 호. 이경휘의
자는 군미(君美)·여하(汝夏), 다른 호는 묵호(默好)·풍계(楓溪), 이제현(李齊賢)의
후손, 이시발(李時發)의 아들. 시호는 익헌(翼憲).
166) 금회(襟懷): 금기(襟期). 마음속에 깊이 품은 회포.
167) 충광(沖曠): 맑고 넓음.
168) 추성대물(推誠待物): 성심을 다해 남을 대함.
169) 대흥(大興): 충청남도 예산(禮山) 지역의 옛 지명.
170) 분조(分糶): 각 고을에서 봄에 백성들에게 곡식을 나누어 주었다가 가을에 길미를
붙여 받아들이던 일.
171) 난입확취(攔入攫取): 허락 없이 함부로 뛰어들어 빼앗아 가짐.

寢冠 其人忘其自着 撈手¹⁷⁴⁾搜之. 公曰, "在汝首." 始脫而進之. 其性之
寬裕¹⁷⁵⁾如此. 居官至淸 解歸貧不能自存 子孫皆窮餓. 雖然 在羅州時
遭乙亥丙子¹⁷⁶⁾大凶 月俸米 多載稅舡¹⁷⁷⁾送京 遍救親戚之飢餓將死者.

013 栢谷¹⁷⁸⁾金公 性忠朴質慤¹⁷⁹⁾. 且以其無心故 事多神通. 與許積¹⁸⁰⁾爲
遠族. 積之未敗 金公嘗一造其家. 其子¹⁸¹⁾有疾 蒙被臥其側. 公指問爲
誰 許曰, "賤産¹⁸²⁾." 因開其被而示之. 金公一見 大驚曰, "此逆賊也.
君家必以此亡矣." 卽起去. 金公與先王考¹⁸³⁾ 氣稟¹⁸⁴⁾截然¹⁸⁵⁾不同 而自
少有通神之契¹⁸⁶⁾ 世皆稱神交¹⁸⁷⁾. 曾於辛亥¹⁸⁸⁾ 先王考居留松都 以疾

---

172) 침관(寢冠) : 잠잘 때 쓰는 모자.
173) 한수(鼾睡) : 코를 골며 잠을 잠.
174) 노수(撈手) : 손으로 더듬음.
175) 관유(寬裕) : 너그럽고 넉넉함.
176) 을해병자(乙亥丙子) : 1695(숙종21)년과 1696년. 큰 흉년이 들었던 해였음.
177) 세강(稅舡) : 세선(稅船). 나라에 조세로 바치는 벼 따위를 실어 나르던 배.
178) 백곡(栢谷) : 조선조 숙종 때의 시인인 김득신(金得臣, 1604~1684)의 호. 김득신의
    자는 자공(子公), 다른 호는 귀석산인(龜石山人), 본관은 안동(安東), 김시민(金時敏)
    의 손자, 김치(金緻)의 아들. 안풍군(安豊君)에 봉해짐.
179) 충박질각(忠朴質慤) : 성실하고 순박하며 꾸밈이 없이 수수함.
180) 허적(許積, 1610~1680) : 조선조 숙종 때의 문신. 자는 여차(汝車), 호는 묵재(默齋)
    ·휴옹(休翁), 본관은 양천(陽川), 허한(許僩)의 아들. 남인(南人) 가운데 탁남(濁南)
    의 영수. 서자 허견(許堅)의 역모 사건에 연좌되어 사사(賜死)되었으나, 1689년 기사
    환국(己巳換局)으로 신원(伸寃)됨.
181) 기자(其子) : 조선조 숙종 때의 문신 허적(許積)의 서자인 허견(許堅, ?~1680)을 가리
    킴. 허견의 본관은 양천(陽川). 인조의 손자이며 인평대군(麟坪大君)의 아들인 복선군
    (福善君)과 내왕이 있음을 기화로 하여, 그가 역모를 꾀한다고 종척인 김석주(金錫胄)
    등으로부터 고변당하여 능지처참됨.
182) 천산(賤産) : 천출(賤出). 천첩(賤妾)에게서 태어난 자손.
183) 선왕고(先王考) : 박양한(朴亮漢)의 조부인 박장원(朴長遠, 1612~1671)을 가리킴.
184) 기품(氣稟) : 타고난 기질(氣質)과 성품(性品).
185) 절연(截然) : 맺고 끊음이 칼로 자르듯이 분명한 모양.
186) 통신지계(通神之契) : 정신(精神)이 서로 통하는 사귐을 맺음.
187) 신교(神交) : 정신적인 사귐.

捐館[189]. 而金公時在槐山 前知喪事. 其日 適值生日 家人進酒饌 公垂
涕不御[190] 可異也.

014 栢谷金公 外方奴僕 有巨富者. 有一子 年方十四. 公篤老[191]後 子
孫許其奴來贖. 公嘗閑坐 有人以數馬載綿布累百疋至. 公驚問曰, "何
爲而至也?" 家人具以對 公卽招其子曰, "奴有富者 旣令納財而贖之
則吾雖老尙在世 汝輩宜告我而爲之." 因招其奴 問曰, "汝欲贖子 則吾
雖老家長 必受吾手蹟[192]乃可. 且吾年老家貧 無以爲子孫計. 汝旣吾
奴 富有財 宜勿辭而多納." 其奴叩頭曰, "小人家計甚富 無所不足 只
有一子 當依所敎優納." 公因伸紙把筆 問曰, "汝子年幾何?" 其人對
曰, "十四." 公曰, "一歲當以一疋磨鍊. 我之欲[慾]心 如是太過. 雖如
此 汝不敢辭矣." 因以十四疋許贖 手書以給. 其餘皆載馬 驅出洞口外.
延豊[193]士人柳雲瑞[194] 爲余言如此. 余曾宰泰仁時 有村民來告曰, "有
一兩班 十餘年前 許贖奴婢. 今又忽然來到 覓其奴 不得侵及於人." 余
素惡贖奴而更侵者. 卽送人捉來問之 卽士族[195] 其時方伯之遠族云.
十年前 贖其奴婢三人 而一人各受五百兩 受一千五百兩. 又得方伯之
勢 欲更侵也. 遂重治而逐之. 何其與栢谷相懸哉!

---

188) 신해(辛亥): 1671(현종12)년.

189) 연관(捐館): 살던 집을 버린다는 뜻으로, 사망(死亡)을 높여 이르는 말.

190) 불어(不御): 가까이 하지 않음. 받지 않음. 반기지 않음.

191) 독로(篤老): 몹시 늙음.

192) 수적(手蹟): 수결(手決). 예전에 자기의 성명이나 직함 아래에 도장 대신에 자필로
글자를 직접 쓰던 일. 또는 그 글자.

193) 연풍(延豊): 충청북도 괴산(槐山)지역의 옛 이름.

194) 유운서(柳雲瑞, 1669~?): 조선조 숙종 때의 학자. 자는 운경(雲卿), 본관은 문화(文
化), 유집(柳輯)의 아들.

195) 사족(士族): 문벌이 좋은 집안. 또는 그 자손.

015 丁監司彦璜[196] 婚席見其夫人[197]貌不美心恨之. 入室欲聽其言以試其爲人. 先問其名 夫人歛[斂]袵[198] 而對卽言其名. 丁曰, "處子婚夕羞澁[199] 不敢納名例也. 何許婦女 初問卽告其名?" 夫人卽低眉歛[斂]手從容告曰, "人士相遇於逆旅[200] 亦相通名 況婦人迎婿 將托百年 既有所問 何敢不對?" 辭理雅正[201] 擧止雍容[202]. 自此情誼遂篤云.

016 晚沙沈相國之源[203] 前夫人[204] 有高識[205]卓行[206]. 晚沙嘗以暗行御史 未及復命[207]而遭艱[208] 有一邑守 以錢布爲贐者. 晚沙令受而納諸內. 夫人令婢送言曰, "某邑卽暗行道內之邑. 尙未修啓 而受其道守令之贐 似有嫌公 似未照管[209]故 敢爲相報." 晚沙瞿然[210]謝曰, "果未致察. 若非警欬[211] 幾乎誤受. 感謝無已."云. 沈公嘗欲卜妾[212] 而不令夫

---

196) 정언황(丁彦璜, 1597~1672) : 조선조 현종 때의 문신. 자는 중휘(仲徽), 호는 묵공옹(默拱翁), 본관은 나주(羅州), 정호관(丁好寬)의 아들.
197) 기부인(其夫人) : 정언황의 부인은 조선조 광해군 때의 문신인 조정립(趙正立, 1560~1612)의 딸 조씨임.
198) 염임(歛袵) : 염금(斂襟). 삼가 옷깃을 여밈.
199) 수삽(羞澁) : 수줍고 부끄러워함.
200) 역려(逆旅) : 나그네를 맞이한다는 뜻으로, 여관(旅館) 등 숙소(宿所)를 말함.
201) 아정(雅正) : 기품이 있고 올바름.
202) 옹용(雍容) : 마음이나 태도 따위가 화락(和樂)하고 조용함.
203) 심지원(沈之源, 1593~1662) : 조선조 효종 때의 문신. 자는 원지(源之), 호는 만사(晚沙), 본관은 청송(靑松), 심설(沈偰)의 아들. 벼슬이 영의정에 이르렀음.
204) 전부인(前夫人) : 조선조 광해군 때의 문신인 권득기(權得己, 1570~1622)의 딸 권씨임.
205) 고식(高識) : 높은 학식과 견문을 아울러 이르는 말.
206) 탁행(卓行) : 뛰어난 행실.
207) 복명(復命) : 명령을 받고 일을 처리한 사람이 그 결과를 보고함.
208) 조간(遭艱) : 당고(當故). 부모의 상(喪)을 당함.
209) 조관(照管) : 살펴서 단속하고 처리함.
210) 구연(瞿然) : 깜짝 놀라는 모양.
211) 경해(警欬) : 남의 가르침을 높여 이르는 말.
212) 복첩(卜妾) : 여자를 골라 첩으로 들임. 특히, 성(姓)이 다른 여자를 첩으로 고르는

人知. 期日權辭適他 將出索袍 夫人以新袍進. 晚沙問曰, "新袍忽出何
也?" 夫人笑曰, "旣欲見新人 寧着舊衣?" 沈公問曰, "何以知之?" 夫人
曰, "偶爾見知 而造待也." 遂爲之報罷²¹³⁾不果往. 晚沙家貧 昕夕²¹⁴⁾不
繼 夫人輒自供給家長 而不能自食. 常以器貯白屑 時時自食. 莫知其
爲何物 審之乃米糠²¹⁵⁾也. 其後 晚沙出時 其妹婿²¹⁶⁾某人 來訪請見. 夫
人延見 其人乘其無人逼之. 夫人大驚 急呼人獲免. 晚沙還 夫人曰,
"婦女遭此變 雖不汚身 凶人之手 近逼吾衣 何以生爲? 吾欲自盡." 晚
沙性亦嚴正故 但答曰, "夫人之言 不爲無見²¹⁷⁾." 遂自裁. 夫人之令
德²¹⁸⁾如此 而家貧糟糠²¹⁹⁾不厭. 又無子嗣²²⁰⁾ 遭値凶變 亦不得考終²²¹⁾.
節義則卓然²²²⁾ 而命道²²³⁾之不幸 吁²²⁴⁾其可傷也.

017 鄭參判鑰[鑰]²²⁵⁾之孫漢柱²²⁶⁾ 吳挺昌²²⁷⁾之壻也. 新婦以曠世絶色²²⁸⁾

것을 이름.

213) 보파(報罷): 경전(經典)의 뜻이나 정치 등에 관하여 문제를 내어 의견을 물은 데에
    대하여 의견을 진술하는 대책(對策)이 임금의 마음에 들지 않으면 물러가서 쉬게 함.
    건의(建議)를 윤허(允許)하지 않음.

214) 흔석(昕夕): 조석(朝夕). 아침과 저녁. 아침과 저녁의 끼니.

215) 미강(米糠): 쌀겨.

216) 매서(妹婿): 매부(妹夫). 여기서는 시누이의 남편.

217) 불위무견(不爲無見): 견해가 없다고 할 수 없음.

218) 영덕(令德): 아름다운 덕성(德性).

219) 조강(糟糠): 지게미와 쌀겨라는 뜻으로, 가난한 사람이 먹는 변변치 못한 음식을 이르
    는 말.

220) 자사(子嗣): 대를 이을 자손.

221) 고종(考終): 고종명(考終命). 오복(五福)의 하나. 제명대로 살다가 편안히 죽는 것을
    이름.

222) 탁연(卓然): 여럿 가운데 빼어나게 뛰어나 의젓함.

223) 명도(命道): 운수(運數). 운명(運命).

224) 우(吁): 감탄사. 아아!

225) 정륜(鄭鑰, 1609~1686): 조선조 숙종 때의 문신. 자는 극염(克恬), 호는 이우당(二憂
    堂), 본관은 초계(草溪), 정기숭(鄭基崇)의 아들. 예조와 공조참판을 역임함.

名. 及其于歸²²⁹⁾之日 家人莫不驚動 衆口嘖嘖不已²³⁰⁾. 至其見舅姑²³¹⁾
鄭公見其姿色動人照暎²³²⁾左右 不似人間人 大驚不受其拜 入室閉戶
而臥曰, "吾家將亡矣. 婦女本不以姿貌²³³⁾爲貴 況絶世之色豈能保? 其
有德有福不知 吾家將有何事而如此非常人入來?" 因憂歎不食者久之.
其後 吳挺昌獄事²³⁴⁾出 鄭公嚴加斥絶²³⁵⁾出其女 使其孫隔絶不得往來.
其女絶島定配 亦不許往見. 其孫內外情愛異常 病狂不自堪. 遂潜自脫
身往見於中路 其女血書其衫而自決. 漢柱後登第 官翰林²³⁶⁾ 陞六而夭.

018 申曼²³⁷⁾字曼倩 申留守鑑²³⁸⁾之孫 象村申公欽²³⁹⁾之侄[姪]孫也. 落拓

226) 정한주(鄭漢柱, 1661~?) : 조선조 숙종 때의 문신. 자는 백기(伯起), 호는 시한당(是閑
堂), 본관은 초계(草溪), 정륜(鄭錀)의 손자, 정수현(鄭洙賢)의 아들.
227) 오정창(吳挺昌, 1634~1680) : 조선조 숙종 때의 문신. 자는 계문(季文), 본관은 동복
(同福), 오단(吳端)의 아들. 예조판서로 재임중 경신대출척(庚申大黜陟)이 일어나 남
인(南人)이 몰락할 때 정원로(鄭元老)의 옥사에 연루되어 처형당하였음.
228) 광세절색(曠世絶色) : 절세미녀(絶世美女). 세상에서 보기 드문 미색(美色).
229) 우귀(于歸) : 전통 혼례에서 대례(大禮)를 마치고 3일 후 신부가 처음으로 시집에 들어
가는 일.
230) 책책불이(嘖嘖不已) : 쉴 새 없이 웅성거림.
231) 구고(舅姑) : 시아버지와 시어머니.
232) 조영(照暎) : 환하게 빛이 남.
233) 자모(姿貌) : 얼굴의 모양이나 모습.
234) 오정창 옥사(吳挺昌獄事) : 조선조 숙종 6년(1680)에 남인(南人) 일파가 한꺼번에 정
계에서 축출된 정치적 사건인 경신대출척(庚申大黜陟)을 가리킴. 숙종 6년 3월에 남
인의 영수인 영의정 허적(許積)이 자신의 할아버지인 허잠(許潛)의 시호(諡號)를 맞이
하는 잔칫날에 사용한 천막을 두고 벌어졌음. 숙종은 이 날 비가 내리자 유악(帷幄)을
허적의 집으로 보내려 했으나, 이미 이를 가져간 것을 알고 크게 노해 서인(西人)들에
게 군사권을 넘기는 인사 조치를 취하였음. 이때 정원로(鄭元老)란 사람이 허적의
서자인 허견(許堅)이 인조의 손자이며 인평대군의 세 아들인 복창군(福昌君)·복선군
(福善君)·복평군(福平君) 등과 함께 역적모의를 했다는 고변을 하였고, 이것이 서인
과 남인계의 중앙 군영의 군사권 장악을 둘러싼 정치적 갈등과 연결되면서 이로 인해
오정창을 포함한 남인계의 중진들이 대거 죽거나 유배되었음.
235) 척절(斥絶) : 물리쳐 끊음.
236) 한림(翰林) : 조선시대 예문관(藝文館)의 정9품 벼슬인 검열(檢閱)을 달리 이르던 말.

不羈²⁴⁰⁾ 善醫術 幾乎通神. 一見面 一聞聲 知其人之死生. 左議政趙公
師錫²⁴¹⁾ 少而遘疾²⁴²⁾將死. 申爲中表兄弟²⁴³⁾故 懇請來見. 但坐廳事²⁴⁴⁾
開戶²⁴⁵⁾ 一見其病 卽陰証傷寒²⁴⁶⁾ 卽令煮獨蔘²⁴⁷⁾. 醫者鬨[鬨]然²⁴⁸⁾ 以
爲, "壯熱²⁴⁹⁾服此必敗." 申公張目叱罵 令煮卽頓服²⁵⁰⁾ 却[卽]走出不
顧. 俄而病劇 已至屬纊²⁵¹⁾之境. 遂灌以蔘汁 旣絶而復蘇. 是時 至有
傳訃而致賻者云. 李副學之恒²⁵²⁾夫人 申留守之女也. 申曾於歲首 往

---

237) 신만(申曼, 1620~1669) : 조선조 현종 때의 학자. 자는 만천(曼倩), 호는 주촌(舟村),
　　본관은 평산(平山), 신흠(申欽)의 종손, 신익륭(申翊隆)의 아들. 시호는 효의(孝義).
238) 신감(申鑑, 1570~1631) : 조선조 인조 때의 문신. 자는 명원(明遠), 호는 소선(笑仙)
　　·만옹(慢翁), 본관은 평산(平山), 신흠(申欽)의 아우, 신승서(申承緒)의 아들. 인조
　　때 강화유수(江華留守)를 역임함.
239) 신흠(申欽, 1566~1628) : 조선조 선조 때의 문신. 자는 경숙(敬叔), 호는 상촌(象村),
　　본관은 평산(平山), 신승서(申承緒)의 아들. 조선 중기 한문사대가(漢文四大家)의 한
　　사람. 시호는 문정(文貞).
240) 낙척불기(落拓不羈) : 어렵거나 불행한 처지에 빠져서도 도덕이나 사회관습 따위에
　　얽매이지 아니함.
241) 조사석(趙師錫, 1632~1693) : 조선조 숙종 때의 문신. 자는 공거(公擧), 호는 만회(晩
　　悔)·만휴(晩休)·향산(香山)·나계(蘿溪), 본관은 양주(楊州), 조계원(趙啓遠)의 아
　　들. 시호는 충헌(忠憲).
242) 구질(遘疾) : 병에 걸림.
243) 중표형제(中表兄弟) : 내외종(內外從) 사이의 형제를 이르는 말. 신만은 조사석의 외
　　가로 6촌 형이 됨.
244) 청사(廳事) : 마루. * 관아(官衙).
245) 개호(開戶) : 지게문을 엶.
246) 음증상한(陰証傷寒) : 체질이 허약한 사람이 감기나 급성 열병 등에 걸린 것을 말함.
247) 독삼(獨蔘) : 독삼탕(獨蔘湯). 인삼을 넣어서 달여 만드는 탕약. 병이 매우 위태할 때
　　에 씀.
248) 홍연(鬨然) : 떠들썩하게 다투는 모양.
249) 장열(壯熱) : 신열(身熱). 병으로 인하여 오르는 몸의 열.
250) 돈복(頓服) : 약 따위를 나누지 아니하고 한꺼번에 다 먹음.
251) 속광(屬纊) : '임종(臨終)'. 옛날 중국에서 사람이 죽어 갈 무렵에 고운 솜을 코나 입에
　　대어 호흡의 기운을 검사하였다는 데서 유래함.
252) 이지항(李之恒, 1605~1654) : 조선조 효종 때의 문신. 자는 월여(月如), 본관은 전주
　　(全州), 이목(李楘)의 아들. 효종 때 부제학(副提學)을 역임함.

拜其姑母李副學夫人. 適有李家族人歲拜者. 夫人當門而坐 客坐廳
事. 申偃臥房中 聞客與其姑母酬酢[酌]之言 申從房內厲聲曰, "廳中之
客 未知爲誰 而四月將死矣." 其姑母夫人 悶其元朝作不吉語 輒呵之
曰, "此兒狂乎!" 因慰安其客. 客亦知其盛名故 但强笑曰, "此是申生員
乎?" 遂辭去. 副學之孫 留守李公震壽[253] 卽余姑夫. 是時 年纔十數歲
問曰, "俄者 叔之言可異. 何不命藥而活之?" 申笑曰, "此兒奇哉! 欲活
人乎 取醫鑑[254]來." 適家無是書. 李姑夫年幼 未得自主張[255]借來. 長
者未有聞其言而爲地者[256]. 遂因循[257] 更不提問. 是年四月 其人果死.
其後 問於申 答曰, "其人患疝症[258] 已形於聲音. 計其日月 似當於四月
間. 疝氣逆上至頭 則必死故爲言."云. 李姑夫嘗爲余言. 其人適遇神
醫 而不問可生之道 其死宜矣. 申公頡頑傲世[259] 不事修飾. 嘗與尤
庵[260]宋公善 而宋公輒以俳優[261]畜之. 一日 申忽正衣冠着行纏[262] 賚
[齎]刺往謁[263]. 宋公驚怪 倒屣[264]迎之. 申公姸[烟]視媚行[265] 過自矜持

---

253) 이진수(李震壽, 1648~1716) : 조선조 숙종 때의 문신. 자는 춘장(春長), 본관은 전주
    (全州), 이원구(李元龜)의 아들. 1716년(숙종42) 개성부 유수(開城府留守)로 근무 중
    임소(任所)에서 사망함. 부인은 구당(久堂) 박장원(朴長遠)의 넷째 딸로, 박양한(朴亮
    漢)의 고모가 됨.
254) 의감(醫鑑) : 일명 양성서(養性書). 1790년(정조14)경에 간행된 것으로 보이는 저자
    미상의 의서(醫書). 1권1책.
255) 자주장(自主張) : 자기주장대로 함.
256) 위지자(爲地者) : 거들어줄 사람. 도와줄 사람.
257) 인순(因循) : 내키지 않아 머뭇거림. * 낡은 인습(因習)을 버리지 못하고 그대로 따름.
258) 산증(疝症) : 생식기와 고환이 붓고 아픈 병증. 아랫배가 땅기며 통증이 있고 소변과
    대변이 막히기도 함.
259) 힐항오세(頡頑傲世) : 서로 버티어 대항하며 교만하게 세상을 업신여김.
260) 우암(尤庵) : 조선조 효종 때의 문신이자 학자인 송시열(宋時烈, 1607~1689)의 호.
    노론(老論)의 영수(領袖)로, 자는 영보(英甫), 본관은 은진(恩津), 송갑조(宋甲祚)의
    아들. 시호는 문정(文正).
261) 배우(俳優) : 어릿광대.
262) 행전(行纏) : 바지나 고의를 입을 때 정강이에 감아 무릎 아래 매는 물건.

入坐 低眉微咳²⁶⁶⁾ 拱手而謝曰, "從前性多躁暴²⁶⁷⁾. 長爲習氣所牽 半生
過了醉夢間. 自今思之 心切痛恨. 今乃怳然覺悟. 願息黥補劓²⁶⁸⁾. 庶
不至於虛生天地間 望先生垂憐而敎之." 宋公大喜 嘖嘖不已曰, "吾固
已料得曼倩 必有今日 奇哉奇哉!" 因相與論學. 凡義理精微之奧 談說
如破竹. 宋公益加嗟賞 肅然敬待. 申公亦半日²⁶⁹⁾穩話 危坐²⁷⁰⁾愈恭 辭
氣²⁷¹⁾雍容²⁷²⁾. 宋公益信之不疑. 日昃 申公忽然呵欠一聲 舒其兩脚 箕
踞²⁷³⁾偃臥而笑曰, "所謂理學 如狗脚哉! 脚痛不可爲也." 其俳諧²⁷⁴⁾玩
世²⁷⁵⁾之意 尙可想見 而氣岸²⁷⁶⁾之凌駕一世 可知矣.

019 一自黨論岐異²⁷⁷⁾之後 漠然阻隔²⁷⁸⁾ 乖激²⁷⁹⁾日甚. 兩邊人 未嘗有往
來. 親切者 聲聞²⁸⁰⁾不能相及 惟相嫉惡而已. 西河李判書敏敍²⁸¹⁾ 以西

---

263) 재자왕알(齎刺往謁) : 명함(名銜)을 가지고 가서 뵘.
264) 도사(倒屣) : 신을 거꾸로 신는다는 뜻으로, 반갑게 맞이함을 뜻하는 말.
265) 연시미행(烟視媚行) : 여인이 매우 부끄러워함을 이르는 말.
266) 저미미해(低眉微咳) : 고개를 숙이고 가볍게 기침을 함.
267) 조포(躁暴) : 성급하고 사나움.
268) 식경보의(息黥補劓) : 경(黥)은 얼굴을 새겨서 먹을 바르는 형벌이며, 의(劓)는 코를
     베는 형벌임. 처벌을 기다린다는 말임.
269) 반일(半日) : 하루의 반. 한나절.
270) 위좌(危坐) : 정좌(正坐). 몸을 바르게 하고 앉음.
271) 사기(辭氣) : 사색(辭色). 말과 얼굴빛.
272) 옹용(雍容) : 마음이나 태도가 화락하고 조용함.
273) 기거(箕踞) : 두 다리를 뻗고 앉음.
274) 배해(俳諧) : 우스개로 하는 말이나 문구.
275) 완세(玩世) : 세상을 깔보며 희롱함.
276) 기안(氣岸) : 기개(氣槪)가 높음. 마음이 견실(堅實)함. 의기(意氣)가 꼿꼿함.
277) 기이(岐異) : 서로 다르게 갈라짐.
278) 조격(阻隔) : 막혀서 서로 통하지 않음.
279) 괴격(乖激) : 괴리(乖離)가 격렬(激烈)해짐. 심하게 어긋남.
280) 성문(聲聞) : 명성(名聲). 소문(所聞).
281) 이민서(李敏敍, 1633~1688) : 조선조 숙종 때의 문신. 자는 이중(彝仲), 호는 서하(西

人有主論[282]之名故 南人無不憎之. 朴判書信圭[283] 嘗臥房中 聞其子弟
輩[284] 會坐窓外 題品[285]人物 詆毁[286]西河 不遺餘力. 朴公聞之 召而入
室 命坐曰, "聞汝輩論斥李某之言. 何但汝輩? 吾於嚮來[287] 亦如汝輩
之意. 人必身親經歷然後 可以詳知. 決不可妄循浮議[288]而論斷也. 吾
嘗久在同列 周旋於朝行間[289] 伴直闕中. 且久聽其所言 察其所爲. 讀
書之人 旣有識見 性頗正直 不爲非義 正君子人也. 此後 汝輩切勿詆
斥[290]." 其後 朴公之喪 諸子以其父有相與之義 欲請挽. 李公素好詼諧
聞其喪 語人曰, "鬼物中 亦有猛者 能捉去朴奉卿."云云. 諸子聞其言
而遂止. 奉卿朴公表德[291]. 朴公性剛毅 見人之惡 不能忍耐. 嘗爲嶺南
伯[292] 威信大行 一道慴伏[293]. 民至有書其名而譴瘧[294]者. 李公之言 爲
是發也. 其爲嶺南伯 致歲饋[295]於藥泉南公九萬[296]. 南公適乏紙 以空

河), 본관은 전주(全州), 이경여(李敬輿)의 아들. 예조·호조·이조의 판서를 역임함.
시호는 문간(文簡).

282) 주론(主論) : 주장하여 논함. 또는 그런 논의.

283) 박신규(朴信圭, 1631~1687) : 조선조 숙종 때의 문신. 자는 봉경(奉卿), 호는 죽촌(竹
村), 본관은 밀양(密陽), 박계영(朴啓榮)의 아들. 형조·호조의 판서를 역임함. 시호는
청숙(淸肅).

284) 자제배(子弟輩) : 박신규의 아들인 박성의(朴性義)·박명의(朴明義)·박행의(朴行義)
등을 가리킴.

285) 제품(題品) : 사물의 가치나 우열을 문예적으로 평가하는 일.

286) 저훼(詆毁) : 비방(誹謗)하고 헐뜯음.

287) 향래(嚮來) : 지난번. 접때.

288) 부의(浮議) : 들뜬 의논. 허황된 논의.

289) 조항간(朝行間) : 조정의 반열(班列).

290) 저척(詆斥) : 비방하며 배척(排斥)함.

291) 표덕(表德) : 아호(雅號)나 별호(別號), 자(字) 등을 이르는 말. * 덕행이나 선행을 드
러냄.

292) 영남백(嶺南伯) : 경상감사 또는 경상도 관찰사를 달리 이르던 말.

293) 습복(慴伏) : 습복(慴服). 두려워서 굴복함. 또는 황송하여 엎드림.

294) 견학(譴瘧) : 학질(瘧疾)을 꾸짖어 몰아냄.

295) 세궤(歲饋) : 음력 섣달 그믐날 전에 나누어 주는 곡식.

冊餘葉修答. 朴公見其紙端穿痕 慨然[297]駭曰, "曾經都憲[298]之人 無一簡 拔冊葉而修書 世道寒心!" 遂以壯紙[299]十卷 作簡送之. 外王父[300]東山尹忠正公 亦嘗與朴公善. 朴公嘗曰, "我則平生 未嘗以虛言陳於君父之前." 忠正公曰, "令公似應於陳疏時 必百拜而呈之 可貴也." 朴公輾然[301]而笑.

020 蔡湖洲[302]以兵曹堂上[303]入直禁中[304]嘗永日閑坐. 有一曹隷[305]持壺過庭 公問曰, "何物?" 隷對曰, "小人等欲自飮 買酒而來耳." 公欣然而笑 命取來 使酌一盃而飮之 命曹吏給綿布一疋. 明日又閑坐 有一人挾酒壺過庭者 公笑曰, "又以爲昨日耶? 吾今日則不爲也." 先輩風流善謔[306]可見治世氣象.

021 朴判書信圭[307]未第時 過完山[308]方伯適設大宴. 朴公以過去儒生參於末席. 道內閫帥[309]守宰[310]畢會[311]. 宴罷 諸妓紛然受帖[312]於參宴

---

296) 남구만(南九萬, 1629~1711) : 조선조 숙종 때의 문신. 자는 운로(雲路), 호는 약천(藥泉), 본관은 의령(宜寧), 남일성(南一星)의 아들. 시호는 문충(文忠).

297) 개연(慨然) : 억울하고 원통하여 몹시 분함.

298) 도헌(都憲) : 조선시대 사헌부(司憲府)의 으뜸벼슬인 대사헌(大司憲)을 달리 이르던 말.

299) 장지(壯紙) : 두껍고 질기며 질이 좋은 종이.

300) 외왕부(外王父) : 조선조 숙종 때의 문신인 윤지완(尹趾完, 1635~1718)을 가리킴. 윤지완의 자는 숙린(叔麟), 호는 동산(東山), 본관은 파평(坡平), 윤강(尹絳)의 아들. 시호는 충정(忠正).

301) 전연(輾然) : 벙실벙실 웃는 모양.

302) 호주(湖洲) : 조선조 효종 때의 문신인 채유후(蔡裕後)의 호. 제4화 주 참조.

303) 당상(堂上) : 조선시대에 정3품 상(上) 이상의 품계에 해당하는 벼슬을 통틀어 이르던 말.

304) 금중(禁中) : 궁중(宮中). 궐중(闕中). 대궐 안.

305) 조예(曹隷) : 조선시대 육조(六曹)에 딸린 하인.

306) 선학(善謔) : 농담(弄談)을 잘함. 농담거리.

307) 박신규(朴信圭) : 제19화 주 참조.

308) 완산(完山) : 전라도 전주(全州)의 옛 이름.

諸客. 富宰雄牧 競相題給³¹³⁾米布. 有一妓 獨不請於守令 來跪於朴公之前. 朴公笑曰, "我以布衣寒生³¹⁴⁾. 適會過去 得參盛宴之末 豈有給汝之物?" 妓曰, "小的³¹⁵⁾非不知此. 相公貴人 前途甚亨 願預許優給." 朴笑而優題. 其後 爲完判³¹⁶⁾ 妓納其帖. 公笑曰, "小官不可以盡給." 給其半. 後爲方伯 盡帖給之 問曰, "汝其時 何以知之?" 妓曰, "是時 簪纓³¹⁷⁾滿座 公以布衣與焉. 儀度³¹⁸⁾頎然³¹⁹⁾ 秀發[拔]特出於座中(諸客)之上. 衆妓請帖 諸宰競題 而公脫然³²⁰⁾ 若無所見 是以知其遠到."云

022 南人一隊 自稱坦率³²¹⁾ 專無拘束 樂放縱 憚繩檢³²²⁾ 自放於禮法之外. 尹判書以濟³²³⁾ 平生喜謔浪³²⁴⁾ 醜悖之言³²⁵⁾ 不絶於口. 以此爲能事

---

309) 곤수(閫帥) : 조선시대 평안도와 함경도의 병마절도사(兵馬節度使)와 수군절도사(水軍節度使)를 통틀어 이르던 말.

310) 수재(守宰) : 지방 고을의 수령(守令).

311) 필회(畢會) : 모두 다 모임.

312) 수첩(受帖) : 첩자(帖子)를 받음. '첩자'는 '체지(帖紙)'라고도 하는데, 내놓을 돈이나 물품을 적은 표를 말함.

313) 제급(題給) : 제사(題辭)를 매기어 줌. '제사'는 관부(官府)에서 백성이 제출한 소장(訴狀)이나 원서(願書)에 쓰던 관부의 판결이나 지령을 말함. 여기서는 잔치에 출연(出捐)할 돈이나 물품을 적어 주는 것을 가리킴.

314) 한생(寒生) : 가난한 서생(書生).

315) 소적(*小的) : 우리말 '쇤네'를 한자로 표기한 것임.

316) 완판(完判) : 전주(全州)의 판관(判官). '판관'은 조선시대 각 관아의 종5품 벼슬.

317) 잠영(簪纓) : 양반이나 지위가 높은 벼슬아치. 또는 그 지위를 비유적으로 이르는 말.

318) 의도(儀度) : 행동거지(行動擧止)와 도량(度量).

319) 기연(頎然) : 풍채가 좋고 의기가 당당한 모양.

320) 탈연(脫然) : 초탈(超脫)한 모양.

321) 탄솔(坦率) : 성품이 너그럽고 대범하며 솔직함.

322) 승검(繩檢) : 포승(捕繩)을 지워 단속한다는 뜻으로, 규범이나 법도 등으로 속박함을 뜻함.

323) 윤이제(尹以濟, 1628~1701) : 조선조 숙종 때의 문신. 자는 여즙(汝楫), 본관은 파평(坡平). 윤세징(尹世徵)의 아들. 형조판서를 역임함.

324) 희학랑(戲謔浪) : 실없는 말로 희롱하고 익살부리는 일을 즐김.

而名於世. 朴判書信圭 與尹極善. 每相對 輒以醜惡無倫之言相酬酢
[酌]. 鄭參判鎔[鎦]³²⁶⁾ 朴之父執³²⁷⁾也. 常時朴每下堂迎之. 一日 凌
晨³²⁸⁾詣朴. 鄭公時爲兵曹參判 下輩傳呼, "某令公來!" 時尹方爲刑參.
朴睡裡誤聞兵參爲刑參 臥不起. 到窓外 亦寂然. 鄭公心怪之. 俄而 朴
從臥內 大喝醜談. 一遭 鄭公心駭之 從戶外還歸. 朴以爲尹來 必以醜
言相酬 寥寥³²⁹⁾無聞. 又以醜言辱之 亦無應者. 從者云, "已去矣." 朴
問而知之 大驚往謝. 鄭公凝然³³⁰⁾正色曰, "國家不知君輩之不肖 擧而
置之卿宰之列³³¹⁾. 官秩之隆 何等地位 觀瞻³³²⁾於人 何等尊重? 乃以醜
悖無倫之言 喜相酬酢[酌]. 輿儓廝養³³³⁾ 稍識人倫者 所不忍汚口之言
發諸口而不知恥 受於人而以爲常其辱. 縉紳愧冠巾³³⁴⁾ 當如何哉? 我
豈不知君之醜言 非所以發於我者? 而聞來不勝駭愕³³⁵⁾ 相見之意 索
然³³⁶⁾而歸矣." 朴但僕僕謝罪³³⁷⁾. 自此其習小[少]戢³³⁸⁾.

023 黃別坐³³⁹⁾渼³⁴⁰⁾ 价川³⁴¹⁾郡守大進³⁴²⁾之子 居在灘墅³⁴³⁾切鄰³⁴⁴⁾ 習拜

---

325) 추패지언(醜悖之言) : 추잡(醜雜)하고 패륜적(悖倫的)인 말.
326) 정륜(鄭鎦) : 제17화 주 참조.
327) 부집(父執) : 부집존장(父執尊長). 아버지의 친구로 아버지와 나이가 비슷한 어른을
      높여 이르는 말.
328) 능신(凌晨) : 새벽을 침범한다는 뜻으로, 방금 접어든 이른 새벽을 이르는 말.
329) 요료(寥寥) : 고요하고 쓸쓸함. *너무 적고 드묾.
330) 응연(凝然) : 태도나 행동거지가 단정하고 듬직한 모양.
331) 경재지열(卿宰之列) : 재상(宰相)의 반열(班列).
332) 관첨(觀瞻) : 여러 사람들이 우러러봄.
333) 여대시양(輿儓廝養) : 천한 일을 하는 종이나 하인(下人)을 이르는 말.
334) 관건(冠巾) : 갓과 두건(頭巾) 등 의관(衣冠).
335) 해악(駭愕) : 몹시 놀람.
336) 삭연(索然) : 외롭고 쓸쓸함. *흥미가 없음.
337) 복복사죄(僕僕謝罪) : 귀찮을 만큼 번거롭게 사죄함.
338) 소집(少戢) : 약간 거두어들임. 조금 나아짐.
339) 별좌(別坐) : 조선시대 각 관아에 둔 정·종5품 벼슬.

於先王考. 先王考愛其貞固[345] 秉銓[346]時 爲之推轂[347]筮仕[348]. 而先王
考下世後二十餘年過 改葬[349]之禮. 黃年過七十 冒極寒來 留山下 董
役[350]致疾而歿. 其一心貞潔 夷險[351]不變如此. 其人亦嘗獲習[352]於完
南李相國厚源[353]. 嘗言, "每進拜 相公曰, '君欲得扇乎?' 因於臥處引
手 啓壁藏[欌] 扇多積於其中. 以手摸擦[354] 不計多少 不問美惡 盈握而
擲之. 或四五柄 或七八柄. 或美者多 或惡者多矣. 相公亡後 其胤子[355]
給扇 則輒回坐 張一扇 扇之還摺而置之. 又張一扇 如是者四五 終給
一劣扇. 其父子規模 細大寬苛[356]之不同如此."云.

024 朴僉樞[357]瞰[358] 書雲[359]老師[360]也. 精於測天 且能深沉[361]有鑑

340) 황미(黃渼) : 생몰연대 및 자세한 행적 미상.
341) 개천(价川) : 평안남도에 있는 지명.
342) 황대진(黃大進) : 생몰연대 및 자세한 행적 미상.
343) 탄서(灘墅) : 지명인 듯하나 미상.
344) 절린(切鄰) : 가까이 사는 이웃. * 切鄰→겨린 : 살인 범인의 이웃에 사는 사람.
345) 정고(貞固) : 마음이 곧고 굳음. 바른길을 굳게 지킴.
346) 병전(秉銓) : 관리의 인사권을 잡음. 조선시대 문관은 이조에서, 무관은 병조에서 인
   사를 담당하였음.
347) 추곡(推轂) : 추천(推薦)함. 수레바퀴를 민다는 뜻으로, 다른 사람의 뒤를 밀어주어
   앞으로 나아가게 함을 이르는 말.
348) 서사(筮仕) : 처음으로 벼슬을 얻음.
349) 개장(改葬) : 이장(移葬).
350) 동역(董役) : 장례식에서 구덩이 파는 일을 지휘함. 또는 그 사람.
351) 이험(夷險) : 평탄함과 험준함. 순경(順境)과 역경(逆境).
352) 획습(獲習) : 배움을 얻음. 감화(感化)를 받음.
353) 이후원(李厚源, 1598~1660) : 조선조 효종 때의 문신. 자는 사심(士深), 호는 우재(迂
   齋)·남항거사(南港居士), 본관은 전주(全州), 광평대군(廣平大君) 이여(李璵)의 7대
   손, 이욱(李郁)의 아들. 인조반정 후 완남군(完南君)에 봉해짐. 시호는 충정(忠貞).
354) 모찰(摸擦) : 손으로 더듬음.
355) 윤자(胤子) : 맏아들. 이후원의 맏아들은 이주(李週)로, 요절하였음.
356) 관가(寬苛) : 너그럽고 모짊.
357) 첨추(僉樞) : 조선시대 중추부(中樞府)에 둔 정3품 당상관(堂上官) 벼슬인 첨지중추부

識³⁶²⁾. 居在安山³⁶³⁾ 安山卽外氏桑梓之鄕³⁶⁴⁾. 世居近村 來往納拜於外
曾祖³⁶⁵⁾冢宰³⁶⁶⁾公. 心知外王父兄弟 遠大之器 而尤托契³⁶⁷⁾於外王父.
外王父嘗言, "癸丑³⁶⁸⁾秋在安山庄墅. 一日夜 臥聞朴君携杖曳屨之聲.
俄而入座 累唏不已曰, '此將奈何 此將奈何?' 余蹶然起坐曰, '君有見
星象否?' 朴但長吁不言. 余曰, '曾聞, 天象之告祲兵喪³⁶⁹⁾難卜[辨]云.
若是兵象 自古安有不被兵之國? 君其驗之否?' 朴掉頭曰, '非兵也.'
相與嗟吒[咤]³⁷⁰⁾而去. 翌年甲寅³⁷¹⁾春 仁宣大妃³⁷²⁾上仙³⁷³⁾. 余遇於哭
班³⁷⁴⁾ 擧前事而歎曰, '君之術精矣.' 朴又搖首曰, '非也. 若驗於今日
豈非幸哉? 大妃之喪 雖曰臣民普痛 何至關係於社稷?' 是年秋 顯廟昇

사(僉知中樞府事).

358) 박감(朴瞰) : 생몰연대 및 자세한 행적 미상.

359) 서운(書雲) : 서운관(書雲觀). 관상감(觀象監). 고려 말부터 조선 초까지 기상관측 등
    을 관장하던 관서.

360) 노사(老師) : 관상감에서 생도(生徒)들을 가르치는 선생. 관상감에는 종6품의 교수(敎
    授)와 정9품의 훈도(訓導)가 있었음.

361) 심침(深沉) : 깊고 깊음. 침착(沈着)함.

362) 감식(鑑識) : 어떤 사물의 가치나 진위(眞僞) 따위를 알아냄. 또는 그런 식견.

363) 안산(安山) : 경기도에 있는 고을.

364) 상재지향(桑梓之鄕) : 뽕나무와 가래나무가 심겨진 곳. 고향(故鄕)을 가리킴.

365) 외증조(外曾祖) : 조선조 현종 때의 문신인 윤강(尹絳, 1597~1667)을 가리킴. 윤강의
    자는 자준(子駿), 호는 무곡(無谷), 본관은 파평(坡平), 윤민헌(尹民獻)의 아들. 이조
    판서를 역임함.

366) 총재(冢宰) : 조선시대 이조판서를 달리 이르던 말.

367) 탁계(托契) : 교분(交分)을 맺음.

368) 계축(癸丑) : 1673년(현종14).

369) 고침병상(告祲兵喪) : 재앙이나 전쟁의 조짐을 알려줌.

370) 차타(嗟咤) : 탄식(歎息)함.

371) 갑인(甲寅) : 1674년(현종15).

372) 인선대비(仁宣大妃, 1618~1674) : 조선조 제17대 임금인 효종의 비. 장유(張維)의 딸.
    존호(尊號)는 효숙(孝肅), 휘호(徽號)는 경렬명헌(敬烈明獻).

373) 상선(上仙) : 귀인(貴人)의 죽음을 높여 이르는 말. * 하늘에 올라 신선이 됨.

374) 곡반(哭班) : 국상(國喪) 때 곡을 하던 벼슬아치의 반열.

退. 其術之如神如此."爲敎. 朴臨終 托其子孫於忠正公. 朴有子春皐 外王父視之常如親戚 而己巳³⁷⁵⁾以前 已官位隆顯 至主中兵³⁷⁶⁾而終. 不 敢以私情 通諸仕籍. 甲戌³⁷⁷⁾大拜³⁷⁸⁾後 爲太僕³⁷⁹⁾都提擧³⁸⁰⁾ 洛河³⁸¹⁾屯 田監³⁸²⁾ 素饒號稱潤屋之窠³⁸³⁾. 差遣之際 公曰, "昔日 朴君嘗托我以子 孫 吾豈忘之? 雖然吾終不敢以私恩霑丐³⁸⁴⁾. 只是按節外藩 輒以褊裨 携往而已. 昔嘗爲太僕提擧 而吾意非都提擧 則不可擅除. 差人³⁸⁵⁾曾 不破戒. 今差官出於吾手 不先此人而誰爲?" 公之至公至愼 而不忘舊 要如此. 春皐後得仕爲主簿³⁸⁶⁾讚儀³⁸⁷⁾云.

025 鄭善甲³⁸⁸⁾ 大明人 明亡後 流轉至東國 因老死於我國. 性醇謹³⁸⁹⁾ 初

---

375) 기사(己巳) : 1689년(숙종15). 서인이 몰락하고 남인이 집권한 기사환국(己巳換局)이 일어난 해임.

376) 주중병(主中兵) : '중병'은 중국 위(魏)나라 때의 오병상서(五兵尙書) 가운데 하나로서, 즉 기내(畿內)의 군대를 관장하는 관원을 이르는데, 여기서는 병조판서(兵曹判書)를 가리킴.

377) 갑술(甲戌) : 1694년(숙종 20). 갑술옥사(甲戌獄事)가 일어난 해. 당시의 집권층인 남 인(南人)이 폐비 민씨의 복위 운동을 꾀하던 일파를 제거하려다 도리어 화를 입은 사건. 이를 계기로 남인계는 와해되고 소론계가 집권하게 되었으며, 정계는 노론과 소론의 양립 국면으로 전환하였음.

378) 대배(大拜) : 정승(政丞) 벼슬을 받음.

379) 태복(太僕) : 태복시(太僕寺). 사복시(司僕寺). 조선시대의 여마(輿馬)·구목 및 목장 에 관한 일을 관장하기 위해 설치되었던 관서.

380) 도제거(都提擧) : 도제조(都提調). 정승 또는 전직 정승에게 주던 벼슬로, 인사나 행정 등의 중요한 일에 대해 자문하였음.

381) 낙하(洛河) : 경기도 개성(開城)의 용수산(龍首山) 동쪽으로 흐르는 강.

382) 둔전감(屯田監) : 둔전을 감독하는 관리.

383) 윤옥지과(潤屋之窠) : 재산을 이루는 벼슬.

384) 점개(霑丐) : 적심. 은혜 따위로 감화(感化)를 줌.

385) 차인(差人) : 관아에서 임무를 주어 파견하던 일. 또는 그런 사람.

386) 주부(主簿) : 조선시대 관서의 문서와 부적을 주관하던 종6품 관직.

387) 찬의(讚儀) : 찬의(贊儀). 의식에서 전의(典儀)가 의식 순서를 적은 '홀기(笏記)'를 읽 으면 그를 받아 다시 구체적인 행동을 지시하여 외치는 일을 맡은 임시 관원을 말함.

來時 如啞人狀. 累年後 始通東語 而年長學語故 至老猶訥澁[390]. 亦嘗
納拜於外王父忠正公. 忠正公 每與之語 頗能道中朝故事. 公嘗曰, "每
聞江南樂 恨不居於蘇杭[391]間也." 善甲對曰, "所謂士大夫 平居便身樂
生 豈有如此國者乎? 中原士大夫與平民 無異[392]蘇杭. 雖曰勝地 惟苦
無樂耳." 公嘗在從兄鄭相國載嵩[393]座上 善甲來謁 公謂鄭公曰, "此是
大明遺民 來居我東 事甚稀貴. 且貧無以爲生 宜可存恤[394]. 吾兄弟 俱
在腝仕[395] 願賜涸轍之資[396] 可乎?" 鄭公欣然許之. 遂各賜帖以給之.
鄭公書綿布三疋. 忠正公書白紬[397]五疋. 是時 鄭公爲戶曹判書 公見
帶御營大將[398]. 公笑曰, "兄長度支[399] 主管之富饒 豈與弟比 而何其反
少於弟耶?" 鄭公笑而加給二斛米. 忠正公歷官內外 氷蘖之操[400]截
然[401] 人不可及. 而非有意於砥礪[402] 只是平生處心[403]. 惟以公家[404]之

---

388) 정선갑(鄭善甲, 1617~?) : 낭야 정씨(瑯琊鄭氏)의 시조. 중국 산동성 낭야(瑯琊) 출신의
    명나라 유민. 인조 때 봉림대군과 함께 조선에 들어와 효종과 북벌정책을 추진하였음.
389) 순근(醇謹) : 성품이 순박하고 조심성이 많음.
390) 눌삽(訥澁) : 말을 더듬어 듣기에 힘들고 답답함.
391) 소항(蘇杭) : 중국 강소성(江蘇省)의 도시 소주(蘇州)와 절강성(浙江省)의 도시 항주
    (杭州).
392) 무이(無異) : 조금도 다를 것이 없게 여김.
393) 정재숭(鄭載嵩, 1632~1692) : 조선조 숙종 때의 문신. 자는 자고(子高), 호는 송와(松窩)
    ·의곡(義谷), 본관은 동래(東萊), 정태화(鄭太和)의 아들. 벼슬이 우의정에 이르렀음.
394) 존휼(存恤) : 위문(慰問)하고 구제(救濟)함.
395) 무사(腝仕) : 높고 좋은 벼슬.
396) 학철지자(涸轍之資) : 수레바퀴 자국에 고인 물처럼 얼마 되지 않는 자금이나 물품.
397) 백주(白紬) : 흰 명주(明紬).
398) 어영대장(御營大將) : 조선시대 어영청(御營廳)의 종2품 으뜸벼슬.
399) 탁지(度支) : 조선시대 호조(戶曹)를 달리 이르던 말.
400) 빙얼지조(氷蘖之操) : 얼음을 마시고 나무의 움을 먹는 청빈한 절조(節操).
401) 절연(截然) : 맺고 끊음이 칼로 자르듯이 분명함.
402) 지려(砥礪) : 학문이나 품성 따위를 갈고닦음. * 숫돌.
403) 처심(處心) : 존심(存心). 마음에 새겨 두고 잊지 아니함.
404) 공가(公家) : 조정이나 왕실. * 승려가 '절'을 이르는 말.

物 斷不可私用爲意故 爲御營大將二年 自初至終 力辭不得 畢竟七
牌[405)]不進 待罪金吾[406]. 肅廟[407]震怒 特除嶺南伯[408] 督令[409]卽辭. 公數
日內往赴 不及修重記[410] 卽以莅任時出納財簿移送. 適[遞]代大將 使
修重記 二年之內 將校軍兵例費外 只有給鄭善甲白紬五疋而已. 他無
尺寸私用者.

026 外王父嘗爲嶺南伯時 都事[411]因事杖巡營營吏 褊裨以無嚴來告. 公
曰, "都事吾之郎屬 營吏吾之胥吏. 吾之郎屬治吾之胥吏 事理當然 庸
何傷乎?" 可以見其包涵[412]廣大 表率[413]百僚底氣象. 卽今京外官[414] 莫
不以偏護吏胥僮從爲事. 讒間[415]肆行[416] 到處生得失 同僚上下官 或多

---

405) 칠패(七牌) : 일곱 차례 패초(牌招)함. '패초'는 조선시대 임금이 승지를 시켜서 신하를
　　부르던 일. 윤지완(尹趾完)이 어영대장이 되고 조사석(趙師錫)이 병조 판서가 되었는
　　데, 윤지완이 스스로 사돈 관계에 있는 사람이 나란히 함께 장임(將任)에 있는 것을
　　혐의하여 일곱 번 패초를 어기고 끝내 경상도 관찰사로 체직된 일을 말함. 윤지완의
　　조카(윤재) 며느리가 바로 조사석의 딸이므로, 두 사람은 사돈 간이 됨.
406) 금오(金吾) : 조선시대 임금의 명령을 받들어 중죄인을 신문하는 일을 맡아 하던 관아
　　인 의금부(義禁府)를 달리 이르던 말.
407) 숙묘(肅廟) : 조선조 제19대 임금인 숙종(肅宗)의 묘호(廟號). 재위 1674~1720. 이름
　　은 이돈(李焞, 1661~1720), 자는 명보(明普), 현종의 아들, 어머니는 명성왕후(明聖
　　王后) 김씨(金氏), 비는 인경왕후(仁敬王后) 김씨(金氏), 첫째 계비는 인현왕후(仁顯王
　　后) 민씨(閔氏), 둘째 계비는 인원왕후(仁元王后) 김씨(金氏). 능은 경기도 고양(高陽)
　　에 있는 명릉(明陵). 시호는 현의(顯義).
408) 영남백(嶺南伯) : 조선시대 경상도 관찰사를 달리 이르던 말.
409) 독령(督令) : 독촉하는 명령.
410) 중기(重記) : 사무를 인계할 때에 전하는 문서나 장부. 전곡(錢穀)을 출납하던 관아의
　　장부.
411) 도사(都事) : 조선시대 지방 관찰사를 보좌하던 종5품 벼슬.
412) 포함(包涵) : 포용(包容)함.
413) 표솔(表率) : 모범(模範)이 됨.
414) 경외관(京外官) : 서울과 지방의 벼슬아치를 통칭하던 말.
415) 참간(讒間) : 참소(讒訴)로 이간(離間)함.
416) 사행(肆行) : 자행(恣行). 제멋대로 이루어짐.

以此不相容 其視先賢之言如何哉!

027 外王父嘗出宰仁同[417]時 所[行]過嶺南涉大川. 是時 霖雨川漲 先渡坐憩岸上 從者追渡. 有一過行人 誤涉漂沒 浮而流下將死. 公令從者健壯善游者 急入拯出其人. 旣出 便是死而復生 而無一言謝 其拯出者去而不顧. 人皆言其無狀[418]. 公笑曰, "此安知非異人 而以爲人之救人 理之當然 何謝之有?"云爾也.

028 李楊州元龜[419] 卽余姑夫留守李公諱震壽[420]大人也. 其宰慶山[421]時 嶺南途中 過涉大川. 先渡坐水邊高處 以待一行之齊渡. 有一行人渡來 李公目見 其狀異常 指而問從者曰, "彼何物?" 從者曰, "有人越來矣." 李公曰, "非人也." 歷問他從者 皆曰人. 李公送人捉來. 官人立川邊 待其涉川 捉其人而遙告曰, "此人也!" 李公使之捉來. 官人執捉未及到 遂掣而逸走[422] 乃大狐也. 於是 衆人始見 其爲狐也. 盖能掩衆人之目 而不能逃李公之目. 必是李公精神 自別於衆人而然也. 李公曰, "吾亦初不知其爲狐也. 只見其狀 殊常決非人形."云.

029 陽坡[423]嘗語許積[424]曰, "長興坊[425]洞口 坐市[426]女人 去夜作夫君 知

---

417) 인동(仁同) : 경상북도 구미(龜尾)와 칠곡(漆谷) 지역에 있던 고을.

418) 무상(無狀) : 아무렇게나 함부로 행동하여 버릇이 없음.

419) 이원구(李元龜, 1626~1693) : 조선조 숙종 때의 문신. 자는 여서(汝瑞), 호는 관물재(觀物齋), 본관은 전주(全州), 이지항(李之恒)의 아들. 1667년(현종8) 경산(慶山)현감, 1681년(숙종7) 양주(楊州)목사를 역임함.

420) 이진수(李震壽) : 제18화 주 참조.

421) 경산(慶山) : 경상북도에 있는 고을.

422) 체이일주(掣而逸走) : 몸을 빼내 달아남.

423) 양파(陽坡) : 조선조 현종 때의 문신인 정태화(鄭太和, 1602~1673)의 호. 정태화의 자는 유춘(囿春), 본관은 동래(東萊), 정광성(鄭廣成)의 아들. 벼슬이 영의정에 이름. 시호는 충익(忠翼).

之乎?" 許笑曰, "公每發此可怪之語 吾何以知之?" 陽坡笑曰, "每過時
連見其女 以寡婦修飾鬟髻[427] 衣裳艶[靚]楚[428] 已知其有誨淫[429]之意.
今日見之 束其散髮 着垢衣而坐. 面有羞態 必是已嫁而愧心生焉. 此
係人情物態[430] 意君深於事情 似或知之故問之." 府吏在前者 有居其
同閈[431]者. 公招問曰, "其路邊第幾市肆 第幾坐市女 去夜再嫁 汝知之
乎?" 吏曰, "此果是洞中某人之妻. 某人早死 其父母憫其早寡 昨日果
嫁之."云. 其於耳目所及不放過[432]. 洞察[433]敏悟[434]如此.

030 陽坡爲湖西伯[435] 有少時親友 老而不第 爲督郵[436]者 臨科請暇. 陽
坡題其狀曰, '以察訪詭怪之文[437] 決無得中之理. 落榜後 卽爲還任.'
忠正公爲嶺南伯 徐領相文重[438] 爲尙州牧使 請試暇 題曰, '應榜[439]後

---

424) 허적(許積) : 제13화 주 참조.
425) 장흥방(長興坊) : 종로구 적선동과 내자동 일대의 옛 이름.
426) 좌시(坐市) : 예전에 가게를 내어 물건을 팔던 곳.
427) 환계(鬟髻) : 쪽 진 머리채.
428) 정초(靚楚) : 조촐하고 아름다움.
429) 회음(誨淫) : 음탕한 짓을 가르침.
430) 인정물태(人情物態) : 인심세태(人心世態). 세상 사람들의 마음과 세상 물정.
431) 동한(同閈) : 같은 마을.
432) 방과(放過) : 그대로 지나침.
433) 통찰(洞察) : 예리한 관찰력으로 사물을 꿰뚫어 봄.
434) 민오(敏悟) : 재빨리 알아차림.
435) 호서백(湖西伯) : 조선시대 충청도 관찰사를 달리 이르던 말.
436) 독우(督郵) : 찰방(察訪). 조선시대 각 도의 역참(驛站) 일을 맡아보던 종6품 외직 문관
     벼슬.
437) 궤괴지문(詭怪之文) : 이상야릇한 글.
438) 서문중(徐文重, 1634~1709) : 조선조 숙종 때의 문신. 자는 도윤(道潤), 호는 몽어정
     (夢漁亭), 본관은 달성(達城), 서정리(徐貞履)의 아들, 서원리(徐元履)에게 입양(入養).
     시호는 공숙(恭肅). 1680년(숙종6)에 상주목사, 1700년(숙종26)에 영의정을 역임함.
439) 응방(應榜) : 과거에서 급제자 발표 후의 행사에 응하는 것. 즉 창방(唱榜 : 과거 급제
     자를 호명함)하고 급제자의 숙배(肅拜)를 받고 상사(賞賜)하는 자리에 임금이 친림(親

卽爲還任.' 徐公得題 有喜色. 其科果占壯頭云.

031 陽坡鄭公爲忠淸監司 嘗晚起如厠. 知印[440]者與公之所眄房妓[441]
淫於公寢. 褊裨覘之 急詣厠 屛左右告之. 陽坡聞而大笑曰, "此豈來告
者[事]耶? 我寔眄其所狎 渠何嘗淫吾所眄?" 竟不問. 公之器量可見. 近
世方伯帥臣[442] 以傔人[443]之竊其寵姬 至於杖殺者有之. 其視公何如哉!

032 崔寧越魯瞻[444] 卽水竹[445]鄭左相之婿也. 於陽坡鄭公爲妹[姑]夫.
陽坡姑母貧無以爲生 時陽坡已躋[446]緋玉[447]之列 使之一縣爲乞. 是時
崔完城鳴吉[448]爲銓長[449]. 陽坡於完城 年輩雖少 別有知遇之感[450]. 卽
往見完城曰, "今日則 有切緊[451]仰請者來拜耳." 完城曰, "何謂也?" 陽

臨)하는 것을 이름.

440) 지인(知印) : 통인(通引). 조선시대 지방 수령의 잔심부름을 하던 구실아치.

441) 소면방기(所眄房妓) : 지방 수령의 수청(守廳)을 드는 기생.

442) 수신(帥臣) : 조선시대 병마절도사와 수군절도사를 통틀어 이르던 말.

443) 겸인(傔人) : 청지기. 양반집에서 잡일을 맡아보거나 시중을 들던 사람.

444) 최노첨(崔魯瞻) : 생몰년 및 자세한 행적 미상. 자는 주태(柱泰), 호는 청천재(聽天齋).
본관은 경주(慶州). 정광성(鄭廣成)의 매부, 정태화(鄭太和)의 고모부.

445) 수죽(水竹) : 조선조 인조 때의 문신인 정창연(鄭昌衍, 1552~1636)의 호. 정창연의
자는 경진(景眞), 본관은 동래(東萊), 정유길(鄭惟吉)의 아들. 벼슬이 좌의정에 이름.

446) 제(躋) : 오름.

447) 비옥(緋玉) : 비단옷과 옥관자라는 뜻으로, 당상관(堂上官)의 관복을 이르던 말.

448) 최명길(崔鳴吉, 1586~1647) : 조선조 인조 때의 문신. 자는 자겸(子謙), 호는 지천(遲
川), 본관은 전주(全州), 최기남(崔起南)의 아들. 이항복(李恒福)·신흠(申欽)의 문인.
인조반정에 가담, 정사공신(靖社功臣) 1등이 되어 완성부원군(完城府院君)에 봉해짐.
시호는 문충(文忠).

449) 전장(銓長) : 조선시대 문·무관의 인사 행정을 담당했던 이조와 병조의 판서(判書)를
이르던 말. 여기서는 이조판서를 가리킴.

450) 지우지감(知遇之感) : 자기의 인격이나 학식을 알아 잘 대우하여 준 데 대한 고마운
마음.

451) 절긴(切緊) : 매우 긴요하고 절실함.

坡具告其故 完城連呼崔魯瞻數次 沈吟良久曰, "某以無似⁴⁵²⁾受國厚恩
致位至此. 誠無才德 可效涓埃⁴⁵³⁾. 最是⁴⁵⁴⁾守令職 雖微爲任至重 生民
休戚⁴⁵⁵⁾係焉. 我(有)一段經緯⁴⁵⁶⁾於心者 必於守令擬望⁴⁵⁷⁾時 權衡⁴⁵⁸⁾於
自心. 自心雖不可以明知 量其爲人 足以優爲⁴⁵⁹⁾字牧之任⁴⁶⁰⁾ 然後始乃
擬望. 欲以此報效國恩之. 萬一如崔君 反覆思量 未能曉然知其善爲
令公平生無所請 偶發一言 某不能用. 甚覺缺然⁴⁶¹⁾ 幸爲我更敎他人."
嗚呼盛矣! 此所以仁孝之際⁴⁶²⁾ 國家治平 民生安樂. 掌銓者 處心如此
則民安得不安 國安得不治? 大抵爲國之道 無他焉. 只是擇方伯守令
而已. 昔蘇東坡⁴⁶³⁾著司馬公⁴⁶⁴⁾神道碑⁴⁶⁵⁾ 所以論述相業⁴⁶⁶⁾者不過. 曰,

---

452) 무사(無似) : 보잘것없음. 변변치 못함.

453) 연애(涓埃) : 물방울과 티끌이라는 뜻으로, 아주 작은 것을 이르는 말.

454) 최시(最是) : 무엇보다. 뭐니 뭐니 해도.

455) 휴척(休戚) : 편안함과 근심스러움.

456) 경위(經緯) : 일이 진행되어 온 과정. * 씨줄과 날줄.

457) 의망(擬望) : 어떤 자리의 후보자로 세 사람을 추천하는 일.

458) 권형(權衡) : 저울추와 저울대라는 뜻으로, 저울 혹은 사물의 경중(輕重)을 재는 척도
나 기준.

459) 우위(優爲) : 잘함. 나음. 넉넉함.

460) 자목지임(字牧之任) : 백성을 돌보아 다스리는 책임이라는 뜻으로, 수령(守令)을 달리
이르는 말.

461) 결연(缺然) : 모자라서 서운하거나 불만족스러움.

462) 인효지제(仁孝之際) : 조선조 제16대 왕인 인조(仁祖) 때부터 제17대 왕인 효종(孝宗)
때까지.

463) 소동파(蘇東坡) : 중국 북송(北宋)의 문인인 소식(蘇軾, 1036~1101)을 가리킴. 소식의
자는 자첨(子瞻). 호는 동파(東坡). 당송팔대가(唐宋八大家)의 한 사람으로, 구법당
(舊法黨)의 대표자이며, 서화에도 능하였음.

464) 사마공(司馬公) : 중국 북송 때의 학자이자 정치가인 사마광(司馬光, 1019~1086)을
가리킴. 사마광의 자는 군실(君實). 호는 우부(迂夫)·우수(迂叟). 사마온공(司馬溫
公)이라고도 함. 신종 초에 왕안석(王安石)의 신법(新法)에 반대하여 은퇴하고 철종
때에 재상이 되자, 신법을 폐하고 구법(舊法)으로 통치하였음.

465) 신도비(神道碑) : 임금이나 종2품 이상의 벼슬아치의 무덤 동남쪽의 큰길가에 세우는
비석.

'擇方伯守令 凜凜⁴⁶⁷⁾向至治⁴⁶⁸⁾矣.' 目今⁴⁶⁹⁾掌銓之人 自肅廟朝以來 無
一人以爲官 擇人爲心者 紛競⁴⁷⁰⁾成風 請託公行. 已自⁴⁷¹⁾一命⁴⁷²⁾惟視
形勢之輕重 干囑⁴⁷³⁾之緊歇⁴⁷⁴⁾而用之. 一通仕路 則節次推排⁴⁷⁵⁾ 取守
令如已[己]物 而就其中. 又全用私意 局面屢換 當國⁴⁷⁶⁾旣難故 一當之
時 汲汲然⁴⁷⁷⁾ 如恐不及. 惟以及此時 汲引親戚私昵⁴⁷⁸⁾爲務. 爲官者 人
多窠少一時得[一得]至難(故 又汲汲)然 如恐不及. 惟以及此時 剝民⁴⁷⁹⁾
肥已[己]爲事 因循積久 非一朝一夕故 以至於無可奈何之境. 近又荐
遭⁴⁸⁰⁾ 曠古⁴⁸¹⁾所罕有之大侵⁴⁸²⁾ 民皆流散死亡. 餘者只是兩班與中庶輩
強剛之類而已. 所謂小民⁴⁸³⁾ 殆無孑遺⁴⁸⁴⁾. 若是而未知終至於何境也.
令人痛哭流涕 而不知止也.

.

---

466) 상업(相業) : 임금을 섬기며 백관으로 하여금 각기 제 직책을 다하도록 하는 재상의
    업무.
467) 늠름(凜凜) : 생김새나 태도가 의젓하고 당당한 모양.
468) 지치(至治) : 매우 잘 다스려진 정치.
469) 목금(目今) : 이제 곧. 눈앞에 닥친 현재.
470) 분경(紛競) : 분쟁(紛爭). 말썽을 일으키어 시끄럽고 복잡하게 다툼.
471) 이자(已自) : 벌써. 이미.
472) 일명(一命) : 처음으로 벼슬자리에 임명된 사람.
473) 간촉(干囑) : 사정하여 청을 들어주기를 부탁함. 또는 그런 부탁.
474) 긴헐(緊歇) : 필요함과 필요하지 않음.
475) 절차추배(節次推排) : 추대(推戴)되는 절차(節次).
476) 당국(當國) : 나라의 정무(政務)를 맡음.
477) 급급연(汲汲然) : 한 가지 일에만 정신을 쏟아 다른 일을 할 마음의 여유가 없는 모양.
478) 사닐(私昵) : 개인적인 친분. 개인적인 친분이 있는 사람.
479) 박민(剝民) : 염치나 체면을 차리지 않고 백성들의 재물을 마구 긁어모음.
480) 천조(荐遭) : 좋지 않은 일을 당함.
481) 광고(曠古) : 이전에는 그러한 일이 없음.
482) 대침(大侵) : 대기근(大饑饉). 큰 흉년(凶年).
483) 소민(小民) : 평민(平民). 상민(常民).
484) 혈유(孑遺) : 단 하나 남아 있는 것. 또는 그런 신세.

033 外從祖判書尹公⁴⁸⁵⁾爲亞銓⁴⁸⁶⁾時 有親舊從南中來者. 坐定 公手抽
縉紳案⁴⁸⁷⁾ 歷指而問曰, "君新從下土來此 某邑某邑守令治績何如?" 其
人曰, "何問也?" 公曰, "此皆吾獨政⁴⁸⁸⁾時所除. 若不能善治 則便是自
我誤擧 貽害生民. 心常耿耿⁴⁸⁹⁾ 不敢忘故 問之耳." 嗟呼! 今之爲銓官
者 能有此心否乎?

034 洪判書受瀗⁴⁹⁰⁾ 歷大冢宰 後爲判度支⁴⁹¹⁾ 凡自內入⁴⁹²⁾之之物 一
竝⁴⁹³⁾啓達⁴⁹⁴⁾防塞⁴⁹⁵⁾ 積忤上旨. 一遆[遞]度支 更不收用. 防塞宮中之
私用 以裕國財. 所忠者何處 忠不見知 反遭廢棄如此 則佞諛⁴⁹⁶⁾者 安
得不進乎? 洪公能不念一巳[己]之利害⁴⁹⁷⁾ 堅確剛果⁴⁹⁸⁾如此. 歿後環
堵⁴⁹⁹⁾蕭然 令人可敬.

---

485) 윤공(尹公) : 조선조 숙종 때의 문신인 윤지인(尹趾仁, 1656~1718)을 가리킴. 윤지인
의 자는 유린(幼麟), 호는 양강(楊江), 본관은 파평(坡平), 윤강(尹絳)의 아들, 윤지완
(尹趾完)의 아우. 이조참판(吏曹參判)과 병조판서(兵曹判書)를 역임함.
486) 아전(亞銓) : 조선시대 이조참판(吏曹參判)을 달리 이르던 말.
487) 진신안(縉紳案) : 조선시대 문과(文科) 급제자의 명부(名簿).
488) 독정(獨政) : 조선시대 이조판서가 유고 시 이조참판이나 이조참의 중 한 사람이 대신
정무를 보는 일.
489) 경경(耿耿) : 마음에서 잊히지 않고 염려가 됨. * 불빛이 반짝거림.
490) 홍수헌(洪受瀗, 1640~1711) : 조선조 숙종 때의 문신. 자는 군택(君澤), 호는 담포(淡
圃), 본관은 남양(南陽), 홍처후(洪處厚)의 아들. 시호는 문정(文靖). 이조와 호조의
판서를 역임함.
491) 판탁지(判度支) : 조선시대 호조판서를 달리 이르던 말.
492) 내입(內入) : 궁중에 물품을 들임.
493) 일병(一竝) : 일체(一切). 모조리.
494) 계달(啓達) : 계품(啓稟). 조선시대 신하가 임금에게 글로 아뢰던 일.
495) 방색(防塞) : 들어오지 못하게 막음. 또는 틀어막거나 가려서 막음.
496) 영유(佞諛) : 알랑거리며 아첨(阿諂)함.
497) 일기지이해(一己之利害) : 자기 한 몸의 이로움과 해로움.
498) 견확강과(堅確剛果) : 견고하고 확실하며 굳세고 결단력이 있음.
499) 환도(環堵) : 사방이 각각 1도(堵)의 집이라는 뜻으로 가난한 집을 이르는 말. 1도(堵)
는 5판(版)을 이르며 1판(版)은 1장(丈)임.

035 土亭李公之菡⁵⁰⁰⁾ 宣廟朝隱士. 栗谷⁵⁰¹⁾白沙⁵⁰²⁾兩公 多有稱述⁵⁰³⁾ 許
之以一代名賢 其人可知. 氣志如神 才氣絶倫 旁通技藝 妙解堪輿. 嘗
兄弟求山 占得一穴 穴前有古塚. 土亭則以爲當遷其塚而用之. 其
兄⁵⁰⁴⁾則曰, "何可毀人之墓而葬親?" 相與爭論不決 日暮罷歸. 山中無
村落 徊徨⁵⁰⁵⁾莫知所之. 夜深 望見村火而往投. 及門 村人迎拜 若待候
者. 李公曰, "汝何知吾輩之來而待之?" 其人指門前山麓曰, "夜夢 有
人着靑天翼⁵⁰⁶⁾ 立此麓頂 呼我謂曰, '我久宅于近地 將爲人所奪 移往
他所. 其人今日當來 汝須善待之.' 覺而候之 終日無來者 心怪之. 夢
兆丁寧⁵⁰⁷⁾ 決知其非偶然. 玆具夕飯以待 公果至矣." 李公相顧而笑曰,
"神亦已許之矣. 何疑焉?" 遂爲文而祭之 移其塚而葬之. 墓在保寧海
邊 潮水出入 來囓山根⁵⁰⁸⁾. 李公亦[以]赤手行商 取利身致千金 築堰而
防之. 旣築而壞 公又營之 咄嗟⁵⁰⁹⁾辦千金 再築而完云. 公居京江土亭

---

500) 이지함(李之菡, 1517~1578) : 조선조 선조 때의 학자. 자는 형중(馨仲), 호는 토정(土
亭) 또는 수산(水山). 본관은 한산(韓山). 이치(李穉)의 아들. 시호는 문강(文康).

501) 율곡(栗谷) : 조선조 선조 때의 학자인 이이(李珥)의 호. 이이에 대해서는 제2화 주
참조.

502) 백사(白沙) : 조선조 광해군 때의 문신인 이항복(李恒福, 1556~1618)의 호. 이항복의
자는 자상(子常), 다른 호는 필운(弼雲)·청화진인(淸化眞人)·동강(東岡)·소운(素
雲), 본관은 경주(慶州). 이몽량(李夢亮)의 아들. 오성부원군(鰲城府院君)에 봉해짐.
시호는 문충(文忠).

503) 칭술(稱述) : 칭설(稱說). 칭도(稱道). 칭찬하여 말함.

504) 기형(其兄) : 이지함의 형인 이지번(李之蕃, ?~1575)을 가리킴. 이지번의 자는 형백
(馨伯), 호는 성암(省菴)·사정(思亭)·귀옹(龜翁), 이치(李穉)의 아들. 아계(鵝溪) 이
산해(李山海)의 아버지.

505) 회황(徊徨) : 방황(彷徨). 이리저리 헤매고 돌아다님.

506) 철릭(*天翼) : 조선시대 무관(武官)들이 입던 공복(公服).

507) 정녕(丁寧) : 조금도 틀림없이 꼭. * 대하는 태도가 친절함. 충고하거나 알리는 태도가
매우 간곡함.

508) 산근(山根) : 산줄기가 뻗어 나가기 시작한 곳.

509) 돌차(咄嗟) : 혀를 차며 애석하게 여김.

欲稍移江水 造木偶人 機發酷似人貌. 擊其頭則 啞然而笑. 植立於水
中 三江510)兒童 千百爲群 聚石而擊之. 中則木人 輒開口以笑. 群兒鬧
然511) 以日爲常. 石滿成陸 江水邃移. 古來傳說如此云. 世傳 公多才
凡於天下事 無所不通 無所不經. 嘗欲得癎疾512) 穴窓當顱而睡者 凡幾
日而成癎 服藥而瘳事 多類此云.

036 芝峯李判書晬[睟]光513) 嘗與堪輿人514)李基沃515) 求山於峽中. 適値
己丑516)元日於逆旅517). 基沃宿於他舍. 早曉從者來告曰, "李敎授忽發
狂疾 以手擊戶闑518)連呼曰, '這漢這漢 今亦然乎?' 無數狂呼憤罵 問
而不答矣." 李公曰, "第以吾言招來 至則問其由." 基沃曰, "平生有憤
恨結中者. 今遇己丑年 庶可以少洩其憤故 自不覺其號咷519)耳." 曰,
"何事?" 對曰, "十五年前 李潑520)爲天官郎521) 忽然招我. 是時 適爲人

---

510) 삼강(三江) : 한강(漢江)의 세 부분을 통틀어 이르는 말. 한남동 일대의 한강, 용산과
     원효 일대의 용산강(龍山江), 마포와 서강 일대의 서강(西江)을 이른다.

511) 홍연(鬧然) : 떠들썩한 모양. 서로 다투는 모양.

512) 간질(癎疾) : 뇌전증(腦電症). 경련을 일으키고 의식 장애를 일으키는 발작 증상이 되
     풀이하여 나타나는 병.

513) 이수광(李晬光, 1563~1628) : 조선조 인조 때의 문신, 학자. 자는 윤경(潤卿), 호는
     지봉(芝峯), 본관은 전주(全州), 병조판서 이희검(李希儉)의 아들. 시호는 문간(文簡).

514) 감여인(堪輿人) : 감여가(堪輿家). 풍수(風水). 지관(地官). 음양설이나 풍수지리설에
     따라 집터나 묏자리를 잡는 사람.

515) 이기옥(李基沃) : 조선조 인조 때의 지관(地官). 생몰연대 및 자세한 행적 미상.

516) 기축(己丑) : 1589년(선조22). 정여립을 비롯한 동인의 인물들이 모반의 혐의로 박해
     를 받은 사건인 기축옥사(己丑獄事)가 일어난 해.

517) 역려(逆旅) : 나그네를 맞이한다는 뜻으로, 여관(旅館)을 말함.

518) 호얼(戶闑) : 문지방(門地枋). 출입문의 두 문설주 사이에 마루보다 조금 높게 가로로
     댄 나무.

519) 호도(號咷) : 울부짖음.

520) 이발(李潑, 1544~1589) : 조선조 선조 때의 문신. 자는 경함(景涵), 호는 동암(東巖)
     ·북산(北山), 본관은 광산(光山), 이중호(李仲虎)의 아들. 이조정랑을 역임함. 동인
     (東人)으로 정철(鄭澈)의 처벌 문제에 강경론을 펼쳐 북인(北人)을 이끌었음. 정여립

看山遠出. 家人以實往告. 潑怒命囚其[吾]妻. 妻子就囚典獄之後 貰人
奔走尋覓. 而來告急還. 往現潑 但曰, ‘此近地數十里內 求山急覓 眞結
處來告.’ 如是爲言而已. 不交一言 不給騎從粮饌 迫不得已圖. 借人乘
稱貸[522]粮資 艱辛奔迸道路. 必欲得龍虎主山[523] 宛然泐合[524]於凡人俗
師之目 而其中則 至凶大禍 立至之處故 猝難求得. 周行旬望 始得一
穴 而往告則潑曰, ‘當使吾友登覽 然後定之.’ 所謂‘吾友’ 則鄭汝立[525].
其後 汝立自南中來 與之共覽而葬之. 計其禍敗[526]之發 似在己丑年
間. 積憤在中 默數今年以待. 適遇今日 自不覺其號咷. 李潑之禍 必發
於今年.”云云. 是年 李潑母子兄弟 俱死於鄭汝立之獄. 術士之乘憤 陰
中[527]陷人於慘禍者 不畏於陰禍[528]哉? 雖然 士大夫之恃貴驕恣者 亦
可以知戒哉!

037 堪輿人李惟弼[529] 恃術驕縱 士大夫請往見者 殆不能支堪[530]. 判書
趙公啓遠[531] 喪室[532]携往求山. 凡係飮食供奉 惟令是從 其恣益甚. 深

(鄭汝立)의 모반사건에 연루되어 장살(杖殺)됨.

521) 천관랑(天官郎) : 조선시대 이조(吏曹)의 정랑(正郎)이나 좌랑(佐郎) 등 낭관(郎官)을
    달리 이르던 말.
522) 칭대(稱貸) : 이자를 받고 돈이나 물건을 꾸어 줌.
523) 용호주산(龍虎主山) : 묏자리 뒤의 주산과 왼쪽의 산줄기인 청룡(靑龍), 오른쪽의 산
    줄기인 백호(白虎)가 잘 갖추어진 명당(明堂) 자리를 말함.
524) 물합(泐合) : 합치(合致)됨.
525) 정여립(鄭汝立, 1546~1589) : 조선조 선조 때의 혁명가. 자는 인백(仁伯), 본관은 동
    래(東萊), 전주(全州) 출신, 이희증(李希曾)의 아들. 기축옥사(己丑獄事)로 죽음.
526) 화패(禍敗) : 재앙으로 인한 실패.
527) 음중(陰中) : 음험(陰險)한 수단으로 남을 모함하여 해침. * '가을'을 달리 이르는 말.
528) 음화(陰禍) : 자신도 모르게 입는 재앙.
529) 이유필(李惟弼) : 조선조 효종 때의 지관(地官). 생몰연대 및 자세한 행적 미상.
530) 지감(支堪) : 견디고 감당(堪當)함.
531) 조계원(趙啓遠, 1592~1670) : 조선조 현종 때의 문신. 자는 자장(子長), 호는 약천(藥
    泉), 본관은 양주(楊州), 조존성(趙存性)의 아들. 벼슬이 형조판서에 이름. 시호는 충

入窮山深峽中 從者來言, "李敎授云, '必得秀魚膾乃可喫飯.'" 趙公忍
耐不住[533] 大怒使人拿入 數之曰, "汝若索胖膾[534]則或可. 卽取村牛 屠
殺作膾. 坐此萬疊山中 秀魚膾何以得之? 吾非爲親求山 乃爲妻喪也.
何恤汝哉?" 遂削其兩鬢 束縛於山中松樹而去. 人皆聞而快之. 術士之
驕者 亦可以知戒矣.

038 堪輿之說 宋以後大行. 朱晦菴[535]蔡西山[536] 篤信之. 我國自羅麗 亦
多尙之 古來傳說甚衆. 鄭公賜[537]卽文翼公[538]之祖考 於陽坡爲七代祖
於外王父東山尹忠正公 爲外八代祖. 以直提學 出爲晉州牧 卒於官.
其胤子[539]東萊君蘭宗[540] 扶櫬[541]歸北 未及踰嶺. 公在晉州 育其邑子
一人 留置東閣 與諸子共業. 隨喪而來到龍宮[542]地. 其人告于東萊曰,

정(忠靖).

532) 상실(喪室) : 상배(喪配). 상처(喪妻). 아내를 잃음.

533) ~부주(不住) : ~를 할 수 없음.

534) 양회(胖膾) : 소의 양을 썰어서 회로 먹는 음식.

535) 회암(晦菴) : 중국 남송(南宋) 때의 성리학자인 주희(朱熹, 1130~1200)의 호. 주희의
　　자는 원회(元晦)·중회(仲晦), 다른 호는 ·회옹(晦翁)·운곡산인(雲谷山人)·창주병
　　수(滄洲病叟)·둔옹(遯翁).

536) 서산(西山) : 중국 남송(南宋) 때의 유학자이자 음악이론가인 채원정(蔡元定,
　　1135~1198)의 호. 채원정의 자는 계통(季通), 시호는 문절(文節).

537) 정사(鄭賜, 1400~1453) : 조선조 문종 때의 문신. 본관은 동래(東萊). 정구령(鄭龜齡)
　　의 아들. 예문관 직제학과 진주목사를 역임함.

538) 문익공(文翼公) : 조선조 중종 때의 문신인 정광필(鄭光弼, 1462-1538)의 시호. 정광
　　필의 자는 사훈(士勛), 호는 수부(守夫), 본관은 동래(東萊). 정난종(鄭蘭宗)의 아들.

539) 윤자(胤子) : 대를 이을 아들. 정사(鄭賜)는 정난손(鄭蘭孫)·정난수(鄭蘭秀)·정난종
　　(鄭蘭宗)·정난원(鄭蘭元)·정난무(鄭蘭茂) 등 아들 다섯을 두었는데, 셋째인 정난종
　　이 대를 이은 듯함.

540) 정난종(鄭蘭宗, 1433~1489) : 조선조 성종 때의 문신. 자는 국형(國馨), 호는 허백당
　　(虛白堂), 본관은 동래(東萊). 정사(鄭賜)의 아들. 시호 익혜(翼惠). 동래군(東萊君)에
　　봉해짐.

541) 친(櫬) : 널. 시체를 넣는 관(棺)이나 곽(槨) 따위를 통틀어 이르는 말.

542) 용궁(龍宮) : 경상북도 예천(醴泉) 지역의 옛 이름.

“我受先公厚恩. 無以爲報. 我適習堪輿術 若從我言 當薦一山 以爲自
效543)之地.” 東萊告于其大夫人 大夫人曰, “倉卒遭喪變 葬地未定. 某
以門客受恩 必有誠意. 適又知其術 豈非幸也? 依其言求之可矣.” 其
人云, “雖於此地 可用否?” 東萊又告 其大夫人答曰, “雖還[遠]近畿 舊
山544)已盡 若得佳處 雖遠何傷?” 於是 其人與東萊 登一麓 指一穴曰,
“此地當世 出卿相穴處 安一金井545).” 東萊曰, “他人旣欲營穸 開土安
井奈何?” 其人曰, “此必不用. 若是當用者 豈可破土546)而無守者? 必
卽撤去.” 俄而果撤去. 遂始役於其地. 其近處人士 多會而觀葬. 皆言,
“此是 自古流傳之吉地. 但以長生破人不敢用.” 其人曰, “長孫547)雖或
微 而爲龍宮座首548). 其他當作世世名公巨卿 那得不用?” 遂決定穸之.
其後一如其言. 自文翼公後 七世八公 公相以下 不可勝數. 雖漢之袁
楊549)不可及 而長派遂微 方爲龍宮品官550)云.

039 沈舍人順門551) 卽靑陽君552)之曾大父 於余爲曾外八代祖553). 燕山

---

543) 자효(自效) : 자신의 정성을 다함.

544) 구산(舊山) : 선산(先山). 선영(先塋). 조상의 무덤이 있는 곳.

545) 금정(金井) : 금정기(金井機). 금정틀. 무덤을 만들 때 구덩이의 길이와 너비를 재기
위하여 쓰는 틀.

546) 파토(破土) : 참파토(斬破土). 무덤을 만들기 위하여 풀을 베고 땅을 파는 일.

547) 장손(長孫) : 정사(鄭賜)의 장자(長子)인 정난손(鄭蘭孫)의 후손.

548) 좌수(座首) : 조선시대 지방의 자치 기구인 향청(鄕廳)의 우두머리.

549) 원양(袁楊) : 중국 후한(後漢) 때 재상을 배출한 명문가인 원씨와 양씨.

550) 품관(品官) : 조선시대 향청(鄕廳)의 좌수(座首)나 별감(別監) 같은 지방의 유력자를
이르던 말.

551) 심순문(沈順門, 1465~1504) : 조선조 연산군 때의 문신. 자는 경지(敬之), 본관은 청
송(靑松), 심원(沈湲)의 아들. 의정부의 사인(舍人)으로 있을 때 연산군 의복의 장단
을 지적하여 미움을 사고, 이듬해 갑자사화(甲子士禍)에 연루되어 개령현(開寧縣)에
유배되었다가 참수되었음.

552) 청양군(靑陽君) : 조선조 선조 때의 문신인 심의겸(沈義謙, 1535~1587)의 봉호(封號).
심의겸의 자는 방숙(方叔), 호는 손암(巽菴)·간암(艮菴)·황재(黃齋), 본관은 청송(靑

朝 歿於甲子士禍[554]. 嘗赴朝 衣朝衣被刑. 諸子忠惠公[555]以下 皆稚弱
扶櫬. 行至通津[556]甕井里 逾小麓 輿杠[557]忽折. 倉卒不知所措 停柩道
路 諸子呼哭. 適有老僧 携一沙彌 少憩道右. 其沙彌言于其師曰, "彼
棘人[558]輩可哀." 仍以口指之曰, "彼山許之可矣." 其僧張目叱之曰,
"勿妄言!" 行中小婢 便旋[559]林藪中竊聽之 急告于忠惠公. 是時 忠惠
公猶未長成 急出未及鞍馬 騍騎[560]追之. 逾一嶺 僧方行矣. 亟追及 下
馬伏於路左而泣懇. 僧初若驚駭 且答曰, "過去僧 何所知?" 公具道其
狀 懇乞不已. 僧熟視良久 仍與共登路傍一麓曰, "厝[561]此可矣." 遂窆
之. 其後大昌 代有公卿 至今稱爲名墓. 沈氏之從古傳說者如此. 楸
[霞]谷[562]聞於其姨兄沈應敎濡[563]而言之. 且云, "其沙彌口指之穴 至
今未知其處."云.

040 李遁村集[564]之先 爲廣州鄕吏. 嶺南人有爲牧使者 善堪輿. 嘗因出

松), 심강(沈鋼)의 아들. 이황(李滉)의 문인. 서인(西人)의 초대 영수.

553) 증외팔대조(曾外八代祖): 이 책의 저자인 박양한의 증조모 심씨가 심순문의 5대손이
므로, 저자에게는 증조부의 처가로 8대조가 됨.

554) 갑자사화(甲子士禍): 조선조 연산군 10년(1504)에 폐비 윤씨와 관련하여 많은 선비들
이 죽임을 당한 사건.

555) 충혜공(忠惠公): 조선조 명종 때의 문신인 심연원(沈連源, 1491~1558)의 시호. 심연
원의 자는 맹용(孟容), 호는 보암(保庵), 본관은 청송(靑松), 심순문(沈順門)의 아들.

556) 통진(通津): 경기도(京畿道) 김포시 월곶면 군하리에 일대의 옛 이름.

557) 여강(輿杠): 상여(喪輿)에 가로 댄 나무.

558) 극인(棘人): 상제(喪制). 부모나 조부모가 세상을 떠나서 거상(居喪) 중에 있는 사람.

559) 변선(便旋): 대소변(大小便)을 배설(排泄)함.

560) 잔기(騍騎): 안장(鞍裝)이 없는 말을 탐.

561) 조(厝): 시신을 임시로 매장(埋葬)함.

562) 하곡(霞谷): 조선조 영조 때의 학자인 정제두(鄭濟斗, 1649~1736)의 호. 정제두의
부친인 정상징(鄭尙徵)과 심유의 부친인 심약한(沈若漢)은 모두 이기조(李基祚)의 사
위임.

563) 심유(沈濡, 1640~1684): 조선조 숙종 때의 문신. 자는 성유(聖潤), 본관은 청송(靑
松), 심연원의 7세손, 심약한(沈若漢)의 아들.

(獵) (登)南漢山城 坐一穴贊嘆不已曰, "我若京城人 豈不葬此? 雖然 初
年當有患難. 我若當之 則庶可得免 他人難乎免矣." 是時 遁村之先 以
貢生[565]隨往 聽而領[566]至[之]. 其後貢生遭其父喪 葬于此地. 未周歲
忽有過去乞人 無端[567]揶揄[568]作擾. 其人以手觸之 忽仆而死. 有丁壯
者三人 稱其人之子 齊到告官成獄. 貢生被逮拘獄將死 從獄中謂其子
曰, "往者陪嶺南某使君[569]識此穴. 是時 使君云, '有初年之禍 而以我
則可免.'云云. 如今[570]似或在世 汝試往請敎." 其子馳往嶺南訪之 太
守年老而猶存. 仍自稱廣州某吏之子 具告其由. 太守曰, "我老不能詳
記 而似是某方有窺山[571]. 恐有狐魅之禍[572]. 當時有所言矣. 汝試求猛
健獵狗 與訟者相卜[辨]時 牽入訟庭." 貢生之子 如其言 牽健狗三頭同
入. 一犬各噬其訟者一人 皆老狐也. 獄遂解. 至今廣州之李 代出卿相
而其墓則失而不得云.

041 讓寧大君[573] 英廟[574]之兄也. 嘗呈告[575]遨遊[576]於關西[577]. 世宗別時

---

564) 이집(李集, 1314~1387) : 고려조 우왕 때의 문신. 처음 이름은 원령(元齡), 자는 호연
   (浩然), 호는 둔촌(遁村), 본관은 광주(廣州), 이당(李唐)의 아들.

565) 공생(貢生) : 교생(校生). 조선시대 향교(鄕校)에 다니던 생도(生徒).

566) 영(領) : 알아차림. 깨달음.

567) 무단(無端) : 무단(無斷). 아무 사유가 없음. 사전에 허락이 없음.

568) 야유(揶揄) : 남을 빈정거려 놀림. 또는 그런 말이나 몸짓.

569) 사군(使君) : 왕명을 받들고 사신으로 가는 사람. 여기서는 방백(方伯)이나 수령(守令)
   을 말함.

570) 여금(如今) : 지금. 현재(現在).

571) 규산(窺山) : 산을 살펴봄. 묏자리를 살펴봄.

572) 호매지화(狐魅之禍) : 여우에게 홀려서 당하는 화.

573) 양녕대군(讓寧大君, 1394~1462) : 조선조 태종의 장남. 이름은 제(禔), 자는 후백(厚
   伯), 어머니는 원경왕후(元敬王后) 민씨(閔氏). 시호는 강정(剛靖).

574) 영묘(英廟) : 조선조 제4대 임금인 세종(世宗, 1397~1450)의 묘호(廟號). 재위
   1418~1450. 태종의 셋째아들. 이름은 도(祹), 자는 원정(元正), 어머니는 원경왕후
   민씨, 비(妃)는 심온(沈溫)의 딸 소헌왕후(昭憲王后). 시호는 장헌(莊憲), 능은 영릉

申戒女色 大君祗謝恩命[578]而去. 上命關西守臣[579] 大君如有狎近之妓
使之馳傳[580]以上. 大君奉聖教 預飭[581]列邑 屏去[582]房妓. 方伯守令 旣
奉上命故 慕[募]得美人 使之百計揶揄[583]. 大君至定州[584] 有一妓 素服
號哭 遠示其貌. 大君見而悅之. 夜使人 潛作階逕[585]而招之. 自以爲鬼
所不知 夜與狎焉. 贈一律有曰, '明月不須窺繡枕[586] 夜風何事捲羅
帷[587]' 盖道其隱密幽深之意也. 遂以馹騎[588]馳上大內 上命日夜習歌其
詩. 及大君歸 上迎勞[589]因曰, "別時戒色之語 頗能記憶否?" 大君曰,
"臣謹奉聖教 何敢忘之 卽不敢有所近耳." 上曰, "吾兄能於繡幕[590]叢
中[591]深戒而還 爲是喜悅. 購得一佳姬 以待之耳." 仍設宴於禁中 令妓
歌其詩以侑觴[592]. 大君旣夜與昵近 初不識其面目 聞其詩 下階伏地待

(英陵).

575) 정고(呈告) : 관아에 소장(訴狀)을 올림. 여기서는 임금에게 아뢴다는 뜻임.

576) 오유(遨遊) : 재미있고 즐겁게 놂.

577) 관서(關西) : 조선시대 평안도(平安道)를 달리 일컫던 말.

578) 은명(恩命) : 임금이 내리는 명령 가운데 관리를 임명하거나 죄를 용서하는 따위의
은혜로운 명령.

579) 수신(守臣) : 수령(守令).

580) 치전(馳傳) : 역마(驛馬)를 달리게 함.

581) 예칙(預飭) : 미리 타일러서 경계함.

582) 병거(屏去) : 물리쳐 버림.

583) 야유(揶揄) : 남을 빈정거려 놀림. 또는 그런 말이나 몸짓. 우롱(愚弄)함.

584) 정주(定州) : 평안북도에 있는 고을.

585) 계경(階逕) : 바로 닿을 수 있는 사다리를 놓는다는 뜻으로, 다리를 놓아 인연을
맺게 함.

586) 수침(繡枕) : 수놓은 베개. 여기서는 잠자리를 뜻함.

587) 나유(羅帷) : 비단 휘장(揮帳).

588) 일기(馹騎) : 역마(驛馬). 또는 역마를 탄 사람.

589) 영로(迎勞) : 위로(慰勞)하여 맞이함.

590) 수막(繡幕) : 수를 놓아 장식한 장막(帳幕). 여기서는 기생집을 가리킴.

591) 총중(叢中) : 여럿이 있는 가운데.

592) 유상(侑觴) : 술잔을 권함.

罪. 上自下階 握手而笑. 遂以妓歸之 生子不識其母鄕貫 命之曰, '考定正' 今李夏⁵⁹³⁾其後也. 考定正以狂宗 貿魚肉而不好 則雖烹熟還退故 俗稱强易 謂考定正交易. 李參議夏 嘗與其夫人圍棋 强請還退. 其內 曰, "君非考定正進賜⁵⁹⁴⁾ 何爲每每還退乎?" 李怒曰, "何可以圍棋之故 而罵人之祖耶?" 其後 李登第 以老妻推枰⁵⁹⁵⁾爲戲題⁵⁹⁶⁾云.

042 凡戲題之規 新及第分館⁵⁹⁷⁾之後 例有免身[新]之規⁵⁹⁸⁾. 夜則着鬼服 達夜周行於先進之家. 晝則會於槐院⁵⁹⁹⁾ 戲謔⁶⁰⁰⁾終日故 各以同僚平日 戲言雜談 出戲題互相戲作. 梁司諫應鼎⁶⁰¹⁾戲題 卽應鼎賢於其父論. 梁自題曰, '堯之子不肖 舜之子亦不肖. 今應鼎賢於其父 則其父之賢 於堯舜遠矣.' 白江⁶⁰²⁾李公與韓判書仁及⁶⁰³⁾ 同爲翰林 而白江爲下

---

593) 이하(李夏, 1636~1675): 조선조 숙종 때의 문신. 자는 하경(夏卿), 본관은 전주(全州), 이유담(李維聃)의 아들.

594) *진사(進賜): 예전에 신분이 낮은 사람이 높은 사람을 말할 때 쓰는 '나리'의 이두식 표기.

595) 추평(推枰): 바둑판을 밀어냄.

596) 희제(戲題): 장난삼아 짓는 글.

597) 분관(分館): 조선시대 새로 문과에 급제한 사람을 승문원(承文院), 성균관(成均館), 교서관(校書館)의 삼관(三館)에 나누어 배치하여 권지(權知)라는 이름으로 실무를 익히게 하던 일.

598) 면신지규(免新之規): 면신례(免新禮). 조선시대 벼슬을 처음 시작하는 관원이 선배 관원들에게 성의를 표시하는 의식.

599) 괴원(槐院): 조선시대 외교에 대한 문서를 맡아보던 관아인 승문원(承文院)을 달리 부르던 이름.

600) 희학(戲謔): 실없는 말로 하는 농지거리.

601) 양응정(梁應鼎, 1519~1581): 조선조 선조 때의 문신. 자는 공섭(公燮), 호는 송천(松川), 본관은 제주(濟州), 양팽손(梁彭孫)의 아들.

602) 백강(白江): 조선조 인조 때의 문신인 이경여(李敬輿, 1585~1657)의 호. 이경여의 자는 직부(直夫), 본관은 전주(全州), 이수록(李綏祿)의 아들. 시호는 문정(文貞).

603) 한인급(韓仁及, 1583~1644): 조선조 인조 때의 문신. 자는 원지(元之), 호는 현석(玄石)·서석(瑞石), 본관은 청주(淸州), 응인(應寅)의 아들.

番⁶⁰⁴⁾. 各出戲題 白江瞞韓公曰, "吾輩相好 何可作醜言以相辱? 請各
善作." 韓許之 先作李題無醜語. 韓娶盧氏故 其題是韓盧辨⁶⁰⁵⁾. 白江
作辨曰, '韓大姓 盧大姓 以大姓合大姓 何辨之有?' 請考官爲字字批點
遂作, '韓犬姓盧犬姓 以犬姓合犬姓 何辨之有?' 一時傳笑⁶⁰⁶⁾.

043 蔡湖洲⁶⁰⁷⁾表德百[伯]昌 鄭副學百昌⁶⁰⁸⁾ 嘗對湖洲 戲曰, "以百昌爲
名者君子 百[伯]昌爲字者小人." 湖洲卽答曰, "王安石⁶⁰⁹⁾謝安石⁶¹⁰⁾ 誰
爲君子?" 鄭無以爲答.

044 鄭副學百昌大人⁶¹¹⁾之名 與余高祖⁶¹²⁾諱同. 嘗爲淸州牧 有過僧來
訴曰, "賣紙資生 今日負數百卷來而見失 乞推給⁶¹³⁾." 鄭曰, "汝失紙於

---

604) 하번(下番): 순서가 아래인 사람.

605) 변(辨): 옳고 그름이나 참되고 거짓됨을 가릴 목적으로 쓴 한문의 문체.

606) 전소(傳笑): 웃음거리로 전해짐.

607) 호주(湖洲): 조선조 효종 때의 문신인 채유후(蔡裕後, 1599~1660)의 호. 채유후에
대해서는 제4화 주 참조.

608) 정백창(鄭百昌, 1588~1635): 조선조 인조 때의 문신. 자는 덕여(德餘), 호는 현곡(玄谷)
·곡구(谷口)·대탄자(大灘子)·천용(天容), 본관은 진주(晉州), 정효성(鄭孝成)의 아들.

609) 왕안석(王安石, 1021~1086): 중국 북송(北宋)의 정치가. 자는 개보(介甫), 호는 반산
(半山). 신법당(新法黨)의 영수로, 구법당(舊法黨)의 사마광(司馬光), 소식(蘇軾) 등과
맞섰음.

610) 안석(安石): 중국 동진(東晉)의 재상인 사안(謝安, 320~385)의 자. 젊어서부터 명망
이 높고 다재다능하였음. 여기서는 '안석'이라는 자를 쓴 사안이 더 훌륭한 인물임을
말한 것임.

611) 대인(大人): 조선조 인조 때의 문신인 정효성(鄭孝成, 1560~1637)을 가리킴. 정효성
의 자는 술초(述初), 호는 휴휴자(休休子), 본관은 진주(晉州), 정주신(鄭舟臣)의 손
자, 정원린(鄭元麟)의 아들. 1628년(인조6) 청주목사에 임명됨. 병자호란 때 강화도
가 함락되면서 순사하였음.

612) 고조(高祖): 조선조 광해군 때의 문신인 박효성(朴孝誠, 1568~1617)을 가리킴. 박효
성의 자는 백원(百源), 호는 진천(眞川), 본관은 고령(高靈), 박정(朴淨)의 아들. 선산
부사(善山府使)를 역임함.

613) 추급(推給): 찾아서 내어줌.

途 反索於我 何以推給?" 叱令退去. 居有頃[614] 命駕適野 歸路指路傍
古木曰, "彼何物 乃敢偃蹇[615]?" 命捉囚. 從者曰, "木也. 不可囚." 鄭
曰, "然則拘留. 且恐其逃 發邑內里民全數守直." 夜送人視之 無一人
守者 都數[616]執闕[617] 令戶納紙一卷. 須臾積紙數百卷. 捧時納者 皆記
其名. 召其僧 使擇所失紙於其中. 考其名 推其買處 捕其盜. 推給其僧
還給餘紙於民. 其政多類此 以善治名於世. 光海朝 所謂有鑿鑿曲者
一時名流聚會 或歌或哭 或呈雜戲 皆是巫覡招魂之事. 白江[618]李相國
爲忠淸伯時 鄭以管下守令進拜. 白江與鄭副學親友 每呼鄭爲丈. 一日
白江問鄭曰, "尊丈少時所爲之戲 幸爲我試之?" 盖俗謂巫女招魂之事
號爲魂入[619] 而鄭爲鑿鑿曲時 善其戲故 白江請觀其戲也. 鄭正色曰,
"使道何爲發此言也? 卽今下輩多聚 衆目所見處 以官員 豈可爲此戲
乎?" 白江曰, "此易耳." 命辟去左右. 鄭又搖頭曰, "何可坐此廳事 爲
戲劇乎?" 白江遂入室中. 鄭牢閉窓戶. 遂渾身搖戰 周旋號呼 若女巫
降神之狀 作白江先公 李司諫[620]言語動止. 抵掌談語[話] 宛若平生.
至於夫婦之間私昵之談 無所不至. 白江欲出 則旣已牢閉門戶. 鄭又手
扶白江 使不得動 白江一場大困云. 鄭一日入見方伯曰, "以機密事 有

---

614) 거유경(居有頃) : 얼마쯤 있다가.

615) 언건(偃蹇) : 거드름을 피우며 거만함.

616) 도수(都數) : 모두 합한 수효.

617) 집궐(執闕) : 집무(執務)를 빠뜨림. 해야 할 일을 하지 않음.

618) 백강(白江) : 조선조 인조 때의 문신인 이경여(李敬輿, 1585~1657)의 호. 이경여에
대해서는 제42화 주 참조.

619) 혼입(魂入) : 넋두리. 굿을 할 때에, 무당이나 가족의 한 사람이 죽은 사람의 넋을
대신하여 하는 말.

620) 이 사간(李司諫) : 이경여의 부친인 이수록(李綏祿, 1564~1620)을 가리킴. 이수록의
자는 수지(綏之), 호는 동고(東臯), 본관은 전주(全州), 이극강(李克綱)의 아들. 선조
때 사간원(司諫院)의 정6품 정언(正言)을 역임하였으나, 종3품 사간(司諫)을 역임하
였는지는 확인이 되지 않음.

欲仰白 願辟左右." 白江令辟之 鄭卽附耳語曰, "(汝吾子也.)" 因起出.
其後 白江招年老守令 與鄭相親者數人 相與閑談 談間曰, "鄭丈近有
病乎?" 諸人曰, "寧有是理?" 白江曰, "諸公不知 必有病矣." 諸人曰,
"何以知之?" 白江曰, "嚮者入見 欲有密語 請辟左右 依其言辟之. 鄭
丈忽然向我呼爺 雖欲詔於上官 呼爺豈不怪哉?" 諸人莫不大笑. 出以
其語戲之 目之以呼爺於上官. 雖自稱其呼子 皆不聽 一場大困云.

045 鄭東溟斗卿[621] 少時以白衣從事[622] 接待天使[623]. 臨發往見元原平
斗杓[624]不遇. 藏中[625]有藍大段[緞]一疋 持歸作袍 着而馳出都門. 脫給
從者 典[626]而沽酒 題曰, '長安俠少出關西 楊柳靑靑黃鳥啼 笑脫錦袍
留酒肆 能令公等醉如泥' 昭代[627]風流文彩[628] 可以想見.

046 權石洲鞸[韠][629] 光海朝聞 任疎庵叔英[630]以對策語 觸時諱[631] 拔榜

621) 정두경(鄭斗卿, 1597~1673) : 조선조 현종 때의 문신. 자는 군평(君平), 호는 동명(東
溟), 본관은 온양(溫陽), 정지승(鄭之升)의 손자, 정회(鄭晦)의 아들.
622) 종사(從事) : 종사관(從事官). 조선시대 외교사절로서 정사(正使)와 부사(副使)를 수행
하는 벼슬. 보통 문관 5·6품에서 선발되며, 임시로 홍문관(弘文館) 교리(校理)의 직
함을 받았음.
623) 천사(天使) : 사대외교를 하던 조선시대 명(明)나라의 사신을 가리키던 말.
624) 원두표(元斗杓, 1593~1664) : 조선조 인조 때의 무신. 자는 자건(子建), 호는 탄수(灘
叟), 본관은 원주(原州), 원유남(元裕男)의 아들, 원두추(元斗樞)의 형. 인조반정으로
원평부원군(原平府院君)에 봉해짐. 시호는 충익(忠翼).
625) 장중(藏中) : 광이나 창고의 속.
626) 전(典) : 전당(典當)을 잡힘.
627) 소대(昭代) : 나라가 잘 다스려져 태평하고 밝은 세상. 태평성대(太平聖代).
628) 문채(文彩) : 문조(文藻). 문장의 멋. * 무늬. 아름다운 광채(光彩).
629) 권필(權韠, 1569~1612) : 조선조 광해군 때의 시인. 자는 여장(汝章), 호는 석주(石
洲), 본관은 안동(安東), 권벽(權擘)의 다섯째아들. 광해군의 처남인 유희분(柳希奮)
등의 방종을 임숙영(任叔英)이 「책문(策文)」에서 공격하다가 광해군의 뜻에 거슬려
과거 급제가 취소된 사실을 듣고 분함을 참지 못하여 〈궁류시(宮柳詩)〉를 지어서 풍
자하였음. 이에 광해군이 대노하여 시의 출처를 찾던 중, 1612년 김직재(金直哉)의

被謫 賦詩曰, '宮柳靑靑鶯亂飛 滿城冠盖媚春輝 諸公共享昇平樂 誰
遣危言[632]出布衣' 以此坐詩案[633] 杖流之. 宿於東門外氣盡 命進一盃
而絶於旅舍. 其舍門板 旧有兒童書唐詩句 以誤書其字曰, '權君更進
一杯酒 酒不到劉伶[634]墳上土' 事若有偶會而相符 如前定者歟! 抑有異
人 先知石洲之死於此舍而書之歟! 未可知也.

047 權主簿翰[635] 石洲之兄 亦能詩. 有人問其詩與石洲何如. 權曰, "吾
與汝章[636] 遊重興[637]水石詩曰, '遊人偏愛澗邊石 山鳥不驚林下僧' 汝
章方臥 蹶然起曰, '此非老杜[638]不能.' 文人之不相下[639] 雖兄弟如此.
權公一日[一日權公] 行到漢江 大北[640]朝士[641] 會而舡遊 固請同舟. 權
與兒奴 共登其舟 手掬盤中饌味 與其兒奴曰, "迷奴雖如此 猶知能愛
其母." 同舟者 聞而駭憤[642] 欲搆殺[643]之. 中有一人 止之曰, "纔殺權鞸

　　무옥(誣獄)에 연루된 조수륜(趙守倫)의 집을 수색하다가 연좌되어 해남으로 귀양 가
　　다가 동대문 밖에서 행인들이 동정으로 주는 술을 폭음하고는 이튿날 44세로 죽었음.
630) 임숙영(任叔英, 1576~1623) : 조선조 인조 때의 문신이자 학자. 처음 이름은 상(湘),
　　자는 무숙(茂叔), 호는 소암(疎庵), 본관은 풍천(豊川), 임기(任奇)의 아들.
631) 시휘(時諱) : 그 시대에 용납되지 않는 말이나 행동.
632) 위언(危言) : 기품(氣稟)이 있고 준엄(峻嚴)한 말.
633) 시안(詩案) : 시(詩)의 내용이 죄가 되는 안건. 시로 인한 필화(筆禍).
634) 유령(劉伶) : 중국 서진(西晉) 때의 문인이자 죽림칠현(竹林七賢)의 한 사람. 패국(沛
　　國)출신, 자는 백륜(伯倫). 술을 즐기어 '유령호주(劉伶好酒)'라 했으며, 완적(阮籍),
　　혜강(嵆康) 등과 사귀었음.
635) 권겹(權韐, 1562~?) : 조선조 광해군 때의 문신. 자는 여명(汝明), 호는 초루(草樓),
　　본관은 안동(安東), 권벽(權擘)의 아들. 권필(權韠)의 형.
636) 여장(汝章) : 권필의 자(字).
637) 중흥(重興) : 중흥사(重興寺). 경기도 고양시 덕양구 북한동에 있는 절.
638) 노두(老杜) : 중국 당(唐)나라 말기의 시인 두목(杜牧)을 소두(少杜)라 부르는 데에 상
　　대하여 두보(杜甫)를 이르는 말.
639) 상하(相下) : 자기는 낮추고 상대방은 높여서 공경함.
640) 대북(大北) : 조선시대 북인(北人) 가운데 홍여순, 이산해 등을 중심으로 한 분파.
641) 조사(朝士) : 조신(朝臣). 조정에서 벼슬을 살고 있는 신하.

[譯] 人心多憤 何可又殺其兄?" 遂得止. 若非此人之言 難乎免矣. 此等言 不可以節操論. 禍家哀憤所激 不能謹愼如此. 殊非[644]言遜之意也.

048 參判鄭公萬和[645] 陽坡之季弟[646]也. 少學書車雲輅[647] 嘗問曰, "先生之文 多少幾何?" 雲輅曰, "吾文似是粳米二百石許耳." 鄭公曰, "五山[648]之文幾何?" 答曰, "吾兄之文 皮雜穀 並八萬餘石."云. 其意雖自許以精 八萬之於二百 當幾何哉!

049 栗谷李先生 八歲作花石亭詩云, '林亭秋已晚 騷客意無窮 遠樹連天碧 霜楓向日紅 山吐孤輪月 江含萬里風 塞鴻何處去 聲斷暮雲中' 聲調[649]體格[650]已成 晚年所作 反不及此 可謂天才. 頸聯[651]以上 氣象遠大 而落句[652]短促[653] 無乃未享遐年[654]之應耶? 白沙李公 兒時詩曰, '劍有丈夫氣 琴藏千古音' 語奇而意深 韻亦和遠[655]. 如洪鍾[656]大呂[657]

---

642) 해분(駭憤) : 놀라고 분하게 여김.
643) 구살(構殺) : 구살(搆殺). 없는 일을 꾸며서 죄를 씌워 죽임.
644) 수비(殊非)~ : 결코 ~은 아님. 아무래도 ~은 아님.
645) 정만화(鄭萬和, 1614~1669) : 조선조 현종 때의 문신. 자는 일운(一運), 호는 익암(益菴). 본관은 동래(東萊), 정광성(鄭廣成)의 아들, 정태화(鄭太和)의 아우. 병조참판을 역임하였음.
646) 계제(季弟) : 막냇동생. 막내아우.
647) 차운로(車雲輅, 1559~?) : 조선조 광해군 때의 문신. 자는 만리(萬理), 호는 창주(滄洲), 본관은 연안(延安), 차식(車軾)의 아들.
648) 오산(五山) : 조선조 광해군 때의 문신인 차천로(車天輅, 1556~1615)의 호. 차천로에 대해서는 제5화 주 참조.
649) 성조(聲調) : 음절 안에서 나타나는 소리의 높낮이.
650) 체격(體格) : 몸의 골격(骨格). 여기서는 시의 뼈대.
651) 경련(頸聯) : 율시(律詩)의 제5~6구를 가리킴.
652) 낙구(落句) : 결구(結句). 미련(尾聯). 율시의 제7~8구를 가리킴.
653) 단촉(短促) : 음성이 짧고 급함. * 시일이 촉박함.
654) 하년(遐年) : 장수(長壽)함.
655) 화원(和遠) : 조화(調和)롭고 심오(深奧)함.

眘[春]容⁶⁵⁸⁾有響. 漢陰李公 兒時詩曰, '野濶暮光薄 水明山影多' 可見
清明秀遠之氣⁶⁵⁹⁾ 而但少深厚凝重之意⁶⁶⁰⁾. 二公氣象 以此兩詩 可以想
見. 陽坡鄭公兒時 遊戲奔迸. 叔父參判廣敬⁶⁶¹⁾ 召謂曰, "汝可謂狂童.
以狂童爲題而作詩." 卽對曰, '一家有狂童 年將十一歲 然獨八字好 人
皆曰爲相' 此雖不可以詩格論 其能成大器而享厚福 亦可知矣. 外王父
忠正公幼時 受學於姑夫湖洲蔡公. 湖洲命作詩 卽對曰, '雪落千山白
天高一月明'. 湖洲云, "若改以'天空一月孤' 其於詩格 可謂絶調." 小
兒詩 當觀氣像. 此句可見高明淸遠底氣像⁶⁶²⁾. 湖洲所改 似不及本文.

050 人在兒時 心淸氣全. 詩亦文之精者故 古人兒時之作 或如其人之氣
象 或驗前程之長短. 李孤山存吾⁶⁶³⁾ '大野皆爲沒 高山獨不降' 終符⁶⁶⁴⁾
其能樹大節. 金應敎⁶⁶⁵⁾千齡⁶⁶⁶⁾兒時 長者置膝下呼句, '雲收天際孤輪

---

656) 홍종(洪鍾) : 큰 쇠북. 큰 종.

657) 대려(大呂) : 동양음악에서, 12율의 둘째인 음려(陰呂). 육려(六呂)의 하나로 방위는
축(丑), 절후는 음력 12월에 해당함.

658) 용용(舂容) : 웅장하고 전아하게 울리는 북소리라는 뜻으로, 훌륭한 시문의 비유로
쓰임.

659) 청명수원지기(淸明秀遠之氣) : 깨끗하고 선명하며 매우 빼어난 기운.

660) 심후응중지의(深厚凝重之意) : 깊고 두터우며 중후(重厚)한 뜻.

661) 정광경(鄭廣敬, 1586~1644) : 조선조 인조 때의 문신. 자는 공직(公直), 호는 추천(秋
川), 본관은 동래(東萊), 정창연(鄭昌衍)의 아들. 예조·병조·이조의 참판을 역임함.

662) 고명청원저기상(高明淸遠底氣象) : 고상하고 현명하며 맑고 심오한 기상.

663) 이존오(李存吾, 1341~1371) : 고려조 공민왕 때의 문신. 자는 순경(順卿), 호는 석탄
(石灘)·고산(孤山), 본관은 경주(慶州). 신돈(辛旽)이 집권하자 그 횡포를 탄핵하다가
왕의 노여움을 사서 장사감무(長沙監務)로 좌천되었고, 후에 지금의 공주인 석탄에서
은둔생활을 하다가 병으로 죽었음.

664) 종부(終符) : 마침내. 끝내.

665) 응교(應敎) : 조선시대 홍문관(弘文館)과 예문관(藝文館)의 정4품 벼슬.

666) 김천령(金千齡, 1469~1503) : 조선조 연산군 때의 문신. 자는 인로(仁老), 본관은 경
주(慶州), 김치세(金致世)의 아들. 35세로 요절하였는데, 이듬해 갑자사화에 연루되
어 부관참시(剖棺斬屍)됨.

月' 使之屬對. 卽呼曰, '風定江心一葉舟'. 其才雖曰淸高. 短促之象可見. 淸江詩話[667] 有小兒詩, '綠樹陰中更蹢躅'. 見者知其兒之早夭. 此等詩 不待具眼而可知. 但近世藥泉南相國九萬 兒時有貓呼而過. 長者令作詩. 對曰, '黑貓大哭走 此家殃禍生'. 老峯閔相國鼎重 兒時詩曰, '蟬鳴高樹加八執'. 加八卽其兄著重[668]之小字. 南閔兩公 近世名公. 其所作之相反如此. 余三從弟鳳漢[669] 八九歲時 作苦熱[670]詩, '靑山獨無恙 秀色[671]高入天'. 氣像如此 而年將五十未第. 四五歲(時) 學語而已能成詩. 或曰, '窓白鷄聲中' 或曰, '雨濕花枝重'. 造語之新警 雖老成詩人不可及. 而及其長 只長於科文 才不甚奇 其不可知如此. 李安邊眞洙[672] 兒時詩曰, '靑山白馬嘶 躑躅[673]思千里 安得騎此馬 一去平匈奴' 可謂前程之遠大. 近多抹摋[674]而作 人終必能致遠也. 雖然 古人之有詩鑑者 不以凡眼看. 洪忍齋暹[675] 逮繫被杖 以爲已死 而從金吾死門中出故 世傳 洪相之於金吾堂上郎廳之門 罪人死門 皆能出入者也. 是時 傳爲已死. 蘇齋盧相守愼[676]曰, "吾曾見其月課 此人決不死." 詩

---

667) 청강시화(淸江詩話) : 조선조 선조 때의 문신인 이제신(李濟臣, 1536~1583)이 저술한 시화집.

668) 민시중(閔蓍重, 1625~1677) : 조선조 현종 때의 문신. 자는 공서(公瑞), 호는 인재(認齋), 본관은 여흥(驪興), 민광훈(閔光勳)의 아들. 호조와 형조의 참판을 역임함.

669) 박봉한(朴鳳漢, 1689~?) : 조선조 영조 때의 문신. 자는 사휘(士輝), 본관은 고령(高靈), 박호(朴鎬)의 아들.

670) 고열(苦熱) : 혹열(酷熱). 견디기 힘들 정도로 매우 심한 더위.

671) 수색(秀色) : 빼어나게 아름다운 산천의 경치.

672) 이진수(李眞洙, 1684~1732) : 조선조 영조 때의 문신. 자는 자연(子淵), 호는 서간(西澗), 본관은 전주(全州), 이덕성(李德成)의 아들. 황해도 관찰사를 역임함.

673) 척촉(躑躅) : 머뭇거림. * 철쭉.

674) 말살(抹摋) : 말살(抹殺). 있는 사물을 뭉개어 아주 없애 버림.

675) 홍섬(洪暹, 1504~1585) : 조선조 선조 때의 문신. 자는 퇴지(退之), 호는 인재(忍齋), 본관은 남양(南陽), 홍언필(洪彦弼)의 아들. 조광조의 문인. 시호는 경헌(景憲).

676) 노수신(盧守愼, 1515~1590) : 조선조 선조 때의 문신. 자는 과회(寡悔), 호는 소재(蘇齋), 본관은 광주(廣州), 노홍(盧鴻)의 아들. 시호는 문간(文簡).

(云), '淸猿啼不盡 送我上危灘'必當遠到無疑. 金昇平瑬⁶⁷⁷⁾ 見吾先祖
考⁶⁷⁸⁾詩 '酒盡沙頭金屈巵 那堪送客獨歸時 扁舟暮下西江雪 寒襲重裘
醉不知'曰, "此人當至大冢宰大學士." 沂川洪相命夏⁶⁷⁹⁾ 以四十窮儒
作詩曰, '乾坤縱大身奚適 書劍無成鬢欲疎'. 昇平見之曰, "此人必當
作政丞." 正所謂別有詩鑑 非凡人所能及也.

051 文谷金相壽恒 甲寅⁶⁸⁰⁾後 被謫途中詩曰, '尙幸華山⁶⁸¹⁾千丈色 淸光
依舊滿郊圻'. 外王父忠正公 見之曰, "必能改做⁶⁸²⁾." 其後 果以首相當
國. 藥泉南相九萬 戊辰⁶⁸³⁾秋被謫 與人留別詩曰, '問子何時東訪我 瀛
洲⁶⁸⁴⁾欲定繪鯨期'. 人亦知其更做. 西坡吳公道一 謫中詩曰, '支頤終日
掩柴關 天末⁶⁸⁵⁾誰憐隻影⁶⁸⁶⁾寒 白髮千莖從妓侮 淸詩一字賴僧安 任他
謫客猜强敵 堪笑賢侯怵峻彈 時序易遒羈抱劇 亂蟬秋意已林端'. 雲谷
李兄光佐⁶⁸⁷⁾ 見此詩 以爲必能更做 西坡沒於謫中. 李大提學德壽⁶⁸⁸⁾

---

677) 김류(金瑬, 1571~1648) : 조선조 인조 때의 문신. 자는 관옥(冠玉), 호는 북저(北渚),
   본관은 순천(順天), 김여물(金汝岉)의 아들. 인조반정 후 승평부원군(昇平府院君)에
   봉해짐. 시호는 문충(文忠).

678) 선조고(先祖考) : 돌아가신 할아버지, 곧 박장원(朴長遠)을 가리킴. 박장원에 대해서
   는 제8화 주 참조.

679) 홍명하(洪命夏, 1608~1668) : 조선조 현종 때의 문신. 자는 대이(大而), 호는 기천(沂
   川), 본관은 남양(南陽), 홍성민(洪聖民)의 손자, 홍서익(洪瑞翼)의 아들. 시호는 문간
   (文簡). 영의정을 역임함.

680) 갑인(甲寅) : 갑인예송이 일어난 1674년(현종 15). 효종의 비이자 현종의 어머니인
   인선왕후(仁宣王后) 장씨가 사망하자 인조의 계비인 자의대비의 복제문제를 두고 서
   인과 남인 사이에 논쟁이 일어났음.

681) 화산(華山) : 서울시의 북부와 경기도 고양시 사이에 있는 북한산(北漢山).

682) 개주(改做) : 바뀜.

683) 무진(戊辰) : 1688년(숙종14).

684) 영주(瀛洲) : 삼신산(三神山)의 하나로, 동해에 있다고 함.

685) 천말(天末) : 천제(天際). 천애(天涯). 하늘의 끝.

686) 척영(隻影) : 오직 한 사람을 비유적으로 이르는 말. * 외따로 있는 물건의 그림자.

687) 이광좌(李光佐, 1674~1740) : 조선조 영조 때의 문신. 자는 상보(尙輔), 호는 운곡(雲

庚戌⁶⁸⁹⁾秋來訪云, "趙叔章 頃年赴燕時 詠琉璃甁中五色魚云, '壺裏乾坤一勺深 從容猶得任浮沈 傍人莫遽窮鱗視 滿腹三湘七澤⁶⁹⁰⁾心'. 余以爲, '此詩前途雖亨. 但其心止於三湘七澤 而不及於海 必難入相.'云矣". 余言, "不中. 優入台衡⁶⁹¹⁾."云. 叔章今右相趙文命⁶⁹²⁾表德. 是時趙新拜相故云.

052 孝宗以甲子日昇遐 永安尉⁶⁹³⁾洪公 作輓詩曰, '憑几⁶⁹⁴⁾日回周甲子 易名⁶⁹⁵⁾尊竝宋淳熙⁶⁹⁶⁾'之句. 李判書殷相⁶⁹⁷⁾ 來見曰, "此句乞與我." 永安弟洪參判[議]柱國⁶⁹⁸⁾在傍曰, "吾兄今要詩名 何爲願?" 兄與此弟 盖

谷), 본관은 경주(慶州), 이세구(李世龜)의 아들. 소론(少論)의 영수(領首).

688) 이덕수(李德壽, 1673~1744) : 조선조 영조 때의 문신. 자는 인로(仁老), 호는 벽계(蘗溪)·서당(西堂), 본관은 전의(全義). 이징명(李徵明)의 아들. 박세당(朴世堂)·김창흡(金昌翕)의 문인. 시호는 문정(文貞).

689) 경술(庚戌) : 1730년(영조6).

690) 삼상칠택(三湘七澤) : 삼상은 상강(湘江) 유역과 동정호(洞庭湖) 일대인 호남(湖南)을 가리키고, 칠택은 호북(湖北)을 가리킴. 사마상여(司馬相如)의 〈자허부(子虛賦)〉에 "신이 초(楚) 땅에 칠택이 있다는 말을 들었는데 그중 하나만 보았고 나머지는 보지 못했습니다." 하였음.

691) 태형(台衡) : 정승을 가리킴. 하늘의 삼태성(三台星)은 인간의 정승을 맡은 별이고, 정승은 세상을 저울질하는 권한이 있다고 해서 비유적으로 말한 것임.

692) 조문명(趙文命, 1680~1732) : 조선조 영조 때의 문신. 자는 숙장(叔章), 호는 학암(鶴巖), 본관은 풍양(豊壤), 조인수(趙仁壽)의 아들. 이인좌의 난을 평정한 뒤 풍릉부원군(豊陵府院君)에 봉해짐. 시호는 문충(文忠).

693) 조선조 제14대 임금인 선조의 사위인 홍주원(洪柱元, 1606~1672)을 가리킴. 홍주원의 자는 건중(建中), 호는 무하당(無何堂), 본관은 풍산(豊山), 홍영(洪霙)의 아들. 외조부인 이정구(李廷龜)와 김류(金瑬)의 문인. 1623년(인조1) 선조의 맏딸인 정명공주와 혼인하여 영안위(永安尉)에 봉해졌음. 시호는 문의(文懿).

694) 빙궤(憑几) : 임종(臨終)할 때 유언(遺言)하는 것을 말함.

695) 역명(易名) : 이름을 바꾼다는 뜻으로, 시호(諡號)를 내리는 것을 말함. 여기서는 효종(孝宗)이라는 묘호(廟號)를 가리킴.

696) 순희(淳熙) : 중국 남송(南宋) 효종(孝宗)의 연호. 1174~1189년.

697) 이은상(李殷相, 1617~1678) : 조선조 숙종 때의 문신. 자는 열경(說卿), 호는 동리(東里), 본관은 연안(延安), 이정구(李廷龜)의 손자, 이소한(李昭漢)의 아들. 시호는 문량(文良).

內外兄弟⁶⁹⁹⁾故也. 李遂用之.

053 洪處士宇定⁷⁰⁰⁾ 丙子後止科不仕. 每着氈笠黑衣 爲賤者之役. 朝廷
收用爲大君師傅 不出. 嘗登寒碧樓⁷⁰¹⁾ 書諸楹間曰, '宇宙一男子 淸風
寒碧樓 憑欄發長嘯 江月五更秋' 途中有詩曰, '霜落江鄕客意悲 西風
吹送鴈差池⁷⁰²⁾ 蹇驢⁷⁰³⁾乞[齕]草時顚石 童僕行歌或誤歧 野水夕陽羣鴨
得 山庄小磑一人宜 每年是月常經過 遠樹疎林箇箇知'⁷⁰⁴⁾ 三十年前 余
聞人傳誦如此. 未知其有子孫 能傳草否也.

054 寒[涵]碧樓⁷⁰⁵⁾有李詹⁷⁰⁶⁾詩, '仙人⁷⁰⁷⁾腰珮玉摐摐⁷⁰⁸⁾ 來上高樓掛碧
窓 入夜更彈流水曲 一輪明月下秋江'. 中原⁷⁰⁹⁾池閣⁷¹⁰⁾ 有忘軒李胄⁷¹¹⁾

---

698) 홍주국(洪柱國, 1623~1680): 조선조 숙종 때의 문신. 자는 국경(國卿), 호는 범옹(泛
翁)·죽리(竹里), 본관은 풍산(豊山), 홍영(洪霙)의 아들. 예조참의를 역임함.

699) 내외형제(內外兄弟): 고종사촌과 외사촌 관계인 형제.

700) 홍우정(洪宇定, 1595~1656): 조선조 효종 때의 문신. 자는 정이(靜而), 호는 두곡(杜
谷)·계곡(桂谷), 본관은 남양(南陽), 홍영(洪榮)의 아들. 시호는 개절(介節).

701) 한벽루(寒碧樓): 충청북도 제천시 청풍면에 있는 누각.

702) 차지(差池): 들쑥날쑥한 모양. 서로 어긋난 모양.

703) 건려(蹇驢): 절름거리는 나귀.

704) 홍우정의 문집인《두곡집(杜谷集)》제1권에는 〈得馬上〉이라는 제목으로 3수의 시가
실려 있는데, 이 시는 그 첫 번째 시임.《두곡집》에는 '霜落前宵客意悲 地空天闊鴈飛
遲 蹇驢齕草時顚石 童僕行歌或誤歧 野水夕陽羣鴨得 山庄小磑一人宜 年年每月常由此
亂樹疎林箇箇知'라 하여 약간 다르게 되어 있음.

705) 함벽루(涵碧樓): 경상남도 합천(陜川)에 있는 누각(樓閣).

706) 이첨(李詹, 1345~1405): 고려말 조선초의 문신. 자는 중숙(中叔), 호는 쌍매당(雙梅
堂), 본관은 신평(新平), 이희상(李熙祥)의 아들. 시호는 문안(文安).

707) 선인(仙人):《동문선(東文選)》제22권에는 이 시의 제목이 〈야과함벽루문탄금성유작
(夜過涵碧樓聞彈琴聲有作)〉이라고 되어 있고, '선인'은 '신선(神仙)'으로 되어 있음.

708) 창창(摐摐): 옥이 부딪쳐서 쟁그랑거리는 소리.

709) 중원(中原): 충청북도 충주(忠州) 지역의 옛 지명.

710) 지각(池閣): 연못 가까이 있는 누각.

711) 이주(李胄, 1468~1504): 조선조 연산군 때의 문신. 자는 주지(胄之), 호는 망헌(忘

詩, '池面沉沉水氣昏 夜深魚擲枕邊聞 明宵叩枻驪江月 竹嶺參天不見
君'. 驪江淸心樓[712] 有圃隱[713]詩, '烟雨空濛滿一江 樓中宿客夜開窓
明朝跋馬衝泥去 回首烟波白鳥雙' '騎馬東西底事成 秋風汲汲[714]又南
行 驪江一夜樓中宿 臥聽漁歌長短聲'. 榮州[715]客舍有圃隱詩, '携家草
草[716]過龜城[717] 逆旅無人識姓名 身世險巇[718]双鬢改 明朝又試嶺頭行'
皆警切[719].

055 安東士人金昌文[720] 少有絶才 有詩云, '唐虞[721]事業日蕭條[722] 風雨
乾坤夢寂寥 春到碧山花鳥語 太平遺像未全銷' 其詩多膾炙嶺南 未達
而天. 其弟昌錫[723] 亦以詩畫筆三絶名. 登第僅至臺閣[724]而歿云.

軒), 본관은 고성(固城), 이평(李評)의 아들.
712) 청심루(淸心樓): 경기도 여주(驪州)에 있는 누각.
713) 포은(圃隱): 고려말의 문신이자 학자인 정몽주(鄭夢周, 1337~1392)의 호. 정몽주의
  처음 이름은 몽란(夢蘭)·몽룡(夢龍), 자는 달가(達可), 본관은 연일(延日), 정운관(鄭
  云瓘)의 아들. 시호는 문충(文忠).
714) 급급(汲汲): 한 가지 일에만 정신을 쏟아 다른 일을 할 마음의 여유가 없음.
715) 영주(榮州): 경상북도에 있는 고을.
716) 초초(草草): 바쁘고 급한 모양. 간략한 모양. 갖출 것을 다 갖추지 못하여 초라한
  모양.
717) 구성(龜城): 경상북도 영주(榮州)의 옛 이름.
718) 험희(險巇): 험난(險難)함.
719) 경절(警切): 절실한 경계의 말.
720) 김창문(金昌文, 1649~1675): 조선조 현종 때의 문신. 자는 즉야(卽野), 호는 질재(質
  齋), 본관은 의성(義城), 김이기(金履基)의 아들, 김창석(金昌錫)의 형.
721) 당우(唐虞): 중국 고대의 임금인 도당씨(陶唐氏) 요(堯)와 유우씨(有虞氏) 순(舜)을
  아울러 이르는 말.
722) 소조(蕭條): 고요하고 쓸쓸함.
723) 김창석(金昌錫, 1652~1720): 조선조 숙종 때의 문신. 자는 천여(天與), 호는 월탄(月
  灘), 본관은 의성(義城), 김이기(金履基)의 아들. 사간원 정언(正言)을 역임함.
724) 대각(臺閣): 조선시대 사헌부(司憲府)와 사간원(司諫院)을 통틀어 이르던 말. 여기에
  홍문관(弘文館) 또는 규장각(奎章閣)을 더하기도 함.

056 外王父嘗言, "王昭君⁷²⁵⁾詩, '莫以丹靑⁷²⁶⁾怨畵師 毛生⁷²⁷⁾爲計不全痴 當時若在昭君側 漢室存亡未可知' 此楊州金某作. 卽余先祖妣⁷²⁸⁾一家人也. 古人之詠明妃⁷²⁹⁾ 未有此意. 可謂發前人所未發." 爲敎. 其後見申高靈⁷³⁰⁾破閑集⁷³¹⁾ 有高麗人詩 亦用此意 而詩調頓不及. 此詩少時聞於人. 扶餘懷古詩, '百濟城邊草樹荒 千年往跡問漁郞 回舟不答興亡事 流下前江釣夕陽' 卽許姓人作. 山行詩, '山石槎牙⁷³²⁾細路斜 隔溪籬落是誰家 可憐寂寂山梨樹 不爲無人廢着花' 不知何人所作. 雖無名字 或有此佳作.

057 金司圃⁷³³⁾禔[褆]⁷³⁴⁾ 國朝名畵. 嘗遊楓岳 縱觀內外山 畵意溢於胸

---

725) 왕소군(王昭君) : 중국 전한(前漢) 원제(元帝)의 후궁. 이름은 장(嬙), 소군(昭君)은 자. 기원전 33년 흉노(匈奴)와의 화친 정책으로 흉노의 호한야 선우(呼韓邪單于)와 정략 결혼을 하였으나 자살하였음.

726) 단청(丹靑) : 채색(彩色). 옛날식 집의 벽, 기둥, 천장 따위에 여러 가지 빛깔로 그림이나 무늬를 그림. 또는 그 그림이나 무늬.

727) 모생(毛生) : 중국 전한 원제 때의 화공(畵工)인 모연수(毛延壽)를 가리킴. 흉노에 보낼 궁녀를 고르기 위해 모연수에게 궁녀들의 초상을 그리게 하였는데, 다른 궁녀들은 예쁘게 그려 달라고 뇌물을 썼으나 왕소군은 뇌물을 주지 않아서 밉게 그렸고, 그 결과 가장 밉게 그려진 왕소군이 흉노의 선우에게 시집을 가게 되었음.

728) 선조비(先祖妣) : 윤지완의 조모(祖母)인 김씨(金氏)를 가리킴. 김씨는 김찬선(金纘先)의 딸.

729) 명비(明妃) : 왕소군을 달리 이르던 말.

730) 신 고령(申高靈) : 조선조 성종 때의 문신인 신숙주(申叔舟, 1417~1475)를 가리킴. 신숙주의 자는 범옹(泛翁), 호는 보한재(保閑齋), 본관은 고령(高靈), 신장(申檣)의 아들. 시호는 문충(文忠).

731) 파한집(破閑集) : 고려 중기의 문신인 이인로가 저술한 시화집(詩話集). 본문에 신숙주가 저술한 듯이 기술한 것은 오류임.

732) 사아(槎牙) : 돌이 삐죽삐죽한 모양. 들쭉날쭉 가지런하지 않은 모양. 나무가 앙상한 모양.

733) 사포(司圃) : 조선시대 사포서(司圃署)에 딸린 정6품 관직으로, 궁중의 원예(園藝) · 채소(菜蔬)에 관한 직무를 담당하였음.

734) 김시(金禔, 1524~1593) : 조선조 선조 때의 서화가. 자는 계수(季綏), 호는 양송당(養松堂) · 양송헌(養松軒) · 양송거사(養松居士) · 취면(醉眠), 본관은 연안(延安), 김안로

襟 而無畫本[735]不可寫. 歸路至逆旅 遇一士人 橐中多貯好紙. 司圃曰,
"吾嘗粗識丹青 今見金剛內外山 極欲揮灑 而無紙本. 君若借數幅紙
則坐間當揮筆以奉. 君意如何?" 士人曰, "吾方往見李玉山 欲受其筆
携紙以來 不可從." 玉山卽栗谷弟瑀[736] 方居其地 以善書名故也. 司圃
悵然[737]而去. 士人往見玉山 道其事曰, "爲受公筆 橐多携楮 路遇遊山
客 自稱善畫而請之 可笑." 玉山嗟惋[738]不已曰, "纔聞金禔來遊楓岳.
想其歸 畫思滿腔 有是言也. 金絶世名畫. 遇名畫難 遇其看山欲寫時
尤難 君之遇此而差過[739] 甚可惜也. 君不受金畫 而受吾書何爲?" 遂不
寫 士人始大恨[740].

058 尤齋宋公 聰明絶人. 少過山寺 僧徒雖過千人 一聞其名不忘. 七十
後 嘗遊一寺 同行者請曰, "公少時 一聞僧名不錯 今可試之否?" 宋公
曰, "吾老矣. 聰明已減 豈能如少日?" 其人遂盡聚一寺僧 殆過數百.
使之一人 鱗次而入拜 各誦其僧名年歲. 盡其數訖 使僧散入而見之.
宋公盡呼其名與年紀 不錯一人.

059 壬辰後 國家被誣於丁應泰[741]. 是時 應泰尙留關西 甚秘其事 自草

(金安老)의 아들, 화명(畵名)이 있는 김기(金祺)의 아우.

735) 화본(畵本) : 그림의 바탕이 되는 종이, 천, 물감 따위를 이르는 말.

736) 이우(李瑀, 1542~1609) : 조선조 선조 때의 서화가. 자는 계헌(季獻), 호는 옥산(玉山)·
죽와(竹窩)·기와(寄窩), 본관은 덕수(德水), 이원수(李元秀)의 아들, 이이(李珥)의 아우.

737) 창연(悵然) : 몹시 서운하고 섭섭함.

738) 차완(嗟惋) : 안타까워하며 탄식함.

739) 차과(差過) : 어긋나서 지나침.

740) 대한(大恨) : 막심한 후회.

741) 정응태(丁應泰) : 임진왜란 때 명나라의 병부주사(兵部主事)로, 1598년 사신으로 와서
조선이 왜병을 끌어들여 명나라를 침범하려 한다고 무고하는 글을 신종(神宗)에게
올렸음.

奏本. 而我國人入 則輒藏之. 國家無以得見其語. 方伯極擇神聰者爲
知印 入而告飯 擧案而進. 應泰方鋪其草本 見其來 卽撤而藏之. 其人
瞥眼見其草而出 文字卽斷不可識. 只以其霎然⁷⁴²⁾形現於眼底者 凝神
靜思其四面而寫. 其點畵盡畵其紙 皆成字樣. 按之 遂宛然一通奏文草
也. 人之才分 類萬不同⁷⁴³⁾ 其神捷⁷⁴⁴⁾有如是者. 外王父忠正公 嘗聞於
先輩而言之.

060 卞承旨熀[楗]⁷⁴⁵⁾兒時 隨其父時望赴縣. 其父日授綱目七八張 旣學
而出. 一不開卷 翌朝披其書 只以手指. 按其冊張四隅 亦不讀一巡 誦
如懸泉⁷⁴⁶⁾. 其庶從祖⁷⁴⁷⁾ 言於其父曰, "此兒一不開卷 而能誦之 宜督
過⁷⁴⁸⁾使之勤讀." 其父遂倍其數 授十五六張. 令其庶叔伺之. 一如前日
不讀而善誦. 其父大奇之 問曰, "汝能兼幾行?" 對曰, "一張之內 一時
畢羅於眼前." 其父曰, "我則僅能俱下數行 汝比吾較 勝矣." 遂不勤
敎. 後以明經⁷⁴⁹⁾登第 且能善文 以考官掌試 策士之文⁷⁵⁰⁾ 多出其手云.

061 尹學士繼善⁷⁵¹⁾兒時 隨其姊婿上山菴讀書. 其父⁷⁵²⁾托其婿 俾嚴課

---

742) 삽연(霎然) : 몹시 짧은 사이.

743) 유만부동(類萬不同) : 비슷한 것이 많으나 서로 같지는 아니함.

744) 신첩(神捷) : 귀신처럼 민첩함.

745) 변황(卞熀, 1623~?) : 조선조 효종 때의 문신. 자는 문거(文擧), 본관은 초계(草溪),
변시망(卞時望)의 아들.

746) 송여현천(誦如懸泉) : 물이 샘솟듯 막힘없이 줄줄 외움.

747) 서종조(庶從祖) : 할아버지의 서출(庶出)인 남자 형제.

748) 독과(督過) : 잘못을 꾸짖음.

749) 명경(明經) : 명경과(明經科). 경전을 풀이하는 것으로 시험을 보는 과거.

750) 책사지문(策士之文) : 경전의 뜻이나 정치적인 문제에 대하여 논술하는 책문(策問)에
답한 선비들의 글.

751) 윤계선(尹繼善, 1577~1604) : 조선조 선조 때의 문신. 자는 이술(而述), 호는 파담(坡
潭), 본관은 파평(坡平), 윤희굉(尹希宏)의 아들.

讀. 尹栖寺之後 一不開卷. 姊婿屢督 而終不聽 未數月而還. 其父問其婿曰, "繼善能讀幾何?" 婿仰屋[753]曰, "不讀一行奈何?" 其父怒命拿入將笞之. 尹曰, "盡讀尙書一帙而來. 請誦之 有碍則受笞未晩也." 其父散抽尙書試之. 洞燭無餘[洞誦無滯[754]] 盡一帙 無不皆然. 姊兄大驚曰, "汝何曾讀一字乎? 何以能如此?" 答曰, "毋[每]於兄讀書時 吾豈不時時臥而聽之乎?" 後登魁科 未達而夭.

062 趙德輿[755] 淸州士人. 嘗從進士朴泰登[756] 求見其叔父朴承旨世儁[757]所著 程文經義七首 乞借而謄之. 朴靳固[758]之 趙一覽而歸. 暗誦盡寫其七篇 示朴曰, "此文傳於世久矣. 吾謄諸他人 按之不差一字.

063 徐文化[759]夢良[760] 辛巳[761]以金吾郎[762]入直 適値仁顯王后[763]喪. 入直官不離次例 於府中成服. 獄中時囚者 同哭於庭. 止哭後 有一罪囚獨哭 良久不止. 徐問曰, "何人?" 對曰, "長興[764]武弁 爲北道[765]邊將

---

752) 기부(其父) : 윤희굉(尹希宏)으로 자세한 행적은 미상.

753) 앙옥(仰屋) : 천장만 쳐다보며 탄식함.

754) 통송무체(洞誦無滯) : 막힘이 없이 줄줄 외움.

755) 조덕여(趙德輿) : 생몰연대 및 자세한 행적 미상.

756) 박태등(朴泰登, 1653~?) : 조선조 숙종 때의 문신. 자는 성관(聖觀), 본관은 반남(潘南), 박세혁(朴世爀)의 아들.

757) 박세준(朴世儁, 1634~?) : 조선조 숙종 때의 문신. 자는 중회(仲晦), 호는 구호(鷗湖), 본관은 반남(潘南), 박려(朴梠)의 아들.

758) 근고(靳固) : 아껴서 숨김.

759) 문화(文化) : 황해도 신천(信川) 지역의 옛 이름.

760) 서몽량(徐夢良, 1659~?) : 조선조 숙종 때의 문신. 자는 영년(永年), 호는 송남거사(松南居士), 본관은 남양(南陽), 서한주(徐漢柱)의 아들. 문화현령(文化縣令)을 역임함.

761) 신사(辛巳) : 1701년(숙종27). 인현왕후가 승하한 해이자, 장희빈이 사약을 받은 해임.

762) 금오랑(金吾郞) : 조선시대 의금부(義禁府)의 종5품 벼슬.

763) 인현왕후(仁顯王后, 1667~1701) : 조선조 제19대 임금인 숙종의 계비. 본관은 여흥(驪興). 아버지는 여양부원군(驪陽府院君) 민유중(閔維重), 어머니는 은진송씨(恩津宋氏).

以採蔘事 二十六人同囚 將死." 此人纔過其母喪於獄中 未得奔哭而將
葬故 似以私情久哭. 徐憐之 使取其文案見之. 卄六人皆有可生之道
而王府[766]之規 堂上數遞[遞] 郞員雖多 不敢贊一辭故 例不窺推案[767]
因循(以度科律)轉重 仍成久囚. 徐仍問曰, "經年久囚 又有如是者否?"
吏復以倭譯七人 以倭館修釐[768] 銀貨濫用 將死事對. 又取而視之 亦有
可原[769]者. 徐遂慨然歎曰, "古人曰, '求其生而不得 則死者與我皆無
恨.' 況有可生之道 而獄官因循轉致文法[770]而死 則安在其重獄[771]設官
之意哉! 我則官微 不敢干預於參決[772] 當以一疏 叫閽[773]以效 執藝之
諫[774]." 遂草疏數千言 一一究覈[775]其委折 付之生議[776]欲呈之. 其友
婿[777]金相宇杭[778]曰, "於君有出位之嫌[779] 且有妨於前後金吾堂上. 何
不先陳於判金吾[780] 使有擇焉?" 徐遂止. 李領相濡[781] 方判金吾 請觀

764) 장흥(長興) : 전라남도에 있는 고을.

765) 북도(北道) : 우리나라 동북면(東北面) 곧 함경도 지방을 이름. 삭방도(朔方道).

766) 왕부(王府) : 조선시대 임금의 명령을 받아 중죄인을 신문하는 일을 맡아 하던 관아인
    의금부(義禁府)를 달리 이르던 말.

767) 추안(推案) : 추국(推鞫)한 문안. 조선시대 의금부에서 임금의 특명에 따라 중죄인을
    신문한 문서.

768) 수리(修釐) : 수리(修理). 고장 나거나 허름한 데를 손보아 고침.

769) 가원(可原) : 용서(容恕)할 만함.

770) 문법(文法) : 법문(法文). 법령(法令). 법률(法律)의 조항(條項).

771) 중옥(重獄) : 예전에 중죄인을 가두던 감옥.

772) 참결(參決) : 임금을 대신하여 참여하여 결정함.

773) 규혼(叫閽) : 호소할 일이 있을 때 여러 사람이 궁궐 문 앞에서 억울함을 알리는 일.

774) 집예지간(執藝之諫) : 자신이 맡고 있는 일을 가지고 간(諫)하는 일.

775) 구핵(究覈) : 이치나 사실 따위를 속속들이 살펴 밝힘.

776) 생의(生議) : 살리기 위한 의논. 미결수(未決囚)에 대하여 되도록 죽이지 않기 위해서
    사죄(死罪) 이하로 논죄(論罪)하는 것을 가리킴.

777) 우서(友婿) : 동서(同壻). 같은 집안의 사위.

778) 김우항(金宇杭, 1649~1723) : 조선조 숙종 때의 문신. 자는 제중(濟仲), 호는 갑봉(甲
    峰), 본관은 김해(金海). 김홍경(金洪慶)의 아들. 시호는 충정(忠靖).

779) 출위지혐(出位之嫌) : 분수를 벗어난 외람된 행동이라는 혐의.

其疏草. 而徐家在天安故 其間適往(來其家而)留之. 遂暗記而謄送. 採蔘
邊戍及偸銀譯舌 俱得不死. 其後卽生兩孫 人以爲陰報. 其從弟士人趙
鏞⁷⁸²⁾言其事. 且云, "壬午⁷⁸³⁾適往見徐兄 令我執筆誦前草謄之無錯. 經
年之後 强記⁷⁸⁴⁾數千言 記性⁷⁸⁵⁾絶倫."云.

064 趙鏞又云, "徐文化夢良宰靑陽⁷⁸⁶⁾ 吾適過宿. 鄭富平⁷⁸⁷⁾治⁷⁸⁸⁾ 以妹
婿⁷⁸⁹⁾ 歷過良久云. 親客有妨於聽政⁷⁹⁰⁾ 宜從傍酬應⁷⁹¹⁾ 無滯文簿. 徐令
受民狀⁷⁹²⁾ 兩吏⁷⁹³⁾迭告⁷⁹⁴⁾ 殆過五六十狀[張]. 徐方談話而傍聽⁷⁹⁵⁾ 吏告
不題⁷⁹⁶⁾而積置 吏誦記[訖] 又誦他狀 盡其牒 翻其文軸. 遂次次呼其名

---

780) 판금오(判金吾) : 조선시대 의금부의 종1품 으뜸 벼슬인 판의금부사(判義禁府事)를 달
리 이르던 말.
781) 이유(李濡, 1645~1721) : 조선조 숙종 때의 문신. 자는 자우(子雨), 호는 녹천(鹿川),
본관은 전주(全州). 세종의 다섯째 아들인 광평대군 여(廣平大君璵)의 후손, 이중휘
(李重輝)의 아들. 시호는 혜정(惠定).
782) 조용(趙鏞) : 생몰연대 및 자세한 행적 미상.
783) 임오(壬午) : 1702년(숙종28).
784) 강기(强記) : 오래도록 잊지 아니하고 잘 기억함. 또는 그런 기억.
785) 기성(記性) : 기억력(記憶力). 사물을 기억하는 능력.
786) 청양(靑陽) : 충청남도에 있는 고을.
787) 부평(富平) : 경기도에 있는 고을.
788) 정치(鄭治, 1653~1724) : 조선조 경종 때의 문신. 자는 형숙(馨叔), 본관은 연일(延
日), 정철(鄭澈)의 현손, 정세연(鄭世演)의 아들.
789) 매서(妹婿) : 매부(妹夫). 누이의 남편.
790) 청정(聽政) : 정사(政事)에 관해서 신하가 아뢰는 말을 임금이 듣고 처리함. 여기서는
청양현감이 정사에 대해 아전들이 아뢰는 말을 듣는다는 뜻임.
791) 종방수응(從傍酬應) : 곁에서 응수(應酬)함.
792) 민장(民狀) : 예전에 백성들이 송사(訟事)와 청원(請願)에 관한 서류를 이르던 말.
793) 양리(兩吏) : 지방관아의 이방(吏房)과 고을 아전의 우두머리인 호장(戶長).
794) 질고(迭告) : 교대(交代)로 아룀.
795) 방청(傍聽) : 정식 성원(成員)이 아니거나 직접적인 관계가 없는 사람이 회의, 토론,
연설, 공판(公判), 공개 방송 따위에 참석하여 들음.
796) 제(題) : 뎨김[題音]의 준말. 조선시대 백성이 관아에 소장(訴狀)을 제출하면 관에서
그 소장의 여백에 적어주는 판결문.

而盡題之. 鄭笑曰, '君乃欲衒能⁷⁹⁷⁾ 必有誤題.' 取其狀審之 一無差錯
鄭驚歎."

065 姜月塘相國碩期⁷⁹⁸⁾之庶族在鄉者 亦與國舅⁷⁹⁹⁾閔驪陽維重⁸⁰⁰⁾有戚
分⁸⁰¹⁾. 其人嘗過姜相家 來謁閔公曰, "姜政丞宅亡矣." 閔公曰, "何以
言之?" 其人曰, "我在鄉曲 無求於人. 於姜相公爲親戚 適入京城 不可
不往謁相公 固欣然款待 辭退歷拜 其胤子⁸⁰²⁾坐室中 詬罵⁸⁰³⁾曰, '吾何
嘗欲見渠乎?' 聲聞於外. 主人既厭見 不敢久坐 暫敍而來. 相公家子弟
驕人如此 安得不亡?" 閔公方臥 蹶然起曰, "汝言是矣." 未幾 姜嬪⁸⁰⁴⁾
之禍作云. 驪陽之子 閔相鎭遠⁸⁰⁵⁾云.

066 閔相鎭遠嘗言, "曾往見李翔⁸⁰⁶⁾ 談間云, '朴和叔 非通儒⁸⁰⁷⁾.' 吾云,

797) 현능(衒能) : 자기의 재능을 드러내어서 자랑함.

798) 강석기(姜碩期, 1580~1643) : 조선조 인조 때의 문신. 자는 복이(復而), 호는 월당(月
塘)·삼당(三塘), 본관은 금천(衿川), 강찬(姜燦)의 아들, 큰아버지 강돈(姜焞)에게 입
양됨. 소현세자(昭顯世子)의 빈인 민회빈(愍懷嬪)의 아버지. 사후 민회빈의 옥사로
관작이 추탈되었다가 숙종 때 복관됨. 시호는 문정(文貞).

799) 국구(國舅) : 임금의 장인.

800) 민유중(閔維重, 1630~1687) : 조선조 효종 때의 문신. 자는 지숙(持叔), 호는 둔촌(屯
村), 본관은 여흥(驪興), 민광훈(閔光勳)의 아들, 민정중(閔鼎重)의 아우. 숙종의 장인
으로 여양부원군(驪陽府院君)에 봉해짐. 시호는 문정(文貞).

801) 척분(戚分) : 성(姓)이 다르면서 일가(一家)가 되는 관계.

802) 윤자(胤子) : 강석기(姜碩期)의 맏아들인 강문성(姜文星, 1603~1646)을 가리킴. 강문
성의 자는 재명(再明), 본관은 금천(衿川). 누이인 민회빈(愍懷嬪) 강씨의 폐출과 관련
하여 역적으로 몰려 의금부에서 심문 도중 장살되었음.

803) 후매(詬罵) : 후욕(詬辱). 꾸짖어서 욕함.

804) 강빈(姜嬪) : 조선조 인조의 장남인 소현세자(昭顯世子)의 빈(嬪)인 민회빈(愍懷嬪,
1611~1646) 강씨. 강석기(姜碩期)의 딸임.

805) 민진원(閔鎭遠, 1664~1736) : 조선조 영조 때의 문신. 노론의 영수. 자는 성유(聖猷),
호는 단암(丹巖), 본관은 여흥(驪興), 민유중(閔維重)의 아들. 시호는 문충(文忠).

806) 이상(李翔, 1620~1690) : 조선조 숙종 때의 문신. 자는 운거(雲擧)·숙우(叔羽), 호는
타우(打愚), 본관은 우봉(牛峰), 이유겸(李有謙)의 아들. 시호는 문목(文穆).

'何謂也?' 答曰, '和叔世業頗饒 而全然抛棄 謾不知産業 貧無以自存 豈足爲通儒?' 吾極欲答以'尊丈太爲通儒(可悶)'云 而不敢(發)云." 和叔 玄江[石]朴公世采[808]表德.

067 月沙李公廷龜[809] 閔判府事[810]馨男[811] 俱是庚[甲]子[812]同庚[813]. 又 少與親密同硏[814]. 月沙早貴位正卿[815] 而閔猶在韋布[816]. 母[每]與諸友 做文會於路傍. 月沙或過 則坐中輒指軒車而戲曰, "君之同庚過矣." 月沙亦枉車騎 頻造沮戲[817]程工. 閔不勝其苦 嘗與親朋 會於矮[委] 巷[818]. 月沙又尋造坐間 適有盲人 口呼賣卜[819]而過門外者 使人招之. 月沙詒[紿]曰, "此是科儒之會. 汝先推我命." 仍自言其生年日時曰, "可得今科否?" 盲人推之良久 起拜曰, "曷爲誑我病人? 此命 貴已久

---

807) 통유(通儒): 세상사에 통달하고 실행력이 있는 유학자.
808) 박세채(朴世采, 1631~1695): 조선조 숙종 때의 문신. 자는 화숙(和叔), 호는 현석(玄石)·남계(南溪), 본관은 반남(潘南), 박의(朴猗)의 아들. 소론(少論)의 영수. 시호는 문순(文純).
809) 이정구(李廷龜): 제3화 주 참조.
810) 판부사(判府事): 조선시대 중추부(中樞府)의 종1품 으뜸벼슬인 판중추부사(判中樞府事).
811) 민형남(閔馨男, 1564~1659): 조선조 효종 때의 문신. 자는 윤부(潤夫), 호는 지애(芝崖), 본관은 여흥(驪興), 민복(閔福)의 아들. 광해군 때 벼슬이 1품직에 이르렀다가 인조반정 후 모든 훈작을 삭탈 당하였으나, 그 뒤 복직되어 1653년(효종4) 다시 1품직에 올랐음. 시호는 장정(莊貞).
812) 갑자(甲子): 1564년(명종19).
813) 동경(同庚): 동갑(同甲). 같은 나이.
814) 동연(同硏): 동접(同接). 같은 곳에서 함께 공부함.
815) 정경(正卿): 정2품 이상의 벼슬을 아경(亞卿)에 상대하여 이르던 말. 의정부 참찬, 육조(六曹)의 판서, 한성부 판윤, 홍문관 대제학 따위를 이름.
816) 위포(韋布): '위대포의(韋帶布衣). 장식이 없는 평민용 가죽 띠와 베로 만든 옷이라는 뜻으로, 벼슬을 하기 전의 처지를 비유적으로 이르는 말.
817) 저희(沮戲): 훼사(毁事)를 놂. 남을 지근덕거려 방해(妨害)함.
818) 위항(委巷): 여항(閭巷). 여염(閭閻). 백성들의 살림집이 많이 모여 있는 곳.
819) 매복(賣卜): 돈을 받고 점을 쳐줌.

矣. 似躐[820]正卿之班." 月沙又言閔命. 盲曰, "此命姑未第 而可捷今年
之科. 雖然 其登一品 當先相公. 年又耆耋[821] 過於相公. 且有一事可
異. 此命必再躋一品." 諸人関然曰, "以今白徒[822] 先躐正卿之上 必無
是理. 再躋一品 尤不成說." 一笑而罷. 閔是年登第 光海[823]朝屢參僞
勳[824] 驟陞[825]一品. 以遠接使[826]到龍灣[827]. 是時 月沙奉使于燕京而歸
相遇於統軍[828]. 從人先設座以待之 誤連兩座於主壁. 閔公府隸 踢退
月沙席曰, "我老爺品高 正使相公 安得竝坐?" 竟設座東壁. 俄而月沙
至 相視而笑曰, "今日始知其盲人推步之精也." 其後 閔進秩爲府院
君. 仁廟改玉[829] 並削昏朝僞勳 閔降秩爲亞卿[830]. 年過九旬 漸次陞秩
又以壽職[831] 官判府事而終. 一如盲人之言.

068 白沙[832]李公 嘗雨中閑坐 盲人咸順命[833]來謁. 公曰, "以何事冒雨

---

820) 렵(躐) : 넘음. 뛰어넘음.

821) 기질(耆耋) : 나이가 많은 노인.

822) 백도(白徒) : 과거에 급제하지 못한 사람. * 과거를 거치지 않고 벼슬아치가 되는 일.
또는 그런 사람.

823) 광해군(光海君) : 조선조 제15대 임금. 재위 1608~1623. 이름은 혼(琿, 1575~1641).
선조의 둘째 아들. 어머니는 공빈(恭嬪) 김씨, 왕비는 유자신(柳自新)의 딸. 1623년
인조반정으로 왕위에서 물러남.

824) 위훈(僞勳) : 거짓 공훈. 잘못된 일을 공로로 만들었다가 삭탈(削奪) 당한 훈공(勳功).

825) 취승(驟陞) : 취진(驟進). 계급이나 벼슬이 갑자기 뛰어오름.

826) 원접사(遠接使) : 조선시대 중국의 사신을 맞아들이던 임시 벼슬. 또는 그 벼슬아치.

827) 용만(龍灣) : 평안도 압록강 가에 있는 고을.

828) 통군(統軍) : 통군정(統軍亭). 평안북도 의주(義州) 압록강 가 삼각산 봉우리에 있는
누정.

829) 인묘개옥(仁廟改玉) : 1623년의 인조반정(仁祖反正).

830) 아경(亞卿) : 조선시대에 정2품 벼슬을 뜻하는 정경(正卿)에 버금간다는 뜻으로 종2품
벼슬을 일컫던 말.

831) 수직(壽職) : 해마다 정월에 80세 이상의 벼슬아치와 90세 이상의 백성에게 은전(恩
典)으로 주던 벼슬.

832) 백사(白沙) : 조선조 광해군 때의 문신인 이항복(李恒福, 1556~1618)의 호. 제35화

而至?"順命曰, "苟非緊 故病人那得衝雨而至乎?"公曰, "姑捨汝所請 先從吾請 可乎?"朴判書邌[834] 兒時受學於白沙 方在座. 公指而問曰, "此兒之命 何如?"順命細推而言曰, "此郎可到兵曹判書."白沙歎曰, "汝之術數精矣. 此兒元來可到此官矣."順命告朴公曰, "甲午[835]年間 郎君似當爲大司馬[836]矣."是時 白沙庶子箕男[837] 與朴公同學. 箕男曰, "君若主本兵 則宜授我兵使[838]."朴公笑應曰, "諾."甲午 朴公果入中 兵[839]. 箕男往見 不復一言. 辭出時 朴公之側室少兒在前. 箕男手携其 兒 捽曳[840]搏擊[841]於墻外. 公驚問之 答曰, "我以鰲城[842]之妾子 與兵 判有小兒宿約 而亦不相念. 況此循例[843] 兵判之妾子 雖生何爲? 殺之 無惜."朴公笑曰, "我雖兒時許汝 邦家[844]政格[845]截然[846] 何敢以庶孼 爲兵使?"箕男曰, "然則 君宜上疏 自陳其兒時之約 不應中兵之命 可

주 참조.

833) 함순명(咸順命) : 생몰연대 미상. 조선조 선조 때의 맹인 점쟁이.

834) 박서(朴邌, 1602~1653) : 조선조 효종 때의 문신. 자는 상지(尙之), 호는 현계(玄溪), 본관은 밀양(密陽), 박효남(朴孝男)의 아들.

835) 갑오(甲午) : 박서의 일생과 가장 가까운 갑오년은 1654년(효종5)으로 이때는 이미 타계한 뒤임. 박서가 병조판서에 임명된 해는 신묘년(1651, 효종2)임.

836) 대사마(大司馬) : 조선시대 병조판서를 달리 이르던 말.

837) 이기남(李箕男, 1598~1680) : 조선조 현종 때의 문신. 자는 정숙(靜叔), 본관은 경주(慶州), 이항복(李恒福)의 서자.

838) 병사(兵使) : 조선시대 각 지방의 병마를 지휘하던 종2품의 무관 벼슬인 병마절도사(兵馬節度使).

839) 중병(中兵) : 중국 위(魏)나라 때의 오병상서(五兵尙書) 가운데 하나로서, 즉 기내(畿內)의 군대를 관장하는 관원을 이르는데, 여기서는 병조판서(兵曹判書)를 가리킴.

840) 졸예(捽曳) : 잡아 끎.

841) 박격(搏擊) : 몹시 후려서 냅다 침.

842) 오성(鰲城) : 오성부원군(鰲城府院君)에 봉해진 이항복을 가리킴.

843) 순례(循例) : 관례(慣例)나 전례(前例)에 따름.

844) 방가(邦家) : 국가(國家). 나라.

845) 정격(政格) : 벼슬아치를 등용하여 임명하거나 파면하여 내쫓는 일에 관한 법식(法式).

846) 절연(截然) : 맺고 끊음이 칼로 자르듯이 분명함.

矣."朴公笑曰,"我識汝意. 白翎[847]僉使[848]近作窠[849] 意必在此."箕男
憮然[850]曰,"以兵使之約 只得白翎 誠可歉[851] 亦復奈何?"竟除白翎.

069 鄭左相致和[852] 陽坡之弟 外王父忠正公之仲舅[853]. 嘗爲江原監司
營下士人 家有明鏡數[854]散帙[855]. 明鏡數 未知誰所著 而卽聚會自古以
來生年月日時 記其一生所經 壽夭貴賤 一一錄其已驗之書 卽皇朝禁
書. 鄭公借見其散帙若干卷 書註[四柱]甚多. 而兒而夭者無數 輒稱幾
歲以疫化去[856]. 人生而成長者至難. 其壽而富貴者 千萬之一. 適會鄭
公四柱在焉. 其下書曰, '宋丞相鄭毅夫之命. 戊辰[857]秋科 以策登第.'
與公如合符契. 毅夫卽鄭獬[858]字 有丙[兩]子 年壽不永. 而鄭公無嗣 有
妾子兩人. 毅夫畢命之年[859] 鄭公甚不豫[860]而終無恙 享年過六旬. 無
乃大國(官位)之隆重[861] 其享用[862]之盛 與小國絕異 被其磨折[863]而然歟!

847) 백령(白翎) : 인천광역시(仁川廣域市) 옹진군(甕津郡)에 있는 섬.
848) 첨사(僉使) : 조선시대 각 진영(鎭營)에 속한 종3품의 무관 벼슬인 첨절제사(僉節制使).
849) 과(窠) : 벼슬자리. 관직(官職).
850) 무연(憮然) : 크게 낙심하여 허탈해하거나 멍함.
851) 가겸(可歉) : 마음에 차지 않음.
852) 정치화(鄭致和, 1609~1677) : 조선조 숙종 때의 문신. 자는 성능(聖能), 호는 기주(棋
洲), 본관은 동래(東萊). 정광성(鄭廣成)의 아들, 정태화(鄭太和)의 동생. 평안감사,
좌의정을 역임하였음. 부인 의령 남씨(宜寧南氏)에게 아들을 얻지 못해 형인 정태화
의 아들 정재륜(鄭載崙)을 입양하였음.
853) 중구(仲舅) : 가운데 외삼촌.
854) 명경수(明鏡數) : 점복(占卜)에 관한 책으로, 조선조 예종 때 금서(禁書)로 지정되었음.
855) 산질(散帙) : 낙질(落帙). 한 질을 이루는 여러 권의 책 중에서 빠진 권이 있음.
856) 화거(化去) : 다른 것으로 변하여 간다는 뜻으로, '죽음'을 이르는 말.
857) 무진(戊辰) : 1628년(인조6).
858) 정해(鄭獬, 1022~1072) : 중국 북송(北宋) 신종(神宗) 때의 정치가. 안주(安州) 안륙
(安陸) 사람. 자는 의부(毅夫) 또는 의부(義夫).
859) 필명지년(畢命之年) : 목숨을 마치던 해의 나이. 정해가 사망할 때의 나이는 51세임.
860) 불예(不豫) : 불열(不悅). 기쁘지 않음. * 임금이나 왕비가 편치 않거나 죽음.
861) 융중(隆重) : 권한이나 책임, 의의 따위가 매우 크고 무거움.

070 樂靜[864]趙公 壯元及第 榜下同年 例於唱第之前 來謁壯頭. 有一同
年 鬚髮滄浪[865]者來見. 坐定擧眼熟視而笑曰, "異哉, 異哉! 育養壯元
而登第 安得不老?" 公問曰, "何謂也?" 其人曰, "我湖南人 老於場屋.
自少入京赴擧 不知其何年間趂科入京. 行到振威[866]葛院[867]地 夢見一
兒 下第而歸. 初以爲偶然 其後赴擧 每到葛院 夢見其兒則輒落. 自是
其兒漸長 每夢已慣其面目 孩提戲笑 若相欣然. 旣覺 已知其必落 心
惡之 移其宿處. 雖不宿葛院前 却葛院數十里而宿輒夢之. 又改其路
由安城[868]抵京. 每過葛院相代處 必夢之 終無奈何 還由大路行. 兒乃
年長而冠 旣冠亦累見 顔熟相親. 今行亦夢 已料其必落 忽登第 莫知
其所以. 今日來謁壯元 宛然夢中顔面 此誠異事." 科第得失 豈非天哉!

071 許相頊[869]少時 其婦翁爲安東府使. 許相往住甥館. 府使之內 夢一
獅子 從婿室中出 化爲龍飛去. 許相少字獅子. 是時適有試士之命. 其
婦翁令上京應擧. 許相年幼不文不欲往 力勸送之. 至圻內 秣馬酒店.
酒爐上有四六一卷 問於主人 答曰, "朝者 有一士子落置故 追往數里
不及而還." 許袖往入場. 旣不能自製 但繙閱其冊. 果有科題一篇 寫呈
得第. 許性質實[870] 每歷歷[871]自言其無文得第之由. 人多許其忠朴 致

---

862) 향용(享用): 누려서 씀.
863) 마절(磨折): 육체적 정신적으로 괴롭힘.
864) 낙정(樂靜): 조선조 인조 때의 문신인 조석윤(趙錫胤, 1605~1654)의 호. 조석윤의
    자는 윤지(胤之), 본관은 배천(白川), 조정호(趙廷虎)의 아들. 시호는 문효(文孝).
865) 창랑(滄浪): 넓고 큰 바다의 맑고 푸른 물결.
866) 진위(振威): 경기도 평택시(平澤市)에 있는 지명.
867) 갈원(葛院): 경기도 평택시 칠원동(七院洞)의 옛 이름.
868) 안성(安城): 경기도 남부에 있는 지명.
869) 허욱(許頊, 1548~1618): 조선조 광해군 때의 문신. 자는 공신(公愼), 호는 부훤(負
    暄), 본관은 양천(陽川), 허종(許琮)의 4대손, 허항(許沆)의 손자, 허응(許凝)의 아들.
    시호는 정목(貞穆).

位至左相.

072 郭天擧[872]槐山[873]校生. 夜與其妻同室 其妻睡中忽泣呼 問之 妻曰,
"夢有龍從天而降 啣君折屋[874]而上 是以泣." 天擧曰, "吾聞 有龍夢者
得第 奈我不文何?" 朝起爲灌溝洫[875] 出田間 田在路傍. 有披襟急行者
問之 云, "朝家新定別科 方急告於嶺南某邑守令之子." 云云. 天擧歸
語其妻曰, "夜來君有異夢 今日忽聞科報 而吾不識字言之奈何?" 妻勸
令入京 天擧再三力辭. 妻力勸 備盤纏[876]以給. 天擧至京 足未到王城
莫適所向 入崇禮門 至最初巷口 卽倉谷[877] 窮其洞而止. 下擔息憩[878]
於一舍門外. 其家人再三出見而去. 已而主人上舍[879]邀之. 天擧入見
具告 赴科而初到京 無投足處之意. 主人遂令留 與同入. 大抵 主人李
上舍 以宿儒老場屋科 具東人所製積成卷軸. 入場令天擧負而入 使之
歷考其冊中 與科題同者. (天擧以校儒 僅識其字 遂考而識之. 李旣製呈 始搜
之題同者)數篇 相似者亦多. 遂裁折[880]寫呈一篇 竝參解額[881]. 天擧大喜

870) 질실(質實) : 꾸밈이 없고 진실함.
871) 역력(歷歷) : 또렷하고 분명한 모양.
872) 곽천거(郭天擧) : 생몰연대 및 자세한 행적 미상.
873) 괴산(槐山) : 충청북도에 있는 고을.
874) 절옥(折屋) : 지붕을 쪼갬. 지붕을 뚫음.
875) 구혁(溝洫) : 봇도랑.
876) 반전(盤纏) : 노자(路資). 먼 길을 떠나 오가는 데 드는 비용.
877) 창곡(倉谷) : 창동(倉洞). 창골. 서울시 중구 남창동(南倉洞)과 북창동(北倉洞) 지역의
    옛 이름.
878) 하담식게(下擔息憩) : 짐을 내려놓고 휴식함.
879) 상사(上舍) : 상사생(上舍生). 조선시대 생원과나 진사과에 급제하여 성균관의 유생이
    된 사람을 일컫던 말.
880) 재절(裁折) : 마름질해 자름.
881) 해액(解額) : 회시(會試)에 응시할 수 있는 자격을 주는 향시(鄕試)에 합격한 사람들의
    정원 또는 그 명단.

曰, "吾歸而優免軍役 與及第何異?" 李遂挽 與同入會試[882] 又用前法
李見落而郭登第. 天稟質朴 不隱其跡 每自言其本末 人以此推挽[883] 官
止奉常正[884].

073 外王父忠正公 與從祖[885]左相公 同參壬寅[886]發解[887]. 宗室綾溪守
伋[888]來言, "公今科 兄弟必同登第." 忠正公曰, "何以知之?" 綾溪曰,
"已有先兆故 我自知之." 其後果聯璧[889]登第. 綾溪來賀曰, "吾言果中
矣." 公問之 答曰, "室婦曾夢 過義禁府[890]門外 有嘯竿[891]兩條 立於門
前 而兩竿上 皆刻龍頭. 夢中問曰, '是誰家竿?' 有人答曰, '此是吏曹
判書宅嘯竿.' 曰, '然則何爲立此金吾門外?' 答曰, '吏曹判書 方兼判
義禁[892]故立此門.' 仍仰首視之 兩竿所刻龍頭 皆化爲眞龍 沖天而去."

---

882) 회시(會試) : 복시(覆試). 조선시대 과거에서 초시(初試)에 합격한 사람이 2차로 보던
　　　과거시험.
883) 추만(推挽) : 추천(推薦). 뒤에서 밀고 앞에서 끎.
884) 봉상정(奉常正) : 봉상시정(奉常寺正). 조선시대 제사(祭祀)와 시호(諡號)의 의정(議
　　　定)에 관한 일을 맡아보던 봉상시(奉常寺)의 정3품 벼슬.
885) 종조(從祖) : 조선조 숙종 때의 문신인 윤지선(尹趾善, 1627~1704)을 가리킴. 윤지선
　　　의 자는 중린(仲麟), 호는 두포(杜浦), 본관은 파평(坡平), 윤강(尹絳)의 아들, 윤지완
　　　(尹趾完)의 형.
886) 임인(壬寅) : 1662년(현종3).
887) 발해(發解) : 발해(拔解). 과거에 급제하는 일.
888) 이급(李伋, 1623~?) : 조선조 중기의 종실이자 화가. 호는 만사(晩沙), 본관은 전주
　　　(全州), 중종(中宗)의 넷째아들인 영양군(永陽君) 이거(李岠)의 증손이며, 판서 구성
　　　(具宬)의 외손으로 능계수(綾溪守)를 제수 받았음.
889) 연벽(聯璧) : 형제가 동시에 과거에 급제함. * 한 쌍의 옥. 두 사람의 벗이 서로 학문과
　　　재주가 뛰어나고 친밀하게 지내는 행동의 아름다움.
890) 의금부(義禁府) : 조선시대 임금의 명령을 받들어 중죄인을 신문하는 일을 맡아 하던
　　　관아.
891) 소간(嘯竿) : 솟대. 마을 수호신 및 경계의 상징으로 마을 입구에 세운 장대. 장대
　　　끝에는 나무로 만든 새를 붙임.
892) 판의금(判義禁) : 판금오(判金吾). 조선시대 의금부의 종1품 으뜸벼슬.

云. 是時 外曾祖無谷公⁸⁹³⁾ 方以冢宰兼判義禁. 夢兆之異 寔先兆朕矣.

074 古者 科場試取之規 惟文工拙⁸⁹⁴⁾是辨. 士友⁸⁹⁵⁾隨其親戚知舊 聚成文會 謂之同接⁸⁹⁶⁾. 入場屋 一接分隊同坐. 或時刻急促 一人將未能及時完篇 則一坐同力 累人各相遞[遞]搆如聯句⁸⁹⁷⁾ 卽刻而篇成. 以一人 各呈一券得捷⁸⁹⁸⁾ 如庭試謁聖 及賜柑節製⁸⁹⁹⁾ 一接之人 循序得中 殆盡無餘. 盖聖代厚風⁹⁰⁰⁾也.

075 韓相興一⁹⁰¹⁾ 嘗於黃柑⁹⁰²⁾ 將赴擧 其內曰, "單奴⁹⁰³⁾赴柴可也. 入場何爲?" 韓曰, "諸友請往 何可不赴?" (旣入)諸友皆曰, "今日當先除韓振甫." 諸人遂合成一篇得捷 後至拜相. 昭代⁹⁰⁴⁾風流之美 尙可想像. 今則齷齪⁹⁰⁵⁾奔競⁹⁰⁶⁾ 惟利是趨⁹⁰⁷⁾. 父子兄弟 雖至四五六人 亦皆各以

---

893) 무곡공(無谷公) : 조선조 현종 때의 문신인 윤강(尹絳, 1597~1667)을 가리킴. 윤강에 대해서는 제24화 주 참조.

894) 공졸(工拙) : 교졸(巧拙). 기교의 능함과 서투름을 아울러 이르는 말.

895) 사우(士友) : 친구인 선비.

896) 동접(同接) : 같은 곳에서 함께 공부함. 또는 그런 사람이나 관계.

897) 연구(聯句) : 한 사람이 각각 한 구씩을 지어 이를 합하여 만든 시.

898) 득첩(得捷) : 과거에 급제함.

899) 사감절제(賜柑節製) : 황감제(黃柑製). 해마다 제주도에서 진상하던 황금빛 귤을 성균관(成均館)과 사학(四學)의 유생들에게 내리고 거행하던 과거.

900) 후풍(厚風) : 순박하고 인정이 두터운 풍속.

901) 한흥일(韓興一, 1587~1651) : 조선조 효종 때의 문신. 자는 진보(振甫), 호는 유시(柳示), 본관은 청주(淸州), 한백겸(韓百謙)의 아들. 시호는 정온(靖溫). 우의정을 역임함.

902) 황감(黃柑) : 황감제(黃柑製). 해마다 제주도에서 진상하던 황금빛 귤을 성균관(成均館)과 사학(四學)의 유생들에게 내리고 거행하던 과거.

903) 단노(單奴) : 하나뿐인 종. 여기서는 일을 할 사람이 하나뿐이라는 뜻임.

904) 소대(昭代) : 밝은 시대. 태평성대(太平聖代).

905) 악착(齷齪) : 일을 해 나가는 태도가 매우 모질고 끈덕짐. 또는 그런 사람. * 도량이 몹시 좁음. 잔인하고 끔찍스러움.

其名呈券 那得見此風哉? 但所謂試官 無眼目 冥行擿埴$^{908)}$ 只取命
數$^{909)}$ 不知其何人何券. 得爲掇網之珊瑚$^{910)}$. 所以紛競日長 士習日壞
無非天之所使也.

076 呂相國聖齊$^{911)}$ 明經$^{912)}$應擧時 纔入講席 自帳內出講紙. 見其七
書$^{913)}$所出 皆非習誦之章 無可奈何. 請起如厠 試院之規 講席儒生 請
飮食則饋之 請便旋$^{914)}$則許之 例也. 遂令軍卒領送. 呂相許久坐厠上
與軍卒問答閑說話. 問卒之所居 卽其父所莅之縣也. 略與酬酢[酌]邑
事 卒曰, "來時邑妓某付書 使之尋傳於呂進士 不知在何處." 呂相曰,
"我爲呂進士." 遂取其書覽之 卽其隨往時 所眄妓也. 如是之際 時刻漸
遲. 試官使人視之 歸言, "儒生手持一紙." 試官疑之 遂改出他章. 呂相
來見 皆所習之章 遂登第.

077 崔相國錫恒$^{915)}$ 身長絶短 形體羸弱$^{916)}$ 相貌如不成人者 有駭人目.

---

906) 분경(奔競) : 예전에 벼슬을 얻기 위하여 엽관(獵官) 운동을 하던 일. * 지지 않으려고
　　몹시 다툼. 또는 그런 일.

907) 유리시추(惟利是趨) : 오로지 이익만을 추구함.

908) 명행적식(冥行擿埴) : 맹인(盲人)이 지팡이로 땅을 짚으면서 어렵게 길을 찾는 것을
　　말함.

909) 명수(命數) : 운명과 재수를 아울러 이르는 말.

910) 철망지산호(掇網之珊瑚) : 산호를 채취하는 그물. 우수한 인재를 발굴하기 위한 조치
　　를 가리킴.

911) 여성제(呂聖齊, 1625~1691) : 조선조 숙종 때의 문신. 자는 희천(希天), 호는 운포(雲
　　浦), 본관은 함양(咸陽), 여이량(呂爾亮)의 아들. 시호는 정혜(靖惠).

912) 명경(明經) : 강경(講經). 조선시대 유교 경전에 정통한 사람을 뽑는 강경과(講經科)를
　　보기 위해 경서 중에 몇 대목을 외우고 강독하는 일.

913) 칠서(七書) : 사서삼경(四書三經). 《논어(論語)》·《맹자(孟子)》·《대학(大學)》·《중용
　　(中庸)》·《시경(詩經)》·《서경(書經)》·《역경(易經)》 등 일곱 가지의 유교 경전.

914) 변선(便旋) : 대소변(大小便)을 보는 일.

915) 최석항(崔錫恒, 1654~1724) : 조선조 경종 때의 문신. 자는 여구(汝久), 호는 손와(損

爲翰林時 翰苑之規 上番⁹¹⁷⁾侵虐下番甚苦 (下番)潜自嘲侮⁹¹⁸⁾上番. 翰林
李玄祚⁹¹⁹⁾ 嘲崔公詩曰, '何物奇形院裡過 望之堪笑亦堪嗟 擡來雙眼疑
驚兎 跳上層階似躍蛙 手把飯匙如擧鼎 口横烟竹若吹鑼 人間至怪吾初
見 始信今年厄會多' 其後爲嶺南伯 冠玉鷺⁹²⁰⁾貝纓⁹²¹⁾ 着天翼⁹²²⁾. 上官
初日 有妓不勝其笑而回頭者. 軍官請罪之 公笑曰, "以我之貌 具此戎
服 其笑固矣. 不足怪也 何必罪之?" 遂不問 人稱雅量. 其後淸使來 唐
人⁹²³⁾有見者云, "此人 一眼視天 一眼視地 大貴相也." 後果大拜⁹²⁴⁾.

078 姑夫養窩⁹²⁵⁾李公少日 與一士友同硯⁹²⁶⁾ 年甲⁹²⁷⁾旣同 才華⁹²⁸⁾相
將⁹²⁹⁾ 名滿一世. 其後 李公發軔⁹³⁰⁾正路 早入爲巳[己]之學⁹³¹⁾ 謝跡⁹³²⁾

窩), 본관은 전주(全州), 최명길(崔鳴吉)의 손자, 최후량(崔後亮)의 아들, 최석정(崔錫
鼎)의 아우. 시호는 충간(忠簡). 좌의정을 역임함.
916) 이약(羸弱) : 허약(虛弱)함. 파리하게 여윔.
917) 상번(上番) : 당직자 가운데 윗자리에 있는 사람.
918) 조모(嘲侮) : 조롱(嘲弄)하고 업신여김.
919) 이현조(李玄祚, 1654~1710) : 조선조 숙종 때의 문신. 자는 계상(啓商), 호는 경연당
(景淵堂), 본관은 전주(全州), 태종의 후손, 이석규(李碩揆)의 아들.
920) 옥로(玉鷺) : 조선시대 높은 관리나 외국으로 가는 사신이 쓰는 갓 위에 해오라기모양
으로 만들어 다는 장신구.
921) 패영(貝纓) : 산호(珊瑚), 호박(琥珀), 밀화(蜜花), 대모(玳瑁), 수정(水晶) 따위를 꿰어
만든 갓끈.
922) 철릭(*天翼) : 조선시대 무관이 입던 공복(公服). 당상관은 남색이고 당하관은 분홍색임.
923) 당인(唐人) : 중세시대 우리나라에서 중국인을 통칭하던 말.
924) 대배(大拜) : 정승(政丞) 벼슬에 제수(除授)됨.
925) 양와(養窩) : 조선조 숙종 때의 문신인 이세구(李世龜, 1646~1700)의 호. 이세구의
자는 수옹(壽翁), 본관은 경주(慶州), 이항복(李恒福)의 증손, 이시현(李時顯)의 아들.
박장원(朴長遠)의 문인이자 사위.
926) 동연(同硯) : 동접(同接). 같은 곳에서 함께 공부함.
927) 연갑(年甲) : 동배(同輩). 동년배(同年輩). 동년(同年). 같은 또래의 나이.
928) 재화(才華) : 빛나는 재주. 또는 뛰어난 재능.
929) 상장(相將) : 서로 함께 어울림.
930) 발인(發軔) : 수레가 떠나간다는 뜻으로, 어떤 일이 시작함을 비유적으로 이르는 말.

世道⁹³³⁾ 恥以華藻⁹³⁴⁾自名. 其士友 以名家才子 妙年⁹³⁵⁾登朝. 雖不躁
進⁹³⁶⁾ 手取靑紫⁹³⁷⁾ 當如拾芥⁹³⁸⁾. 而其人誤入托身勳籍⁹³⁹⁾ 圖取將任⁹⁴⁰⁾
一切 以取功名 貪進無厭 爲士類之所棄. 每於養窩 輒以舊情 倦倦⁹⁴¹⁾
不已 連致饋問 妙饌珍物 陸續⁹⁴²⁾便蕃⁹⁴³⁾. 公一無所用 一無所進 受而
藏之弃[棄]閣⁹⁴⁴⁾而封之. 厥後 其人敗亡 妻子貧餒. 公盡取其物 易以
錢貨⁹⁴⁵⁾ 畢歸其家. 盖心絶之 而迹不忍絶也. 仁人君子⁹⁴⁶⁾ 用心之厚且
勤如此. 李兄⁹⁴⁷⁾嘗言此事 因自言, "兒時見其美饌每津津⁹⁴⁸⁾ 欲啖而終
不許. 其後 其饌味則皆腐而棄之."云. 昔宋王黼⁹⁴⁹⁾ 爲相富貴勳赫⁹⁵⁰⁾

---

931) 위기지학(爲己之學) : 자신의 인격 수양을 목적으로 하는 학문.

932) 사적(謝跡) : 행적(行蹟) 남기는 것을 사양함. 자취를 끊음.

933) 세도(世道) : 세도(世途). 세로(世路). 세상을 살아가는 길.

934) 화조(華藻) : 화려하게 꾸민 문장.

935) 묘년(妙年) : 묘령(妙齡). 20세 전후의 젊은 나이.

936) 조진(躁進) : 벼슬이나 지위를 올리려고 성급하게 굶. 바삐 앞으로 나아감.

937) 청자(靑紫) : 푸른색과 붉은 색의 관복(官服)으로, 공경(公卿)의 지위를 말함.

938) 습개(拾芥) : 티끌을 줍는 일이라는 뜻으로, 명예나 부귀 따위를 쉽게 얻음을 비유적으
로 이르는 말.

939) 훈적(勳籍) : 신하가 세운 공훈(功勳)의 내용을 기록한 문서.

940) 장임(將任) : 대장(大將)이나 장수(將帥)의 임무.

941) 권권(倦倦) : 간절(懇切)한 모양. 간곡(懇曲)한 모양.

942) 육속(陸續) : 계속하여 끊이지 않음.

943) 편번(便蕃) : 편하고 성대(盛大)함.

944) 기각(棄閣) : 사용하지 않고 버려 둔 누각.

945) 전화(錢貨) : 금전(金錢). 돈.

946) 인인군자(仁人君子) : 남을 잘 돕고 덕행이 높은 사람.

947) 이형(李兄) : 이세구의 아들인 이광좌(李光佐, 1674~1740)를 가리킴. 이광좌는 조선
조 영조 때의 문신, 자는 상보(尙輔), 호는 운곡(雲谷), 본관은 경주(慶州), 박양한의
고종사촌형. 소론(少論)의 영수(領首).

948) 진진(津津) : 물건 따위가 풍성(豊盛)함.

949) 왕보(王黼, 1079~1126) : 중국 북송(北宋) 휘종(徽宗) 때의 정치가. 처음 이름은 보
(甫), 자는 장명(將明). 가렴주구(苛斂誅求)를 일삼다가 흠종(欽宗) 때 주륙(誅戮)됨.

950) 훈혁(勳赫) : 공훈(功勳)이 혁혁(赫赫)함. 공로(功勞)가 뚜렷함.

家人輒投餘飯於溝中 日日白粲⁹⁵¹⁾流出. 隣寺有僧 收其飯淘洗⁹⁵²⁾而乾
之 其數甚夥. 其後 黼敗入獄 家人飄散⁹⁵³⁾ 無饋飯者 阻飢⁹⁵⁴⁾將死. 其
僧遂以乾飯 更炊而饋之 朝夕不絶. 黼心感之 問曰, "吾平日不曾知汝
何爲相救於患亂之中 如此其勤也?" 其僧笑曰, "此非貧道之飯 乃相公
家飯也. 人之禍福相因. 貧道其時 見相公家 暴彌天物⁹⁵⁵⁾如此 已料其
有今日 淘洗而藏之 玆爲來饋耳." 黼嗟嘆不已. 與此事相類 處富貴者
知所戒也.

079 金監司夢臣⁹⁵⁶⁾ 爲海伯⁹⁵⁷⁾時 有居鄕遠族 將過女婚 來謁求助者. 公
曰, "汝貧甚 誠悶然. 我何以多助? 第列錄婚具以來." 其人錄進 公覽
之而笑曰, "汝之所望零星⁹⁵⁸⁾. 此則足以治給." 押而與之. 其人悔其初
不能多書. 錄中鋤子⁹⁵⁹⁾ 初書五柄 其人添書十字. 翌日 軍官來謁曰,
"帖子出 當盡治給 而鋤子五十柄 猝難辦 當召匠打造." 公使進帖子 果
五十柄. 其女婿崔洪川尙復⁹⁶⁰⁾ 少時侍坐 微笑曰, "其十字 昨日所無者
也." 公但上下其五十字給之曰, "若難猝辦 則給十五可也." 軍官出 公
責其婿曰, "汝以年少遠大之器 曷爲彰人之過?" 柳鳳輝⁹⁶¹⁾爲湖南伯 有

---

951) 백찬(白粲) : 백미(白米). 흰쌀.
952) 도세(淘洗) : 쌀 따위를 일어 깨끗하게 씻음.
953) 표산(飄散) : 바람에 날려 뿔뿔이 흩어짐.
954) 조기(阻飢) : 굶주림에 허덕거림.
955) 포미천물(暴彌天物) : 온갖 자연의 산물(여기서는 쌀을 가리킴)을 업신여김.
956) 김몽신(金夢臣, 1647~1695) : 조선조 숙종 때의 문신. 자는 필경(弼卿), 본관은 경주
(慶州), 김하진(金夏振)의 아들. 황해도 관찰사를 역임함.
957) 해백(海伯) : 조선시대 황해도 관찰사를 달리 이르던 말.
958) 영성(零星) : 수효가 적어서 보잘것없음.
959) 서자(鋤子) : 호미.
960) 최상복(崔尙復) : 조선조 영조 때의 문신. 본관은 해주(海州), 최규서(崔奎瑞)의 아들.
홍천군수(洪川郡守)을 역임함.
961) 유봉휘(柳鳳輝, 1659~1727) : 조선조 숙종 때의 문신. 자는 계창(季昌), 호는 만암(晚

一守令 來謁曰, "營門題送一狀 使給糶穀[962]於親舊 而抹改添書不踏
印 可疑故來告耳." 柳公曰, "其狀安在?" 其人出諸袖中而獻之. 公諦
視之曰, "此事何可發? 依此給之." 兩公有雅量 兩事亦相類.

080 一自黨論傾奪[963]之後 一邊人之憤嫉[964]一邊人 已成痼弊[965] 如風聲
鶴唳[966] 無不皆然. 雖大臣 必去姓斥呼[967]如奴隸 以爲常事. 外王父常
言, "庚申[968]後 對趙光甫[969] 言必稱權大運[970] 吾正色責之曰, '其人之
善不善姑舍 勿論纏經相職 其在國家[尊朝]之道[971] 何可若是悖慢[972]?'
光甫欣然稱善[973]. 言未已 又不覺其稱權大運. 言語習熟[974]如此." 爲
敎. 今日黨論 比諸其時 不啻十倍[975] 其時如此 今日之事 不足怪也.

菴), 본관은 문화(文化), 유상운(柳尙運)의 아들.

962) 조곡(糶穀) : 환곡(還穀). 환자(還子). 조선시대 백성들에게 봄에 곡식을 꾸어 주고
가을에 이자와 함께 받는 일. 또는 그 곡식.

963) 경탈(傾奪) : 앞 다투어 빼앗아 가짐.

964) 분질(憤嫉) : 분노하고 질투함.

965) 고폐(痼弊) : 뿌리가 깊어 고치기 어려운 폐단.

966) 풍성학려(風聲鶴唳) : 겁을 먹은 사람이 하찮은 일에도 놀람을 이르는 말. 중국의 전진
왕(前秦王) 부견(苻堅)이 비수(淝水)에서 크게 패하고 바람 소리와 학의 울음소리를
듣고도 적군이 쫓아오는 것이 아닌가 하고 놀랐다는 고사에서 유래함.

967) 거성척호(去姓斥呼) : 성(姓)을 빼버리고 이름을 함부로 부름.

968) 경신(庚申) : 1680년(숙종6). 서인(西人) 일파가 남인(南人) 일파를 몰아내고 권력을
잡은 경신대출척(庚申大黜陟)이 일어난 해.

969) 광보(光甫) : 조선조 숙종 때의 문신인 조지겸(趙持謙, 1639~1685)의 자. 조지겸의
호는 오재(迂齋), 본관은 풍양(豊壤), 조복양(趙復陽)의 아들.

970) 권대운(權大運, 1612~1699) : 조선조 숙종 때의 문신. 자는 시회(時會), 호는 석담(石
潭), 본관은 안동(安東), 권근중(權謹中)의 아들. 남인(南人)의 영수(領袖).

971) 존조지도(尊朝之道) : 조정을 존중하는 도리.

972) 패만(悖慢) : 사람됨이 온화하지 못하고 거칠며 거만함.

973) 칭선(稱善) : 옳은 일에 대해 칭찬함.

974) 습숙(習熟) : 배우고 익혀서 숙달(熟達)함.

975) 불시십배(不啻十倍) : 10배 이상임.

081 金溝[976]士人金天瑞[977] 以至孝名. 御史方伯聞於朝 拜齋郎[978]不就.
丙申[979] 余守高山[980]時 過金溝 邑人多說其異蹟. 居憂[981]時 盧墓[982]不
離側 行饋奠[983]於墓下. 烏鳶[984]啣瓜苗及芥子苗 飛過而落之 遂種而極
茂. 終年摘取而供祀. 嘗臨祀而狗有將乳者 孝子以言縷縷戒其狗曰,
"汝若乳則祭祀時將不潔. 汝須爲我 遠出山外而産雛." 俄而累日不知
去處. 過祀後 啣其雛而來云. 葬其父母全州[985]地鼉谷驛 貧不能置守
墓奴. 樵童牧竪[986]輩 皆曰, "金孝子墓何敢犯?" 遠跡不至云. 余遂馳往
尋見於邑東五里 滿顔常帶慽容[987]. 每語及其親 悲辭懇懇[988]. 且言,
"今年歲首[989] 夢見父母 有所作詩詩語 '今年當死' 庶可歸侍於地下."
語甚悲苦. 設酒饌數器以待之 歸後作書以謝. 是年冬果歿 可異也. 略
致賻儀. 有一子寓居全州 時時來見.

082 得良巳[己]巳年[990]前戶曹隷屬[991] 初與其兄各居. 一日 得良言於其

---

976) 금구(金溝) : 전라북도 김제(金堤) 지역의 옛 지명.

977) 김천서(金天瑞, 1652~1717) : 조선조 숙종 때의 효자. 자는 원보(元寶), 본관은 언양
(彦陽), 김성려(金聲呂)의 아들.

978) 재랑(齋郎) : 조선시대 묘(廟)·사(社)·전(殿)·궁(宮)·능(陵)·원(園) 따위의 참봉(參
奉) 등을 달리 이르던 말.

979) 병신(丙申) : 1716년(숙종42).

980) 고산(高山) : 전라북도 완주(完州)와 충청남도 논산(論山) 지역의 옛 지명.

981) 거우(居憂) : 상중(喪中)에 있음.

982) 여묘(盧墓) : 상제가 무덤 근처에서 여막(盧幕)을 짓고 살면서 무덤을 지키는 일.

983) 궤전(饋奠) : 상중에 아침저녁으로 제물을 올려서 망자(亡者)를 산 사람처럼 섬기는
것. 또는 제사에서 사용되는 음식을 비롯한 제수(祭需)를 가리키기도 함.

984) 오연(烏鳶) : 까막솔개. 까마귀와 솔개를 아울러 이르는 말.

985) 전주(全州) : 전라북도에 있는 고을.

986) 초동목수(樵童牧竪) : 나무하는 아이와 소 먹이는 총각.

987) 척용(慽容) : 근심 어린 얼굴.

988) 간간(懇懇) : 매우 간절(懇切)함.

989) 세수(歲首) : 한 해의 처음. 설. 정초(正初).

妻曰, "吾輩賤人 無糊口之策[992] 兄弟各爲曹役 得以傭直[993]資生. 天明
赴府 及暮而返 逐日如此. 兄弟必同居然後 庶可[994]夜而相會 晝而往
役. 人情生理 可以竝行不悖. 卽今兄弟各離 見面亦稀 何用家爲[995]?"
遂罷其家産 率妻子往赴其兄家同居焉. 雖下賤 友愛如此. 外王父判度
支[996]時 得良以判書陪從[997]傔人[998] 逐日來侍. 公常曰, "我則兄弟各居
未能保同室之樂 有愧於得良多矣."

083 泰仁[999]有孝子二人 盧信達鄭義性 皆無識平民. 信達忠朴質實[1000].
其父母歿後 葬於相望之地[1001]. 一日一拜其墓 風雨寒暑不廢. 雖有適
他之事[1002] 拘於拜墓 不能遠出云. 義性性頗伶俐 每夜分[1003]必起 正冠
帶 先拜天 次拜君 次拜其親 雖祈[祁][1004]寒暑雨不廢 一生如一日. 前
後國恤[1005] 必聞卽賫粮[1006] 奔哭于闕下而歸. 因山[1007]時 亦赴陵下. 人

---

990) 기사년(己巳年) : 1680년(숙종6). 남인이 몰락하고 서인이 득세한 경신대출척(庚申大
   黜陟)이 일어난 해.
991) 예속(隷屬) : 천민(賤民). * 윗사람에게 매여 있는 아랫사람.
992) 호구지책(糊口之策) : 가난한 살림에서 그저 겨우 먹고살아 가는 방책.
993) 용직(傭直) : 품을 받고 당직(當直)을 섬. 또는 그 사람.
994) 서가(庶可) : 아마도 ~할 만함. ~를 할 수 있음.
995) 하용가위(何用家爲) : 어찌 가족(한 집안)이라고 하겠는가?
996) 판탁지(判度支) : 호조판서 혹은 호조판서 직을 행함.
997) 배종(陪從) : 임금이나 높은 사람을 모시고 따라가는 일.
998) 겸인(傔人) : 청지기. 양반집에서 잡일을 맡아보거나 시중을 들던 사람.
999) 태인(泰仁) : 전라북도 정읍(井邑) 지역의 옛 지명.
1000) 충박질실(忠朴質實) : 정성스럽고 순박하여 꾸밈이 없고 진실함.
1001) 상망지지(相望之地) : 서로 바라볼 수 있을 만큼 가까운 곳.
1002) 적타지사(適他之事) : 다른 곳으로 가야할 일. 외출할 일.
1003) 야분(夜分) : 야반(夜半). 밤중. 밤이 깊은 때.
1004) 기(祁) : 성(盛)함. 많음.
1005) 국휼(國恤) : 국상(國喪). 국민 전체가 복상(服喪)을 하던 왕실의 초상. '전후국휼'은
   1659년(효종10) 효종의 국상과 1673년(현종14) 효종비 인선왕후(仁宣王后)의 국상
   을 가리킴.

或以爲好名[1008] 許信達而少義性云.

084 李益三者 臨陂[1009]鄉吏也. 事母孝居 恒戒其妻 衣食之奉 盡誠無
違. 自官退食[1010] 或有美味在盤 請其母曰, "此味先已進嘗乎?" 母曰,
"已食." 則喜. 母曰, "未食." 則切罸[1011]其妻曰, "旣得美味 何敢不進于
母 而進于我?" 冬夏換節時 妻以新衣進 必察母身 或母身尙着舊衣 責
其妻少不容貸[1012]. 或至數月不相見. 以故渠身雖長在官門 鮮能在家
妻之所以奉其母 極謹且誠 無敢慢忽[1013]. 夫士之讀古人書者 亦或有爲
妻所持 而不能善事其母者 其視此 能無愧乎? 益三之父 亦有是行 以孝
旌閭 盖家傳之孝也. 鄰邑亦莫不稱之以孝子. 余親友有爲余言者.

085 李後種 淸州水軍 信義著於鄕里. 鄰有士夫 哀其隷於賤役 欲抵水
使而免之. 後種聞之 一日來謁曰, "聞公欲懇水使 免我軍役然否?" 士
夫曰, "然." 後種曰, "不可爲也. 吾爲此來謁 而欲止之. 願公勿爲也.
國家設軍 如我年富力强之人若圖免 則何以充軍額[1014]? 況我小民 不
可以無役." 仍力挽不免. 年今六十 應役不怠. 其父之弟 有爲居士者
老病無妻子. 後種奉致其家 善養無懈. 其人久病 便液不禁. 後種每自
持其厠褕[褕][1015] 浣濯[1016]溪邊. 村人過之見[見之]曰, "何不令婦女洗

1006) 재량(賫糧) : 양식을 꾸림.
1007) 인산(因山) : 국장(國葬). 상왕(上王), 왕(王), 왕세자(王世子), 왕세손(王世孫)과 그
    비(妃)들의 장례.
1008) 호명(好名) : 이름이 나는 것을 좋아함.
1009) 임피(臨陂) : 전라북도 군산(群山) 지역의 옛 지명.
1010) 퇴식(退食) : 관청에서 퇴근(退勤)하여 집에서 밥을 먹음.
1011) 절리(切罸) : 호되게 꾸짖음.
1012) 용대(容貸) : 용서(容恕)함.
1013) 만홀(慢忽) : 소홀(疎忽)히 함.
1014) 군액(軍額) : 군인의 숫자. 나랏일에 쓸 인부의 수효.

之 親自灈之?" 後種曰, "吾妻以別人義合 恐無骨肉之情. 若或心穢而
强爲之 則非誠心奉養之意故 親自爲之耳." 其父嘗屬人十斗麥 秋來計
其直[1017]. 是年麥貴而稻賤故 爲二十五斗. 貸者貧不能盡備 先以稻二
十斗來償. 後種自外來 聞之而驚曰, "麥惡稻美[1018] 今受十斗稻 亦過
矣. 乃以十斗麥 受二十五斗稻 是何言也?" 仍懇乞其父 只受十斗. 貸
者(曰), "若除欠穀五斗則足矣." 後種力言不已 其父從之 只受十斗. 後
種少而造笠爲業 其父輒賣於市. 一日 忽然撤業不造 其父悶之 訴於鄰
居士夫曰, "吾子造笠 無端斷手 請治之." 士夫招問之 答曰, "小人造笠
而吾父輒賣於市. 賣買而欲受準價 人之常情. 爭價之際 或爲强暴者所
詬辱 則此以吾手 貽辱於吾父. 且無他業 可以養親者 則亦何敢廢? 今
力農而養之故撤之耳." 嘗遇早[旱] 僅壅[1019]溝洫[1020] 而儲水移秧[1021].
是夜 村人決水灌其畝 其父怒呼而辱之. 後種力諫曰, "欲灌其畝 人之
常情. 其畝在吾田之上 雖欲決得乎? 況今旣決之後 不可逆上 詬人何
爲?" 後種隣居親友 爲余言.

086 李舒川萬枝[1022] 爲都摠[1023]都事[1024]時 同僚都事 忘其姓名 曾於丙

1015) 측유(厠牏) : 변기(便器).
1016) 완탁(浣濯) : 빨래함.
1017) 치(直) : 치(値)와 같음. 값.
1018) 맥악도미(麥惡稻美) : 보리는 맛이 없고 벼가 맛이 좋음.
1019) 옹(壅) : 막음.
1020) 구혁(溝洫) : 봇도랑. 길가나 논밭 사이의 작은 도랑.
1021) 이앙(移秧) : 모내기.
1022) 이만지(李萬枝, 1634~?) : 조선조 숙종 때의 무신. 자는 달경(達卿), 본관은 원주(原
　　　州), 이극전(李克詮)의 아들. 현종~숙종 초에 제주판관, 정의현감, 운봉현감 등을
　　　역임하였음.
1023) 도총(都摠) : 오위도총부(五衛都摠府). 조선시대 오위(五衛)의 군무(軍務)를 맡아보
　　　던 관아. 중앙의 최고 군사 기관으로, 세조 3년(1457)에 둔 오위진무소를 세조 12년
　　　(1466)에 고친 것임.

子胡亂 與其妻同被虜於胡人. 其妻則爲胡人之妻 渠則爲奴. 胡人惑於
其妻 專委家事. 其妻日日攘¹⁰²⁵⁾銀一錢 以給其夫曰, "善聚此銀 至可
贖君身 君須贖回舊國. 吾家兄弟 必以舊家産業 分財及我. 君須取而
周旋 贖我而歸. 我旣失身 還家只爲貽辱 當渡鴨綠自決 埋骨於我國足
矣. 我旣與君夫婦之義旣絶 尙何望其贖還? 只以此贖君之恩 贖我可
也."其後 逐日聚銀 至數三十金 授於鄰居老嫗 令老嫗贖其身而歸國.
傳其言於妻之兄弟 哀而分財産以給. 其人以其財 取[娶]妻買家 善居
生而終不贖來 可謂負心人云. 舒川之侄[姪] 李生師益¹⁰²⁶⁾ 爲余言.

087 丙子胡亂 松都商賈¹⁰²⁷⁾之妻 有被虜者. 商賈失妻 號呼喪性¹⁰²⁸⁾ 聚
銀入瀋¹⁰²⁹⁾. 其妻爲馬將軍¹⁰³⁰⁾所蓄. 商賈持銀盤¹⁰³¹⁾ 問於東人之鄰居
被虜者 苔[答]云, "汝妻爲馬所絶愛 萬無贖還之理 汝徒死耳. 急歸."
其人猶不能忘 願見其面 而其鄰人云, "深藏不出 此事至難. 但將軍每
飮子夜水¹⁰³²⁾ 信其女 夜半必令其女取水. 汝潛伏其園 或可一見 是危
塗¹⁰³³⁾也."其人不勝情 夜伏園中. 夜半其妻果至 就執其手 其妻無言
卽入去. 小[少]焉復出 以小包授之曰, "我雖無狀¹⁰³⁴⁾ 失身胡虜 亦有一

1024) 도사(都事) : 조선시대 오위도총부 등의 종5품 벼슬.
1025) 양(攘) : 덜어냄.
1026) 이사익(李師益) : 생몰연대 및 자세한 행적 미상.
1027) 상고(商賈) : 상인(商人).
1028) 호호상성(號呼喪性) : 실성(失性)한 듯이 울부짖음.
1029) 심(瀋) : 중국 요녕성(遼寧省)의 도시인 심양(瀋陽).
1030) 마 장군(馬將軍) : 병자호란 때 조선에 침입한 청나라의 장수인 마부대(馬夫大)를 가
    리킴.
1031) 은반(銀盤) : 은쟁반. * 달이나 얼음판을 아름답게 이르는 말.
1032) 자야수(子夜水) : 자정 무렵에 솟아나는 샘물.
1033) 위도(危塗) : 위험한 방도(方途). 위태로운 길.
1034) 무상(無狀) : 형편없음. 못남.

端心腸[1035]. 人旣戀我 以至於此 心豈恝然[1036]? 萬無脫身之路[1037] 若欲歸則禍必及. 君須持此歸國買妾 則當得勝於我者三人. 千萬保重 歸國勿遲. 但恐有追騎 急往炊飯於村舍 可喫三日者賚往." 仍手指越邊山頂曰, "彼頂有石窟 潛伏其處三日而出去 則可免矣." 商賈如其言 急炊飯 伏於石窟中. 翌朝 其妻自剄[1038]於園中所分之處[1039]. 馬大驚以爲朝鮮人來 發卒搜索 三日乃止. 其人始出云.

088 成男[1040]者 廣州[1041]注橋居民 生而有膂力[1042]. 當丙子胡亂 一村人皆乘舡避亂於海島中. 以無食 時或往來所居村 取粮而去. 一日 諸人到村落 適無胡人之來近者 狃[1043]而不卽返 相與炊飯烟生. 胡騎望見來逼 諸人驚惶 走到舡所. 其間潮生舡泛卽丈許. 諸人到水邊望見 胡騎彎弓[1044]追至. 無由入舡 頓足長號[1045]. 成男亦在其中 勿論長少 手摺全軀 擲諸舡屋. 上畢 渠自躍身入舡 獨自搖櫓而去. 小[少]頃 胡至水涯 以箭遙指而笑 亦不相射而歸. 其後 成男適更下陸 被執於虜人 至廣州沙斤川[1046]. 虜人反接[1047]成男 以牛皮 束其兩拇指 指端懸一鐵釘 夜則挿其鐵釘於地. 有一士夫家未筓女[1048]亦被執 與成男 縛倒一

1035) 일단심장(一端心腸) : 한 가지 마음의 속내.
1036) 개연(恝然) : 근심이 없음. * 괄연(恝然) : 업신여기는 듯함.
1037) 탈신지로(脫身之路) : 위험에서 벗어날 길.
1038) 자경(自剄) : 자문(自刎). 스스로 자신의 목을 베거나 찌름.
1039) 소분지처(所分之處) : 헤어진 곳.
1040) 성남(成男) : 생몰연대 및 자세한 행적 미상.
1041) 광주(廣州) : 경기도에 있는 고을.
1042) 여력(膂力) : 완력(腕力). 육체적으로 억누르는 힘. 근육의 힘.
1043) 유(狃) : 탐냄.
1044) 만궁(彎弓) : 활을 당김.
1045) 돈족장호(頓足長號) : 발을 구르며 오래도록 울부짖음.
1046) 사근내(*沙斤川) : 서울시 성동구 사근동 일대에 있던 내.
1047) 반접(反接) : 반전(反剪). 반박(反縛). 뒷짐결박(두 손을 등 뒤로 젖히고 묶는 일).

處. 夜深胡人爛宿 其女謂成男曰, "汝將死矣." 成男曰, "何以知之?"
女曰, "向聞胡人言, '適得壯士 當爲天祭.' 云云. 必是殺而祭之也." 成
男遂聳身 拔其鐵釘. 令其女齒嚼其束指牛皮 皮濕指脫. 遂解其女 背
負而逃 隱身林藪而得活. 其女以爲, '我雖士族 旣被汝救而得活. 且我
以身托汝背而行 肌肉[1049]相接 義不可他適.' 遂爲其妻 偕老而終身. 口
不言其氏族居住云. 安山[1050]鄰居李生師益 爲余言曰, "其叔母李祥
原[1051]夫人 卽住[注]橋崔水使克泰[1052]妹氏. 其叔母亦親見其人 固問其
來歷 但云, '初不能死 辱身下賤 露其踪跡 只爲貽辱祖先而已. 言之何
爲?' 終不答." 云云.

089 李都事[1053]邦榮[1054] 卽尹相承勳[1055]之甥侄[姪] 有一女而歿 其女病
篤. 一日 都事之內夢 自外傳言, "尹政丞來." 俄而尹相入坐. 又有一少
年士人對坐. 尹相曰, "吾甥只有一女而歿 今病且死 其嗣絶矣. 願爲我
特寬其命." 少年曰, "我亦有所受命 不敢自擅." 尹相曰, "然則有一事.
吾家奴僕 多在海西. 以延安[1056]白川[1057]奴婢四十口 贖此一命何如?"

1048) 미계녀(未笄女) : 아직 시집가지 않은 처녀.

1049) 기육(肌肉) : 살갗. 피부(皮膚).

1050) 안산(安山) : 경기도에 있는 고을.

1051) 이상원(李祥原) : 생몰연대 및 자세한 행적 미상.

1052) 최극태(崔克泰, 1644~1699) : 조선조 숙종 때의 무신. 자는 형중(亨仲), 본관은 양주
(楊州), 최두(崔岍)의 아들. 전라좌수사(全羅左水使)를 역임함.

1053) 도사(都事) : 조선시대 감영(監營)의 종5품 벼슬.

1054) 이방영(李邦榮, 1728~?) : 조선조 영조 때의 문신. 자는 군경(君慶), 호는 양한재(養
閑齋), 본관은 전주(全州), 이발형(李發馨)의 아들.

1055) 윤승훈(尹承勳, 1549~1611) : 조선조 광해군 때의 문신. 자는 자술(子述), 호는 청봉
(晴峰), 본관은 해평(海平). 윤홍언(尹弘彦)의 아들. 시호는 문숙(文肅). 영의정을 역
임함.

1056) 연안(延安) : 황해도에 있는 고을.

1057) 배천(白川) : 황해도에 있는 고을.

少年曰, "若代其命 則謹當如敎." 尹相手書奴婢名四十口 授少年. 又
以一本 給都事之內 遂起去. 自此女病漸瘳 其家異之. 急送人問之 奴
婢兒少四十口 旬月[1058]之內 皆以疫化去[1059]云. 此事頗涉荒誕 而其後
孫 有爲余言者.

090 李監司泰淵[1060] 卽牧隱[1061]小子 提學[1062]種學[1063]之裔也. 少時夢 一
老人自言, "我乃汝之牧隱先祖. 吾嘗愛小子種學 今子孫失其墓 樵牧
不禁 吾甚傷之. 汝是種學後孫 須求訪其墓可也." 李公夢中不覺拜
手[1064]致敬曰, "雖欲求之 其道何由?" 老人曰, "汝求吾文可知." 遂驚
覺怳然[1065] 莫知其何謂. 考諸牧隱文集 亦無可徵. 每逢嶺南人 輒問牧
隱逸文[1066]有處. 有一士言, "嶺南某邑某家 有若干遺文."云 而無緣取
覽. 適出爲公山[1067]縣監 委送人求來 詳閱其中. 有提學公墓表云, '墓
在兔山[1068]地某里.' 始信其夢之非虛. 還朝之後 以玉堂[1069]言事[1070]坐

1058) 순월(旬月) : 열흘에서 한 달 가량. 열 달.

1059) 화거(化去) : 다른 것으로 변하여 간다는 뜻으로, '죽음'을 이르는 말.

1060) 이태연(李泰淵, 1615~1669) : 조선조 현종 때의 문신. 자는 정숙(靜叔), 호는 눌재(訥
齋), 본관은 한산(韓山), 이덕사(李德泗)의 아들. 전라도, 경상도, 평안도 관찰사를
역임함.

1061) 목은(牧隱) : 고려말의 문신이자 학자인 이색(李穡, 1328~1396)의 호. 이색의 자는
영숙(穎叔), 본관은 한산(韓山), 이곡(李穀)의 아들. 시호는 문정(文靖).

1062) 제학(提學) : 조선시대 홍문관의 종2품 벼슬.

1063) 이종학(李種學, 1361~1392) : 고려말의 문신이자 학자. 자는 중문(仲文), 호는 인재
(麟齋), 본관은 한산, 이색(李穡)의 아들.

1064) 배수(拜手) : 두 손을 맞잡고 공손히 절함.

1065) 황연(怳然) : 어슴푸레하여 분명하지 않은 모양.

1066) 일문(逸文) : 세상에 알려지지 아니한 글.

1067) 공산현(公山縣) : 조선시대에 공주목(公州牧)에서 강상죄인이나 역적이 나왔을 때 행
정구역을 현으로 강등하여 부르던 명칭.

1068) 토산(兔山) : 경기도 장단군(長湍郡)에 있는 고을.

1069) 옥당(玉堂) : 조선시대 삼사(三司)의 하나인 홍문관(弘文館)의 별칭. 또는 홍문관의
부제학(副提學), 교리(校理), 부교리, 수찬(修撰), 부수찬 따위를 통틀어 이르는 말.

罷¹⁰⁷¹⁾. 乘閑亟往兎山 徊徨境內村閭 茫然無涯畔¹⁰⁷²⁾. 暮宿一村 盤問¹⁰⁷³⁾其主人曰, "此近地 亦或有古塚 流傳古宰相墳墓形址¹⁰⁷⁴⁾者否?" 其人曰, "吾家後麓 亦曾有古塚." 公遂留宿 採問于村氓, "其墓初有表石¹⁰⁷⁵⁾ 以其陰記¹⁰⁷⁶⁾中 多錄墓田¹⁰⁷⁷⁾所在故 村人拔而埋之 而盜其田." 云. 遂訪其埋處 掘出於墓前尋丈下¹⁰⁷⁸⁾水田中 字畫宛然可考. 遂置墓奴而守之 修其香火¹⁰⁷⁹⁾. 牧隱之距今三百有餘年 而精魄之不爽¹⁰⁸⁰⁾如此. 古之名賢 其受天地精靈之氣 能以身爲天地之綱常¹⁰⁸¹⁾義烈之氣¹⁰⁸²⁾ 凜然¹⁰⁸³⁾如生. 此其所以千百年魂氣不散者歟! 李監司外孫 李子餘慶遠¹⁰⁸⁴⁾ 爲余言.

091 李監司萬稢¹⁰⁸⁵⁾ 爲臨陂縣令時 一日晝寢夢 下吏來言, "左水使¹⁰⁸⁶⁾

1070) 언사(言事) : 언사소(言事疏). 나랏일에 관한 상소(上疏).

1071) 좌파(坐罷) : 파직(罷職)됨.

1072) 애반(涯畔) : 경계(境界). 끝.

1073) 반문(盤問) : 반핵(盤覈). 자세히 캐어물음.

1074) 형지(形址) : 어떤 형체가 있던 자리의 윤곽.

1075) 표석(表石) : 묘표(墓表). 무덤 앞에 세우는 푯돌.

1076) 음기(陰記) : 비석의 뒷면에 새긴 글.

1077) 묘전(墓田) : 묘위전(墓位田). 묘에서 지내는 제사의 비용을 마련하기 위하여 경작하던 밭.

1078) 심장하(尋丈下) : 한 길 아래. 사람 키 정도의 길이 아래.

1079) 향화(香火) : 향을 피운다는 뜻으로, 제사(祭祀)를 이르는 말.

1080) 불상(不爽) : 어긋나지 않음. 잘못된 점이 없음.

1081) 천지지강상(天地之綱常) : 이 세상에서 지켜야 할 도리.

1082) 의열지기(義烈之氣) : 의기(義氣)의 장렬한 기운.

1083) 늠연(凜然) : 위엄이 있고 당당함.

1084) 이경원(李慶遠) : 생몰연대 및 자세한 행적 미상. 자는 자여(子餘). 조선조 영조 때 공산현감을 역임함.

1085) 이만직(李萬稢, 1654~1727) : 조선조 영조 때의 문신. 자는 자장(子長), 본관은 한산(韓山), 이태연(李泰淵)의 아들. 강원도 관찰사를 역임함.

1086) 좌수사(左水使) : 조선시대 좌수영(左水營)의 정3품 벼슬인 수군절도사(水軍節度使).

入縣."心中以爲, '此縣非左水使之管屬 曷爲入來?'俄而 旌麾¹⁰⁸⁷⁾騶
導¹⁰⁸⁸⁾ 喧然¹⁰⁸⁹⁾入來. 水使入坐 仍卽夢覺. 數日後 有一人 自言潘水使
之外孫 而潘水使墓在咸悅之地. 有墓田在臨陂者 爲民所失 呈于巡營
到付¹⁰⁹⁰⁾. 李公思其夢而異之 爲之推給¹⁰⁹¹⁾. 仍詳加盤問 卽爲外家先
代. 遂往拜其墓 墓皆蕪沒¹⁰⁹²⁾. 爲之修改 仍得幽誌¹⁰⁹³⁾而見之 果是全
羅左水使. 其子孫亦初未知 其爲左水使 始知之云. 李子餘 於李監司
爲舅甥¹⁰⁹⁴⁾. 親聞於其舅而爲余言.

092 李完豊曙¹⁰⁹⁵⁾先山 自曾祖以下三代墓 皆在楊州¹⁰⁹⁶⁾松山¹⁰⁹⁷⁾. 完豊
少時省墓 仍入坐丙舍¹⁰⁹⁸⁾午睡. 忽夢 一老人來言, "我乃汝之曾祖. 汝
須急歸 不然當有大禍." 俄而 又有一老人又來言, "我乃汝之祖父. 汝
宜急去 不然當有大禍." 李公昏憊¹⁰⁹⁹⁾ 未卽覺悟. 俄而 其父忽至 又言
如是. 盖李公未及逮事¹¹⁰⁰⁾其曾祖與祖父故 夢中不能省識其面. 及見

1087) 정휘(旌麾) : 통수관(統帥官)이 지휘할 때 쓰던 기(旗). 지휘기(指揮旗).

1088) 추도(騶導) : 귀인의 행차 때 앞에서 말을 끌며 길을 인도하는 기병(騎兵).

1089) 훤연(喧然) : 떠들썩한 모양.

1090) 도부(到付) : 공문(公文)이 도달함. * 장사치가 물건을 가지고 이리저리 돌아다니며 팖.

1091) 추급(推給) : 찾아서 내어줌.

1092) 무몰(蕪沒) : 잡초가 우거져 덮임.

1093) 유지(幽誌) : 죽은 사람의 이름과 태어나고 죽은 날, 지위와 행적, 무덤이 있는 곳과
무덤의 방위인 좌향(坐向) 등을 간략하게 기록한 글. 석판(石版)이나 도판(陶版)에
새겨서 무덤 옆이나 광내(壙內)에 묻었음.

1094) 구생(舅甥) : 외삼촌과 생질을 아울러 이르는 말. * 장인과 사위를 아울러 이르는 말.

1095) 이서(李曙, 1580~1637) : 조선조 인조 때의 무신. 자는 인숙(寅叔), 호는 월봉(月峰),
본관은 전주(全州), 효령대군(孝寧大君)의 10대손, 이경록(李慶祿)의 아들. 인조반정
으로 완풍부원군(完豊府院君)에 봉해짐. 시호는 충정(忠正).

1096) 양주(楊州) : 경기도에 있는 고을.

1097) 송산(松山) : 오늘날의 경기도 의정부시 고산동(高山洞) 지역의 옛 지명.

1098) 병사(丙舍) : 묘막(墓幕). 무덤 가까이에 묘지기가 사는 작은 집.

1099) 혼비(昏憊) : 피곤하여 정신이 흐릿하고 가물가물함.

其父來言 忽然驚悟 適借騎武人能走馬. 遂急起登馬 疾馳出洞口. 忽
聞背後有聲 大鬧如雷[1101] 掀動[1102]山岳 回首視之 有鬼物追來 其狀兇
獰[1103] 其長竟天 掀天動地而來. 幾可追及 李公躍馬 疾驅而來 比
及[1104]關王廟[1105]而不見云. 李子餘聞於其後孫李世馨[1106]而言. 鬼物能
前知 亦能嘗試[1107]有氣魄之人.

093 沂川[1108]洪相國 微時[1109]居驪州 遘癘疾[1110] 熱盛將死. 昏昏[1111]中
窓外有人高聲大言曰, "斯速捉出!" 有鬼卒 開戶睨視者數三. 忽厲
聲[1112]曰, "彼洪相國 我何能捉出?" 又閉之. 公聞其聲 寒戰退熱[1113].

094 李相國行遠[1114]少時 飲於友人家 歸而醉臥路傍 昏倒不省中. 有數

1100) 체사(逮事) : 조상이 살아 있을 때 조상을 뵙거나 섬기는 일.

1101) 대료여뢰(大鬧如雷) : 천둥이 치듯 소란스러움.

1102) 흔동(掀動) : 흔천동지(掀天動地). 큰 소리로 천지를 뒤흔듦. * 큰 세력을 떨침을 비
유적으로 이르는 말.

1103) 흉녕(兇獰) : 성질이 흉악하고 사나움.

1104) 비급(比及) : ~에 이르렀을 때.

1105) 관왕묘(關王廟) : 중국 삼국시대 촉한(蜀漢)의 장수 관우의 영(靈)을 모시는 사당.
조선시대 서울에 동묘, 서묘, 남묘, 북묘가 있었으나 현재는 동묘만 남아 있음.

1106) 이세형(李世馨, 1665~?) : 조선조 영조 때의 무신. 자는 세훈(世薰), 본관은 전주(全
州), 이시빈(李時彬)의 아들. 봉산군수 등을 역임함.

1107) 상시(嘗試) : 시험하여 봄.

1108) 기천(沂川) : 조선조 현종 때의 문신인 홍명하(洪命夏, 1608~1668)의 호. 홍명하에
대해서는 제50화 주 참조.

1109) 미시(微時) : 아직 이름이 덜 나거나 지위가 낮아 미천하던 때.

1110) 여질(癘疾) : 여역(癘疫). 전염성 열병.

1111) 혼혼(昏昏) : 정신이 가물가물하고 희미한 모양.

1112) 여성(厲聲) : 성이 나서 큰 소리를 지름. 또는 그 소리.

1113) 한전퇴열(寒戰退熱) : 한기(寒氣)로 떨다가 열이 내림.

1114) 이행원(李行遠, 1592~1648) : 조선조 인조 때의 문신. 자는 사치(士致), 호는 서화
(西華), 본관은 전의(全義), 이중기(李重基)의 아들. 시호는 효정(孝貞). 우의정을
역임함.

鬼 相與擧其四體而戴之 呼曰, "李相國老父往矣." 遂入置市肆中. 咸
興官舍 素以多鬼魅. 名藥泉南相國九萬[1115] 爲北伯時 或掛所着褌[1116]
於樹上. 一日 南公出門時 鬼忽以手批其頰 有聲砉然[1117]. 南公却
立[1118]正色曰, "我受君命 爲一道之主 鬼物何敢犯乎?" 遂寂然.

095 敦義門[1119]外 有一士人 適以親病爲見醫 凌晨[1120]入城 至圻營[1121]
橋畔 有崇宰[1122]乘軒過去 騶導甚盛 士人避入矮巷 宰使人傳呼曰, "有
所欲言者 這客宜旋馬出來." 士人依其言來見 駐馬對語 宰曰, "我有欲
奉告者 謹此奉邀. 我乃此門內居朴貳相[1123]素立[1124]. 吾死僅一朞[1125]
今日卽吾亡日. 兒輩以小祥[1126]設酒食故 來飮而歸. 有欲傳於家人者
願爲我致於吾家." 仍以油紙包裹一枚授之曰, "幸言於吾家人 傳于第
二子婦." 士人始知其爲鬼 惝怳[1127]但, "唯唯."而受之. 行色[1128]雖忙 不

1115) 남구만(南九萬) : 제19화 주 참조.

1116) 곤(褌) : 속옷. 가랑이가 짧은 바지.

1117) 획연(砉然) : 뺨을 때릴 때 나는 소리.

1118) 각립(却立) : 뒤로 물러섬.

1119) 돈의문(敦義門) : 조선시대 건립한 한양 도성의 서쪽 정문. 사대문의 하나로, 경희궁
앞 서쪽의 마루턱인 지금의 신문로 언덕에 있었으나 1915년에 헐었음. 속칭 서대문
(西大門). 새문[新門].

1120) 능신(凌晨) : 새벽을 침범한다는 뜻으로, 방금 접어든 이른 새벽을 이르는 말.

1121) 기영(圻營) : 기영(畿營). 경기 감영.

1122) 숭재(崇宰) : 벼슬이 높은 재상.

1123) 이상(貳相) : 조선시대 의정부의 종1품 벼슬인 좌우찬성(左右贊成)을 달리 이르던 말.
삼정승 다음가는 벼슬이라는 뜻임.

1124) 박소립(朴素立, 1514~1582) : 조선조 선조 때의 문신. 자는 예숙(豫叔), 호는 사재(四
齋), 본관은 함양(咸陽), 박세무(朴世茂)의 아들.

1125) 일기(一朞) : 일주년(一週年). 어떠한 일이 일어난 지 꼭 한 해가 지난 그날.

1126) 소상(小祥) : 사람이 죽은 지 한 돌 만에 지내는 제사(祭祀).

1127) 창황(惝怳) : 당황(唐慌). 놀라거나 다급하여 어찌할 바를 모름.

1128) 행색(行色) : 길을 떠나기 위하여 차리고 나선 모양. 겉으로 드러나는 차림이나 태도.

得已迤進¹¹²⁹⁾其家 請見棘人¹¹³⁰⁾. 門者¹¹³¹⁾以爲, "主人才[纔]過小祥 始闔門¹¹³²⁾號擗¹¹³³⁾之餘 未暇接客 不敢通." 士人曰, "有急事 宜速告." 棘人不得已出見. 士人曰, "今日之事 有絶異者. 雖知享事¹¹³⁴⁾未畢 而着急請見. 不佞¹¹³⁵⁾平日未曾納拜於先老爺 亦不知今日之朞祥¹¹³⁶⁾. 俄者路傍逢着甚異故 雖以親癠¹¹³⁷⁾見醫切急之行 不得不來告." 仍具道其狀. 士人初受包裹 而心焉怵駭¹¹³⁸⁾ 不曾坼見¹¹³⁹⁾至此 直以包裹傳之. 且言傳小婦之語 棘人驚號. 坼見油紙 裹藥果一枚 全鰒一箇. 又以油紙小片 裹一珠. 神座¹¹⁴⁰⁾未撤故 卽入審之 油裹[果]鰒魚 皆祭需中拔去¹¹⁴¹⁾ 痕隙¹¹⁴²⁾猶在油紙 卽床上所鋪截去矣. 珠盖飯含¹¹⁴³⁾時 適缺一珠 索於家中 適在小子婦用之 詢之果是珠矣. 小婦始有難意而出云. 尹靈山天復¹¹⁴⁴⁾ 聞於士人之子孫 而傳之金寢郎¹¹⁴⁵⁾頤行¹¹⁴⁶⁾云.

1129) 이진(迤進) : ~을 향해 나아감.

1130) 극인(棘人) : 상제(喪制). 부모나 조부모가 세상을 떠나서 거상 중에 있는 사람.

1131) 문자(門者) : 문지기.

1132) 합문(闔門) : 제사를 지내는 절차의 하나. 유식(侑食) 후 제관 이하 전원이 밖으로 나오고 문을 닫는 일.

1133) 호벽(號擗) : 가슴을 치며 통곡함.

1134) 향사(享事) : 제사 지내는 일.

1135) 불녕(不佞) : 불녕(不佞). 재주가 없고 못났다는 뜻으로, 자신을 낮추어 이르는 말.

1136) 기상(朞祥) : 소상(小祥).

1137) 친제(親癠) : 친환(親患). 어버이의 병환.

1138) 출해(怵駭) : 놀랍고 두려움.

1139) 탁견(坼見) : 열어 봄. 펴 봄.

1140) 신좌(神座) : 신위(神位)를 모셔 놓은 곳. 제사상을 가리킴.

1141) 발거(拔去) : 뽑거나 빼어버림.

1142) 흔극(痕隙) : 찢어낸 흔적.

1143) 반함(飯含) : 염습(殮襲)할 때에 죽은 사람의 입에 구슬이나 쌀을 물림. 또는 그런 절차.

1144) 윤천복(尹天復, 1681~?) : 조선조 영조 때의 문신. 자는 중초(仲初), 호는 영산(靈山), 본관은 남원(南原), 윤연(尹埏)의 아들. 공릉(恭陵)·장릉(長陵) 등의 참봉(參奉)을 역임함.

096 李持平¹¹⁴⁷⁾彦著¹¹⁴⁸⁾死後 其內弟¹¹⁴⁹⁾金侍直¹¹⁵⁰⁾盛益¹¹⁵¹⁾夢 李盛驪率
若將奉使遠行者. 金甚悵然¹¹⁵²⁾ 李慰勉之. 仍吟一絶曰, '華表¹¹⁵³⁾春殘
別鶴回 石潭流玉古槐摧 輪環¹¹⁵⁴⁾一夢吾先覺 紫府¹¹⁵⁵⁾淸遊爾莫哀' 金
亦和云, '華盖¹¹⁵⁶⁾翩翩鶴影廻 如風如雨我心摧 西天世界¹¹⁵⁷⁾君休說 白
首人間是可哀' 白首盖指李有老親也. 金承旨盛迪¹¹⁵⁸⁾ 言于尹注書¹¹⁵⁹⁾
明佐¹¹⁶⁰⁾ 三十年前爲余言.

097 尹監司安國¹¹⁶¹⁾ 水路朝天¹¹⁶²⁾溺不返. 一日 其家人見 尹盛驪從 整

1145) 침랑(寢郎) : 조선시대 종묘(宗廟)·능(陵)·원(園)의 영(令)과 참봉(參奉)을 통틀어
이르는 말.
1146) 김이행(金頤行) : 생몰연대 및 자세한 행적 미상. 정조 때 참봉을 지냄.
1147) 지평(持平) : 조선시대 사헌부(司憲府)의 종5품 벼슬.
1148) 이언저(李彦著, 1656~1696) : 조선조 숙종 때의 문신. 자는 군미(君美), 호는 한당(漢
堂), 본관은 연안(延安). 이항(李恒)의 아들. 이회(李恢)에게 입양. 사헌부(司憲府)의
지평(持平)을 역임함.
1149) 내제(內弟) : 외사촌 아우. * 처남(妻男).
1150) 시직(侍直) : 조선시대 세자익위사(世子翊衛司)의 정8품 벼슬.
1151) 김성익(金盛益, 1663~1715) : 조선조 숙종 때의 문신. 자는 도경(道卿), 호는 수월헌
(水月軒), 본관은 안동(安東). 김상용(金尙容)의 증손. 김수빈(金壽賓)의 아들.
1152) 창연(悵然) : 몹시 서운하고 섭섭해 하는 모양.
1153) 화표(華表) : 화표주(華表柱). 망주석. 무덤 앞의 양쪽에 세우는 한 쌍의 돌기둥.
1154) 윤환(輪環) : 일정한 공간이나 지역을 둥글게 빙빙 돎. 둥근 고리.
1155) 자부(紫府) : 도교(道敎)에서 말하는 신선(神仙)의 거처(居處).
1156) 화개(華盖) : 의장(儀仗)의 하나. 육각(六角) 모양의 양산(陽傘) 같은 데에 그림과 수
를 놓아 꾸밈.
1157) 서천세계(西天世界) : 불교에서 말하는 극락(極樂).
1158) 김성적(金盛迪, 1643~1699) : 조선조 숙종 때의 문신. 자는 중혜(仲惠), 호는 일한재
(一寒齋). 김상용(金尙容)의 증손. 김수민(金壽民)의 아들.
1159) 주서(注書) : 조선시대 승정원(承政院)의 정7품 벼슬.
1160) 윤명좌(尹明佐, 1671~1707) : 조선조 숙종 때의 문신. 자는 일정(一正), 본관은 파평
(坡平). 윤헌경(尹憲卿)의 아들.
1161) 윤안국(尹安國, 1569~1630) : 조선조 인조 때의 문신. 자는 정경(定卿), 호는 설초(雪
樵), 본관은 양주(楊州). 윤응상(尹應商)의 아들. 동지사(冬至使)로 명나라에 갔다가

冠服 自外馳來入門. 家中之(人)莫不歡欣迎拜. 尹卽下馬入祠堂. 家人
以爲將拜廟. 旣入寂然無所見. 嚮者 入門騶從 了無一物. 其後遂入房
架上聲音 宛如平日 而無所見. 自言, "舡敗溺沒." 仍在室中架上 有時
發言如平日. 或言 未來休咎[1163] 及婢僕作奸 皆奇中[1164]. 至以言語授
書其子如常云. 此是西溪[1165]朴公之外祖. 李參判正臣[1166] 以西溪門徒
聞而傳之. 盖其精氣過人 猝然漂沒 不卽消滅 有此異. 亦非理之所必
無者 而但神道以靜爲常 雜糅[1167]於人 而見形聞聲 似失其常. 其後 子
孫浸微[1168] 亦其應耶? 識理者當詳之.

098 韓時覺[1169]畫師也. 有寺僧 以重價購畫三界[1170]佛幀[1171]. 下所謂地
獄 入於刀山劍樹者 入於剉燒舂磨[1172]者 皆畫僧人. 畫畢付僧 僧覽之
而驚曰, "地獄中人 皆是僧人 是何故也?" 時覺曰, "吾意 旣是佛幀 則
當畫僧佛故然耳." 僧曰, "此不可用 將若之何?" 時覺曰, "事已至此 誠

귀국 도중 배가 뒤집혀 익사하였음.
1162) 조천(朝天) : 궁궐에 들어감. 또는 천자를 뵘. 여기서는 조선에서 명나라에 사신단이
　　　 가서 조회하는 일을 가리킴.
1163) 휴구(休咎) : 길(吉)한 것과 흉(凶)한 것. 또는 복(福)과 화(禍).
1164) 기중(奇中) : 신기(神奇)하게 맞음.
1165) 서계(西溪) : 조선조 숙종 때의 문신이자 학자인 박세당(朴世堂, 1629~1703)의 호.
　　　 박세당의 자는 계긍(季肯), 본관은 반남(潘南), 박정(朴炡)의 아들. 시호는 문정(文貞).
1166) 이정신(李正臣, 1660~1727) : 조선조 경종 때의 문신. 자는 방언(邦彦), 호는 송벽당
　　　 (松蘗堂), 본관은 연안(延安), 이봉조(李鳳朝)의 아들. 박세당(朴世堂)의 문인. 소론
　　　 (少論)의 한 사람으로, 호조와 병조의 참판을 역임함.
1167) 잡유(雜糅) : 여러 가지가 뒤섞여 혼잡함.
1168) 침미(浸微) : 세력이 약해짐.
1169) 한시각(韓時覺, 1621~?) : 조선조 숙종 때의 화가. 자는 자유(子裕), 호는 설탄(雪
　　　 灘), 본관은 청주(淸州). 화원으로 통정을 지낸 한선국(韓善國)의 아들.
1170) 삼계(三界) : 불교에서 중생이 생사 왕래하는 세 가지 세계. 욕계(欲界), 색계(色界),
　　　 무색계(無色界).
1171) 불탱(佛幀) : 불상(佛像)을 그려서 벽에 거는 그림.
1172) 좌소용마(剉燒舂磨) : 저며지고 지져지고 찧어지고 갈려짐.

無奈何? 汝須更具半價以來. 吾當備其半價 更求絹彩畫之." 僧不得已
又給半價. 時覺遂以墨抹其僧頭 稱以改造給之. 聞者以爲, "所謂地獄
若有之 則此人當入."云.

099 錦陽都尉 汾西朴公瀰[1173] 善知馬. 一日 適駕出路 遇一馱糞馬. 令
從人携至家 見之背曲如山 瘦骨峻嶒[1174] 直是一玄黃[1175]駑駘[1176]耳. 仍
問曰, "汝當賣此否?" 其人答曰, "我以人奴 驅馬而已. 不敢知買賣耳."
公令給如屋猻馬[1177] 又令擇一健馬[1178]以給. 其人驚曰, "此一猻馬 亦
足以當倍價 健馬何爲?" 公笑曰, "雖給此兩馬 未足以當其半價 汝何
知? 須取去." 俄而 有一禁軍[1179] 踵門告曰, "村巷居賤品. 公有非常之
賜 而奴人迷甚受來 不敢留住 來謁奉納."云云. 公召見之具言, "此馬
卽曠世[1180]之逸足[1181] 汝不自知故 爾若知之 則今此所給不足 當其價
千百之一耳." 其人曰, "前頭成才 後事所不敢知. 初有買價 卽此一健
馬亦足. 倍筵[蓰][1182]其價 猻馬則死不敢受." 公嚴教曰, "勿論其價之
多少 貴人賜汝 何敢辭?" 迫令取去. 令厩人善養之. 居數月馬肥大 鐵
蹄鈴目 神俊[1183]動人. 公每朝請捨輿乘馬 滿路生輝. 錦陽家曲背馬 大

1173) 박미(朴瀰, 1592~1645): 조선조 선조의 부마. 자는 중연(仲淵), 호는 분서(汾西),
　　　본관은 나주(羅州), 박동량(朴東亮)의 아들. 선조의 딸 정안옹주(貞安翁主)와 결혼하
　　　여 1603년(선조36) 금양위(錦陽尉)에 봉해짐. 시호는 문정(文貞).
1174) 능증(峻嶒): 산이 울퉁불퉁하고 가파름. 산세(山勢)가 높고 험함.
1175) 현황(玄黃): 지치고 병든 말.
1176) 노태(駑駘): 둔마(鈍馬). 느리고 둔한 말.
1177) 달마(猻馬): 티베트 지역에서 나는 말.
1178) 건마(健馬): 썩 잘 달리는 튼튼한 말.
1179) 금군(禁軍): 조선시대 궁중을 경비하고 임금을 호위하던 친위병.
1180) 광세(曠世): 세상에 보기 드묾.
1181) 일족(逸足): 매우 빠른 말. * 걸음걸이가 뛰어나게 빠른 발.
1182) 배사(倍蓰): 갑절에서 다섯 곱절가량을 이르는 말.
1183) 신준(神俊): 특히 뛰어난 재주나 모습. 또는 그런 사람.

鬧一時. 光海朝 公竊靈光 馬沒入宮. 光海甚愛之 每騁於闕中 喜其馳
驟. 一日 命屛去御者 自騎馳突於後苑. 馬忽橫逸 光海隊地重傷. 馬遂
奔迸突出 疾如飛電 人不敢近. 歷盡闕中千門 奮迅咆哮 飄瞥如箭 已
失其去處. 追者十百爲羣 至江上 而馬先已流[游]水渡去 莫知其所向
矣. 汾西在謫中 一日 黃昏閑坐 舍後竹林中 忽有馬嘶聲. 使人就見之
卽曲背馬至矣. 背有御鞍 而鞶纓鐙絡[1184)皆盡 只有木韉[1185) 在耳. 公大
驚曰, "此馬入禁中 今忽逸來 遐裔[1186)遼夐[1187) 牽納無路. 若或中路更
逸 則逖[邈]難尋蹤. 如此而聲聞一播 又添罪業." 遂命一隷 掘地陷藏
馬 公親加敎諭曰, "汝能一日千里來尋舊主 畜物之神者. 我有言 汝豈
不聞? 汝旣奔逸已有罪 又還我家 將增我罪. 今無他計 欲沒汝踪跡 藏
汝軀 養汝口以終汝命. 汝若有知 其勿喊嘶 使外人知也." 令知其事者
一人飼之. 馬遂寂然無一聲 居歲餘. 一日 忽擧首長鳴 聲震山岳 播聞
數里. 公大驚曰, "此馬不鳴久矣. 忽然大聲如此 必有事也." 俄而 仁祖
反正之報至 卽其日也. 公遂蒙放還朝 乘之如舊. 其後 有一使臣 往瀋
陽者. 發旣久 渡江日期 只隔一日. 而朝廷始覺 咨文中有可改文字. 諸
議皆以爲, "非此馬 不可及." 事甚緊重 仁廟召公問之 公對曰, "國家重
務 臣子身命 亦不敢惜 馬何足言乎?" 仍言語騎去人曰, "此馬到灣
上[1188)後 愼勿喂 絶不與水草. 直懸之數晝夜 待其休息氣定 饋之可活.
不然馬必死矣." 其人領之而去. 翌日未暮 達義州 直入納公牒. 其人遂
昏倒 氣塞不能言. 急令灌藥 救活之際 人見其所乘馬 皆以爲, "錦陽宮
曲背馬至矣." 遂喂以荳豆[1189)如常 馬卽死云.

1184) 반영등락(鞶纓鐙絡) : 말안장의 양옆으로 늘어뜨리는 장식과 등자(鐙子).
1185) 목천(木韉) : 언치. 말 잔등에 올려놓는 담요나 방석.
1186) 하예(遐裔) : 아득히 먼 곳. 먼 변방. * 후손. 후예(後裔).
1187) 요형(遼夐) : 요원(遼遠). 아득하게 멂.
1188) 만상(灣上) : 평안북도 의주(義州)에 있던 용만(龍灣)을 말함.

100 海西[1190]有驛馬 所許騎者 只是使星[1191]與士夫兩班. 若中庶[1192]及
吏隷[1193]乘之 初不許乘. 乘則必騰躍[1194]墜之. 曾於勅[勑]行[1195]入境時
入把[1196]於鄭命壽[1197]馬. 逐逸出奔迸[1198]於大野中 墜鄭虜於溝壑[1199]幾
死. 以此大生變於勅[勑]行. 其後 驛人畏而斥賣[1200]. 海州牧羅公星
斗[1201] 嗟歎曰, "此馬雖畜物 過於人遠矣." 逐買置家中 而下人奴僕 不
敢生意騎之. 最是[1202]醫官地師 不能率來 每以爲苦. 其後 羅公喪後 馬
逐長鳴不食七日而死. 其孫[子]羅明村良佐[1203] 命厚葬之. 明村之子
濟[1204]云.

1189) 추두(蒭豆) : 말의 먹이로 주는 꼴과 콩.

1190) 해서(海西) : 황해도(黃海道)를 달리 이르던 말.

1191) 사성(使星) : 사신(使臣). 임금의 명으로 지방에 출장 가던 벼슬아치.

1192) 중서(中庶) : 중인(中人)과 서얼(庶孼)을 아울러 이르는 말.

1193) 이예(吏隷) : 지방 관아에 속한 아전(衙前)과 하인.

1194) 등약(騰躍) : 높이 뛰어오름.

1195) 칙행(勅行) : 칙사(勅使)의 행차.

1196) 입파(入把) : 파발마(擺撥馬)를 대령(待令)시킴.

1197) 정명수(鄭命壽, ?-1653) : 평안도 은산(殷山) 출신의 민족 반역자. 정환(鄭晥)의 아
들. 천인(賤人) 출신으로 1619년(광해군11) 강홍립(姜弘立)의 군대를 따라 청나라에
갔다가 포로가 되어 만주어를 배운 뒤 병자호란 때 청나라 장수 용골대(龍骨大)와
마부대(馬夫大)의 통역으로 입국하여 갖은 행패를 부림. 1653년(효종4) 심양(瀋陽)
에서 청나라에 의해 파면된 뒤 성주포수(星州砲手) 이사용(李士用)에게 모살(謀殺)
되었음.

1198) 일출분병(逸出奔迸) : 달아나 이리저리 내달림.

1199) 구학(溝壑) : 구렁. 움쑥하게 파인 땅.

1200) 척매(斥賣) : 헐값으로 마구 팖.

1201) 나성두(羅星斗, 1614~1663) : 조선조 현종 때의 문신. 자는 우천(于天), 호는 기주(棋
洲), 본관은 안정(安定), 나만갑(羅萬甲)의 아들. 해주목사를 지냄.

1202) 최시(最是) : 무엇보다.

1203) 나양좌(羅良佐, 1638~1710) : 조선조 숙종 때의 문신. 자는 현도[顯道], 호는 명촌(明
村), 본관은 안정(安定), 나성두(羅星斗)의 아들.

1204) 나제(羅濟) : 조선조 영조 때의 문신. 본관은 안정(安定), 나양좌(羅良佐)의 아들.

101 蔡湖洲裕後[1205])宅 亦曾有一馬 不許騎下賤 每於回空騎時 奴僕不敢騎. 一日 湖洲赴直 奴人歸路騎馬 至路傍墻下 以背負墻墮突[1206]) 奴未及下幾死. 大凡 畜物之性 剛柔善惡自別. 口雖不能言 其心則瞭然明識者多矣.

102 李寧邊某娶後妻於忠州. 其婦家有白馬産駒. 駒亦白兩耳 後有毛文如金環 雙環相對. 每來臥於其新郎所居窓外. 寧邊常借騎牝馬 而其駒必先其母而行. 遇岐路則輒立 而待其母. 有一驛人 過而迎謁 請執鞚而行 仍請買其駒. 寧邊曰, "此非吾馬 何可賣之?" 行十餘里 驛人曰, "爲買此駒而來 已不可得. 然吾相馬多矣 未有如此駒者. 當爲天下名馬." 寧邊懇請於其婦翁 取而喂之. 其齒僅三歲 壯健可騎. 寧邊嘗騎入京 歸時只持糜飮[1207]) 單騎[1208])馳來. 道間兒童 或指之曰, "此馬如行空中 足不踏地. 可異也!" 自京晚(發) 行三百餘里抵家 日猶未暮. 其後寧邊嘗一騎出田疇 馬忽橫逸[1209]) 奔突廣野 反噬[1210])其主幾死. 農人羣聚 救之得免. 自其後 維繫不敢騎 咆哮不已 人不敢近鄰居. 李蔚珍某有姜子沃[1211]) 登武科. 武人新登科 戍邊例也. 沃往謁寧邊 請買其馬. 寧邊曰, "吾爲此馬所噬 已成病人 今不可騎 賣之何難? 但此馬甚惡 汝之身手可制則取之. 雖然 且是絶世名馬 價不可太少 常木[1212])七百五

1205) 채유후(蔡裕後) : 제4화 주 참조.
1206) 타돌(墮突) : 떨어져 부딪침.
1207) 미음(糜飮) : 미음(米飮). 입쌀이나 좁쌀에 물을 충분히 붓고 푹 끓여 체에 걸러 낸 걸쭉한 음식.
1208) 단기(單騎) : 필마단기(匹馬單騎). 혼자 한 필의 말을 탐. 또는 그렇게 하는 사람.
1209) 횡일(橫逸) : 제멋대로 놂.
1210) 반서(反噬) : 기르던 짐승이 은혜를 잊고 주인을 해침.
1211) 이옥(李沃) : 조선조 효종 때의 무신. 생몰연대 및 자세한 행적 미상.
1212) 상목(常木) : 품질이 좋지 못한 무명. '무명'은 솜을 자아 만든 실로 짠 천.

十疋持來." 沃如其言買之. 其奴有善御馬者 與共牽出. 以其人不敢近
故 遠立而飼之. 瘦骨如山 猶能咆哮 僅能箝制[1213]. 沃自騎馳驟[1214]於
廣野 終日始少挫[1215]. 出戍還 遭丙子亂 送其家屬於山谷 欲身自從軍.
忠淸兵使監司 皆進軍圻甸. 沃追謁監司 具道其從軍之意. 監司鄭公世
規[1216]奇之 使留麾下. 沃曰, "吾家在兵使營下. 鎭下武夫 宜往從兵
使." 監司發關兵使而留之. 監司戰敗 沃累中虜矢 墜在積屍中. 沃中矢
稍下故 能不死開眼呼其馬. 馬至沃曰, "吾重傷將死 不能起身 騎汝奈
何?" 馬遂跪於身邊 遂作氣登馬. 馬遂起緩步行 良久漸馳 不知行幾里
忽聞犬吠聲 馬竦身[1217]傾耳而聽 遂尋其吠聲而至 立於村庄門前. 沃
伏於馬上 但呼曰, "活人!" 有一人 着毛冠 散步庭畔 遙問, "深夜何人
到此?" 沃曰, "我乃險川[1218]敗陣[1219]將士 中虜矢到此 願活我." 其人
曰, "險川之戰 當敗而敗乎? 汝輩宜死." 仍盤桓[1220]入去 忽然問曰, "汝
何在?" 沃曰, "家在淸州." 其人曰, "汝在淸州去松谷幾何?" 沃曰, "我
固松谷人也." 其人曰, "然則汝知李蔚珍乎?" 沃曰, "卽吾父也." 其人
曰, "李蔚珍之子 何事爲軍兵赴戰? 汝果是李蔚珍之子 則能知李蔚珍
生年月日乎? 李蔚珍身上 有何標跡?" 沃曰, "吾父生於某年月日 左乳

1213) 겸제(箝制) : 겸제(鉗制). 말에 재갈을 물림. * 자유를 구속하여 억누름을 비유적으로
      이르는 말.
1214) 치취(馳驟) : 몹시 빠름.
1215) 소좌(少挫) : 기세가 조금 꺾임.
1216) 정세규(鄭世規, 1583~1661) : 조선조 효종 때의 문신. 자는 군칙(君則), 호는 동리(東
      里), 본관은 동래(東萊). 정율(鄭㥶)의 아들. 시호는 경헌(景憲). 충청감사로 재직할
      때 병자호란으로 왕이 남한산성에서 포위되자 근왕병을 이끌고 포위된 남한산성을
      향하여 진격하다가 용인·험천(險川)에서 적의 기습으로 대패하였음.
1217) 송신(竦身) : 몸을 움츠림. * 채신없이 안달함.
1218) 험천(險川) : 경기도 성남시 분당에 있는 탄천(炭川)을 달리 이르던 말.
1219) 패진(敗陣) : 싸움에서 짐.
1220) 반환(盤桓) : 어정어정 머뭇거리면서 그 자리에서 멀리 떠나지 못하고 서성이는 일.
      어떻게 할지 결정을 못 내리고 우물쭈물하는 일.

下有赤點. 人豈有非其父而謂其父者乎?" 其人遂開門 親自抱扶 置於
內房. 令其妻子 盡誠救療數日. 沃心怪之 問曰, "不有雅分 而臨急相
救至此之勤 何也?" 其人曰, "吾有當救之事故救之. 問亦何爲?" 沃固
問之 其人曰, "此事甚異. 汝看吾項." 遂披其襟而示之 項有刀痕狼藉.
仍曰, "丁卯胡亂 我受胡刃仆於道. 李蔚珍過見而憐之 諦視之 猶有縷
喘[1221] 解帶繫髻 繫於背載於所騎馬 徒步驅馬至其家 至誠救活. 遂至
今日. 汝又遭患 吾不期至此. 此殆汝父不昧之靈 送汝於吾. 吾安得不
盡誠?" 其後 沃隨孝廟入瀋陽. 胡汗見其馬 奇而留之. 孝廟還渡鴨江
坐統軍亭 望見胡地曰, "彼來者得非李沃馬乎?" 諸人望而無見. 孝廟
曰, "其大如鼠." 俄而曰, "如猫." 又小[少]頃曰, "今已如狗 汝輩豈不
見乎?" 坐中人終無見. 少焉又曰, "今幾可見." 人之見者始曰, "如蟻."
始知天日之表[1222] 眼力異於凡人. 吳門白馬[1223] 非虛言也. 有頃馬果至
浮江而渡. 沃恐馬悍犯 已請隱身. 孝廟令沃入室 仍命開門納馬 馬泛
逸飛揚[1224]. 沃投其衣 馬含衣踊躍. 沃請勿維繫[1225] 待其自定 遂持還.
孝廟登極後 納其馬於內廐[1226] 內廐諸馬 皆不食俛首跼踏[1227]. 養之太
僕[1228] 太僕馬亦如之 不得已還給沃. 其後更納之 又如是 凡三納而皆

1221) 누천(縷喘) : 실낱같은 숨.
1222) 천일지표(天日之表) : 사해(四海)에 군림할 인상(人相). 곧 임금의 인상을 이르는 말.
1223) 오문백마(吳門白馬) : 성인(聖人)의 시력이 남다름을 뜻하는 말. 오문(吳門)은 오나라
    도성의 서쪽 성문인 창문(閶門)을 말하는데, 공자가 안연(顏淵)과 함께 태산(泰山)에
    올라갔는데, 오나라 창문 밖에 백마가 매여 있는 것을 보고 안연에게 저것이 보이느
    냐고 묻자, 안연이 한 필의 흰 비단이라고 대답하니, 공자가 그 말을 듣고, "그것은
    말이니라."라고 하였음.
1224) 범일비양(泛逸飛揚) : 빠른 속도로 공중에 떠오름.
1225) 유집(維繫) : 붙잡아 맴. 구속함.
1226) 내구(內廐) : 조선시대 임금의 말과 수레를 관리하던 관아인 내사복시(內司僕寺)를
    달리 이르던 말.
1227) 축적(跼踏) : 조심함. 조심하며 걸음.
1228) 태복(太僕) : 태복시(太僕寺). 조선시대 궁중의 수레와 말을 관리하는 일을 맡아보던

然. 其後 李沃家遭家變 囚繫獄 旣具將死. 沃之妾於其馬曰, "吾夫以至冤將死 汝能相救否?" 遂騎而入京鳴冤[1229]. 淸州距京三百餘里 而兩日能往返. 及歸城門閉 馬遂踰城 傳其反案[1230] 沃遂得活. 馬之神駿[1231]者能如此. 沃之孫及近地人 至今傳之.

103 柳定山忠傑[1232]於仁廟[1233]爲姑夫. 仁廟少時 有甘盤之舊[1234] 而定山性嚴急. 仁廟兒時 屢受其捶撻[1235]. 龍興[1236]之後 屢擬[1237]仕窠[1238] 終斳[1239]點下. 晩年筵敎[1240]有曰, "柳某年老 少時剛强之氣 (今日)少挫否?" 始擬定山受點. 盖少日習知其峻急險詖[1241]之性 有妨於牧民之職 待其年衰 氣挫而用之. 聖主不以私恩害公 而憂民擇官之意 可見宜乎!

관아.

1229) 명원(鳴冤) : 억울함을 호소함.

1230) 반안(反案) : 죄안(罪案 : 범죄 사실을 적은 기록)을 번복(飜覆)함.

1231) 신준(神駿) : 신통(神通)한 준마(駿馬).

1232) 유충걸(柳忠傑, 1588~1665) : 조선조 현종 때의 문신. 자는 신백(藎伯), 호는 금사(錦沙)·정산(定山), 본관은 진주(晉州), 유형(柳珩)의 아들.

1233) 인묘(仁廟) : 조선조 제16대 임금인 인조(仁祖)의 묘호(廟號). 인조의 이름은 종(倧, 1595~1649). 재위 1623~1649. 자는 화백(和伯), 호는 송창(松窓), 선조의 손자로, 정원군(定遠君;元宗으로 추존)의 아들, 어머니는 구사맹(具思孟)의 딸 인원왕후(仁元王后), 비는 한준겸(韓浚謙)의 딸 인렬왕후(仁烈王后), 계비는 조창원(趙昌遠)의 딸 장렬왕후(莊烈王后).

1234) 감반지구(甘盤之舊) : '감반'은 중국 은(殷)나라 고종(高宗)인 무정(武丁) 때의 신하로, 무정이 임금이 되기 전에 가르쳤음. 임금이 되기 전의 사제관계를 가리키는 말임.

1235) 추달(捶撻) : 종아리를 때림.

1236) 용흥(龍興) : 용이 구름을 얻어 하늘로 올라간다는 뜻으로, 왕위에 등극함을 이르는 말.

1237) 의(擬) : 의망(擬望). 관직의 후보자 세 사람 가운데 하나로 추천하는 일.

1238) 사과(仕窠) : 벼슬자리.

1239) 근(斳) : 인색(吝嗇)함.

1240) 연교(筵敎) : 임금이 연석(筵席)에서 내리던 명령.

1241) 험피(險詖) : 사람됨이 음험(陰險)하고 사특(邪慝)함.

中興¹²⁴²⁾之後 吏稱其職 民安其業 熙熙然¹²⁴³⁾ 有太平氣象也.

104 柳爀然爲水原府使時 其叔父柳定山忠傑 行過境內. 水原地近京洛 民俗悍惡 本以互[惡]鄉名. 見客至 無不閉門牢關. 定山造門呼喝 人皆 牢[堅]拒不納 遍一村 終不得入. 是時積雪嚴冬 日已曛黑. 匹馬單僮 徊徨道路 遂下坐山阿 怒罵曰, "府使善理 則民習豈至此乎?" 仍呼小 奚¹²⁴⁴⁾曰, "汝急捉來水原府使." 民之聞者 皆笑以狂客. 其村去官門十 里. 俄而爀然疾馳而來. 定山大咆喝¹²⁴⁵⁾ 拿入數罪. 爀然悚息 俯伏聽 命 懇請奉入官衙 定山曰, "我豈敢入賢太守善治之邑乎?" 仍憤然不顧 深夜跨馬而去. 爀然無可奈何 自夜至午 盡刑一村民而歸. 其後 民頗 懲戢¹²⁴⁶⁾ 惡習少悛云.

105 柳定山 嘗與其子柳連山煥然¹²⁴⁷⁾ 赴人宴席 聞連山唱曲之聲 潛然 淚下. 坐客怪問之 答曰, "聞兒子歌聲 非久當死 是以泣耳." 其後旬餘 連山果病歿云. 未知其氣之將盡 聲有急迫斷續之異. 人得以知之否? 抑亦至情所在 自有感通之理乎? 未可知也.

106 鄭坡州赫先¹²⁴⁸⁾ 常自謂, "有麻衣之術¹²⁴⁹⁾ 或中或不中." 已[己]

1242) 중흥(中興) : 쇠퇴하던 것이 중간에 다시 일어남. 또는 다시 일어나게 함. 여기서는 인조반정으로 인조가 등극한 사실을 가리킴.

1243) 희희연(熙熙然) : 화평하게 즐기는 모양.

1244) 소해(小奚) : 나이 어린 종.

1245) 포갈(咆喝) : 고함쳐 꾸짖음.

1246) 징집(懲戢) : 징계(懲戒)함.

1247) 유환연(柳煥然, 1610~?) : 조선조 광해군 때의 문신. 자는 비경(棐卿), 호는 연산(連山), 본관은 진주(晉州), 유충걸(柳忠傑)의 아들.

1248) 정혁선(鄭赫先, 1666~1733) : 조선조 영조 때의 문신. 자는 현보(顯甫), 본관은 동래(東萊), 정태화(鄭太和)의 손자, 정재대(鄭載岱)의 아들. 파주목사를 역임함.

酉¹²⁵⁰⁾ 其子鄭參判錫三¹²⁵¹⁾ 以使价赴燕 署¹²⁵²⁾其弟錫百¹²⁵³⁾爲褊裨¹²⁵⁴⁾

同往. 余內弟¹²⁵⁵⁾尹文化尙衡¹²⁵⁶⁾ 遇於店舍 問曰, "參判年少 三郞儒士

何爲冒寒 遠送異域乎?" 坡州曰, "參判年壽已訖 非久當死 恐或歿於

異域故 並送少子 使治其喪."云云. 余聞之曰, "是誠有術者 自信其能

之弊 曷爲先發不祥之言哉?" 未幾兩子善返. 不數月 參判往赴國葬¹²⁵⁷⁾

忽以急病 一夜之間 歿於昌陵¹²⁵⁸⁾店舍 可異也.

107 李咸¹²⁵⁹⁾判書溟¹²⁶⁰⁾之孫 少不學落拓¹²⁶¹⁾於狹邪間¹²⁶²⁾. 嘗書刺¹²⁶³⁾自

1249) 마의지술(麻衣之術) : 관상술(觀相術). 중국 송나라 초기 화산(華山)의 마의도사(麻衣
道士)가 전대의 관상술을 집대성하여 《마의상법(麻衣相法)》을 저술하였다고 함.

1250) 기유(己酉) : 1729년(영조5).

1251) 정석삼(鄭錫三, 1690~1729) : 조선조 영조 때의 문신. 자는 명여(命汝), 본관은 동래
(東萊), 정혁선(鄭赫先)의 아들. 형조·호조·예조의 참판을 역임함. 1728년(영조4)
진주부사(陳奏副使)로 청나라에 다녀옴.

1252) 서(署) : 임명함.

1253) 정석백(鄭錫百, 1699~1781) : 조선조 영조 때의 문신. 자는 붕지(朋之), 본관은 동래
(東萊), 정혁선(鄭赫先)의 아들.

1254) 편비(褊裨) : 비장(裨將). 조선시대 각 군영(軍營)에 둔 부장(副將). 여기서는 사신(使
臣)이 개인적인 수행원으로 친척 가운데서 데려가는 자제군관(子弟軍官)을 말함.

1255) 내제(內弟) : 외사촌 동생.

1256) 윤상형(尹尙衡, 1680~?) : 조선조 영조 때의 문신. 본관은 파평(坡平), 윤재(尹宰)의
아들. 문화현령(文化縣令)을 역임함.

1257) 국장(國葬) : 1729년(영조5) 정월, 영조의 맏아들인 효장세자(孝章世子)의 장례를 가
리킴. 효장세자는 경기도 파주(坡州)의 영릉(永陵)에 안장하였음.

1258) 창릉(昌陵) : 서오릉(西五陵)의 하나. 경기도 고양시 덕양구 용두동 산30-1번지 서오
릉 안에 있는 조선 제8대 왕 예종과 계비 안순왕후 한씨의 무덤.

1259) 이함(李咸, 1628~?) : 조선조 숙종 때의 무신. 자는 덕일(德一), 본관은 전주(全州),
이민백(李敏白)의 아들.

1260) 이명(李溟, 1570~1648) : 조선조 인조 때의 문신. 자는 자연(子淵), 호는 귀촌(龜村),
본관은 전주(全州), 효령대군(孝寧大君)의 후손, 이연빈(李延賓)의 아들. 호조·형조
의 판서를 역임함.

1261) 낙척(落拓) : 어렵거나 불행한 환경에 빠짐.

1262) 협사간(狹邪間) : 좁고 비뚤어진 곳이라는 뜻으로, 화류계(花柳界)를 말함.

稱新增日者. 李咸往謁於鄭善興[1264] 善興副提學百昌之子. 少以蕩子
橫行閭里 爲日者之魁 人稱鄭都令. 國俗目少年之豪橫[1265]者 爲日者
故云. 善興見其刺 發怒拿入 捽曳於庭曰, "吾少時習氣 悔之無及. 汝
以搢紳家少年子弟 新增日者 何謂也?" 遂笞之. 咸之放浪雖如此 能精
通相術. 嘗望見外王父東山忠正公於稠坐 語人曰, "此誠名相 但其膝
下之慘 何忍自堪?" 其後 一如其言 壯長子女五人 連殀於膝下. 咸嘗往
見具某官文治[1266] 方晝寢. 上堂熟視而去 語人曰, "具某將死矣. 見其
晝睡 直是臥了一僵屍耳." 未幾果亡云.

108 德源[原副]令[1267]善奕棋 以國手[1268]名. 一日 有人繫馬於庭納拜.
令問爲誰 對曰, "某以鄕軍將[1269]上番 平生喜奕棋 聞老爺稱國手 願一
對局." 令欣然許之. 其人對坐 輒曰, "對局不可不決賭[1270]. 老爺落則
願繼番粮[1271] 小的[1272]見屈 則平生有馬癖 繫者良馬 願納之." 令欣然
許之. 旣卒一局[1273]輸一家[1274] 又一局 又輸一家. 其人遂納其馬 令笑

1263) 서자(書刺) : 명함(名銜)에 씀.
1264) 정선흥(鄭善興, 1615~1662) : 조선조 현종 때의 문신. 자는 경원(慶遠), 본관은 진주
   (晉州), 정백창(鄭百昌)의 아들. 상의원 정(尙衣院正)을 역임함.
1265) 호횡(豪橫) : 거리낌 없이 호탕하게 굶.
1266) 구문치(具文治, 1627~1671) : 조선조 현종 때의 무신. 본관은 능성(綾城). 어영대장,
   포도대장을 역임함.
1267) 덕원부령(德原副令) : 조선조 인조 때의 종실인 이덕손(李德孫). 생몰연도 미상. 본관
   은 전주(全州), 희령군파(熙寧君派)로 이돈(李墩)의 아들. 국수(國手)로 알려져 있음.
1268) 국수(國手) : 장기나 바둑 따위에서 그 실력이 한 나라에서 으뜸가는 사람.
1269) 향군장(鄕軍將) : 조선시대 지방에서 뽑아 올리던 군병(軍兵)의 장수.
1270) 결도(決賭) : 내기를 하여 결판을 지음.
1271) 번량(番粮) : 차례에 따라 숙직이나 당직을 하는 사람이 먹을 식량.
1272) 소적(小的) : 소인(小人). 신분이 낮은 사람이 자기보다 신분이 높은 사람을 상대하여
   자기를 낮추어 이르던 일인칭 대명사.
1273) 일국(一局) : 바둑이나 장기의 한 판.
1274) 수일가(輸一家) : 한 집을 짐. '집'은 바둑판에서 가로세로 각각 열아홉 줄을 그어

曰, "吾戲耳. 豈受汝馬?" 其人曰, "老爺以小的爲食言人耶?" 仍留而
辭去. 令不得已留養. 過二朔後 其人復來言, "下番將歸 乞更對一局."
仍請賭還其馬 令許之. 連着數局 不可頓及[1275] 令驚駭曰, "汝非吾敵
手." 給其馬曰, "初局何爲見屈?" 其人笑曰, "某性愛馬 立番在京 馬必
瘦 又無可托 敢以小技欺公耳." 令恨其欺 而無如之何. 令嘗江居 永日
閑坐. 有僧忽拜於庭曰, "聞老爺善棋 貧道亦粗解此技 願與對局." 令
欣然許之. 對坐鬪棋 翩翩[1276]如雹散. 僧忽落一子 令不能解. 潛心求
索良久 僧歛[斂]手請辭曰, "行色[1277]甚忙 不可久住." 令沈潛默契 如
痴如醉 久不能荅[答] 僧遂拜而辭去. 久乃怳然[1278] 擊節曰, "何處僧乃
爾 能見三十八手?" 手擊棋局 擧眼視之 僧已去矣. 問傍人曰, "僧何
在?" 荅[答]曰, "向者 其僧累告辭 老爺不荅[答]故 去已久矣. 去時 以
筆書於門扇而去." 尋見之 書曰, '這般棋 乃謂棋耶?'云. 令之子 見虜
於淸虜. 綾原大君[1279]以使价赴燕 飮餞西郊 令在座. 大君令庾贊弘[纘
洪][1280]對局曰, "庾贊弘[纘]每以令之不與敵對爲慨恨. 今日 庾若見
屈 則出財贖還德原之子 令若見屈 則降其損格[1281] 與爲敵對可也." 贊
弘[纘洪]亦欣然許之. 盖德原(副)令 以累朝國手 年已耆艾[1282] 庾贊弘

생긴 361개의 십자형을 세는 단위.

1275) 돈불가급(不可頓及) : 도무지 따라갈 수가 없음. 아무리 해도 이길 수가 없음.

1276) 편편(翩翩) : 동작이 경쾌한 모양.

1277) 행색(行色) : 길을 떠나기 위하여 차리고 나선 모양. * 겉으로 드러나는 차림이나
태도.

1278) 황연(怳然) : 환하게 깨닫는 모양.

1279) 능원대군(綾原大君, 1598~1656) : 조선조 선조(宣祖)의 제5남인 정원군(定遠君 : 원
종으로 추존됨)과 인헌왕후 구씨(仁獻王后 具氏)의 차남, 인조(仁祖)의 동생. 이름은
이보(李俌), 호는 담은당(湛恩堂), 본관은 전주(全州). 시호는 정효(貞孝).

1280) 유찬홍(庾纘洪, 1628~1697) : 조선조 숙종 때의 역관. 자는 술부(述夫), 호는 춘곡(春
谷), 본관은 무송(茂松). 바둑을 잘 두었음.

1281) 손격(損格) : 바둑의 급수(級數)를 내림.

[纘洪]年少善奕 自以爲裕與相敵 而令終不肯許其降格. 每對恥輸 贊弘[纘洪]每快快不服. 且以譯舌饒財故 大君之言如此 而贊弘[纘洪]亦素自願者. 令遂盥水¹²⁸³⁾洗眼 露眼[腕]¹²⁸⁴⁾危坐. 平日只降一格 是日令損四子 贊弘[纘洪]亦從之. 對數局連捷三倍 贊弘[纘洪]遂贖還其子. 令自此眼昏 廢棋云.

1282) 기애(耆艾) : 60세[기(耆)]와 50세[애(艾)]의 노인.
1283) 관수(盥水) : 세숫대야의 물.
1284) 노완(露腕) : 팔뚝을 드러냄. 소매를 걷어붙임.

인명색인

* 숫자는 이야기 순서입니다.

옮긴이 **김동욱**

성균관대학교 국어국문학과 졸업
한국정신문화연구원 한국학대학원 문학석사
성균관대학교 대학원 문학박사
현재 상명대학교 한국언어문화학과 교수

저서 : 《고려후기 사대부문학의 연구》, 《고려사대부 작가론》, 《따져가며 읽어보는 우리 옛
　　　이야기》, 《실용한자·한문》, 《대학생을 위한 한자·한문》, 《중세기 한·중 지식소통
　　　연구》, 《양심적 사대부 시대적 고민을 시로 읊다》, 《한국야담문학의 연구》

역서 : 《완역 천예록》(공역), 《국역 동패락송》(천리대본), 《국역 기문총화》 1-5, 《국역 수촌
　　　만록》, 《옛 문인들의 붓끝에 오르내린 고려시》 1·2, 《국역 청야담수》 1-3, 《국역
　　　현호쇄담》, 《국역 동상기찬》, 《국역 학산한언》 1·2, 《국토산하의 시정》, 《새벽 강가
　　　에 해오라기 우는소리》 상·중·하, 《교역 태평광기언해》 1-5, 《국역 실사총담》 1·2,
　　　《교역 오백년기담》(장서각본), 《국역 동패락송》 1·2(동양문고본), 《교역 언해본 동패
　　　락송》, 《천애의 나그네》(백사 이항복의 중국 사행시집), 《붉은 연꽃 건져 올리니 옷에
　　　스미는 향내》, 《이별의 정표로 남겨 둔 의복》(한유와 태전의 교유를 소재로 한 우리
　　　한시), 《국역 잡기고담》, 《국역 구활자본 오백년기담》, 《국역 매옹한록》 상.

국역 매옹한록 下

2017년 3월 30일 초판 1쇄 펴냄

지은이 박양한
옮긴이 김동욱
펴낸이 김흥국
펴낸곳 보고사

책임편집 이경민
표지디자인 손정자

등록 1990년 12월 13일 제6-0429호
주소 경기도 파주시 회동길 337-15 보고사 2층
전화 031-955-9797(대표), 02-922-5120~1(편집), 02-922-2246(영업)
팩스 02-922-6990
메일 kanapub3@naver.com / bogosabooks@naver.com
http://www.bogosabooks.co.kr

ISBN 979-11-5516-652-9
       979-11-5516-574-4 94810 (세트)
ⓒ 김동욱, 2017

정가 20,000원
이 도서의 국립중앙도서관 출판예정도서목록(CIP)은 서지정보유통지원시스템 홈페이지(http://seoji.nl.go.kr)와 국가자료공동목록시스템(http://www.nl.go.kr/kolisnet)에서 이용하실 수 있습니다.(CIP제어번호: CIP2017006083)